Der Behandler

Thriller

Emo Media Verlag GmbH, Kuppenheim
www.emo-media.de

ISBN eBook 978-3-96032-060-9
ISBN Print 978-3-96032-061-6
Cover erstellt unter Verwendung von:
© LightField Studios / shutterstock
© Pixler / Adobe Stock

Das Model auf dem Coverfoto steht in keinem Zusammenhang mit dem Inhalt des Buches. Sämtliche Personen, Orte und Begebenheiten sind frei erfunden, Ähnlichkeiten rein zufällig

Für alle, die in die Tiefe,
an einen dunklen Ort gezogen werden:
Möget ihr nie vergessen,
dass ihr selbst ein Stern seid.

Kapitel 1

Das Wasser am Grund des Brunnenschachts stank nach Fäulnis und Verwesung. Darunter mischte sich der kupferne Geruch nach frischem Blut. Ihrem Blut.

Ironischerweise hatte Ashwa sich ihre Kopfverletzung nicht beim Sturz in den drei oder vier Meter tiefen Schacht zugezogen, sondern war mit der Stirn gegen die Brunnenwand geknallt, als sie in ihrer Panik beim Aufstehen das Gleichgewicht verloren hatte.

Sie musste zusehen, dass sie schleunigst aus dem Wasser kam. Zwar reichte es ihr nur bis zur Hüfte, doch wer wusste schon, wie viele Mäuse und Frösche hier unten bereits verendet waren?

Da das Mondlicht kaum bis auf den Grund drang, konnte Ashwa, egal wie sehr sie sich bemühte, nichts erkennen, aber nun meinte sie, neben sich etwas gesehen zu haben.

Das Glühen zweier Augen.

War das ein Tier, das auf sie zuschwamm?

Wieder kroch die Panik in ihr hoch, denn mit einem Mal glaubte sie, mit Bestimmtheit vorhersehen zu können, was geschehen würde. Mit letzter Kraft würde eine Ratte, die in den Brunnen gefallen war und seit Stunden aufgeregt umherschwamm, an ihr hochspringen und sich an ihr festkrallen, vielleicht sogar in sie verbeißen, in der Hoffnung, mit ihr wieder nach oben zu gelangen.

Ashwa wagte nicht, sich zu bewegen, wagte kaum zu atmen, als etwas ihre Finger streifte. Sie stieß einen spitzen Schrei aus, schüttelte die Hand, worauf ihr brackiges Wasser ins Gesicht spritzte und über die Wangen und den Hals lief. Was immer sie berührt hatte, sie konnte es nicht entdecken, dafür klebte halb verfaultes Laub an ihren Fingern.

Ungläubig schaute sie nach oben.

»Bitte holt mich raus.« Ihre sonst so tiefe Stimme, von der ihre Mutter immer sagte, sie ließe eher an eine Kette rauchende Alte als an eine achtzehnjährige Schülerin denken, quiekte.

Marc und ein paar Jungs und Mädchen aus seiner Clique sahen auf sie hinab.

»Na, wie gefällt es dir da unten, Paki-Fotze?«, fragte Marc, worauf die anderen zu lachen anfingen. Duck, der eigentlich Fabian hieß, hob seine Bierdose und stieß sie mit einem dumpfen Klacken gegen Marcs.

Ashwa war auf Marc hereingefallen, und die Erkenntnis traf sie wie ein Schlag.

Wie hatte sie nur ihren gesunden Menschenverstand abstellen und sich zu Gefühlsduseleien hinreißen lassen können? Marc war attraktiv – groß, breitschultrig, Grübchen im Kinn, dazu dieser Welpenblick, bei dem die Mädchen reihenweise weiche Knie bekamen –, doch Ashwa hatte angenommen, nicht anfällig für seinen Charme zu sein.

Sie hatte sich geirrt. Die Immunität hatte nur so lange Bestand gehabt, wie er sie ignoriert hatte.

Antonia-Sophie, die neben Marc stand, schaltete ihre Handytaschenlampe ein und ließ den Schein auf Ashwa fallen. »Jetzt fängt sie an zu heulen«, rief sie.

Marc lachte hämisch, worauf Ashwa rasch den Kopf senkte. Ihr Gesicht brannte vor Scham.

Verdammt, Ashwa, du bist so blöd! So blöd!

Vor ein paar Wochen, am Beginn der Abiturprüfungen, hatte Marc aus heiterem Himmel begonnen, mit ihr zu sprechen, statt sie zu drangsalieren. Anfangs war sie misstrauisch gewesen – da hatte ihr Verstand noch gearbeitet –, doch nach dem Mündlichen hatten ihre Schutzschilde versagt. Marc hatte ihr tief in die Augen gesehen, ihr seine Handynummer zugesteckt und sie auf diese Feier in den Stadtwald eingeladen. Die ganze Woche waren Schmetterlinge in ihrem Bauch umhergeflogen, und sie hatte sich gefragt, warum er ausgerechnet mit ihr auf diese Party gehen wollte.

Jetzt kannte sie den Grund.

Nicht, weil er sie näher kennenlernen wollte, sondern weil …

Weil er mich hasst.

Dabei hatte der Abend so gut angefangen. Marc hatte sie von zu Hause abgeholt und hierher gefahren. Auf dem Parkplatz hatten sie Bier getrunken, dann hatte er sie zu einem Waldspaziergang überredet. Einem Spaziergang, der für sie in einem Brunnenschacht geendet hatte.

»Warum helft ihr mir nicht?« Ashwa schlug sich die Hände vors Gesicht, denn inzwischen liefen die Tränen ungehindert und mischten sich mit ihrem Blut.

»Warum helft ihr mir nicht?«, äffte Marc sie nach.

Ashwa hörte, wie er die Nase hochzog. Im nächsten Moment traf sie sein Rotz. Durch die geschlossenen Lider sah sie, wie das Licht von Antonia-Sophies Handy über ihr Gesicht tanzte. Celina – von ihr konnte Ashwa keine Hilfe erwarten; sie konnten sich nicht ausstehen – kicherte.

Ashwa fragte sich, ob es Zufall, einfach Pech gewesen war, dass sie in den Brunnen gefallen war. Oder hatte Marc sie bewusst hierhergelockt, um sich einen Spaß mit ihr zu erlauben?

Sie hatte keine Ahnung, ihre Gedanken überschlugen sich. Warum sicherte kein Schutzgitter den Schacht? Und weshalb war das Loch von Ästen und Blättern verdeckt gewesen?

»Marc?«, hörte sie eine helle Stimme rufen. »Wo steckst du? Wo kommen die komischen Typen her? Ich dachte, es wird nur eine kleine Abschlussparty, und jetzt ist der halbe Wald voll mit Leuten, die ich nicht kenne.«

Ashwa erkannte die Stimme als die von Mia und schöpfte Hoffnung. Zwar waren Mia und sie nicht befreundet, doch bislang hatte Mia sich ihr gegenüber immer fair verhalten.

Ashwa nahm die Hände vom Gesicht und blickte nach oben. »Mia, hilf mir, ich bin hier unten«, rief sie.

Plötzlich wurde Marc unruhig. »Halt die Schnauze«, zischte er, was Ashwa nur dazu veranlasste, lauter zu rufen.

»Mia! Ich bin im Brunnen!«

Einen Moment später tauchte Mia auf. Sie schob Ole, den wortkargen Norddeutschen mit der Baseballkappe, der erst vor zwei Jahren mit seiner Mutter nach Frankfurt gezogen war, zur Seite. Dann trat sie so dicht an den Rand des Brunnens, dass Ashwa die Spitzen ihrer Doc Martens erkennen konnte. Mia ging in die Knie und blickte skeptisch zu ihr hinunter, wobei sie ihre mit blauen Strähnen durchzogenen Haare hinters Ohr strich.

Absurderweise fiel Ashwa das leichte Sommerkleid auf, das Mia trug und das ihre elfenhafte Figur betonte.

Ein solches Kleid könnte ich nie anziehen. Dazu sind meine Beine viel zu fett, ging es ihr durch den Kopf.

»Was ist denn hier los?«, fragte Mia. »Himmel, Ashwa, bist du das? Wie bist du da unten hingekommen? Bist du verletzt?«

So viele Fragen. Ashwa wusste nicht, womit sie anfangen sollte. Schließlich entfuhr ihr ein Schluchzen der Erleichterung.

Unvermittelt legte Marc einen Arm um Mia und zog sie ein Stück vom Rand des Brunnens weg. »Gut, dass du kommst. Irgendwer hat das Gitter vom Brunnen abmontiert, und Ashwa ist hineingestürzt. Sie hat sich den Kopf gestoßen, aber sonst scheint sie okay zu sein. Hast du ein Seil im Auto? Wenn wir sie da wieder rausholen wollen, brauchen wir eins.«

Ashwa erstarrte, als sie sah, wie Mia sich in Marcs Umarmung fallen ließ und sich wie selbstverständlich an seine Brust schmiegte.

Bis gerade eben hatte Ashwa nicht gewusst, dass die beiden etwas miteinander hatten, doch bei genauerer Betrachtung wunderte es sie nicht. Die selbstbewusste kleine Mia mit der großen Klappe passte so viel besser zu dem sportlichen Marc als sie selbst, die fette *Paki-Fotze.*

Erneut stiegen Tränen in ihr auf; ärgerlich wischte sie sie weg. Sie würde diesem Arschloch nicht hinterherweinen. Doch zu sehen, wie Marc auch noch den anderen Arm um Mia legte, tat beinahe mehr weh als der Sturz.

»Das ist lebensgefährlich«, sagte Mia. »Welcher Penner hat das Sicherungsgitter abgeschraubt? Wir sollten der Polizei Bescheid geben.«

»Bist du bescheuert?«, sagte Marc. »Wir können nicht die Bullen rufen. Wenn die von der Party Wind bekommen, haben wir einen Haufen Ärger an der Backe. Es herrscht akute Waldbrandgefahr, schon vergessen? Das kann richtig teuer werden. Also, was ist jetzt, hast du ein Seil? Vielleicht ein Abschleppseil?« Er schob Mia vom Brunnen weg, sodass Ashwa die Antwort nicht verstehen konnte.

Nachdem Marc mit Mia verschwunden war, dauerte es nicht lang, bis die anderen das Interesse verloren und ihnen folgten.

Ashwa unterdrückte einen Schluchzer und blickte sich im Brunnen um. Zunächst verschwamm alles vor ihren Augen, doch dann riss sie sich zusammen und bemerkte einen aus der Brunnenwand hervorstehenden Stein. Wenn sie sich auf die Zehenspitzen stellte, konnte sie ihn mit Sicherheit erreichen. Vielleicht, ganz vielleicht, würde sie es schaffen, aus eigener Kraft zu entkommen.

Sie streckte sich, packte den Stein und zog sich hoch.

Sofort begannen ihre Arme zu brennen.

Du bist einfach zu fett.

Ihre Füße suchten nach Halt und fanden einen kleinen Vorsprung, worauf das Brennen in den Oberarmen etwas nachließ. Der Brunnen war alt; im Laufe der Jahrzehnte hatten sich die Wände verschoben, sodass an einigen Stellen breite Risse zwischen den Fugen entstanden waren. Sie musste sich nur Stück für Stück nach oben ziehen. Das konnte hinhauen.

Vorsichtig löste sie eine Hand vom Stein und tastete nach weiteren Unebenheiten über sich. Als sie eine schmale Spalte entdeckte, grub sie die Fingerspitzen hinein, doch im nächsten Augenblick rutschte ihr Fuß ab, und sie verlor den Halt. Ein heller Schmerz durchzuckte sie, als der Nagel ihres Mittelfingers abriss.

Ashwa fiel zurück ins Wasser.

Sofort sprang sie wieder auf und ermahnte sich, ruhig zu bleiben. Doch als sie auf das rohe Fleisch an ihrer Hand blickte, wo eben noch ein Fingernagel gewesen war, drohte die Panik sie zu überwältigen. Wild schüttelte sie ihre Hand und watete durchs Wasser, wobei sie kehlige Laute wie ein verwundetes Tier von sich gab.

Plötzlich rieselten Erde und Steinchen auf sie herab. Sie schaute auf und erblickte eine einzelne Gestalt, deren Silhouette vor dem Mondlicht wie ein Scherenschnitt wirkte.

»Marc?«, fragte Ashwa und kniff die Augen zusammen, um besser sehen zu können.

Die Gestalt trug einen schwarzen Hoodie und eine Basecap, die sie tief ins Gesicht gezogen hatte.

»Ole? Bist du das?«

Keine Antwort.

»Bitte, hol mich raus«, flehte sie.

Die Gestalt trat dichter an den Brunnen, so dicht, dass ein Teil ihrer Sohlen über den Rand ragte. Wäre es heller gewesen, hätte Ashwa das Profil der Schuhe erkennen können. Vielleicht wäre ihr das Blut aufgefallen, das in den Zwischenräumen klebte; vielleicht aber auch nicht, denn es war zu einer dunklen Masse geronnen, die man selbst bei Tageslicht leicht für Straßenschmutz hätte halten können.

»Keine Sorge«, sagte die Gestalt, deren Stimme ihr bekannt vorkam. »Niemand wird dir jemals wieder Leid zufügen. Ich helfe dir.«

Kapitel 2

Die dünnen grauen Haare von Falk Bachmanns Vater standen wild nach allen Seiten ab. Seine wächserne Haut wirkte im Mondlicht, das durch einen Spalt zwischen den Vorhängen ins Zimmer fiel, noch fahler als bei Tag.

»Was willst du hier?«, fragte der Alte. Da das Kopfteil des Bettes, eines dieser monströsen Pflegeheimbetten mit Galgen und Haltegriff, hochgefahren war, musste sein Vater sich nicht aufsetzen, um Falk anzufunkeln. »Es ist mitten in der Nacht. Verschwinde, oder ich rufe eine der Pflegerinnen. Die machen dir Feuer unterm Arsch.«

Falk verdrehte die Augen, was einen ersten Anflug von Kopfschmerzen aufziehen ließ. »Erspar mir dein Gezeter«, sagte er und blickte sich um. Neben dem Bett, einer Anrichte und einem Nachtschrank mit ausklappbarem Tisch befanden sich nur noch ein paar alte Möbel seines Vaters in dem heruntergewohnten Zimmer. Es war verdammt trostlos.

Residenz am Huthpark schimpfte sich das Seniorenheim, in dem sein Vater seit einiger Zeit lebte, dabei hatte der dreigeschossige Kasten im Frankfurter Osten nichts mit einem herrschaftlichen Anwesen gemein, sah man von den gepfefferten Preisen einmal ab.

Verdammt, der Alte sieht mehr tot als lebendig aus, schoss es Falk durch den Kopf. Dabei hätte er längst an den Anblick gewöhnt sein müssen. Seit Monaten baute sein Vater ab, und seit mindestens genauso langer Zeit hatte er das Bett nicht mehr verlassen. Trotzdem weigerte sich der Drecksack, endlich abzukratzen.

Was tue ich überhaupt hier? Und wie spät ist es?, überlegte Falk. *Vier Uhr? Nein, eher fünf.* Er blickte auf seine Armbanduhr, doch im Dunkeln konnte er die Zeiger nicht erkennen. In letzter Zeit machten ihm seine Augen sogar im Hellen manchmal Schwierigkeiten, trotzdem ging er nicht zum Optiker. Mit seinen dreiundvierzig Jahren fühlte er sich für eine Lesebrille noch zu jung.

»Was ist mit ihr passiert?«, stellte Falk die Frage, die er seinem Vater seit nunmehr sechsundzwanzig Jahren stellte, ohne je eine Antwort bekommen zu haben. Seine Stimme klang kratzig, die Zunge fühlte sich pelzig an, und der dumpfe Schmerz in seinem Kopf begann in ein Hämmern überzugehen. Die ersten Nachwehen des zurückliegenden Wochenendes. Doch noch zirkulierte genügend Wodka in seinen Adern, um dem Kater Einhalt zu gebieten, und der Alkohol war es auch gewesen, der ihn auf die abstruse Idee gebracht hatte, mitten in der Nacht ins Pflegeheim einzubrechen, um seinem Vater im Halbschlaf eine Antwort auf die Frage nach dem Verbleib seiner Mutter abzuringen.

»Bist du deshalb hergekommen?«, fauchte der Alte. Sein hagerer Körper bebte unter dem viel zu weiten Pyjamaoberteil, dessen dunkles Blau in starkem Kontrast zu den weißen Brusthaaren stand, die aus dem Kragen quollen. Obwohl er ausgemergelt bis auf die Knochen war und nichts mehr mit dem bulligen Hünen gemein hatte, den Falk und sein Bruder in ihrer Kindheit fürchten gelernt hatten, war seine Stimme noch erstaunlich kräftig: »Wann hörst du endlich mit den alten Geschichten auf? Deine Mutter, diese Schlampe, ist abgehauen. Ich weiß nicht, wo sie hin ist, und es geht mir auch an meinem faltigen Arsch vorbei.« Ein Husten rasselte in seiner Brust, und er griff nach dem Glas auf dem Nachttisch, doch es war leer. »Hol mir Wasser«, keuchte er.

»Ich glaube dir nicht«, erwiderte Falk und senkte die Stimme, als ihm bewusst wurde, dass der Wodka ihn hatte lauter werden lassen. »Sie ist nicht einfach weg.« Er versuchte, sich zusammenzureißen – warum betrank er sich eigentlich, wenn er den Kontrollverlust hasste? – und fuhr fort: »Was ist damals passiert? Was hast du mit ihr gemacht? Sag es endlich. Du hast doch nichts mehr zu verlieren.«

»Verpiss dich.« Die Worte seines Vaters verloren sich in einem neuerlichen Hustenanfall, und bevor Falk dazu kam, etwas zu erwidern, öffnete sich die Tür. Das Deckenlicht ging an.

»Was ist denn hier los?« Die Pflegerin, die auf ihn zutrat, warf ihm einen irritierten Blick zu und baute sich zu ihrer Komm-mir-nicht-blöd-Größe von einem Meter siebzig auf, womit sie ihm bis an die Brust reichte. »Was tun Sie hier? Wer sind Sie?«

»Falk Bachmann, ich bin der Sohn«, stellte er sich über den bellenden Husten seines Vaters hinweg vor.

Der Pferdeschwanz, zu dem die Pflegerin ihre blonden, mit blauen Strähnen durchzogenen Haare zusammengefasst hatte, wippte, während sie sich von Falk abwandte. Rasch nahm sie das leere Glas vom Nachtschrank, trat an den alten Küchentisch, an dem Falk und sein jüngerer Bruder Lars mit ihrem Vater nach dem Verschwinden ihrer Mutter schweigend die Mahlzeiten eingenommen hatten, und schenkte Wasser aus der darauf stehenden Flasche ein.

Obwohl Falk sie auf mindestens zehn Jahre älter als seine Tochter schätzte – Anfang dreißig, mutmaßte sein wodkavernebelter Verstand –, erinnerte sie ihn mit ihren gefärbten Haaren und der mädchenhaften Figur trotzdem an Mia. Fasziniert wanderte sein Blick von den in Grautönen gehaltenen Tattoos, die ihren gesamten rechten Arm bedeckten, zumindest soweit man das unter ihrem kurzärmeligen Kittel beurteilen konnte, zu den weißen Doc Martens an ihren Füßen. Er kannte die Marke, schließlich hatte er an einem der letzten Besuchswochenenden seiner Tochter knapp zweihundert Euro für ein ähnliches Paar mit gelber Naht berappen müssen.

»Und wie sind Sie hier reingekommen? Es ist fünf Uhr in der Früh. Vielleicht sollte ich die Bullen rufen«, sagte sie. Dann hielt sie seinem Vater das Wasserglas an den Mund, und der Husten des Alten verstummte.

Augenblicklich fühlte Falk sich mies; wie der missratene Sohn, der seinen Vater verdursten ließ.

Scheiße, wie er dieses Gefühl hasste. Doch mehr noch hasste er es, sich seinem Vater gegenüber schuldig zu fühlen. Der Alte hatte es nicht verdient, bemitleidet zu werden.

»Nicht nötig«, entgegnete er, als er den abwartenden Blick der Pflegerin wahrnahm. »Ich bin Bulle.«

»Na klar, und ich geh als Gitarristin mit *Bon Jovi* auf Tour.« Sie betrachtete ihn mit einer hochgezogenen Augenbraue, worauf er ihr seinen Dienstausweis entgegenhielt.

Sie warf einen flüchtigen Blick darauf. »Landeskriminalamt. Dann hoffe ich für Sie, dass Sie nicht im Dienst sind, Herr Hauptkommissar. Um betrunken zu werden, reicht es, Ihre Ausdünstungen einzuatmen.« Sie zwinkerte ihm zu, ein Funkeln in den Augen, von denen er auf die Entfernung nicht sagen konnte, ob sie blau oder eher grau waren, und stellte das Wasserglas zurück auf den Nachttisch. Dann fasste sie seinen Vater mit geübtem Griff an den Schultern, zog ihn vor und schob ihm das Kissen tiefer in den Rücken. »Anstrengendes Wochenende gehabt?«, fragte sie Falk.

»Wie man es nimmt«, gab er ausweichend zurück, denn er konnte sich nur noch verschwommen an die zurückliegenden Tage erinnern. Alles, was er noch wusste, war, dass er sich am Freitag um die Mittagszeit mit einem Informanten zu einem Essen in Frankfurt-Bockenheim getroffen hatte und sie sich eine Flasche Wein geteilt hatten. Anschließend war er nicht zurück ins Präsidium nach Wiesbaden gefahren, sondern hatte sich auf eine Kneipentour begeben, die darin geendet hatte, dass er sich jetzt, Montagmorgen, im Zimmer seines Vaters wiederfand. Alles Weitere? Filmriss. Dabei trank Falk normalerweise nicht. Er konnte monatelang trocken bleiben. Doch wenn die Unruhe kam, half nur, sie zu ertränken.

»Schaffen Sie den versoffenen Kerl raus«, rief sein Vater der Pflegerin zu. »Ich will meine Ruhe, und Sie will ich auch nicht mehr sehen. Schicken Sie mir das nächste Mal die Kleine mit dem schnuckeligen Arsch und den dicken Titten.«

»Wird gemacht, Mr B.«, antwortete die Frau augenzwinkernd. »Arsch und Titten, ist notiert.« Im Gehen fasste sie Falk am Arm und zog ihn mit sich aus dem Zimmer.

Er registrierte das gute Gefühl, ihre Hand auf seinem Unterarm zu spüren. Wie lange war es her, dass eine Frau ihn berührt hatte?

»Okay, *Bulle,* verraten Sie mir jetzt, wie Sie hier unangemeldet reingekommen sind?«, fragte sie, nachdem sie in den langen, schmalen Flur getreten waren. »Was wollten Sie um diese Zeit von Ihrem Vater?«

Seine Kopfschmerzen wurden schlimmer. Er fuhr sich mit den Händen über das Gesicht, vergrub die Finger in den Haaren. »Es tut mir leid. Es war sicher nicht meine beste Idee, mitten in der Nacht hier aufzukreuzen«, sagte er ausweichend. »In den kommenden Wochen werde ich keine Zeit finden, meinen Vater zu besuchen, daher hielt ich es für das Beste, heute noch einmal kurz vorbeizuschauen und hallo zu sagen. Ich will nicht, dass er sich Sorgen macht.«

Man musste kein Profiler beim LKA sein, um zu erkennen, dass sie ihm die Lüge nicht abkaufte.

»Wie Sie meinen«, sagte sie. Beiläufig zog sie eine Packung Lucky Strike aus ihrer Kitteltasche, klopfte eine Zigarette heraus und hielt ihm die Schachtel hin. »Auch eine?«

Eigentlich rauchte Falk nicht. Genauso wenig, wie er trank.

Er nickte, nahm die Zigarette, legte aber die Stirn in Falten. Wollte sie sich allen Ernstes auf dem Flur eine anstecken?

Wie es aussah, las sie ihm seine Gedanken vom Gesicht ab, denn sie grinste. »Das Schwesternzimmer hat einen Balkon.« Sie griff sich an den Kopf. »Ich sage noch immer Schwesternzimmer, dabei heißt es offiziell *Dienstzimmer des Wohnbereichs,* doch das will einfach nicht in meinen

Schädel. Ich arbeite erst seit ein paar Wochen hier, eigentlich bin ich Krankenschwester.«

Falk hörte nur mit halbem Ohr zu. Im Gehen fischte er sein Handy aus der Jeans und versuchte, es einzuschalten, aber der Bildschirm blieb schwarz. Der Akku hatte sich verabschiedet.

»Sie haben nicht zufällig ein Aufladegerät für das Teil hier?« Er hielt das Smartphone hoch.

Sie betrachtete das Model. »Ich glaube, mein Kabel sollte passen, aber das werden wir gleich sehen.« Ihre Stiefel polterten über den grauen PVC-Boden – ihre Art zu gehen glich der eines Bauarbeiters –, während sie die Theke der Anmeldung umrundete und im dahinterliegenden Raum verschwand.

Als Falk ihr folgte, stach ihm das Neonlicht der Deckenlampe wie Nadeln in die Augen und bohrte sich auf direktem Weg in sein Gehirn. Ihm entfuhr ein Stöhnen. Und dann noch eines; in dem verfluchten Zimmer konnte man sich kaum bewegen.

»Willst du was gegen deine Kopfschmerzen? Oh, entschuldige, jetzt bin ich ins Du verfallen.« Sie lachte auf – ein schönes Lachen, tief und ehrlich –, dann streckte sie ihm die Hand entgegen. »Ich bin Zoe.«

»Falk.« Er schlug ein.

»Freut mich, Falk.« Zoe trat an den Schrank, kramte in einer Schublade und förderte schließlich ein dunkelbraunes Glasfläschchen zu Tage, aus dem sie einige Tropfen in einen kleinen Plastikbecher fallen ließ. Anschließend hielt sie ihn unter den Hahn und gab etwas Wasser dazu. »Trink das«, sagte sie.

Ohne lange zu überlegen, kippte er die Flüssigkeit hinunter, kniff die Augen zusammen und schüttelte den Kopf. Als er wieder aufsah, hielt Zoe ein Aufladekabel in der Hand.

»Ja, das sollte passen«, meinte sie. »Gib mal dein Handy.«

Er reichte es ihr, und kurz darauf hing es am Stecker, dann gingen sie hinaus auf den Balkon. Falk hätte viel für kühle Luft gegeben, doch stattdessen trat er in die schwüle

Hitze, die Frankfurt bereits seit über einer Woche fest im Griff hatte. Nicht einmal nachts fielen die Temperaturen unter die Zwanzig-Grad-Marke.

Zoe gab ihm Feuer, bevor sie ihre eigene Zigarette anzündete. »Also, wie bist du um diese Uhrzeit hier hereingekommen?«, fragte sie und stieß die Luft durch die Nase aus.

»Eines der Kellerfenster war gekippt«, erklärte Falk, während er seinen Blick über den Huthpark wandern ließ, der sich an das Seniorenheim anschloss. »Am Griff ist zwar ein Schloss, was aber nichts bringt, solange man es nicht benutzt. Ihr solltet mehr auf die Sicherheit achten. Beim nächsten Mal überrascht dich vielleicht nicht nur ein Polizist. Bist du allein auf der Station?«

Zoe schüttelte den Kopf. »Wir sind zu zweit. Theresa ist gerade auf ihrer Runde durch die Zimmer. Ich habe die Medikation übernommen. Und die Einbrecher.« Sie grinste.

Verlegen fuhr Falk sich durch die Haare, als aus dem Dienstzimmer Warntöne von seinem Handy zu ihnen drangen. Er zählte sechs Benachrichtigungen. Offenbar versuchte jemand, ihn dringend zu erreichen.

Als er sich noch Gedanken darüber machte, was passiert sein könnte, fing das Telefon zu läuten an.

»Shit, warte kurz, ich bin gleich wieder da«, sagte er zu Zoe und legte die Zigarette in den Aschenbecher. Im Dienstzimmer griff er nach dem Handy und schaute auf das Display.

Koruhn ruft an.

Wenn sein Chef ihn um diese Uhrzeit zu erreichen versuchte, war es etwas Ernstes.

»Ja?«, fragte Falk anstelle einer Begrüßung.

»Fahren Sie sofort in den Stadtwald«, sagte Koruhn, der Leiter der Abteilung 4 beim LKA, die für Fälle schwerer und organisierter Kriminalität zuständig war. Wie immer hielt Koruhn nichts von langen Vorreden. »Wir haben ein totes Mädchen. Sie ist Inderin, gerade achtzehn und übel zugerichtet.«

Kapitel 3

Zoe parkte den Wagen mitten auf dem Waldweg, beugte sich zum Radio und schaltete es aus. Die harten Gitarrenriffs verstummten.

Endlich. Falk war Zoe dankbar, dass sie ihn gefahren hatte, doch ihr grauenhafter Musikgeschmack hatte nicht gerade dazu beigetragen, seinen desolaten Zustand zu verbessern.

»Danke fürs Mitnehmen, du hast was gut bei mir«, sagte er. Mühsam faltete er seinen knapp eins neunzig großen Körper aus dem schwarzen Fiat Punto, der so alt war, dass ihn wahrscheinlich nur noch die Aufkleber zusammenhielten, mit denen Zoe ihn *verschönert* hatte. Neben dem Sticker von *Metallica* und anderen Metalbands, deren Namen Falk nichts sagten, zierte ein vergilbter *Ich-bremse-auch-für-Männer*-Aufkleber das schrottreife Gefährt.

»Vielleicht können wir mal einen Kaffee trinken gehen?«, fragte Zoe.

Falk beugte sich herunter und spähte durch die offene Beifahrertür.

In normaler Straßenkleidung – Zoe hatte den Kittel durch ein *Ramones*-T-Shirt und einen knappen schwarzen Rock ersetzt – sah sie unkonventionell, aber verdammt gut aus.

Eine Einladung.

Gemeinsam einen Kaffee trinken gehen.

Er spürte, wie seine Mundwinkel zuckten und sich nach oben ziehen wollten, doch er vertrieb das Grinsen. Die Pflegerin seines Vaters wollte nur nett sein, das war keine große Sache.

Schon während der Fahrt hatte er sich dabei ertappt, dass er sie anstarrte. Um sich abzulenken, hatte er versucht, seine Tochter zu erreichen. Vier der sechs eingegangenen Nachrichten stammten von ihr, doch was immer Mia am Freitagabend gewollt hatte, inzwischen schien es nicht mehr dringlich zu sein, denn sie ging weder an ihr Telefon, noch reagierte sie auf die SMS, die er ihr geschickt hatte.

Typisch Teenager, dachte Falk. Wenn ihnen etwas unter den Nägeln brannte, war immer alles *superwichtig* und musste *megaschnell* erledigt werden. Doch stand man als Vater einmal nicht Gewehr bei Fuß, verloren sie das Interesse und wandten sich dem nächsten *superwichtigen* Problem zu.

»Kaffee trinken gehen?«, fragte Zoe noch einmal und riss Falk aus den Gedanken.

Er rieb sich über die Bartstoppeln an seinem Kinn. »Klar«, antwortete er möglichst unbeteiligt. »Meine Handynummer ist als Notfallnummer bei meinem Vater hinterlegt. Ruf einfach an, wenn du Lust hast.«

Noch bevor die Beifahrertür ins Schloss gefallen war, wusste er, dass sie nicht anrufen würde. Und an ihrem Gesichtsausdruck erkannte er, dass sie wusste, dass er es wusste.

Falk machte einen Schritt vom Wagen weg. Kurz tippte Zoe auf die Hupe, dann wendete sie den Punto, und wenig später fuhr sie den unbefestigten Waldweg mit einem solchen Tempo zurück, dass sie Staub aufwirbelte.

In der Hoffnung, nicht so ramponiert auszusehen, wie er sich fühlte, strich Falk sich durch die Haare, während er auf die Polizeiwagen zulief. Zuckendes Blaulicht durchschnitt die Morgendämmerung. Durch die Tropfen, die Zoe ihm gegeben hatte, waren seine Kopfschmerzen zu einem dumpfen Pochen zusammengeschmolzen, trotzdem wäre er lieber erst einmal in sein Apartment gefahren, um zu duschen und einen Liter Kaffee in sich hineinzuschütten. Doch unter den gegebenen Umständen war das illusorisch, schließlich hatte ihn der Bär, wie sein Chef Dietmar Koruhn wegen seiner Leibesfülle, des Vollbarts und der tapsigen Art genannt wurde, höchstpersönlich in den Stadtwald beordert.

Details zum Tathergang hatte er ihm am Telefon keine nennen können. Bekannt sei nur, dass die tote Frau in den frühen Morgenstunden vom Hund eines Joggers entdeckt wurde. Daraufhin seien die Frankfurter Kollegen vom K10 hinausgefahren, doch der Zustand der Leiche habe sie veranlasst, die Profiler des LKA um Unterstützung zu bitten.

»Es sieht schlimm aus. Machen Sie sich auf einiges gefasst«, hatte Koruhn gesagt. »Aber vergessen Sie nicht, dass wir nur beratend tätig sind. Das K10 leitet den Einsatz, keine Alleingänge, Bachmann.«

Zwei Polizisten in Uniform standen hinter dem rot-weißen Flatterband, mit dem ein Teil des Waldwegs und der Zugang zu dem kleinen See abgesperrt war. Eine Entenfamilie schwamm in der Mitte des Wassers, das durch die warmen Temperaturen der letzten Wochen mit einem Algenteppich überzogen war, und beobachtete das Treiben an der Uferböschung. Scheinwerfer tauchten den Tatort in gleißend helles Licht, das von den weißen Overalls der Kollegen von der Spurensicherung reflektiert wurde.

»Sie können hier nicht durch. Bitte gehen Sie weiter«, sagte einer der Polizisten, ein junger Kerl, der noch grün hinter den Ohren war. Sein Blick glitt von Falks verkatertem Gesicht über das graue T-Shirt, das schon am Freitag in die Wäsche gemusst hätte, hinunter zu den fleckigen Schuhen.

Während Falk seinen Dienstausweis suchte, fragte er sich, wie und wann er es am Wochenende geschafft hatte, die neuen Lederschuhe zu ruinieren, die er sich bei der Shoppingtour mit seiner Tochter von der findigen Verkäuferin hatte aufschwatzen lassen.

»LKA«, sagte er und zeigte dem Jungen die scheckkartengroße Plastikkarte. »Kann einer von Ihnen mich zum Einsatzleiter bringen?«

Der zweite Polizist, ein beleibter Mann mit gewaltigem Schnauzbart und dunklen Rändern unter den Achseln seines Hemdes, hob das Absperrband an und nickte in Richtung der etwa einhundert Meter entfernten

Uferböschung. »Noch mehr LKA, so so. Zwei Ihrer Kollegen sind bereits vor einer halben Stunde eingetroffen.« Sein Atem ging schwer; offenbar machte ihm das Wetter zu schaffen, obwohl es um diese Zeit im Wald noch recht erträglich war. »Hauptkommissar Höldtke leitet die Ermittlungen. Sie finden ihn gleich da vorn.«

Schlagartig sank Falks Laune, um die es ohnehin nicht zum Besten bestellt war. Nach einem durchzechten Wochenende ausgerechnet Höldtke, dieses Arschloch, als Einsatzleiter vor die Nase gesetzt zu bekommen, war so ziemlich das Letzte, was er gebrauchen konnte.

Falk machte sich nicht die Mühe, sich ein Danke abzuringen, schlüpfte unter dem Absperrband hindurch und folgte dem Pfad hinunter zum See. In diesem Teil des Stadtwalds fanden die Bäume, die sich bis dicht ans Ufer drängten, offenbar noch genügend Wasser, denn das Laub war kräftig grün. Anderenorts warfen die Bäume wegen der Trockenheit bereits die Blätter ab, wie Falk aus den Nachrichten wusste. Seit Wochen wurde vor möglichen Waldbränden gewarnt, doch da Falk nicht zu den Menschen gehörte, die freiwillig durch die Botanik stampften, tangierte es ihn nicht. Er würde nicht so weit gehen, zu behaupten, er hasse die Natur, aber er verstand den Hype nicht, den Großstädter darum veranstalteten. Die Seele in der Ruhe des Waldes baumeln zu lassen, bedeutete doch nichts anderes, als von Mücken aufgefressen zu werden, fitnesssüchtigen Joggern auszuweichen oder sich vor halsbrecherisch um die Kurve rasenden Mountainbikern in Sicherheit zu bringen. Und setzte man sich kurz ins Gras, krabbelte einem Viehzeug in die Hose. Nein, dann doch lieber auf einem Stuhl vor einem Café am Main sitzen und sich zum Kaffee einen Cognac gönnen.

»Na endlich, wo bleibst du denn?«, hörte er seine Kollegin Dr. Juliane Klawitter rufen. Sie winkte ihm vom Seeufer aus zu, wo Männer von der Kriminaltechnik damit beschäftigt waren, die Umgebung nach Spuren abzusuchen. Während die stämmige Polizeipsychologin auf

Falk zueilte, wippten ihre Brüste wie kampfbereite Fäuste unter einem Top und einer leichten Jacke.

Offenbar hatte Koruhn sie aus dem Bett geklingelt, denn ihre brauen Haare sahen noch zerzauster aus als ohnehin schon. Seit einigen Wochen ließ sie sich die Haare wachsen, wodurch sie eine frappierende Ähnlichkeit mit einem Wischmopp aufwies.

»Dir auch einen guten Morgen«, begrüßte Falk sie mürrisch. »Hat der Bär dich also ebenfalls hierher bestellt. Was haben wir?«

Mit zwei Schritten war sie bei ihm, wobei sie sichtlich darauf achtete, mit ihren hochhackigen Schuhen, die für einen Ausflug in den Wald denkbar ungeeignet waren, nicht an einer Wurzel hängen zu bleiben. Sie schnupperte an ihm.

»Halt mir bitte keinen Vortrag«, sagte Falk und breitete die Arme aus. »Ich bin erwachsen und du nicht meine Mutter.«

»Ich bin Ende dreißig, allein rein rechnerisch könnte ich gar nicht deine Mutter sein«, konterte sie. Umständlich kramte sie in ihrer Umhängetasche und holte ein Päckchen Kaugummi hervor. »Nimm das, du stinkst wie eine Kneipe.«

Widerwillig nahm Falk einen Kaugummi und versuchte, damit klarzukommen.

»Seit wann trinkst du wieder?«, fragte Juliane leise.

»Keinen Vortrag, schon vergessen? Also, was haben wir?«

Noch bevor Juliane antworten konnte, trat ein junger Mann mit kurzen blonden Haaren und Dreitagebart auf sie zu. Er konnte nicht viel älter als der Jungspund an der Absperrung sein, doch im Gegensatz zu diesem trug er keine Uniform. Trotz der frühen Uhrzeit wirkte er ausgeschlafen. Und widerlich gutaussehend, woran selbst die Verwachsung am rechten Ohr nichts änderte.

»Wir haben eine Leiche, weiblich, achtzehn Jahre«, beantwortete der Beamte die Frage, die Falk an die Psychologin gerichtet hatte. »Sie weist Spuren von Misshandlungen auf und …« Abrupt stockte sein

Redefluss, dann hielt er Falk die Hand hin. Gut sichtbare Muskelstränge zogen sich unter der Haut den Unterarm entlang und verschwanden in den aufgekrempelten Ärmeln seines Hemdes. Der Typ war fit, eindeutig ein Sportler. Sofort dachte Falk daran, dass auch er einmal so sportlich gewesen war.

»Kriminaloberkommissar Jan Hartwick«, stellte der Schönling sich vor, nachdem Falk eingeschlagen hatte.

Der Name sagte ihm nichts, obwohl die blauen Augen ihn erwartungsvoll ansahen.

»Welchen Gürtel haben Sie?«, fragte Falk anstelle einer Begrüßung.

Irritiert hoben sich die Brauen des jungen Polizeibeamten, worauf Falk auf dessen Ohr zeigte.

»Solche Verletzungen sind typisch für Ringer, Boxer und Judokas. Für einen Ringer sind Sie zu schmal gebaut, und da Ihre Nase keine Brüche aufweist, fällt auch das Boxen weg. Bleibt nur Judo. Also, welcher Grad?«

Ein verlegenes Lächeln, das eine Spur Stolz nicht verbergen konnte, legte sich auf die Lippen des jungen Kommissars. »Meisterklasse, sechster Dan.«

»Rot-weißer Gürtel. Ich bin beeindruckt«, entgegnete Falk gönnerhaft. »Aber jetzt muss ich mich um einen Mordfall kümmern. Ach, Sie können mir einen Becher Kaffee bringen, schwarz; ich habe noch nicht gefrühstückt. Sie finden mich bei Ihrem Chef.«

Das Gesicht des jungen Kommissars verfinsterte sich, was Falk geflissentlich ignorierte, während er an ihm vorbeiging. Doch weit kam er nicht. Eine Hand legte sich um seinen Arm.

Juliane hielt ihn fest. Um in sein Ohr sprechen zu können, musste die höchstens eins fünfundsechzig große Psychologin sich trotz ihrer hohen Schuhe auf die Zehenspitzen stellen. »*Du* bist sein Chef«, sagte sie, auf den Schönling deutend. »Das ist Kriminaloberkommissar Jan Hartwick, dein neuer Partner.«

Kapitel 4

Falk verzog das Gesicht. Das durchzechte Wochenende schien den Teil seines Gehirns lahmgelegt zu haben, in dem es den Umstand gespeichert hatte, dass der Bär ihm einen neuen Partner aufs Auge gedrückt hatte.

»Ein junger Kollege, frisch von der Akademie, Jahrgangsbester in der Ausbildung zum Fallanalytiker. Sie werden ihn mögen«, hatte Koruhn ihn angepriesen wie ein Fischhändler einen stinkenden Karpfen.

In den letzten Jahren war es Falk stets gelungen, sich gegen Koruhns Pläne zu wehren, ihm jemanden an die Seite zu stellen. Doch nach der Sache mit den Albanern im vergangenen Jahr hatte Koruhn nicht mehr mit sich reden lassen. Entweder Falk arbeite mit einem Aufpasser in Form eines neuen Partners zusammen oder er könne sich eine andere Abteilung suchen, hatte der Bär sich unmissverständlich ausgedrückt. Das Gespräch mit seinem Chef war ihm noch in lebhafter Erinnerung, war es doch eine der wenigen Gelegenheiten gewesen, den gutmütigen Bären einmal in Rage zu erleben. Etwas, das Falk so schnell nicht wieder mitmachen wollte.

Unwillig machte er auf dem Absatz kehrt. »Nichts für ungut; tut mir leid, dass ich Sie für einen vom K10 gehalten habe«, sagte er und klopfte dem Neuen auf die Schulter. »Willkommen im Team. Aber einen Kaffee können Sie mir trotzdem organisieren.«

Hartwick ignorierte seine Worte. Unbeirrt folgte er Falk und Juliane.

»Woher wissen Sie so genau, wie alt die Tote war?«, fragte Falk ihn, als sie auf die Uferböschung zuliefen. »Sie sagten, die Frau sei achtzehn.«

»Man hat ihren Schülerausweis gefunden. Ihr Name ist …«, Hartwick zog sein Handy aus der Hosentasche und schaute auf den Bildschirm, »Aishwarya Jha.« Er brauchte einige Versuche, bis er den Namen herausbekam. »Sie ist Inderin, lebt aber in Frankfurt. Der Gerichtsmedizin zufolge ist sie noch nicht lange tot.«

Im Vorbeigehen nickte Falk den Technikern von der Spurensicherung zu, die mit Mundschutz und Einmal-Overalls in den umliegenden Büschen kauerten. Jedes Mal, wenn Falk sie einen Tatort nach Spuren absuchen sah, erfasste ihn eine nervöse Unruhe. Für ihn wäre diese Arbeit, die mit stoischer Akribie betrieben werden musste, die reinste Folter. Falk brauchte Bewegung, wenn er nicht durchdrehen wollte.

»Der Fundort der Leiche ist nicht identisch mit dem Ort der Tötung«, fuhr Hartwick fort. »So viel konnten mir die Kollegen vom K10 bereits sagen. Für alles Weitere müssen wir auf die Ergebnisse der Rechtsmedizinerin warten.«

Der Neue legt sich ja mächtig ins Zeug. Warum ist er überhaupt schon hier, anstatt, wie für Neue üblich, in Wiesbaden beim LKA aufzuschlagen?, fragte sich Falk und gab sich selbst die Antwort: *Weil der Kerl ein Streber war. Klassenbester, Frauenschwarm, Supersportler, wahrscheinlich auch noch Nichtraucher, Antialkoholiker und Veganer.* Falk kannte diese Typen, und er mochte sie nicht.

Bevor Hartwick damit fortfahren konnte, den Ermittlungsstand zu referieren, stellte sich ihm ein Mann in den Weg und sagte: »Welch Glanz an meinem Tatort: die Elite vom LKA.« Lienhard Höldtke, der vor zwei Jahren nicht ganz freiwillig vom LKA zum K10 nach Frankfurt gewechselt war, grinste ihn und Juliane – seine ehemaligen Kollegen – an; seine kleinen Augen aber blieben ausdruckslos.

Falk bemerkte, dass Höldtke sich kaum verändert hatte. Unter dem Hemd, dessen Farbe an die Verdauung nach einem Essen beim Chinesen erinnerte, spannte sein Bauch mehr als beim letzten Mal, während das Haar, das er sich quer über den Schädel kämmte, noch dünner wirkte. Ansonsten war Höldtke das Arschloch, das er war.

»Wir freuen uns auch, dich zu sehen«, sagte Falk, den Sarkasmus in Höldtkes Worten ignorierend. »Hast du Sehnsucht nach deiner alten Abteilung, oder warum hast du uns kommen lassen?« Normalerweise wurde die Operative Fallanalyse, kurz OFA, erst in die Ermittlungsarbeit einbezogen, nachdem alle Versuche, einen Fall zu lösen, gescheitert waren. Wenn die OFA zu einem so frühen Zeitpunkt involviert wurde, wies dies auf besondere Umstände hin. Umstände, die entweder für einen Serientäter sprachen oder ein großes öffentliches Interesse befürchten ließen.

»Es war nicht meine Idee, euch Clowns antanzen zu lassen. Kriminalrat Baumgart hat Koruhn um Unterstützung gebeten«, sagte Höldtke. Seine Augen wanderten von dem Neuen zu Juliane und blieben schließlich an Falk hängen. »Aber vergesst nicht, dass ihr meiner Mordkommission untersteht. Ich bin es, der die Ermittlungen leitet, ist das klar?«

Mit Genugtuung registrierte Falk, wie sehr es Höldtke wurmte, von Baumgart, dem Chef des K10, das LKA an die Seite gestellt bekommen zu haben.

»Lass die Schwanzvergleiche«, antwortete Falk. »Du ziehst sowieso den kürzeren.«

Höldtke lief rot an. »Du kannst mich mal.«

»Falls das ein Angebot war, muss ich ablehnen. Du bist nicht mein Typ, Lienhard.« Falk konnte es sich nicht verkneifen, Höldtke beim Vornamen zu nennen. Er wusste, wie sehr Höldtke das hasste.

Wortlos gab dieser den Weg frei.

»Du kannst so ein Idiot sein«, sagte Juliane, nachdem sie ein paar Schritte gegangen waren. »Warum müssen Männer sich das Leben lang wie Jungs auf dem Pausenhof benehmen?«

Falk zuckte mit den Achseln und machte eine wegwerfende Geste. Jetzt, wo sie vor dem Absperrband standen, das den Nahbereich um den Leichenfundort gegen versehentliches Betreten sicherte, konzentrierte er sich auf das Bild, das sich ihm bot.

Die Tote lag am flach auslaufenden Ufer. Bis auf ein grobes Leinentuch, das ihren Unterleib bedeckte, war sie nackt; ihre Haut hatte einen kräftigen, dunklen Cremeton; den Schädel hatte man ihr kahl rasiert; neben ihr eine Tasche sowie ein ordentlich aufgefalteter Stapel Kleidung. Würde die Sonne höher am Himmel stehen, hätte man bei beiläufiger Betrachtung annehmen können, die junge Frau hätte sich zum Sonnenbaden an den See gelegt.

»Der Täter hat keinen Versuch unternommen, die Leiche zu verstecken«, dachte Falk laut nach. »Er hat sie auch nicht einfach abgelegt. Im Gegenteil: Er hat sie drapiert.«

Die Gerichtsmedizinerin Dr. Di Carlo, die neben dem toten Körper kniete, schloss ihren Koffer, stand auf und zog sich die Schutzmaske vom Gesicht. »Ich bin hier fertig«, rief sie den Männern von der Spurensicherung zu, die in einigem Abstand warteten.

Falk duckte sich unter der Absperrung hindurch und hielt das Band für Juliane und Hartwick hoch. Zusammen gingen sie zu einem Klapptisch, auf dem Plastiküberzieher für die Schuhe und Schutzkleidung bereitlagen.

Falk wusste, dass Juliane diese Overalls verabscheute. Sie fand, sie würde darin wie ein weißer Elefant aussehen. Falk hatte ihr niemals widersprochen; er war kein Mann, der Komplimente machte, doch er sah das anders. Juliane war auf ihre Weise hübsch, authentisch und sympathisch, eine Frau, auf die er sich verlassen konnte. Sie war einfach Juliane. Außerdem ließen die Overalls jeden bescheuert aussehen. Jeden, mit Ausnahme des Neuen, und das bemerkte nicht nur er. Auch Dr. Di Carlo musterte Hartwick. Die schlanke Italienerin, eine Institution der Frankfurter Gerichtsmedizin, der man nicht ansah, dass sie auf die sechzig zuging, konnte ihren Blick gar nicht von dem Neuen losreißen.

»Wen haben wir denn da?« Dr. Di Carlos tiefe Stimme schnurrte vor Begeisterung.

»Das ist Jan Hartwick, frisch von der Akademie und der neue Mann an Falks Seite«, antwortete Juliane.

Falk schnaubte. »Mein Bedarf an Männern ist gedeckt. Ich habe bereits dankend abgelehnt, als Höldtke mir seinen Hintern angeboten hat.«

Hartwicks Miene verdunkelte sich, was Falk jedoch mit einem Achselzucken abtat. Der Neue würde sich an seine Art gewöhnen müssen, wenn er in der Abteilung 4 überleben wollte.

Ohne den Blick von Hartwick zu nehmen, sagte Dr. Di Carlo: »Ich beneide Sie, Bachmann. Mein neuer Assistenzarzt sieht aus wie eine Kröte. Warum kann ich nicht auch einmal eine Sahneschnitte abbekommen?«

»Äh, hallo«, schaltete sich Hartwick ein. »Ich kann Sie hören; ich stehe neben Ihnen.«

Die Frauen lachten.

»Wir müssen unbedingt mal wieder etwas essen gehen. Vielleicht will Ihr neuer Kollege uns ja begleiten?«, sagte Dr. Di Carlo augenzwinkernd zu Juliane, doch dann wurde sie ernst. »Aber lassen Sie uns nun zu den unerfreulichen Dingen kommen.« Die Rechtsmedizinerin stellte ihren Koffer auf den Tisch, bevor sie zurück zu der jungen Frau ans Wasser ging. Falk und die anderen folgten ihr.

»Mein Gott, war sie wirklich erst achtzehn?«, fragte Falk. Er starrte in das Gesicht der Toten; ein Gesicht, das nicht zu dem mädchenhaften Körper passen wollte. Zunächst hatte Falk angenommen, der Eindruck, eine wesentlich ältere Frau vor sich zu haben, sei auf den Umstand zurückzuführen, dass die Tote einen kahlen Schädel hatte. Doch das allein war es nicht. Die Hautpartie um den Mund herum war eingesunken, wodurch das Gesicht seltsam deformiert wirkte.

»Ja, sie war erst achtzehn. Die Spurensicherung hat ihren Schülerausweis gefunden«, wiederholte Dr. Di Carlo, was Falk bereits von seinem neuen Partner wusste. »Das Alter deckt sich auch mit meinen vorläufigen Untersuchungsergebnissen.« Die Gerichtsmedizinerin deutete mit dem Finger, der in einem Latexhandschuh steckte, auf Schnittwunden am Kopf. »Den kahl rasierten Schädel hat sie erst seit ein paar Tagen. Die kleinen Wunden, die vermutlich von einem scharfen Messer herrühren – ich tippe auf ein Skalpell oder Rasiermesser, wie Barbiere es verwenden –, sind noch nicht vollständig verheilt.«

»Dann hat der Mörder ihr also auch den Kopf rasiert?«, fragte Hartwick. Seine Stimme klang dünn, der junge LKA-Beamte war blass geworden.

Dr. Di Carlo zuckte mit den Achseln. »Das wäre möglich, hängt aber davon ab, wie lange das Mädchen sich in seiner Gewalt befunden hat. Mit Sicherheit kann ich nur sagen, dass sie noch nicht lange tot ist, vielleicht seit drei oder vier Stunden. Der Schädel ist ihr aber bereits vor mindestens zwei Tagen kahl rasiert worden.«

»Was ist mit den anderen Schnitten?«, fragte Juliane und deutete auf die wenige Zentimeter langen Einschnitte an den Innenflächen der Arme und den Außenseiten der Oberschenkel.

Falk arbeitete bereits seit fünf Jahren an der Seite von Juliane und wusste, dass sie nicht leicht aus der Fassung zu bringen war, doch dieses tote Mädchen ging ihr sichtlich an die Nieren.

»Ich konnte mir die Verletzungen nur oberflächlich ansehen«, fuhr Dr. Di Carlo fort. »Daher kann ich noch keine abschließenden Aussagen darüber machen. Nur dies: Auch diese Schnitte müssen ihr innerhalb der letzten zwei Tage zugefügt worden sein, keiner post mortem. Alle weisen einen unterschiedlichen Grad an Wundheilung auf.«

»Sie wurde gefoltert«, stellte Falk fest. »Wurde sie auch vergewaltigt?«

»Zum jetzigen Zeitpunkt kann ich keine Verletzungen im Vaginalbereich erkennen. Doch ich will mich nicht festlegen. Details wie immer erst, nachdem ich die Leiche auf dem Tisch hatte.« Dr. Di Carlo griff nach einem Kugelschreiber und wies auf den Lendenbereich der Toten. »Das Tuch lag übrigens bereits beim Auffinden der Leiche über ihrer Scham. Ich habe es nach der ersten Untersuchung in etwa so drapiert, wie ich es vorgefunden habe. Die Spurensicherung hat Fotos, falls Sie die exakte Lage brauchen.« Die Rechtsmedizinerin steckte den

Kugelschreiber wieder weg, legte ihre Hände an dic Lippen der Toten und zog diese auseinander. »Aber sehen Sie sich das an.«

»Oh, mein Gott«, stöhnte Hartwick. Er schlug sich die Hand vor den Mund und lief los.

Falk verspürte ebenfalls den Reflex, den Blick abzuwenden, doch er zwang sich, das tote Mädchen weiter anzusehen. Das Innere ihres Mundes schien eine einzige Wunde zu sein. Nacktes Zahnfleisch, von dem ein fauliger Geruch ausging.

Falks Kopfschmerzen wurden wieder schlimmer, sein Magen begann erneut zu rebellieren, doch er rang die Übelkeit nieder.

»Vor ihrem Tod hat man ihr sämtliche Zähne herausgebrochen«, sagte Dr. Di Carlo.

Juliane entfuhr ein ungläubiger Laut. »Wie bitte?«

Die Gerichtsmedizinerin ließ die Lippen der Toten los. Zur Bestätigung nickte sie.

»Herausgebrochen?«, wiederholte Falk, dem Dr. Di Carlos Wortwahl seltsam vorkam. Sein Zahnarzt zog Zähne, er brach sie nicht heraus.

»Aufgrund der wenig fachgerechten Durchführung kann ich es nicht anders ausdrücken. Von einer Extraktion, wie es fachterminologisch heißt, kann in unserem Fall nicht die Rede sein. Dem Opfer wurden die Zähne herausgebrochen. Einige sind zur Gänze entfernt worden, bei einem nicht unerheblichen Teil aber befinden sich noch Zahn- oder Wurzelreste im Kiefer. Außerdem kann ich, zumindest auf die Schnelle, keine Einstichstellen im Mundraum entdecken, die auf eine lokale Anästhesie hindeuten.«

Erneut öffnete sie den Mund der Toten, dieses Mal jedoch nur wenige Zentimeter. Der Kugelschreiber kam erneut zum Vorschein, und die Rechtsmedizinerin deutete damit auf die Mundwinkel. »Schauen Sie sich das an.«

»Was sind das für Verletzungen?«, fragte Falk.

»Meiner Vermutung nach rühren sie von einem Gegenstand her, der dem Opfer gewaltsam in den Mund geschoben wurde, um ein eigenmächtiges Schließen des Kiefers zu verhindern.«

»Und was hat unser Täter damit bezweckt?«

Dr. Di Carlo zuckte mit den Achseln. »Das herauszufinden, ist Ihre Aufgabe, Herr Hauptkommissar. Ich kann nur eines sagen: Dem Grad der Wundheilung nach zu urteilen, wurden dem Opfer die ersten Zähne vor achtundvierzig Stunden entfernt, die letzten wenige Stunden vor dem Tod.«

»Und woran ist sie gestorben?«, fragte Falk.

Dr. Di Carlo deutete auf Würgemale am Hals. »Sie wurde erdrosselt. Vermutlich mit einem Strick.« Die Gelenke in den Knien der Gerichtsmedizinerin knackten wie trockene Äste, als sie aufstand. »Wenn Sie mich jetzt entschuldigen würden, alles Weitere kann ich Ihnen erst nach einer eingehenden Untersuchung sagen.« Sie zwinkerte Juliane zu. »Frau Klawitter, rufen Sie mich an, und bringen Sie Ihren neuen Kollegen mit zu unserem Date, sofern sein Magen sich bis dahin wieder beruhigt hat.«

»Warten Sie, ich komme mit und schaue nach dem Neuen. Es ist sein erster Einsatz beim LKA und dann gleich so was«, sagte Juliane, bevor sie Dr. Di Carlo begleitete.

Falk blieb allein bei der Toten zurück. Um ihn herum stellten die Beamten der Spurensicherung Nummerntafeln auf, Blitzlichter zuckten. Falk umrundete die Leiche und ging in die Knie, um zu sehen, worauf der Kopf des Mädchens lag.

Der Täter hatte ihn auf einen Holzscheit gebettet. Die Schnittränder sahen frisch aus. Falk machte sich eine geistige Notiz, später einen Streifenpolizisten nach Brennholzstapeln in der näheren Umgebung suchen zu lassen, auch wenn er sich nicht viel davon versprach, und wollte sich gerade wieder aufrichten, als er etwas Silbernes unter dem Holzklotz aufblitzen sah. Vorsichtig fuhr er mit der Hand zwischen Boden und Nacken der Toten. Mit dem Latexhandschuh hatte er ein bisschen Mühe, das silberne Teil herauszufischen, doch schließlich gelang es ihm.

Als er erkannte, was er in der Hand hielt, stockte ihm der Atem. An einem feingliedrigen Armband, einem Freundschaftsarmband, baumelten neben einigen Figürchen drei goldene Buchstabenanhänger.

M, B, F.

Die Anfangsbuchstaben von Mia, Becky – das war der Name seiner Exfrau – und von Falk.

Sofort suchte sein Verstand nach einer anderen Erklärung als der naheliegenden. Konnte es mehrere dieser Armbänder geben?

Möglich, aber unwahrscheinlich. Er war dabei gewesen, als Mia es sich in dem Laden auf der Zeil selbst zusammengestellt hatte.

Konnte es Zufall sein, dass das Armband seiner Tochter unter einer Toten lag?

Mehr als unwahrscheinlich. Nein, er musste den Tatsachen ins Auge sehen. Es war Mias Armband, und es lag nicht zufällig am Fundort einer Leiche.

Während er sich aufrichtete, versuchte er, sich den Namen des Opfers ins Gedächtnis zu rufen. Nach kurzem Überlegen fiel er ihm ein.

Aishwarya.

Die Kurzform hätte Aisha lauten können.

Oder Ashwa.

Ihm brach kalter Schweiß aus. Wenn ihn nicht alles täuschte, stammte eine von Mias Mitschülerinnen aus Indien. Mia hatte ihm einmal von einer Ashwa erzählt, da war er sich sicher. Irrtum ausgeschlossen.

Wenn Höldtke von der Verbindung erfuhr, würde er ihn von dem Fall abziehen, so viel stand fest, und anschließend würde er Mia zusetzen. Höldtke würde ihr die Hölle heiß machen, schon allein, um ihm an den Karren zu pissen. Nein, er musste Mia aus den Ermittlungen raushalten, schließlich würde sie im Herbst mit dem Jurastudium anfangen, und auch wenn sie unschuldig war – *natürlich ist sie das, alles andere wäre absurd* –, würde ihr der Fall noch Jahre wie ein Makel anhaften. Teil einer Mordermittlung zu sein, war alles andere als dienlich, wenn man eine juristische Laufbahn einschlagen wollte.

Falk traf eine Entscheidung. Verstohlen blickte er sich um. Der Spurensicherer neben ihm nahm mit einer Pinzette eine Zigarettenkippe vom Boden auf, Höldtke sprach mit Kollegen vor der Absperrung und trank Kaffee. Niemand achtete auf ihn.

Falks Finger schlossen sich um das Armband, im nächsten Augenblick ließ er es in seine Hosentasche fallen.

Beiläufig warf er einen letzten Blick zur Leiche, dann wandte er sich zum Gehen und wäre um ein Haar in den Neuen hineingelaufen.

Kapitel 5

»Wurde die Ermordete als vermisst gemeldet?«, fragte Falk. Er saß auf dem Beifahrersitz und massierte sich die Schläfen, während Juliane den Dienstwagen über die Isenburger Schneise Richtung Niederrad lenkte. Um diese Zeit nutzen viele Pendler die Landstraße, die durch den Stadtwald führte, um zur Arbeit zu gelangen; entsprechend dicht war der Verkehr.

Hartwick, der hinten saß, verneinte.

Nachdem Falk am Seeufer beinahe mit ihm zusammengestoßen wäre, hatte er ihn angeschnauzt, sich nicht so anzuschleichen. Anschließend hatte er ihn dazu verdonnert, sich bei Höldtke nach dem Ermittlungsstand zu erkundigen. Hartwick hatte sich, überrascht von Falks Ausbruch, entschuldigt und an die Arbeit gemacht. Davon, dass Falk ein Beweismittel hatte verschwinden lassen, schien er nichts mitbekommen zu haben.

»Ein Mädchen verschwindet, und niemandem fällt es auf? Was ist das für eine Scheiße?«, fluchte Falk. Unwillkürlich dachte er an Mia und ihre Telefonanrufe vom Freitag.

Er schaute auf die Uhr. Inzwischen war es halb acht. In der letzten Stunde hatte er schon drei Mal versucht, seine Tochter oder seine Exfrau zu erreichen, doch weder Mia noch Becky ging ans Telefon.

Ruf mich sofort zurück, es ist wichtig, tippte er in sein Handy, doch bevor er die Mitteilung an seine Tochter abschicken konnte, verabschiedete sich sein Telefon. Der Akku hatte erneut den Geist aufgegeben. Es hatte im Dienstzimmer des Pflegeheims zu kurz am Strom gehangen.

»Von euch hat nicht zufällig jemand ein Aufladegerät dabei?«, fragte Falk.

Nachdem Juliane den Kopf geschüttelt hatte, drehte er sich zu Hartwick um. Dieser verneinte ebenfalls, wobei er Falk nicht ansah.

»Hat sich Ihr Magen wieder beruhigt?«, stichelte Falk. »Was machen Sie überhaupt hier? Sollten Sie an Ihrem ersten Tag nicht zunächst im Präsidium in Wiesbaden vorbeischauen?«

Juliane antwortete an seiner Stelle. »Koruhn hat mir aufgetragen, ihn mitzunehmen. Hartwick wohnt nur zwei Straßen von mir entfernt, und das wüsstest du auch, wenn du am Freitag zur Dienstbesprechung erschienen wärst. Er hat sich bei der Gelegenheit nämlich direkt vorgestellt.«

Streber. Wie ich es vermutet habe, dachte Falk. Laut sagte er: »Sehr vorbildlich, Herr Oberkommissar. Mit dieser Einstellung werden Sie es beim LKA weit bringen.« Genervt lehnte er den Kopf gegen das Fenster der Beifahrertür. Die Bankentürme des Westend zogen an ihm vorbei, genauso wie der Palmengarten, einer der größten botanischen Gärten der Republik, doch Falk nahm die Umgebung kaum wahr.

Höldtke hatte ihn und sein Team in die Liliencronstraße geschickt, in der die Familie des Opfers lebte, und Juliane die unliebsame Aufgabe übertragen, die Nachricht vom Tod der Tochter zu überbringen.

Als sie auf den Europaturm zusteuerten, der nur ein paar Minuten vom Haus der Jhas entfernt lag, regte Falk sich wieder. »Kannst du mich kurz bei Becky rauslassen?«, fragte er.

Verwundert hob Juliane eine Augenbraue. »Ist das dein Ernst? Du willst jetzt zu deiner Exfrau? Hat das nicht Zeit?«

Falk richtete sich auf. »Becky wohnt nur drei Straßen weiter. Ich bin in ein paar Minuten bei euch, also lass mich an der Ecke Hansaallee raus.« Er war lauter geworden als beabsichtigt.

Juliane stöhnte, setzte aber den Blinker und hielt gegenüber eines Matratzenladens, dessen schreiend bunte Plakate Rabatte bis zu siebzig Prozent versprachen.

»Was ist mit mir?«, fragte Hartwick vom Rücksitz aus. »Soll ich auf Sie warten?«

»Nein, fahren Sie mit Dr. Klawitter zur Familie Jha, ich komme gleich nach. Sie können schon mal DNA-Proben der Tochter sicherstellen, während Dr. Klawitter mit den Eltern spricht. Das bekommen Sie auch ohne mich hin, oder?«

»Gerade so«, murmelte der junge Kommissar.

Juliane schüttelte den Kopf, was Falk zwar zur Kenntnis nahm, aber nicht kommentierte. Er hatte es eilig, musste sich vergewissern, dass mit Mia alles in Ordnung war. Zum Abschied hieb er mit der Hand auf das Dach des dunkelblauen BMW.

Wenig später stand er vor dem Mehrfamilienhaus mit den sechseckigen, stahlverkleideten Balkonen, die in den Achtzigerjahren der letzte Schrei gewesen waren, heute aber ein wenig antiquiert wirkten. Ein dunkelhaariger junger Mann mit Grübchen im Kinn, über das er wahrscheinlich nur alle paar Wochen rasieren musste, kam aus dem Haus und ging zu einem auf einem Anwohnerparkplatz abgestellten schwarzen Mercedes Coupé. Mit dem Schlüssel entriegelte der muskulöse Mann den tiefergelegten Wagen. Rasch klemmte er sich hinters Steuer, bevor Bässe wummerten und der Motor aufheulte. Dann schoss der Wagen so schnell aus der Parklücke, dass Falk zur Seite springen musste. Mit quietschenden Reifen bog der Mercedes in die Hansaallee und raste Richtung Raimundstraße.

Falk fuhr den Mittelfinger aus. Er wollte sich das Nummernschild einprägen, doch sein Blick blieb an einem gelben Aufkleber unterhalb des Heckspoilers hängen. Der Sticker zeigte zwei zu einem Kelch geformte Hände, aus deren Mitte eine Getreideähre wuchs. Dann, als Falks Blick weiter glitt, war der Wagen schon zu weit entfernt, als dass Falk das Kennzeichen noch hätte lesen können.

Vielleicht sollte er sich doch langsam eine Brille zulegen?

Er ging zum Eingang, aus dem der junge Mann gekommen war, und drückte auf die Klingel mit der

Aufschrift *Bachmann/Kleist*. Früher, als sie noch eine Familie gewesen waren, hatte dort nur *Bachmann* gestanden, doch nach der Scheidung hatte Becky wieder ihren Mädchennamen angenommen.

»Hast du was vergessen?«, drang Mias Stimme aus der Gegensprechanlage.

Falk atmete erleichtert auf, als er hörte, dass Mia zu Hause war.

»Ich bin's, dein Vater. Mach auf.«

»Dad?«

»Ja, mach auf«, wiederholte er scharf, worauf der Türsummer erklang.

Schwer atmend kam Falk im vierten Stock an. Mit nackten Füßen stand seine Tochter im Türrahmen. Sie trug ein übergroßes schwarzes T-Shirt, auf dem das gleiche Symbol aufgedruckt war wie auf der Stoßstange des Mercedes. Hände, die eine Getreideähre hielten.

»Kennst du den Idioten, der mich um ein Haar mit seinem Angeberschlitten über den Haufen gefahren hat?«, fragte er anstelle einer Begrüßung.

»Was machst du hier?«, stellte Mia irritiert die Gegenfrage. Sie fuhr sich durch die ungekämmten blonden Haare, die sie seit Neustem mit blauen Strähnchen *verschönert* hatte. Wie es aussah, war sie gerade erst aufgestanden. Sie und dieser Kerl, der eben an ihm vorbeigestürmt war.

Ohne auf eine Aufforderung zu warten, ging Falk an ihr vorbei und betrat die Vierzimmerwohnung, die gemütlicher wirkte, seit er nicht mehr darin wohnte. Gemeinsam mit Mia hatte Becky die Wände weiß gestrichen und kalligraphierte Sinnsprüche in Holzrahmen daran verteilt.

Das Gestern ist Geschichte,
das Morgen ein Rätsel,
das Heute ein Geschenk.

Mut ist wie Veränderung
– nur früher.

Gegen seinen Willen musste Falk schmunzeln, als er den neuesten Spruch las, der seinen Platz neben der Garderobe gefunden hatte.

Schokolade löst zwar keine Probleme,
aber hast du schon mal probiert,
mit vollem Mund zu weinen?

Den hatte eindeutig Mia ausgesucht.

»Ist deine Mutter da?«, fragte er.

Mia schüttelte den Kopf. »Sie hat diese Woche Sendung und ist schon seit vier Uhr im Studio. Willst du einen Kaffee? Du siehst echt scheiße aus.«

Becky arbeitete beim Privatradiosender *Main Live*, wo sie im zweiwöchigen Wechsel die *Morning Show* moderierte. Bereits während ihrer Ehe hatte Falk sich oft gefragt, wie sie, der Morgenmuffel, es schaffte, mitten in der Nacht aufzustehen, um ab sechs Uhr eine Sendung zu moderieren und zu klingen wie ein Geburtstagskind auf Ecstasy.

Leise etwas in sich hinein murmelnd, lief Mia vor ihm in die Küche. Aus dem Radio drang die Stimme seiner Exfrau.

»Kuckuck und guten Morgen, hier sind Becky und der Guten-Morgen-Peter. Frankfurt, heute wird es wieder heiß, richtig heiß. Unser Wetterfrosch hat Temperaturen bis an die vierzig Grad vorhergesagt. Weißt du eigentlich, was die gefährlichste Jahreszeit ist, Peter?«

»Äh, nein.«

»Der Sommer. Die Sonne sticht, die Salatköpfe schießen, die Bäume schlagen aus, und der Rasen wird gesprengt.«

Herzhaftes Lachen der Moderatoren.

Gequält verzog Falk das Gesicht und schaltete das Radio aus, während Mia zwei Becher mit Kaffee füllte und ihm einen reichte.

Er nahm einen Schluck und sah seine Tochter über den Rand der Tasse hinweg an. »Du hast am Freitag ein paar

Mal versucht, mich auf dem Handy zu erreichen. Was war los?«

Mia trank ebenfalls von ihrem Kaffee, bevor sie antwortete. »Ach, nichts. Ich wollte dich etwas fragen, aber dann hat es sich erledigt.«

»Was wolltest du fragen?«

»Gar nichts, es hat sich erledigt.« Sie wandte sich ab, stellte den Becher auf die Anrichte und öffnete den Kühlschrank.

Mit einem Schritt war Falk bei ihr, packte die Kühlschranktür und warf sie wieder zu.

»Hey, pass doch auf«, rief Mia, die erschrocken einen Satz nach hinten gemacht hatte.

»Was wolltest du fragen?«, wiederholte Falk nun schärfer.

»Wird das hier ein Verhör?«

Falk griff in seine Hosentasche und holte das Armband hervor. Während es vor Mias Gesicht baumelte, ließ er sie nicht aus den Augen.

»Wo hast du das her?«, fragte sie erstaunt.

»Sag du es mir.«

»Ich muss es verloren haben, irgendwann Freitagnacht.« Mia wollte nach dem Kettchen greifen, doch Falk brachte es aus ihrer Reichweite.

»Wo genau hast du es verloren?«

Mia antwortete nicht. Sie taxierte ihn auf eine Art, die er von Verhören kannte; von Personen, die unter Tatverdacht geraten waren und einzuschätzen versuchten, wie viel sie preisgeben konnten.

»Wir waren im Stadtwald, da muss es mir vom Handgelenk gefallen sein«, sagte Mia schließlich.

Falk ließ sich gegen die Arbeitsplatte fallen, da ihm die Knie weich wurden. »Ganz langsam. Du warst also im Stadtwald. Wann genau?«

Resigniert hob Mia die Hände, ihr Widerstand brach. »Okay, du hast mich erwischt. Ein paar Jungs aus meiner Stufe haben am Freitag eine Party im Wald organisiert. Ein bisschen was zu trinken, Musik, und ja, wir haben ein Feuer gemacht. Aber wir haben darauf geachtet, keinen

Waldbrand auszulösen. Bin ich jetzt verhaftet, oder was? Lochst du mich ein?«

Falk überhörte den Sarkasmus. »Und auf dieser Party hast du dein Armband verloren?«

Mia zuckte mit den Schultern. »Glaube schon. Wo hast du es her?« Sie schaute ihn fragend an. Das Taxierende war aus ihrem Blick verschwunden.

Wenn sie etwas über das tote Mädchen weiß, würde ich es bemerken. Oder etwa nicht?, überlegte Falk. Er steckte das Armband zurück in seine Hosentasche und ignorierte Mias Frage. »Kennst du eine Aishwarya Jha?«

Mia wurde blass. Nun war sie diejenige, die einen Schritt zurück trat und sich gegen die Kante des kleinen Esstisches lehnte, auf dem zwei benutzte Teller standen.

Falk stutzte. Hatte Kinngrübchen hier gefrühstückt und sich dabei auf den Platz gesetzt, an dem er früher immer gesessen hatte?

»Was ist mit Ashwa?« Mias Stimme klang dünn.

»Sie ist tot«, sagte Falk. »Wir haben sie heute Morgen im Stadtwald gefunden.«

»Aber … wie kann das sein?«

Falk machte einen Schritt auf seine Tochter zu. »Hast du etwas mit ihrem Tod zu tun?«

»Ich? Nein! Ich wollte ihr helfen, aus dem Brunnen herauszukommen, doch als ich mit Marc zurückkam, war sie weg. Sie war nicht mehr da. Papa, das musst du mir glauben.«

Falk spürte einen Stich. Mia hatte ihn seit Jahren nicht mehr Papa genannt. Zwar verstand er nicht, wovon sie sprach, doch das spielte keine Rolle. Sie sah so erschüttert aus, dass Falk nicht anders konnte, als ihr zu glauben. Mia wusste nichts vom Tod der jungen Inderin.

»Es kommt alles in Ordnung«, versuchte er, sie zu beruhigen. »Ist Marc der Junge, der gerade aus dem Haus gekommen ist?«

Mia nickte.

»Wie heißt er mit vollem Namen, und wo wohnt er? Ich werde mit ihm sprechen müssen.«

»Marc weiß nichts, genauso wenig wie ich. Also lass ihn in Ruhe. Ich will nicht, dass du ihn in die Mangel nimmst.«

»Den Namen und die Adresse, Mia Emilie.«

Sie senkte den Kopf. »Marc Noske. Franz-Kafka-Straße 2.«

Falk wollte sein Handy aus der Hosentasche ziehen, um den Namen zu notieren, als ihm einfiel, dass sein Akku leer war.

Dann also auf die altmodische Art. Er nahm sich den Kugelschreiber und einen der bunten Notizzettel, die in der Nähe des Kühlschranks lagen, und schrieb Namen und Adresse auf. Beiläufig blickte er auf die Wanduhr. Fred und Wilma Feuerstein winkten. Becky hatte Mia die Uhr geschenkt, nachdem die Kleine gelernt hatte, die Uhrzeit zu lesen.

Gott, war das lange her.

Plötzlich fühlte Falk sich alt. So alt wie die Steinzeitmenschen auf dem Ziffernblatt.

Er riss sich zusammen und konzentrierte sich wieder auf Mia. In wenigen Minuten würde er aufbrechen müssen. Er wollte seine Kollegen nicht lange allein bei den Eltern des Opfers lassen.

Rote Flecken hatten sich auf Mias Gesicht gebildet, in ihren Augen schwammen Tränen. Er hätte sie am liebsten ins Bett gesteckt, sich neben sie gesetzt und gewartet, bis sie eingeschlafen war.

Aber das ging nicht. Mia war kein Kind mehr.

»Also noch einmal von vorn. Ihr habt am Freitag im Wald gefeiert«, fasste er zusammen. »Wo genau im Stadtwald war das?«

»In der Nähe des Brunnens, nicht unweit von dem Parkplatz, an dem die Wanderwege starten.«

Falk rief sich die Lage des Stadtwaldes ins Gedächtnis. Wenn ihn nicht alles täuschte, lag der Brunnen ganz in der Nähe des Fundorts.

»Wie ist Ashwa gestorben?«, fragte Mia, die Stimme kaum mehr als ein Flüstern.

»Jemand hat sie getötet.«

Erschrocken schlug Mia sich die Hand vor den Mund. »Nein.«

»Bitte, Prinzessin, versuch, ruhig zu bleiben. Ich muss dir noch ein paar Fragen stellen. Es ist wichtig. Ashwa war also auch auf der Party?«

Mia nickte.

»Wann hast du sie das letzte Mal gesehen, kannst du dich daran erinnern?«

»Ich weiß nicht genau, aber das muss so gegen zehn Uhr gewesen sein, als wir sie gefunden haben. Sie ist in den Brunnen gefallen. Irgendein Idiot hatte das Gitter entfernt. Doch an dem Sturz ist sie nicht gestorben«, fügte sie rasch hinzu. »Sie hat noch gelebt. Marc, ich und ein paar andere wollten ihr helfen, aber dazu brauchten wir ein Seil. Also bin ich mit Marc zu meinem Auto gegangen, weil ich gedacht habe, ich hätte im Kofferraum ein Abschleppseil. Doch da war keins. Deshalb habe ich auch versucht, dich zu erreichen. Ich wusste nicht, was ich tun sollte.«

Daher die Anrufe, dachte Falk, unterbrach seine Tochter aber nicht.

»Die Feuerwehr oder Polizei konnten wir schlecht holen«, fuhr Mia fort. »Die hätten die Party aufgelöst und uns eine Anzeige aufgedrückt. Also sind wir ohne Seil zurückgegangen, doch als wir am Brunnen ankamen, war Ashwa nicht mehr da. Keine Ahnung, wie sie es geschafft hat, allein herauszukommen, aber sie war verschwunden.«

»Hast du sie später am Abend noch einmal gesehen?«

Mia schüttelte den Kopf. »Was hat das Ganze mit meinem Armband zu tun?«

»Ein Jogger hat Ashwa an dem kleinen See gefunden, der sich ganz in der Nähe des Brunnens befindet. Dein Armband lag unter ihrem Kopf. Hast du eine Ahnung, wie es dorthin gelangen konnte?«

Mias Augen weiteten sich. »Nein, wir waren nicht am See. Wirklich nicht, Papa. Außerdem hatte ich nach der Sache mit Ashwa keine große Lust mehr auf die Party. Marc und ich sind schon eine Stunde später abgehauen.« Aufgeregt fuhr sie sich durch die Haare.

Vorsichtig nahm Falk ihre Handgelenke. »Schon gut, du musst dich beruhigen. Alles kommt wieder in Ordnung. Bisher weiß niemand von dem Armband, und ich will, dass das so bleibt. Also kein Wort. Nicht zu deiner Mutter, nicht zu diesem Marc, zu keinem. Das muss unter uns bleiben. Ich habe ein Beweisstück unterschlagen. Wenn das rauskommt, bin ich meinen Job los.«

Kapitel 6

Obwohl die Liliencronstraße, in der die Familie Jha wohnte, nur fünf Gehminuten von Beckys Wohnung entfernt lag, hatte Falk den Eindruck, er befände sich in einer anderen Welt. Nicht Beton und mehrspurige Durchgangsstraßen beherrschten das Straßenbild, sondern von altem Baumbestand flankierte Villen und Altbauten. Nicht einmal der Lärm der vierspurigen Eschersheimer Landstraße drang bis hierher vor.

Falk brauchte nicht lange, bis er die Nummer zwölf gefunden hatte. Schon von Weitem erkannte er den dunkelblauen Dienstwagen des LKA. Der BMW parkte hinter einem roten Laster, der in der Einfahrt stand, und versperrte diesem den Weg. Doch der LKW, der dem Aufdruck nach einer Umzugsfirma gehörte, schien nicht wegfahren zu wollen. Die Türen zum Frachtraum standen offen; zwei Männer in schmutzig roten Latzhosen wuchteten einen massiv wirkenden Schrank auf eine hydraulische Laderampe.

»Guten Morgen, die Herren«, begrüßte Falk die beiden. Der eine, ein stämmiger Mann mit roter Nase und geplatzten Äderchen auf den Wangen, wandte ihm den Blick zu. Mit seinen dicken Tränensäcken und den großen, schlaffen Ohren erinnerte er Falk an einen Basset.

»Morgen«, sagte der Basset in breitem hessischen Dialekt. Er holte ein Stofftaschentuch aus seiner Hosentasche und wischte sich den Schweiß aus dem Gesicht.

»Was machen Sie hier?«, fragte Falk.

»Wonach sieht's denn aus, Meister?«, stellte der Basset die Gegenfrage. »Hula tanzen wir bestimmt nicht.« Der Scherzbold grinste, doch der andere, ein schmächtiger Kerl, der wohl erst Mitte zwanzig und damit halb so alt wie sein Kollege war, verzog keine Miene. Er glotzte nur. Seine lockigen, braunen Haare standen ihm zu allen Seiten ab. Hätte Falk nicht mit eigenen Augen gesehen, dass der dürre Mann geholfen hatte, einen Schrank zu tragen, der größer und schwerer als er selbst war, hätte er es nicht für möglich gehalten. Mit fahrigen Bewegungen griff der Dünne in die Brusttasche seiner Latzhose, fischte eine Zigarette aus einer ramponierten Schachtel, zündete sie an und starrte Falk mit einem Blick an, den er schwer zu deuten wusste. War das unbefangene Neugierde oder ausgeprägte Begriffsstutzigkeit?

Falk beschloss, sich an den Basset zu halten. »Ziehen die Jhas um? Wo geht's denn hin?«, fragte er.

Der Basset fuhr sich noch einmal mit dem Taschentuch übers Gesicht, bevor er es wieder einsteckte. »Wer will das wissen?«

Als Falk ihm seinen Ausweis zeigte, reagierte er, indem er durch die Zähne pfiff. »Landeskriminalamt, alle Achtung. Ich weiß nicht, wo die hinziehen. Vielleicht zurück nach Hause. Wir jedenfalls holen das ganze Zeug ab, fahren es an den Hafen und packen es in einen Container. Wohin die Sachen danach verschifft werden …« Er zuckte mit den Achseln. »Und jetzt müssen wir wieder, Meister. Werden schließlich nicht fürs Herumstehen bezahlt.« Der Basset schlug seinem Kollegen gegen die Brust. »Hör mit der verdammten Qualmerei auf, die wird dich noch vor mir in die Grube bringen.«

Der Dünne zog so kräftig an der Zigarette, dass seine Wangen sich nach innen wölbten. Dann schnippte er sie weg und drückte einen Knopf am Laster, worauf die Laderampe mit den beiden Männern und dem Schrank langsam nach oben fuhr.

Falk stieg die Treppe zur Haustür hinauf und läutete. Als geöffnet wurde, stand ihm zu seiner Überraschung Hartwick gegenüber. In der Hand hielt er zwei transparente Asservatenbeutel. In einem steckte ein Kamm, im anderen eine Zahnbürste.

»Sind das Proben für den DNA-Abgleich?«, fragte Falk. »Sind Sie sicher, dass die Gegenstände der Toten gehörten?«

»Ganz sicher. Beides habe ich im Badezimmer von Ashwa Jha sichergestellt.«

»Die junge Frau hatte ein eigenes Badezimmer?«

Hartwick nickte.

Demonstrativ blickte Falk auf das Haus, bevor er eintrat. »Wo ist Dr. Klawitter?«

»Juliane spricht mit der Umzugshelferin«, entgegnete Hartwick.

Juliane.

Die beiden waren also schon beim Du. Irgendwie gefiel ihm das nicht. Es hatte über ein Jahr der Zusammenarbeit bedurft, bevor die Psychologin ihm das Du angeboten hatte.

»Sie spricht mit einer Umzugshelferin?«, fragte Falk schroff. »Warum nicht mit den Eltern?«

»Laut der Umzugshelferin sind die Jhas bereits seit einiger Zeit zurück in Indien. Das Opfer, Ashwa Jha, sollte ihnen in ein paar Tagen folgen. Sie hat gerade Abitur gemacht und war nur noch in Frankfurt, um einen letzten Sommer mit ihren Freunden zu verbringen.«

»Wurden die Eltern bereits informiert?«

»Das müssen Sie Juliane fragen. Ich habe mich um die Beweismittel gekümmert«, hörte Falk den Neuen sagen und sah sich in dem mit Fischgrätparkett ausgelegten Foyer um. Rechts führte eine geschwungene Holztreppe, auf der ein Läufer lag, in die oberen Etagen. Am Fuß der Treppe stand ein Stuhl mit einem Jackenstapel, Schuhe lagen verstreut auf einer Matte, ansonsten war der Eingangsbereich leer. Die hellen Stellen an der Tapete verrieten, wo bis vor kurzem noch die Garderobe gestanden und Bilder gehangen hatten.

»Also, wo finde ich *Juliane*?«, fragte Falk.

Hartwick deutete auf eine Milchglastür. »Sie ist im Wohnzimmer.«

»Danke«, murmelte Falk und ließ Hartwick stehen.

Genau wie das Foyer war der weitläufige Raum, der mit einer Wohnküche und einem Speisebereich versehen war, mit Fischgrätparkett ausgelegt. Bodentiefe Fenster fluteten ihn mit Tageslicht; die meisten Möbel waren bereits ausgeräumt. Um die Kücheninsel verteilten sich vier Hochstühle, im Wohnbereich gab es ein Ledersofa und ein Sideboard, auf dem ein Röhrenfernseher stand. Zwischen den wenigen Möbeln, die durchweg hochwertig erschienen, wirkte das Teil seltsam antiquiert.

Juliane, die mit einer schlanken Frau um die dreißig auf dem Sofa saß, schaute zu ihm herüber. »Ah, Falk, gut, dass du kommst. Wir haben gerade erst angefangen«, sagte sie.

Das Knacken des Parkettbodens hallte von den Wänden wider, während er zu den beiden Frauen ging.

»Hauptkommissar Falk Bachmann«, stellte ihn Juliane vor. »Und das ist Tatjana Szepanski. Sie arbeitet für die Firma Kapler, die im Auftrag der Familie Jha den Umzug durchführt.«

»Hallo«, sagte die Frau mit polnischem Akzent und nestelte an ihrem roten Arbeitsoverall. Die blond gefärbten Haare trug sie zu einem streng gebundenen Zopf, der einen dunklen Haaransatz zum Vorschein kommen ließ. Die manikürten Fingernägel waren zu lang und ebenmäßig, um echt zu sein.

Unwillkürlich fragte sich Falk, wie man mit solchen Krallen Kisten packen, geschweige denn Möbel schleppen konnte.

»Guten Tag, Frau Szepanski«, sagte er. »Haben Sie Ashwa Jha gekannt?«

Die Frau wackelte unbestimmt mit dem Kopf. »Kennen wäre zu viel gesagt. Wir sind uns ein paar Mal über den Weg gelaufen.«

Falk wusste nicht, was er tun sollte. Da keine Sitzgelegenheit aufzutreiben war – er wollte sich nicht zu den Frauen aufs Sofa setzen –, blieb er kurzentschlossen stehen und verschränkte die Arme. »Ist es nicht ungewöhnlich, einen Umzug zu organisieren, obwohl die Auftraggeber bereits außer Landes sind?«

»Es ist nicht die Regel, aber es kommt vor«, sagte Frau Szepanski. »In den wenigsten Fällen ziehen unsere Kunden ans andere Ende der Welt. Meist geht es lediglich in eine größere Wohnung, raus ins Grüne oder in eine neue Stadt, und dann bereiten sie in der neuen Wohnung alles vor, während wir in der alten ihren Kram zusammenpacken. Mit dem Zeug von gestern beschäftigt sich niemand gern, wenn eine neue Zukunft auf ihn wartet.«

Die Philosophie der Möbelpacker, stellte Falk fest. Da war was dran.

»Also ist Aishwarya Jha ohne die Eltern hier zurückgeblieben«, sagte er. »Wann haben Sie das Mädchen zum letzten Mal gesehen?«

Frau Szepanski überlegte. »Das müsste am Mittwoch gewesen sein. Am Donnerstag haben wir einen neuen Auftrag reinbekommen, und da es bei den Jhas nicht mehr viel zu tun gibt und der Container erst Ende nächster Woche nach Indien verschifft wird, haben wir noch genügend Zeit.« Die Umzugshelferin griff nach einer Haarsträhne, die sich aus ihrem Zopf gelöst hatte, und wickelte sie sich um den Finger. »Was ist denn eigentlich passiert?«

»Ashwa Jha ist Opfer eines Verbrechens geworden«, erklärte Juliane vage. »Ist Ihnen am Mittwoch etwas Besonderes an der jungen Frau aufgefallen?«

»Was sollte mir denn aufgefallen sein?«

»Irgendetwas. War sie anders als sonst? Vielleicht verschlossener? Wirkte sie ängstlich?«, half Juliane ihr.

Die junge Polin zuckte mit den Achseln. »Ich weiß nicht.« Sie überlegte einen Augenblick. »Wir haben meist nur kurz zu Beginn meiner Schicht miteinander gesprochen, wenn ich wissen musste, womit wir weitermachen sollten.«

Falk hatte den Eindruck, dass sie noch etwas hinzufügen wollte, aber er wartete, bis sie von selbst weitersprach.

»Na ja, vielleicht war da doch was.« Frau Szepanski hielt inne, suchte nach den richtigen Worten. »Sie schien lockerer zu sein als in den Wochen vorher.«

»Was meinen Sie mit *lockerer*?«, hakte Falk nach.

»Keine Ahnung. Lockerer eben. Die Kleine ist mir immer schüchtern vorgekommen, irgendwie verklemmt. Doch am Mittwoch war es, als hätte ihr jemand den Stock aus dem Hintern gezogen, wenn Sie wissen, was ich meine. Aufgedreht hat sie auf ihr Handy eingetippt und dabei gestrahlt. Und dann brachte sie Klaus und Wolfram sogar eine Cola, als die beiden eine Pause machten.«

»Klaus und Wolfram?«, fragte Falk. »Sind das die Möbelpacker, die gerade draußen sind?«

Frau Szepanski nickte. »Klaus ist der Ältere; mit dem kommt jeder klar. Doch sogar aus Wolfram hat sie ein paar Worte herausbekommen, dabei spricht der sonst so gut wie nie.«

»Haben Sie eine Vermutung, was zu Ashwa Jhas Verhaltenswechsel geführt haben könnte?«, fragte Juliane.

»Da steckt ein Kerl dahinter, so was spüre ich. Überhaupt wundert es mich, wieso die Kleine immer so schrecklich brav gewesen ist. Sie war doch hier allein, hatte das ganze Haus für sich. Ich an ihrer Stelle hätte es richtig krachen lassen. Was genau ist ihr denn zugestoßen?«

»Sonst haben Sie nichts weiter an Ashwa Jha bemerkt?«, stellte Falk die Gegenfrage.

Die Umzugshelferin schüttelte den Kopf.

Falk unterdrückte ein Seufzen. Aus der Frau war nicht viel herauszukriegen. »Wissen Sie, wie wir die Eltern in Indien erreichen können?«

Erneutes Kopfschütteln. »Da müssen Sie meinen Chef fragen.«

»Das werden wir«, sagte Falk und reichte ihr seine Visitenkarte. »Falls Ihnen noch etwas einfällt, rufen Sie mich an. Ihre Personalien haben wir?«

Juliane nickte. »Ich habe sie notiert.«

»Prima, dann danke ich Ihnen, dass Sie sich die Zeit …« Das Klingeln eines Telefons unterbrach ihn.

Frau Szepanski holte ihr Handy aus der Tasche des Overalls. Fragend schaute sie zu Falk, der ihr mit einem Nicken zu verstehen gab, dass sie nicht mehr benötigt wurde. Umgehend stand sie vom Sofa auf, lächelte zum Abschied und ging telefonierend Richtung Kücheninsel.

»Ich wäre dann soweit fertig«, sagte Hartwick, der in diesem Moment auftauchte.

»Haben Sie sich auch im Zimmer der Toten umgesehen?«, fragte Falk.

»Natürlich.«

»Gab es Anzeichen dafür, dass sie einen Freund hatte? Hingen Fotos eines Jungen an der Wand?«

Hartwick schüttelte den Kopf. »Bis auf einen Koffer, eine Matratze und ein Laptop ist das Zimmer bereits ausgeräumt.«

»Haben Sie den Computer sichergestellt?«

Erneut verneinte Hartwick.

»Herrgott, warum nicht? Gehen Sie rauf, und holen Sie das Ding!«

»Aber sollte nicht erst die Spurensicherung …«, fing Hartwick an, doch Falk unterbrach ihn.

»Nein, verdammt. Bringen Sie den Rechner her. Aber vergessen Sie nicht, sich Handschuhe anzuziehen. Scheiße, was lernt ihr eigentlich auf der Akademie?«

Hartwick wirkte, als würde er jeden Augenblick explodieren, doch schließlich riss er sich zusammen, drehte sich um und ging.

Falk folgte ihm in die Eingangshalle. Gerade wollte er sich dem Ausgang zuwenden, als Juliane sich ihm in den Weg stellte. Wütend stemmte sie die Hände in die Hüften.

»Hast du sie noch alle?«, zischte sie leise. »Jan hat heute seinen ersten Tag. Er ist neu, und er ist verdammt nochmal dein Partner. Hör auf, ihn herumzukommandieren.«

»Ich habe nicht um einen Partner gebeten. Koruhn hat mir Hartwick vor die Nase gesetzt, und ich werde ihn nicht mit Samthandschuhen anfassen. Es ist besser, wenn er sich schnell an meine Art zu arbeiten gewöhnt.«

»Deine Art zu arbeiten«, echote Juliane. »Das heißt nichts anderes, als dass du alle vor den Kopf stößt. Sag mal, merkst du eigentlich nicht, dass Koruhn und ich als Einzige im Präsidium noch gut auf dich zu sprechen sind? Wobei ich mir bei Koruhn gar nicht mehr so sicher bin.

Nach der Sache mit den Albanern hat er sich weit aus dem Fenster lehnen müssen, um dir den Hintern zu retten, schon vergessen? Ich glaube nicht, dass dir klar ist, wie knapp du einem Rauswurf entgangen bist. Und was tust du? Tauchst halb besoffen an einem Tatort auf und lässt Jan und mich die Drecksarbeit machen, während du bei deiner Ex einen Kaffee trinkst. Reiß dich gefälligst zusammen, und gib dem Neuen eine Chance. Jan scheint ein netter Kerl zu sein. Versau es nicht gleich am ersten Tag.«

Scheiße, was wollte Juliane eigentlich von ihm? Er brauchte im Präsidium keine Freunde, schließlich waren sie Bullen. Bullen, die ihren Job erledigten. Außerdem hatte er andere Probleme.

»Gut, dass Sie noch da sind.« Frau Szepanski erschien im Türrahmen. »Das war Olga am Telefon. Die Sekretärin meines Chefs. Sie hat mir die Adresse der Jhas in Indien gegeben.«

»Sehr gut«, sagte Juliane und warf Falk einen letzten bösen Blick zu, bevor sie auf Frau Szepanski zutrat. »Dann lassen Sie mal hören.«

»Ich habe den Computer«, sagte Hartwick, der mit einem angedeuteten Lächeln und einem in einem Asservatenbeutel steckenden MacBook die Treppe herunterkam.

»Ich hoffe, dass Sie dafür keinen Orden erwarten«, entgegnete Falk, bevor er nach draußen ging.

Der Basset und sein schmächtiger Kollege saßen auf der Kante des Laderaums und ließen die Beine baumeln. Der Dicke hielt eine Stulle in der Hand, neben ihm stand ein Bier, während der Dünne rauchte.

So viel zum Thema *Wir werden nicht fürs Herumstehen bezahlt.*

Falk ging zum Wagen und ließ sich in den Beifahrersitz fallen. Dieser Tag hatte wirklich mies angefangen. Mit den Fingern massierte er seine Schläfen.

Wenig später öffnete sich die Fahrertür, und Hartwick klemmte sich hinters Steuer. Das angedeutete Lächeln, das gerade eben noch auf seinem Gesicht gestanden hatte, war verschwunden.

»Was ist Ihr Problem? Was haben Sie gegen mich?«, fragte er, den Blick fest auf Falk gerichtet.

»Können wir dieses Gespräch ein anderes Mal führen? Jetzt muss ich nachdenken.«

Hartwicks Augen verengten sich zu schmalen Schlitzen. »Worüber müssen Sie nachdenken? Vielleicht darüber, was Sie mit dem Gegenstand machen, den Sie vom Fundort der Leiche entwendet haben?« Er schnaubte wütend. »Was war es? Eine Halskette, ein Armband? Das ist Unterschlagung von Beweismaterial.«

Kapitel 7

Normalerweise vertrieben die Gitarrenriffs und Dani Filths kreischender Gesang Zoes Gedanken, doch im Moment schafften es nicht einmal *Cradle Of Filth*, sie abzulenken. Sie hatte sich geschworen, keinen Fuß mehr in das Bahnhofsviertel zu setzen, trotzdem war sie hier.

Die halbe Nacht lang hatte Zoe das Ende ihrer Schicht in der Seniorenresidenz herbeigesehnt – sie hatte nur nach Hause und in ihr Bett gewollt –, doch nach der Begegnung mit Falk Bachmann und der Fahrt zum Tatort in den Stadtwald war sie zu aufgekratzt gewesen. Also hatte sie ihre Pläne kurzerhand geändert und die Taunusstraße angesteuert.

Im Schatten des Skyper-Wolkenkratzers, gegenüber einer neoklassizistischen Villa, stellte sie ihren Fiat Punto ab, lief zum Parkautomaten und zündete sich eine Zigarette an. Erneut dachte sie an den Kommissar, der so fertig und irgendwie doch nicht so übel ausgesehen hatte. Als sie noch ein Teenager gewesen war, hatte ihre Mutter ihr in einem ihrer zahllosen Streits einen Vaterkomplex unterstellt. Damals hatte sie es als Unsinn abgetan, doch inzwischen war sie sich da nicht mehr ganz so sicher.

Christian, ihr letzter Freund, war vierunddreißig und damit vier Jahre älter als sie gewesen. Der Unterschied war kaum ins Gewicht gefallen, Bachmann aber schätzte sie auf Anfang vierzig. Zumindest, wenn sie ihn sich ausgeschlafen, rasiert und geduscht vorstellte.

»Hast du mal fünf Euro für die Bahn?«, riss eine Stimme sie aus den Gedanken. »Mir ist mein Geld geklaut worden, und jetzt weiß ich nicht, wie ich nach Hause kommen soll.« Nervös trat der junge Punk von einem Fuß auf den anderen. Das Haar trug er stilecht an den Seiten kurz rasiert, in der Mitte länger und türkis gefärbt. Sein ärmelloses *Slime*-T-Shirt und die hautenge schwarze Jeans zeigten mehr von seinem ausgemergelten Körper, als sie verdeckten.

Zoe verdrehte die Augen. »Echt jetzt? Fällt dir kein besserer Spruch ein?« Sie hielt ihm die angerauchte Zigarette entgegen, worauf der Punk sie sofort nahm.

Gierig inhalierte er, ein schiefes Grinsen auf den Lippen. »Wie wäre es mit dem: Bisschen Kleingeld für meine Scheinwelt?« Zwischen zwei Zügen von der Zigarette spielte seine Zunge mit dem Piercing, das in der Unterlippe steckte.

Zoe erwiderte sein Lächeln. »Viel besser.« Sie betrachtete das Geld in ihrer Hand. »Das ist alles, was ich dabei habe.« Sie gab ihm die knapp vier Euro in kleinen Münzen. »Aber dafür musst du an meinem Auto warten und Politessen verscheuchen, falls welche auftauchen.« Sie deutete auf ihren Fiat. »Dauert auch nicht lange. Ich muss nur kurz etwas erledigen.«

»Geht klar.« Er tippte sich an eine imaginäre Hutkrempe. »Kann ich mich reinsetzen?«

Zoe überlegte kurz. Den Autoschlüssel hatte sie bei sich, und in ihrer Rostlaube gab es nichts, was sich zu klauen lohnte. »In Ordnung.«

Der Punk schlang die Arme um sich, schlurfte zu Zoes Wagen und ließ sich in den Beifahrersitz fallen.

Zoe wies mit Zeige- und Mittelfinger auf ihre Augen. »Aufpassen!«, rief sie.

Grinsend hob der Punk den Daumen, worauf sich Zoe auf den Weg machte. Am Skyper, einem gigantischen Wohn- und Geschäftshaus, zwangen Frauen in Businesskostümen und Männer in Anzügen sie zu einem Zickzackkurs, doch nachdem sie die Weserstraße überquert hatte, änderte sich das Straßenbild. Vor einem kleinen Supermarkt saß eine Handvoll Obdachloser und trank die morgendliche Ration Bier. Aus einem Vierundzwanzig-Stunden-Spielsalon trat ein Mann und kniff die Augen gegen das helle Morgenlicht zusammen. Um ein Haar wäre er in den Kinderwagen gelaufen, den eine junge Araberin über den Bürgersteig schob. Vor

Schreck fing das Kind zu weinen an, worauf die Mutter einen lauten Fluch ausstieß.

Früher hatte Zoe es gemocht, dass Arm und Reich sich in Frankfurt direkt und in einem Extremkontrast gegenüberstanden; sie hatte darin ein Aufbegehren der Vergessenen und Verstoßenen gesehen. Eine Art Gleichheit in der Ungleichheit. Doch inzwischen hatte sie diese Sozialromantik hinter sich gelassen und betrachtete das Elend in der Taunusstraße mit anderen Augen. Wer einmal hier gelandet war, kam so schnell nicht wieder raus.

Sie ließ den Erotikshop und die Tabledance-Bar, deren Fenster mit Silhouetten nackter Frauen abgeklebt waren, links liegen. Zielstrebig steuerte sie den schmalen Eingang neben einem Dönerladen an, der den Zugang zu einem sechsstöckigen maroden Haus bot. Über der offenen Tür hing ein rotes Leuchtschild mit der Aufschrift *Red Palace 24h Laufhaus.*

Zoe atmete noch einmal durch, und als sie danach eintrat, musste sie zwinkern, um ihre Augen an das Zwielicht zu gewöhnen. Pfeile auf einem übergroßen Schild, auf dem *Girls, Girls, Girls* zu lesen war, wiesen nach oben. Die Luft roch abgestanden, es war heiß und stickig. Zoe hatte das Gefühl, Sirup zu atmen.

»Kein Zutritt für Frauen.« Der Türsteher, ein bulliger Kosovo-Albaner mit rasiertem Schädel und glänzendem Stiernacken, schaute von seinem Smartphone auf, das in seinen Pranken winzig wirkte. Er saß auf einem Barhocker, eine Dose Red Bull und einen halb gegessenen Döner vor sich auf dem Tisch. »Oder suchst du Arbeit?« Mit geübtem Blick scannte er Zoe.

»Ich muss Admir sprechen«, sagte sie.

»Wen?«

»Admir, deinen Boss.«

»Warum?«

»Das bespreche ich nicht mit einem seiner Laufburschen. Ist er da?«

Der bullige Kerl legte sein Handy weg, glitt vom Barhocker und zog sich die Hose zurecht, bevor er sich dicht vor Zoe aufbaute. Er überragte sie um mindestens einen Kopf. Abschätzig blickte er auf sie hinab. »An deiner Stelle würde ich das Maul nicht so weit aufreißen«, zischte er und pulte mit einem Finger, an dem ein goldener Siegelring steckte, zwischen den Zähnen. Einen Moment später förderte er einen Fleischfetzen hervor. Kurz inspizierte er den Fund, dann schnippte er ihn weg. »Keine Ahnung, ob er da ist. Wer will das überhaupt wissen?«

Am liebsten hätte Zoe ihm ein Knie zwischen die Beine gerammt, doch sie beherrschte sich. »Sag Admir, dass Zoe mit ihm sprechen muss. Los, mach schon.« Sie blickte sich im Flur um und fand schnell die Videokamera, nach der sie Ausschau gehalten hatte. Sie hing schräg über der Eingangstür, sodass sie die ankommenden Gäste aufnahm. Zoe wusste von Admirs Schlaflosigkeit – Jessy hatte ihr davon erzählt –, daher spekulierte sie darauf, dass er trotz der frühen Uhrzeit bereits hinter seinem Schreibtisch saß und nebenbei das Videobild im Blick hatte.

Das Handy des Türstehers begann zu klingeln. Also hatte sie mit ihrer Vermutung, was die Kamera anging, recht gehabt. Der Kerl bedachte sie mit einem abfälligen Blick, dann ging er ran.

»Der Boss will dich sehen«, sagte er, als das Gespräch beendet war. »Geh rauf, oberste Etage, aber beeil dich. Und belästige die Gäste nicht.«

Zoe lachte verächtlich. »Ganz ruhig, Brauner. Um diese Zeit ist in eurem Bumsschuppen doch sowieso nichts los.«

Bevor der Kerl etwas erwidern konnte, war sie an ihm vorbei und nahm die Treppe, die nach oben führte. An den rot getünchten Wänden hingen Plakate mit barbusigen Frauen, die den Vorübergehenden einen lasziven Blick zuwarfen.

Nicht zum ersten Mal fragte sich Zoe, was Männer dazu trieb, das *Red Palace* aufzusuchen. Alles an diesem Puff war schäbig. Der klebrige Fliesenboden, die oberirdisch verlegten Leitungen, die mit der Wand verschraubten Aschenbecher, das Treppengeländer, dessen Farbe abblätterte. Einfach alles. Die Vorstellung, in dieser Bruchbude Sex zu haben, ließ sie trotz der warmen Luft frösteln.

Statt ganz nach oben, wo Admir Jasaris Büro lag, ging sie in den Flur des zweiten Stockwerks. Abends, wenn Hochbetrieb herrschte, saßen hier Mädchen auf Barhockern vor ihren Zimmern und boten sich den Männern an, doch noch waren die meisten Plätze unbesetzt, die Zimmertüren geschlossen. Nur vor Nummer fünfundzwanzig saß, in der Hoffnung auf einen frühen Kunden, eine Asiatin im Bikini und lächelte ein Lächeln, das ihre Augen nicht erreichte. Ihre Beine steckten in mörderischen Highheels, den Rücken hielt sie durchgestreckt, wahrscheinlich, um den etwas zu kleinen Busen größer wirken zu lassen.

Aufgrund der Strafverfolgung von Zuhälterei arbeiteten alle Mädchen im *Red Palace* offiziell auf eigene Rechnung. Für hundert bis zweihundert Euro pro Nacht mieteten sie ein Zimmer, im Gegenzug gewährte Admir Jasari ihnen Schutz. Der Lohn, den sie für ihre Dienste bekamen, gehörte – so die Theorie – ihnen allein.

Doch die Realität sah anders aus. Viele der zumeist aus Osteuropa und Asien stammenden Mädchen wurden mit dem Versprechen auf ein besseres Leben an der Seite eines wohlhabenden Mannes nach Deutschland gelockt. Wenn sie aber erst einmal in Frankfurt, München, Hamburg oder Berlin waren, fanden sie sich schnell in einem dieser Schuppen wieder, wo man ihnen die Pässe abnahm und sie zwang, anschaffen zu gehen. Weigerten sie sich, wurden sie vergewaltigt und mit Drogen vollgepumpt.

Zoe dachte an Jessy. In Deutschland geboren zu sein, schützte genauso wenig vor dem Schicksal.

Als die Asiatin merkte, dass es sich bei Zoe nicht um einen Freier handelte, erstarb ihr Lächeln. Vorsichtig trat Zoe auf sie zu und deutete auf die Tür mit der Nummer vierundzwanzig und einem gerahmten Foto ihrer jüngeren Halbschwester. Das Bild, das Jessy eigentlich hieß sie Jasmin – halbnackt und mit schwarzer Perücke zeigte, musste mindestens ein, wenn nicht zwei Jahre alt sein, denn sie wirkte darauf frischer, nicht wie die lebende Tote, die Zoe bei ihrem letzten Besuch im *Red Palace* vorgefunden hatte.

»Ist Jessy da?«, fragte Zoe.

»Kenne keine Jessy«, sagte die Asiatin in kaum verständlichem Deutsch.

Zoe schaute noch einmal auf das Bild. *Lora*, stand darunter, ihr *Künstlername.* »Lora? Ist Lora da?«, versuchte sie es dieses Mal.

Die Asiatin folgte ihrem Blick, dann zuckte sie mit den Achseln. »Weiß nicht.« Demonstrativ wandte sie ihre Aufmerksamkeit wieder dem Durchgang zum Treppenhaus zu, doch nichts deutete auf einen Kunden hin.

Sacht klopfte Zoe gegen die Tür. »Jessy, bist du da? Ich bin's, Zoe.«

Nichts.

Sie klopfte lauter. »Jessy, mach auf.«

»Was ist?«, hörte sie eine brüchige Stimme auf der anderen Seite. »Geh weg.«

»Mach die Tür auf, ich muss mit dir reden, bevor ich zu Admir gehe. Mach schon, ich habe nicht viel Zeit.«

Der Name ihres Zuhälters trieb Jessy offenbar aus dem Bett, denn kurz darauf öffnete sich die Tür.

Bei dem Anblick, der sich Zoe bot, schrak sie zurück. Jessy sah noch schlimmer aus, als sie sie in Erinnerung gehabt hatte. Ihre einst so strahlenden, grau-blauen Augen, die Jessy und sie von ihrer Mutter hatten, lagen tief in den Höhlen. Ihr kurzes Haar, das sie während der Arbeit unter einer Perücke versteckte, war so dünn, dass man die Kopfhaut darunter sehen konnte. Und selbst das übergroße SpongeBob-T-Shirt konnte nicht kaschieren, wie abgemagert sie inzwischen war.

Lethargisch trat Jessy zur Seite, ließ Zoe ein und schloss die Tür.

In dem winzig kleinen Zimmer, das neben dem Doppelbett kaum Platz für den schmalen Schrank, die beiden Klappstühle und den Tisch bot, musste es an die dreißig Grad warm sein. Ein beißender Geruch nach abgestandenem Männerschweiß hing in der Luft.

Als Zoe sich am Bett vorbei zum Fenster quetschte, bemerkte sie den Teddy in Jessys Bett. Ihre Schwester war fünfundzwanzig, und sie schlief noch immer mit ihrem

Stofftier, dem einzigen Geschenk, das ihr Vater ihr jemals gemacht hatte.

Im Stillen verfluchte sie Jessys Erzeuger. Sie zog die schweren Vorhänge zur Seite und riss das Fenster auf.

»Was machst du?« Jessy kniff die Augen zusammen, ihre Stimme klang schleppend. Offenbar hatte sie Tranquilizer oder andere Beruhigungsmittel eingeworfen, um von ihrem Meth-Trip runterzukommen.

Von unten drang der Straßenlärm der Taunusstraße ins Zimmer. Ein Müllwagen hielt vor dem Haus, und die Müllmänner sprangen von ihren Trittbrettern. Um ein Haar hätte die Fahrradfahrerin mit der Plastiksonnenblume am Lenker nicht mehr ausweichen können. Wütend klingelte sie und setzte ihren Weg unter den anerkennenden Pfiffen der Müllmänner fort.

Zoe wurde das Herz schwer, als sie einen Blick auf die Normalität erhaschte, die zwei Stockwerke unter ihr herrschte. Nur zwei verfluchte Stockwerke trennten ein zufriedenes Leben von der Hölle.

Am liebsten hätte sie sich Jessy gepackt, über die Schulter geworfen – so ausgemergelt wie Jessy war, wäre das wahrscheinlich kein Problem gewesen – und aus dem Drecksloch hier geschleift.

Aber das ging nicht. Jessy gehörte Admir Jasari. Und solange sich noch Kerle fanden, die bereit waren, Geld auf den Tisch zu legen, um mit Jessy eine Nummer zu schieben, würde er sie nicht gehen lassen. Zumindest nicht ohne eine Gegenleistung.

»Hast du ein paar Pillen dabei, die mich wieder auf die Beine bringen?«, fragte Jessy. »Du sitzt doch an der Quelle. Die Alten bekommen Drogen auf Rezept.«

Zoe schüttelte den Kopf. »Hör mir zu.«

Jessy sank zurück aufs Bett. Sie griff nach dem Bären, schlang ihre Arme um ihn und rollte sich ein.

»Bitte, Jessy. Du musst noch ein paar Tage durchhalten, dann hol ich dich hier raus.«

»Das sagst du schon so lange.«

»Diesmal meine ich es ernst. Ich habe einen Deal mit Admir. Aber du musst noch ein bisschen aushalten.

Versprich mir, die Finger von den harten Drogen zu lassen. Nimm nicht mehr, als du wirklich brauchst, okay?«

»Was weißt du schon, was ich brauche?« Sie zog die Beine enger an den Körper. »Hast du Geld? Kannst du mir was leihen?«

»Ich habe kein Geld. Aber ich werde dich rausholen.« Zoe kniete sich aufs Bett, wobei sie versuchte, die fleckige Bettwäsche möglichst nicht zu berühren, und gab ihrer Schwester einen Kuss auf die Wange. »Halt die Ohren steif.«

Ihre Schwester brummte etwas, doch Zoe verstand sie nicht mehr, da sie die Zimmertür bereits wieder hinter sich geschlossen hatte.

Die junge Asiatin saß nach wie vor mit übereinandergeschlagenen Beinen auf ihrem Barhocker. Sie warf Zoe einen flüchtigen Blick zu. Ebenso beiläufig nickte Zoe in ihre Richtung, dann ging sie ins oberste Stockwerk, wo der Boss des Jasari-Clans residierte.

Sie hasste sich für das, was sie gleich tun würde, doch sie hatte keine andere Wahl.

Sie musste es tun. Für Jessy.

Kapitel 8

»Mach die Tür zu«, sagte Falk und funkelte Hartwick wütend an.

»Ach, sind wir auf einmal beim Du angekommen? Toll, ich freue mich auch auf die Zusammenarbeit mit *dir*«, ätzte der junge Kommissar, doch zumindest leistete er Folge und zog die Fahrertür des Dienstwagens zu.

»Spar dir die Sprüche, und fahr los. Ich erkläre dir alles unterwegs.«

»Wo fahren wir hin?«

»Franz-Kafka-Straße.«

»Sollen wir nicht auf Juliane warten?«

»Nein, ich ruf sie gleich an und gebe ihr Bescheid, dass wir einer Spur folgen. Sie kann sich ein Taxi nehmen oder mit den Kollegen von der Technik zurück ins Präsidium fahren, sobald die mit ihrer Arbeit fertig sind. Du hast die Kriminaltechnik doch informiert, dass sie sich das Zimmer der Toten ansehen soll?«

Hartwick nickte.

Na, immerhin! Vielleicht taugt der Streber ja doch zu etwas, dachte Falk und wägte ab, wie viel er seinem neuen Partner anvertrauen konnte.

»Also, ich höre. Was hast du am Fundort mitgehen lassen?«, fragte Hartwick. Er setzte den BMW zurück in die Liliencronstraße, dann beschleunigte er so stark, dass Falk in den Sitz gedrückt wurde, und raste davon.

»Fahr langsamer, oder willst du uns umbringen?«, rief Falk und hielt sich am Haltegriff fest.

Hartwick ignorierte seinen Einwand. Am Ende der Straße trat er hart auf die Bremse und riss das Lenkrad herum, worauf der Wagen in die Eichendorffstraße, eine schmale Einbahnstraße, gesäumt von parkenden Autos, einbog.

Sofort beschleunigte Hartwick wieder. »Ich bin stinksauer«, sagte er. »Wenn ich schnell fahre, komm ich runter.«

»Also gut. Es tut mir leid, dass wir einen etwas ruppigen Start hatten. Ich heiße Falk.« Er streckte seinem Kollegen die linke Hand entgegen, da seine rechte noch immer den Haltegriff umklammert hielt.

»Jan«, entgegnete Hartwick und schlug ein, ohne vom Gas zu gehen. »Was hast du bei der Toten gefunden, und warum hast du es eingesteckt? Jetzt red schon.«

»Unter dem Kopf der Leiche lag ein Armband. Es hat nichts mit der Tat zu tun, wahrscheinlich lag es nur zufällig dort.«

»Natürlich.« Der Spott in Hartwicks Stimme war nicht zu überhören. »Und über die Gewichtung der aufgefundenen Beweismittel entscheiden die Profiler des LKA seit neuestem selbst. Willst du mich verarschen?«

Erneut stieg Hartwick unvermittelt auf die Bremse, ein rascher Blick nach rechts. Die Reifen quietschten, als er gerade noch so vor einem schwarzen Porsche auf die vierspurige Straße mit dem unpassenden Namen *Am Dornbusch* einbog. Der Porschefahrer hupte. Hartwick zeigte ihm den Mittelfinger, was dieser durch die getönte Heckscheibe des BMW jedoch nicht sehen konnte.

»Das Armband gehört Mia, meiner Tochter«, sagte Falk leise.

»Was?« Hartwick wechselte auf die Spur der Straßenbahn, da vor ihm eine Baustelle auftauchte.

»Meiner Tochter«, wiederholte Falk. »Es gehört meiner Tochter! Kannst du jetzt bitte langsamer fahren?«

»Deshalb also sollte Juliane dich bei deiner Exfrau absetzen. Weil du mit deiner Tochter reden wolltest.«

Endlich verringerte Hartwick das Tempo.

Erleichtert atmete Falk auf und warf Hartwick einen flüchtigen Blick zu. Er hätte dem überkorrekt wirkenden Kerl gar nicht zugetraut, dass er auf Geschwindigkeitsbeschränkungen pfiff, um Dampf abzulassen.

»Wie alt ist deine Tochter?«, fragte Hartwick.

»Sie ist im Alter der Toten. Die beiden haben zusammen Abitur gemacht.«

»Also kannten sie sich?«

Falk nickte.

»Und das hältst du für nicht wichtig?«

Falk schüttelte den Kopf. »Natürlich könnte man dem Beweisstück eine gewisse Relevanz zusprechen. Aber du weißt doch, wie es läuft. Im Nullkommanichts hätte man mich wegen Befangenheit vom Fall abgezogen. Außerdem will Mia im Herbst mit dem Jurastudium anfangen, da kann sie nicht Teil einer Mordermittlung sein. So was wird man nicht mehr los. Du kennst meine Tochter nicht, denn wenn du sie kennen würdest, dann wäre dir klar, wie absurd es ist, sie mit dem Tod dieses Mädchens in Verbindung zu bringen.«

Hartwicks blaue Augen schienen sich in Falks Gesicht zu bohren. Falk überkam das Gefühl, als blickten sie direkt in seinen Schädel.

»Nein, ich kenne Mia nicht«, sagte Hartwick. »Und dich kenne ich auch nicht. Trotzdem verlangst du von mir, mich euretwegen über alle Regeln hinwegzusetzen. Ich soll dich bei einem schweren Dienstvergehen decken. Das kann mich den Job kosten.«

»Wenn du erst mal so lange wie ich beim LKA bist, dann weißt du, dass nicht alles nach Lehrbuch funktioniert. Theorie ist gut und wichtig, aber in der Realität ist jeder Fall anders und …«

»Komm mir jetzt nicht mit dem Der-alte-Bulle-erklärt-dir-wie-es-läuft-Mist«, unterbrach Hartwick ihn. »Du hast dich verdammt tief in die Scheiße geritten, und ich soll dir helfen, da wieder rauszukommen. Warum sollte ich das tun?«

Falk stöhnte.

Was für ein verflucht beschissener Tag.

»Weil ich dich als dein neuer Partner darum bitte«, sagte Falk. »Ich verspreche dir, dass ich dich nicht mit in die Sache reinziehe, falls ich auffliege. Du musst einfach nur so tun, als hättest du nichts gesehen.«

Schweigend fuhr Hartwick weiter und bog nach ein paar Minuten von der Franz-Werfel- in die Franz-Kafka-Straße ein. Falk bezweifelte, dass viele Bewohner der tristen viergeschossigen Mietskasernen, die sich hier wie mit dem Lineal gezogen aneinanderreihten, ein Werk der beiden Schriftsteller, nach denen die Straßen benannt waren, gelesen hatten.

Am Bordsteinrand neben eingezäunten Müllcontainern hielt der Wagen. Auf dem verbrannten Rasen zwischen zwei sich gegenüberliegenden Mietshäusern wehte Wäsche im Wind. Ungeachtet der frühen Uhrzeit und der Sommerferien hatte sich bereits eine Gruppe von Jugendlichen gebildet. Gelangweilt hingen die Jungs und Mädchen vor einem der Hauseingänge ab und rauchten. Wahrscheinlich hatte die Hitze sie aus ihren schlecht isolierten Zimmern getrieben.

Hartwick schaltete den Motor ab und betrachtete Falk erneut mit diesem durchdringenden Blick. »Okay«, sagte er schließlich. »Aber unter einer Bedingung: Ich will an den Ermittlungen beteiligt sein. Nicht als dein Laufbursche, nicht als dein Fußabtreter, sondern als dein Partner. Keine Alleingänge.«

»Einverstanden«, sagte Falk.

Eigentlich hätte er erleichtert sein müssen, doch er war es nicht, denn er ahnte, dass Hartwick diesen Moment noch bereuen würde.

Kapitel 9

Nachdem er den ersten Schock überwunden hatte, begann Marc sich wieder zu beruhigen. »Danke, dass du mich angerufen hast, Mia. Und mach dir keine Gedanken wegen des Armbands. Ich hole dir ein neues.«

»Aber man hat es bei Ashwa gefunden. Wie ist es da hingekommen?« Mia kreischte beinahe in sein Ohr.

»Beruhig dich, Babe. Es kommt alles in Ordnung. Aber ich kann jetzt nicht länger reden. Wir beladen gerade den LKW, ich muss weitermachen. Heute Abend komme ich bei dir vorbei, dann besprechen wir alles.« Bevor Mia Protest einlegen konnte, drückte Marc sie weg und schaltete das Handy in den Flugmodus. Mia war cool, und sie war heiß, keine Frage, aber in einem Punkt unterschied sie sich nicht von anderen Mädchen: Sie musste alles totquatschen.

Im ersten Moment war Marc wie erstarrt gewesen, als Mia ihm gesagt hatte, dass die Paki-Schlampe tot war und die Bullen nach ihm suchten, doch er hatte sich schnell wieder gefangen. Schließlich hatte er nichts mit ihrem Tod zu tun. Sein kleiner Scherz, die Fotze in den Brunnenschacht zu werfen, hatte sie nicht ins Jenseits befördert.

Er zog seine E-Zigarette aus der Hosentasche, drückte das Knöpfchen und inhalierte tief. Süßlich riechender Wasserdampf nebelte ihn ein.

»Hey, Noske, steh hier nicht rum! Die Kisten laden sich nicht von selbst auf.« Appelt, der Inhaber des Autohauses, auf dessen Hof der LKW und die in Holzkisten verpackten Hilfsgüter standen, wies mit dem Finger auf ihn.

Marc verzog das Gesicht. Er hasste den schmierigen Kerl. Obwohl die Sonne mit aller Kraft auf den asphaltierten Abstellplatz vor der Werkstatt knallte und

Appelt wie immer einen schwarzen Anzug und ein weißes Hemd mit Krawatte trug, schien er nicht zu schwitzen. Weder auf seiner Glatze noch in seinem Vollbart zeigte sich ein Tropfen Schweiß, aber das war auch nicht weiter verwunderlich. Appelt krümmte nicht einen Finger, um ihnen beim Aufladen zu helfen.

»Wir liegen gut in der Zeit, Sven. Gönn den Jungs eine Pause.« Lächelnd trat Johannes auf Appelt zu, wobei er sich die ölverschmierten Hände an seiner Arbeitshose abwischte. Dann legte er seinem Chef eine Hand ins Kreuz und schob ihn in Richtung der verglasten Ausstellungshalle. »Geh ein paar Autos verkaufen, wir kommen allein klar.«

Fasziniert beobachtete Marc, wie Appelt sich dem fügte, was der wesentlich jüngere Johannes ihm auftrug. Johannes, der tätowierte Rothaarige mit der hellen Haut und den stechend grünen Augen, war gerade erst fünfundzwanzig geworden, während Sven Appelt, Inhaber des Autohauses, mindestens vierzig sein musste.

Johannes war nicht nur Mechaniker, er war auch der geborene Anführer. Vor weniger als einem Jahr hatte er die *New Help Organisation*, kurz *NHO*, gegründet, die inzwischen so viel Geld gesammelt hatte, dass ein ganzer Vierzigtonner mit Hilfsgütern beladen werden konnte. Am Samstag würde der erste Transport nach Syrien aufbrechen. Was Johannes in die Hand nahm, funktionierte. Er verstand es, Menschen für sich und die Sache zu gewinnen.

»Duck! Ole! In der Werkstatt stehen eine Kiste Bier und ein mit Essen gefüllter Korb, den Anna mir heute Morgen mitgegeben hat. Könnt ihr die Sachen bitte holen gehen?«, fragte Johannes.

»Klar, machen wir«, rief Duck und setzte sich im watschelnden Entengang, der ihm seinen Spitznamen eingebracht hatte, in Bewegung. Ole drehte den Schirm seiner schwarzen Basecap nach hinten – ohne das Ding sah man ihn so gut wie nie – und folgte ihm.

Als Marc den beiden nachblickte, klopfte er sich innerlich auf die Schulter. Er hatte Duck und Ole vor knapp zwei Monaten in die Organisation gebracht, und die beiden machten sich erstaunlich gut. Sie unterstützten die Sache, auch wenn er den Verdacht hegte, dass sie es nur taten, um ihn zu beeindrucken.

»Du siehst aus, als hättest du einen Geist gesehen.« Johannes schob Marc in den Schatten des Autohauses und baute sich zu seiner vollen Größe auf. Zu seiner Arbeitshose trug er nur ein fleckiges Unterhemd, was die durch die Schlepperei aufgepumpten Muskeln an seinen tätowierten Armen zum Vorschein kommen ließ. Zwar war Johannes kein so bulliger Typ wie Colin, der gerade eine Kiste auf die Ladefläche des LKW wuchtete, aber er hatte trotzdem eine Menge Kraft. Und er hatte was im Kopf, was man von Colin nicht behaupten konnte.

»Wer war das am Telefon?«, fragte Johannes.

»Das war Mia«, entgegnete Marc.

Johannes klopfte ihm auf die Schulter. »Sehr gut. Du bringst sie doch am Samstag mit? Je mehr Leute kommen, desto besser. Wenn es richtig voll wird, schaffen wir es vielleicht sogar ins Lokalfernsehen.« Johannes' Augen leuchteten.

Marc zuckte mit den Achseln. »Ich weiß nicht, ob sie mitkommt. Ich habe sie noch nicht gefragt. Es ist nicht so einfach.«

Johannes legte ihm eine Hand auf die Schulter, sein Daumen bohrte sich in einen Muskel, was einen stechenden Schmerz durch Marcs Körper jagte. Erschrocken blickte Marc auf.

»Was ist los mit dir?«, fragte Johannes sanft, ohne jedoch den Druck auf die Schulter zu verringern. »Ich hab dir doch gesagt, dass du die Kleine auf unsere Seite ziehen sollst. Warum war sie noch auf keiner der Versammlungen?«

»Das ist nicht so einfach«, wiederholte Marc und versuchte, möglichst gelassen zu klingen, doch er konnte das leise Keuchen in seiner Stimme nicht unterdrücken.

Johannes' Griff wurde stärker, nun zog der Schmerz bis hinunter in Marcs Ellenbogen. Mit verwundbaren Körperstellen kannte Johannes sich aus; er hatte sich Krav Maga, eine waffenlose Kampftechnik, angeeignet. »Du strengst dich nicht genug an. Ich will sie am Samstag bei uns haben. Ihr gebt ein hübsches Paar ab, du und die Kleine. Die Kids werden die Instagram-Bilder, auf denen Mia dich zum Abschied küsst, lieben. Willst du das für mich tun?«

Der Schmerz ließ Tränen in Marcs Augen treten. Er nickte, was Johannes veranlasste, die Hand von seiner Schulter zu nehmen.

»Guter Mann«, meinte Johannes. »Und jetzt sagst du mir, was Mia von dir wollte. Was ist passiert?«

Marc starrte den Asphalt zu seinen Füßen an. »Also, es geht um diese Paki-Schlampe. Du weißt schon, die Fotze, die mich angebaggert hat.«

»Hör auf, so zu reden«, wies Johannes ihn zurecht, doch sein Tadel klang milde. »Du bist ein intelligenter Junge. Du hast Abitur gemacht, etwas, das ich nie zustande gebracht habe.«

Marc schaute wieder auf. Es tat gut, gelobt zu werden.

»Du begreifst, worum es geht«, fuhr Johannes fort. »Dir ist der Erhalt unserer kulturellen Identität ein genauso großes Anliegen wie mir. Und wir kommen gut voran. Immer mehr Menschen verstehen, was wir meinen, wenn wir von Ethnopluralismus sprechen. Allerdings werden wir unsere Ziele nicht erreichen, wenn wir die anderen Kulturen offen in ein schlechtes Licht rücken. Anfeindungen und Beleidigungen sind ein gefundenes Fressen für die Mainstream-Medien. Die warten nur darauf, dass wir eine Inderin als Paki-Fotze diffamieren. Wenn wir den gesellschaftlichen Aushandlungsprozess anführen wollen, dürfen wir uns nicht angreifbar machen.«

»Du hast recht. Es tut mir leid«, sagte Marc kleinlaut.

»Schon gut, aber denk beim nächsten Mal daran. Auch wenn wir unter uns sind. Also? Was ist mit der Inderin?«

»Sie ist tot. Jemand hat sie am Wochenende kaltgemacht. Die Bullen haben sie im Stadtwald gefunden, nicht weit von der Stelle, wo wir am Freitag gefeiert haben.«

Johannes' Gesicht verfinsterte sich. »Das ist nicht gut. Das ist gar nicht gut.«

Kilian, ein großgewachsener Blonder mit breiter Nase, der kaum ein Wort sprach, trat mit zwei Flaschen Bier in der Hand auf Johannes und Marc zu. »Wollt ihr eins?«

»Nicht jetzt!«, fuhr Marc ihn an. Obwohl Kilian schon seit der Gründung der *NHO* an Johannes' Seite kämpfte und sogar einen Posten im Vorstand innehatte, ließ er alles mit sich machen. Marc hielt ihn für unterbelichtet.

Wieder warf Johannes Marc einen tadelnden Blick zu. »Danke, Kilian, sehr aufmerksam von dir«, sagte er und nahm ihm die Flaschen ab.

»Wer wurde kaltgemacht?«, fragte Kilian. Offenbar hatte er einen Teil des Gesprächs mitangehört.

»Niemand«, antwortete Johannes. »Nett, dass du uns das Bier gebracht hast. Du bist ein guter Kerl. Setz dich zu den anderen. Marc und ich haben etwas zu bereden, danach kommen wir.«

Als Marc sah, wie Kilian stolz die Brust vorstreckte, hätte er ihm gerne eine reingeschlagen.

»Hängst du da irgendwie mit drin?«, fragte Johannes, als Kilian außer Hörweite war.

»Bist du bescheuert? Natürlich nicht! Ich wollte der Schlampe nur einen Denkzettel verpassen. Mit ihrem Tod habe ich nichts zu tun. Du kannst Mia fragen, wenn du mir nicht glaubst.«

»Fuck.« Johannes fuhr sich mit der Hand durch die Haare, die er an den Seiten wenige Millimeter kurz und oben länger, akkurat gescheitelt trug. »Haben die Bullen schon eine Verbindung zwischen uns und der Paki-Fot …« Johannes schluckte. » … zwischen uns und der *Inderin* hergestellt?«

»Nein, glaube nicht. Mia meint, dass ihr Vater alles diskret regelt. Er will sie aus der Sache raushalten, aber …«

»Was noch?«

»Die Bullen wollen mit mir sprechen.«

»Verfluchte Scheiße.« Johannes' Adamsapfel hüpfte, als er die Flasche Bier in einem Zug zur Hälfte leerte. »In Ordnung, ich weiß, was wir tun werden. Bis der Truck am Samstag nach Aleppo aufbricht, wirst du untertauchen. Das sind nur knapp fünf Tage, das schaffen wir. Danach bist du auf dem Weg nach Syrien und aus der Schusslinie.«

Marc zuckte zusammen, als Johannes erneut nach seiner Schulter griff, doch diesmal blieb der Schmerz aus. »Wir haben so lang für unsere Mission gekämpft. Das dürfen wir uns nicht kaputt machen lassen. Du verschwindest von der Bildfläche. Kein Wort zu irgendjemandem, auch nicht zu deiner Freundin.«

»Was? Mia wird wissen wollen, wo ich stecke. Wenn ich mich nicht melde, wird sie ihren Vater informieren.«

Johannes unterdrückte ein Aufstoßen. »Kein Wort, habe ich gesagt. Colin bringt dich in ein Versteck, ich kümmere mich um Mia.«

Kapitel 10

Ihre gebräunte Haut schimmert im Sonnenlicht. Entweder hat sie sich gerade mit der Sonnenmilch, die neben ihr im Gras liegt, eingecremt, oder ein dünner Schweißfilm bedeckt ihre Haut.

Er hofft auf Letzteres, glaubt aber nicht daran. Junge Mädchen von achtzehn oder neunzehn Jahren schwitzen nicht so schnell, besonders nicht, wenn sie so schlank sind. Das hat er festgestellt, als er den Keller für seine erste Patientin aufgeheizt hat. Also wird sie Sonnencreme verwendet haben, was bedauerlich ist, denn industriell hergestellte Cremes enthalten Schadstoffe. Aluminiumsalze, Benzophenon, Emulgatoren, Silikone und Phthalate fallen ihm auf die Schnelle ein. Dieses Gift, für das die Menschen auch noch Geld ausgeben, gelangt über die Haut in den Organismus, wo es sich in den Zellen ablagert. Und die Schlacken wieder loszuwerden, bedeutet ein hartes Stück Arbeit. Doch für die Kleine wird er sich die Zeit nehmen, die es braucht, um sie innerlich zu reinigen, das schwört er sich.

Bei der Letzten ist es viel zu schnell vorbei gewesen. Er hatte nicht zum Wohl seiner Patientin gehandelt, war selbstsüchtig vorgegangen, hatte sich gehen lassen. Drei Fehler, die seine Mutter ihm nie verzeihen würde, wenn sie davon wüsste.

Aber sie weiß es nicht.

Beim Gedanken an seine Mutter beschleunigt sich sein Puls. Sie darf nie von seinen eigenmächtigen Behandlungen erfahren, schließlich hat er keine Zulassung. Dabei ist ihm natürlich klar, dass das Gesundheitsamt sein geringstes Problem darstellt, sollte herauskommen, was er mit der Inderin gemacht hat.

Er unterbricht die negative Gedankenspirale und konzentriert sich auf das, was vor ihm liegt. Es ist ein schöner, heißer Sommertag. Dementsprechend ist das Freibad gut besucht, was ihm entgegenkommt, da so kaum jemand auf ihn achtet. Er hat einen Platz im Schatten der Bäume ergattert, ganz hinten in der Nähe des Holzverschlags, in dem die großen Müllcontainer stehen. Der Geruch macht ihm nichts aus, denn er hat gelernt, weitaus schlimmere Gerüche zu ertragen. Schon früh hat seine Mutter ihn bei ihren Behandlungen assistieren lassen, daher kennt er den Geruch von Tod und Krankheit.

Lustlos blättert er in der Zeitschrift, die er mitgebracht hat, um nicht aufzufallen, doch immer wieder schweift sein Blick zurück zu ihr. Inzwischen ist ihre Freundin, diese Schlampe, die er auch behandeln muss, zurückgekommen. Sie lässt sich auf die Decke fallen, und die Enttäuschung ist ihr ins Gesicht geschrieben, denn den ganzen Tag schon schwänzelt sie um den jüngeren der beiden Bademeister herum, ohne dass er sie wahrnimmt.

So wie du mich nicht bemerkst. Ich bin unsichtbar für dich. Aber keine Sorge, sobald du auf meinem Behandlungstisch liegst, werden wir uns gegenseitig sehen können. Alles wird gut.

Rasch legt er sich die Zeitschrift in den Schritt, denn der Gedanke daran, dass er sie in seiner Obhut haben und behandeln wird, treibt ihm das Blut zwischen die Beine.

Kapitel 11

»Ich habe keine Lust, noch länger in diesem Provinzbad abzuhängen,« sagte Antonia-Sophie zu Celina, die neben ihr auf einer Decke im Gras saß. Genervt blickte sie sich im Freibad um, was der fette Kerl zwei Handtücher weiter, dessen Goldkettchen sich beinahe in seinem Brustfell verlor, als Interesse an seiner Person missverstand.

Er richtete sich auf, wobei er nicht darauf achtete, seinen Bauch einzuziehen, setzte die Sonnenbrille ab und zwinkerte den beiden Mädchen zu, was Celina aber nicht bemerkte, da sie nur Augen für den Bademeister hatte.

Antonia-Sophie verzog das Gesicht. Betont lässig wandte sie sich ab, fasste ihre dunklen Haare zu einem Pferdeschwanz zusammen und schüttelte den Kopf, wodurch sich ihre Mähne wallend über den Rücken ergoss. Danach straffte sie die Schultern, nahm ihre Arme hoch und streckte sich ausgiebig, wohlwissend, dass diese Pose ihren Busen, der nur durch das bisschen Stoff ihres Bikinioberteils bedeckt wurde, perfekt in Szene setzte. Sie meinte, den notgeilen Sack sabbern zu hören, doch sie schenkte ihm keine weitere Aufmerksamkeit. Der Alte sollte nicht auf die absurde Idee kommen, sie würde mit ihm flirten.

»Hast du gehört? Ich habe keine Lust mehr«, wiederholte Antonia-Sophie.

Endlich riss Celina ihren Blick von dem Sportstudenten los, der die Semesterferien nutzte, um hier im Freibad Nieder-Eschbach etwas Geld als Bademeister zu verdienen. Missmutig schaute sie auf ihre Armbanduhr. »Bitte, Antonia-Sophie, lass uns noch ein bisschen bleiben. In einer halben Stunde macht das Bad zu, dann hat Domi Feierabend. Bitte, bitte, bitte.«

»Domi«, äffte Antonia-Sophie ihre Freundin nach. »Hast du sie noch alle? Du kannst einem Typen, mit dem du noch kein einziges Wort gesprochen hast, doch keinen Kosenamen geben.« Sie schob ihre Sonnenbrille auf die Nasenspitze und blickte über den Rand hinweg auf die andere Seite des Beckens, wo *Domi* mit verschränkten Armen dastand und die vom Rand ins Wasser springenden Idioten gewähren ließ. Obwohl das Bad bald schloss, war es noch ziemlich voll.

Der Student war wirklich niedlich. Das rote DLRG-T-Shirt spannte über seinem breiten Brustkorb, der Bizeps an seinen Armen war zum Niederknien, der Bauch hart wie ein Brett.

Und die Beine!

Antonia-Sophie seufzte innerlich. Sie hatte eine Schwäche für durchtrainierte Männerbeine. Es gab nur ein Problem: Im Gegensatz zu King Kong neben ihnen hatte der schnuckelige Student sie den ganzen Nachmittag keines Blickes gewürdigt. Auch nicht, nachdem Celina sich ihm gegenüber an den Beckenrand gesetzt und ihm ihre Brüste quasi unter die Nase gehalten hatte.

Celina war echt peinlich. Warum hänge ich überhaupt noch mit ihr ab?

Antonia-Sophie stöhnte leise und erinnerte sich daran, dass sie Celina sowieso bald nicht mehr sehen würde. Nach den Sommerferien würde sie auf die International Business School in London gehen, während Celina eine Banklehre bei der Frankfurter Sparkasse begann.

Eine Banklehre. Bei der Fraspa. Lachhaft.

Celina tat zwar gerne so, als würde diese Ausbildung sie auf direktem Weg in die Chefetagen der Frankfurter Bankentürme katapultieren, doch Antonia-Sophie wusste es besser. Sobald sie Celina nicht mehr unter ihre Fittiche nahm, würde die Gute sich den erstbesten Typen schnappen; nicht so eine Sahneschnitte wie den süßen Bademeister, sondern einen dicklichen Bankkaufmann, der seine Anzüge bei H&M kaufte. Um sich extravagant zu fühlen, würde der Sparkassen-Looser Fliege statt Schlips tragen, doch in Wirklichkeit wäre er die Lachnummer der

Filiale. Antonia-Sophie wusste, wie Celinas Zukunft aussah. Kurz vor Ende der Ausbildung würde sie versehentlich schwanger werden, das erste von zwei Kindern werfen und als fette Mami hinterm Herd in einem Reihenhaus am Rand von Offenbach versauern.

»Süße, du machst dich komplett zur Idiotin«, sagte Antonia-Sophie. »Wenn du *Domi* noch länger anstarrst, fliegen Herzen aus deinen Augen. Schlag dir den Sportstudenten aus dem Kopf. Der Kerl ist schwul. Wahrscheinlich glotzt er schon den ganzen Nachmittag unter seiner Sonnenbrille heimlich den Jungs auf den Arsch.«

»Bullshit«, antwortete Celina. »Er hat mir vorhin zugelächelt, da bin ich mir ganz sicher. Es ist nur so, dass die Bademeister nichts mit Gästen anfangen dürfen, sonst sind sie ihren Job los.« Celinas Blick kehrte zu ihrem Schwarm zurück, und ihr entfuhr ein Seufzen. »Aber in seiner Freizeit, da kann er machen, was er will. Ich werde, wenn das Bad geschlossen hat, einfach so lange warten, bis er rauskommt. Dann spreche ich ihn an und helfe ihm aus der Badeshorts.« Sie kicherte.

Antonia-Sophie machte sich nicht die Mühe, ihr Augenrollen vor Celina zu verbergen. »Mach das, aber ohne mich.« Sie warf ihr Handy und die halb volle Flasche Evian in ihre Tasche, stand auf und wickelte sich einen Sarong um die Hüften. Während sie die Tasche schulterte, bemerkte sie, dass King Kong sie noch immer anstarrte. Sein schmieriges Lächeln ließ sie frösteln. War sie zu weit gegangen, als sie sich vor ihm geräkelt hatte?

Unsinn.

Selbstsicher straffte sie die Schultern und warf die Haare zurück. Die Zeiten, in denen eine Frau sich dafür rechtfertigen musste, dass sie gut aussah, waren vorbei. Eine schlanke Figur und ein Bikini waren kein Freifahrtschein für Wichser mit Hormonstau.

»Jetzt bleib doch.« Celina sah zu ihr hoch. »Wie soll ich ohne dich nach Hause kommen?«

»*Domi* kann dich doch mitnehmen. Schwule haben doch ein großes Herz.« Sie grinste. »Oder du nimmst den Bus.«

»Du kannst so eine Bitch sein«, rief Celina ihr hinterher, woraufhin Antonia-Sophie den Mittelfinger ausfuhr, ohne sich noch einmal umzudrehen.

Schnurstracks steuerte sie auf den eingeschossigen Backsteinbau nahe des Ausgangs zu, in dem sich die Umkleiden befanden. Als sie eintrat, schlug ihr ein übler Geruch entgegen. Eine Mischung aus abgestandener Luft, Schweiß und verfaulendem Gras. Naserümpfend schüttelte sie den Kopf, nicht ohne Celina dafür zu verfluchen, sie in dieses Drecksloch von Freibad verfrachtet zu haben. Sie ließ die Waschbecken und Haartrockner hinter sich und steuerte die Kabinen an, wobei sie aufpassen musste, nicht über eines der herumrennenden Kinder zu stolpern.

»Pass doch auf«, zischte sie einem vielleicht Zwölfjährigen zu, der, bewaffnet mit einer Wasserpistole, um ein Haar in sie hineingelaufen wäre.

Kurz vor Betriebsschluss war in der Umkleide die Hölle los. Antonia-Sophie musste durch vier Gänge laufen, bis sie endlich eine freie Kabine fand. Sie verriegelte die Tür und verzog das Gesicht, als sie das fleckige Papiertaschentuch und das verlaufene Eis samt Waffel auf dem nassen Boden sah. Rasch vergewisserte sie sich, dass wenigstens die Bank trocken war, bevor sie ihre Tasche darauf abstellte.

»Nein, Emma, wir gehen nach Hause«, redete die Frau in der Nachbarkabine mit Engelszungen auf ihre kreischende Tochter ein. »Das Schwimmbad macht zu. Wenn du jetzt nicht mitkommst, dann musst du die ganze Nacht hierbleiben. Der Bademeister schließt das große Tor ab, und dann können die Kinder nicht mehr raus.«

»Laaaass mich!«, brüllte das Mädchen.

Genervt den Kopf schüttelnd, ermahnte sich Antonia-Sophie, sich diese Situation in Erinnerung zu rufen, sollte sie jemals mit dem Gedanken spielen, eigene Kinder bekommen zu wollen. Sie legte ihren Sarong in die Tasche und schlüpfte aus den Badelatschen, blieb aber darauf stehen, um mit den nackten Füßen nicht den Boden berühren zu müssen. Während sie sich die Bikinihose von den Beinen zog, konzentrierte sie sich ganz darauf, das Gleichgewicht zu halten.

Dass sich hinter ihr der Knauf des Türschlosses zu drehen begann, bemerkte sie nicht.

»Die Mama ist jetzt wirklich ärgerlich. Wir haben doch vorhin besprochen, dass wir spätestens um achtzehn Uhr wieder zu Hause sein wollen. Also sei so lieb und zieh den nassen Badeanzug aus. Mach jetzt, sonst bist du schuld, dass der Papa nachher weint, denn wenn er von der Arbeit kommt und wir nicht da sind, wird er furchtbar traurig sein.«

»Neeein!«

Antonia-Sophie verdrehte die Augen, als sich plötzlich von hinten eine Hand auf ihren Mund legte. Das Gurgeln, das von ihrem erstaunten Aufschrei übrig blieb, verlor sich im Getöse. Jemand packte sie, schob sich dicht an sie heran und warf die Tür hinter sich zu. Ein stechender Schweißgeruch drang ihr in die Nase.

King Kong, schoss es ihr durch den Kopf, und Panik stieg in ihr auf. Sie versuchte, sich zu wehren, aber die Kabine war zu klein. Ihr Fuß trat in den Eisfleck, doch das registrierte sie nur beiläufig. Mit einer Hand umklammerte sie den Arm, der sich wie ein Schraubstock auf ihren Mund gelegt hatte, mit der anderen hieb sie gegen die Trennwand neben sich.

Das Heulen des Mädchens erstarb.

»Sind Sie noch ganz bei Trost? Sie haben Emma erschreckt«, erhob sich auf der anderen Seite der Trennwand die Stimme der Mutter, die Antonia-Sophies Klopfen offenbar als Kritik an ihrer Erziehung verstand. »Wenn Sie ein bisschen Kindergeschrei aufregt, sollten Sie nicht in ein Freibad gehen.«

Nun kreischte das Kind mit doppelter Lautstärke.

Antonia-Sophies Atem ging stoßweise. Sie hatte das Gefühl, kaum noch Luft zu kriegen. Ihr Angreifer presste sich so fest von hinten gegen ihren nackten Körper, dass sie vor Angst und Ekel aufschrie, doch wieder kam nicht mehr als ein erstickter Laut aus ihrem Mund.

Bitte, tu mir nichts, bitte, bitte, flehte sie stumm.

Wie konnte es sein, dass jemand sie in einem vollen Freibad überfiel? Das war absurd, es wimmelte hier von Menschen. Sie wollte noch einmal gegen die Trennwand hämmern, als etwas Kaltes ihren Hals berührte und sie erstarren ließ.

Warmer Atem streifte die Haut unter ihrem Ohr. »Die Klinge ist ausgesprochen scharf«, flüsterte die Stimme eines Mannes. »Wenn du auch nur einen Laut machst, wirst du es bereuen. Dann schlitze ich dir die Kehle auf, Antonia-Sophie.«

Kapitel 12

Das Institut für Rechtsmedizin befand sich in einer altehrwürdigen Villa etwas außerhalb des Areals, das die Universitätsklinik umfasste. Juliane stellte ihren ockerfarbenen Käfer, Baujahr 1970, auf einen freien Platz direkt vor einem Parkverbotsschild. Sie war spät dran.

Schnell legte sie den laminierten Ausweis hinter die Scheibe, der ihren Oldtimer als Dienstwagen des LKA auswies, und stieg aus. Vorsichtig, ganz sacht, schloss sie die Tür. Rosie – so nannte sie ihren rasenden Käfer – mochte es nicht, wenn man sie grob behandelte; dann wurde Rosie bockig und weigerte sich tagelang, die Tür zu öffnen. Mehr als einmal war Juliane gezwungen gewesen, sich vom Beifahrersitz aus hinters Lenkrad zu quetschen; ein Unterfangen, das wegen ihrer zunehmenden Leibesfülle inzwischen eine echte Tortur darstellte.

Sie musste dringend abnehmen. Sobald die Temperaturen wieder etwas heruntergingen, würde sie sich in einer der Folterkammern der Stadt anmelden und vor brüllenden Spinningtrainern zu Kreuze kriechen, doch bis dahin würde sie Rosie einfach weiter mit Samthandschuhen anfassen.

Ein letzter Blick auf ihr Spiegelbild im Wagenfenster ließ sie die Nase rümpfen. Wie schafften es andere Frauen, sich die Haare wachsen zu lassen, ohne an dem Zustand zu verzweifeln, der zwischen dem Kurzhaarschnitt einer emanzipierten Kratzbürste und der wallenden Mähne eines Vamps lag?

Als sie auf den Eingang des Instituts zuging, bemerkte sie Falks Dienstwagen. Die Wut, die sie den ganzen gestrigen Tag begleitet hatte, nachdem Falk und Jan sie in der Villa der Jhas zurückgelassen hatten, flammte wieder in ihr auf. Auch wenn sie nur als Psychologin arbeitete, war sie doch Teil des Teams. Sie hatte das verdammte Recht, über Falks Schritte informiert zu sein. Aber weder der werte Herr Hauptkommissar noch sein neuer Partner hatten es für nötig gehalten, sie anzurufen. Selbstverständlich hatte sie versucht, Falk zu erreichen, doch sie hatte nur die Mailbox erwischt. Und von Jan hatte sie noch nicht die Handynummer, ein Versäumnis, das sie später nachholen würde.

»Guten Tag, Frau Doktor«, begrüßte der Pförtner sie, als sie in der angenehm kühlen Luft der imposanten Eingangshalle stand, die von den Erbauern der Villa wahrscheinlich noch als Vestibül bezeichnet worden war.

»Hallo, Hikmet. Du sollst mich doch Juliane nennen.«

Der junge Türke grinste frech. »Natürlich, Frau Doktor. Schicke Frisur.«

Juliane stöhnte und fuhr automatisch mit den Händen durch ihr Krähennest, in dem Versuch, es irgendwie in Form zu bringen. »Du mich auch«, lachte sie. »Wie geht es der Familie?«

»Nermin ist schwanger. Bevor sie nur noch rollen kann, müssen Sie uns besuchen kommen. Wie wäre es morgen? Zum Abendessen? Ich mache mein berühmtes Börek.«

Juliane hatte den stets gutgelaunten Hikmet bei einem Einsatz kennengelernt und ihn auf Anhieb gemocht. Der türkischstämmige Kurde hatte dem LKA vor etwa zwei Jahren einen entscheidenden Hinweis gegeben, der eine Menge Leute in den Knast gebracht und ihn selbst beinahe das Leben gekostet hatte. Nachdem sie damals zufällig von Dr. Di Carlo, der Gerichtsmedizinerin, erfahren hatte, dass im Institut ein Pförtner gesucht wurde, hatte sie Hikmet den Job vermittelt. Hätte Juliane seitdem jedes seiner Essensangebote angenommen, wäre sie es und nicht seine schwangere Frau Nermin, die durch die Gegend rollte.

Na, na, na, du siehst einem Kugelfisch auch nicht ganz unähnlich, meine Liebe, schaltete sich eine Stimme in Julianes Kopf ein. Sie hasste diese Stimme, doch je mehr sie sie bekämpfte, desto fieser wurde sie.

»Danke, Hikmet. Vielleicht ein anderes Mal, ich stehe kurz davor, mit meinem neuen Fitnessprogramm zu starten.« Sie winkte dem Pförtner zu, bevor sie die Treppe in den Keller nahm.

Unten angekommen, zog sie die schwere mit einem Milchglaseinsatz versehene Metalltür auf. Die Luft in dem dahinterliegenden schmalen Flur war noch kühler als in der Eingangshalle.

Juliane fröstelte. Warum hatte sie nicht daran gedacht, eine Jacke mitzunehmen? Sie wusste doch, wie eisig es in der Rechtsmedizin war.

Neonröhren tauchten den grau gekachelten Flur in helles Licht. Sie folgte dem Gang, wobei der stechende Geruch stärker wurde, je weiter sie vordrang. Es roch nach Krankenhaus und Desinfektionsmitteln. Und nach etwas anderem. Insgeheim bezeichnete sie dieses Andere als die Flatulenz des Sensenmanns, doch das tat sie nur, wenn sie den Keller wieder verlassen hatte und wohlbehalten an der frischen Luft stand. Hier unten war ihr nicht nach Scherzen zumute. Sie verstand nicht, wie Dr. Di Carlo es in den Katakomben aushielt. Sie selbst würde durchdrehen, wenn man sie auch nur einen Tag zu den Leichen sperrte.

»Ich bin zu spät, Entschuldigung«, sagte sie zu Dr. Di Carlo, nachdem sie den Sektionssaal betreten hatte.

Die Gerichtsmedizinerin wartete neben einem von drei glänzenden Edelstahltischen, an deren Kopfenden Waschbecken eingelassen waren. Über jedem der Tische hing eine OP-Lampe; die am hinteren Tisch war eingeschaltet. Nicht zum ersten Mal wunderte Juliane sich, wie Dr. Di Carlo trotz des erbarmungslosen Lichts und ihres fortgeschrittenen Alters so gut aussehen konnte. Im Gegensatz zu ihr hatte die Italienerin ihre mädchenhafte Figur behalten. Mit ihren ebenmäßigen Gesichtszügen und den dunklen langen Haaren, die sie während der Arbeit zu einem Zopf zusammengefasst trug, hatte sie mit Sicherheit keine Probleme, Männer für ein Date zu finden.

Dr. Di Carlo gegenüber standen Falk und Höldtke, ihr ehemaliger Kollege und Einsatzleiter im Fall Aishwarya

Jha. Etwas abseits, nicht unweit eines Edelstahlschränkchens, auf dem eine antiquiert wirkende Organwaage thronte, wartete Jan, der Neue.

»Kommen Sie zu uns, Frau Klawitter, wir haben noch nicht angefangen«, rief die Gerichtsmedizinerin Juliane zu.

Juliane tat, wie ihr geheißen, und warf dabei einen flüchtigen Blick auf Jan. Der neue Kollege sah blass aus. Vermutlich hatte er noch nicht viele Tote auf dem Obduktionstisch liegen sehen. Falk hingegen wirkte lebendiger als gestern, was wahrscheinlich weniger an einer belebenden Wirkung des Sektionssaals lag als vielmehr daran, dass er seinen Kater ausgeschlafen und sich rasiert hatte.

Juliane nickte Höldtke zu. Sie ignorierte Falks Gruß und stellte sich demonstrativ neben Dr. Di Carlo.

»Dann sind wir ja endlich vollzählig«, übernahm Höldtke die Gesprächsführung. »Haben Sie etwas für uns, Dr. Di Carlo?«

»In der Tat, das habe ich«, antwortete die Gerichtsmedizinerin. »Wir haben Fremd-DNA gefunden, doch dazu komme ich in einer Minute. Vorher würde ich Sie gerne auf ein paar Dinge hinweisen.« Sie nahm das grüne Tuch von der Leiche, die vor ihnen auf dem Edelstahltisch lag. Im grellen Licht wirkte selbst die dunkle Haut der Toten wächsern, wodurch sich die Strangulationsmale am Hals, ihr eingefallener, zahnloser Mund, der kahl rasierte Schädel und die Schnitte an Armen und Oberschenkeln überdeutlich abzeichneten. Neben den Schnitten, die der Täter ihr an Armen und Beinen beigebracht hatte, zog sich nun auch ein Y-Schnitt von den Schlüsselbeinen über Brustbein und Bauch bis hinunter zum Schambein. Der Y-Schnitt, mit dem die Rechtsmedizinerin den Brustkorb geöffnet hatte, um die Organe zu entnehmen, war notdürftig wieder zusammengenäht worden.

»Wenn ich Ihr Augenmerk auf die Einschnitte an Armen und Oberschenkeln lenken dürfte.« Dr. Di Carlo nahm das erstbeste Werkzeug von ihrem Autopsiebesteck, einen Hohlmeißel, an dessen Spitze noch ein gelblich-roter

Klumpen hing, und nutzte ihn als Zeigestock. »Sie wurden dem Opfer mit einem sehr scharfen Messer im zeitlichen Abstand von vielleicht zwei bis drei Stunden zugefügt. Die ältesten Schnitte sind ihr etwa achtundvierzig Stunden vor dem Tod beigebracht worden – das müsste Freitagnacht oder Samstagmorgen gewesen sein –, die letzten Schnitte irgendwann in der Nacht auf Montag, kurz bevor sie erdrosselt wurde.«

»Hat der Täter ein Skalpell verwendet?«, fragte Höldtke. Er beugte sich ein wenig tiefer über die Leiche, wodurch sich eine Strähne seiner sorgfältig gekämmten Haare löste. Schnell richtete er sich wieder auf und strich sie zurück über die lichte Stelle.

»Das wäre möglich. Es käme aber auch ein Rasiermesser oder etwas Ähnliches in Frage«, fuhr Dr. Di Carlo fort.

»Demnach wurde die junge Frau von Freitagnacht bis zu ihrem Tod am Montagmorgen gefoltert«, stellte Falk fest.

Dr. Di Carlo nickte. »Das ist korrekt, wobei die Schnitte ihr keine besonders großen physischen Schmerzen verursacht haben dürften. Dafür sind sie nicht lang und auch nicht tief genug.« Wieder deutete sie mit ihrem provisorischen Zeigestock auf die Wunden. »Zunächst habe ich angenommen, sie seien ihr willkürlich gesetzt worden, doch dann bin ich auf ein Muster gestoßen. Der Täter hat mit jedem seiner Schnitte eine Vene geöffnet. Anschließend hat er die Wunden verbunden. Ich habe die Faserspuren von Verbandsmull, die ich in den Schnittwunden gefunden habe, bereits an die KTU weitergegeben.«

»Moment mal«, meinte Falk. »Der Täter hat ihr in die Vene geschnitten und sie danach verarztet? Warum? Was hat er damit bezweckt?«

»Ich kann Ihnen nur sagen, was ich entdeckt habe. Die Schlussfolgerungen müssen Sie schon selbst ziehen«, antwortete Dr. Di Carlo. »Aber ich habe eine Vermutung. Und um diese zu untermauern, habe ich Dr. Heid, einen Kollegen von mir hinzugezogen. Dr. Heid arbeitet zwar in der Radiologie, aber sein Steckenpferd ist die

Medizingeschichte. Ich habe ihm ein Bild der Toten zugemailt und ihn um seine Meinung gebeten.« Sie machte eine Kunstpause.

»Bitte, Dr. Di Carlo«, sagte Juliane. »Ich wäre Ihnen dankbar, wenn Sie sich kurzfassen würden.« Ein flüchtiger Blick auf Hartwick zeigte ihr, dass er so aussah, wie sie sich fühlte.

»Dr. Heid ist sich ziemlich sicher, dass man sie zur Ader gelassen hat«, sagte Dr. Di Carlo.

»Aderlass?«, echote Höldtke. »Das ist doch etwas aus dem Mittelalter, oder?«

Dr. Di Carlo schüttelte den Kopf. »Nein, mein Bester, da irren Sie sich. Auch wenn ich beileibe keine Expertin auf diesem Gebiet bin, so sind mir durchaus Krankheitsbilder bekannt, die bis heute mit einem Aderlass behandelt werden. Bei zu hohen Hämatokritwerten, bei Polyglobulie oder der sogenannten Eisenspeicherkrankheit wird das gezielte Ausbluten nach wie vor als Therapie angewandt.«

Jan verzog weiter das Gesicht.

»Litt unsere Tote an einer dieser Krankheiten?«, fragte Falk.

»Das kann ich erst sagen, wenn das Labor mir die Befunde der Blutanalyse geschickt hat«, antwortete die Gerichtsmedizinerin. »Aber ich bezweifle, dass es dem Täter um eine ernsthafte medizinische Behandlung gegangen ist. In der heutigen Zeit geht man nicht mehr hin, setzt einen Schnitt und lässt das Blut aus einem Patienten herauslaufen wie bei einem Tier auf der Schlachtbank.«

»Doch genau das ist mit ihr passiert?«, fragte Höldtke.

Dr. Di Carlo nickte. »Es sieht ganz danach aus. Im Mittelalter wurde der Aderlass als probates Heilmittel für alle möglichen Leiden angesehen. Laut Dr. Heid hat man damals den Patienten an exakt definierten Stellen des Körpers die Venen geöffnet und ihnen so bis zu einem Liter Blut entnommen. Und genau an diesen Punkten hat auch der Täter dem Opfer Schnittwunden zugefügt.«

Die Gerichtsmedizinerin trat an das Fußende des Tisches, nahm das Tuch und bedeckte den Körper der jungen Frau bis knapp unterhalb der Schultern, sodass nur noch der Hals und der Kopf freilagen.

»Sie sagten, Sie haben DNA gefunden, die nicht von der Toten stammt«, hakte Falk nach. Inzwischen sah er nicht mehr ganz so frisch aus wie noch vor wenigen Minuten. Offensichtlich konnte auch er es kaum erwarten, dem Sektionssaal zu entkommen.

Dr. Di Carlo nickte. »Ich konnte Sperma im Mund des Opfers nachweisen.« Mit Daumen und Zeigefinger ihrer in Latexhandschuhen steckenden Hand schob sie die Ober- und Unterkiefer der jungen Frau auseinander.

Juliane starrte in die zahnlose blutige Mundhöhle.

Dr. Di Carlo ließ ihren Blick über die Anwesenden schweifen. »Der Täter hat der jungen Frau sämtliche Zähne herausgebrochen, bevor er sich oral an ihr vergangen hat.«

Kapitel 13

»Wenn ich euch drei nicht in einer halben Stunde bei der Lagebesprechung im Präsidium sehe, seid ihr aus dem Fall raus«, fauchte Höldtke, als Falk mit seinen Kollegen endlich der Rechtsmedizin entkommen war. Der Ermittlungsleiter stand in der offenen Tür seines dunkelbraunen Mercedes Vito und funkelte ihn, Hartwick und Juliane der Reihe nach an. »In meiner Sonderkommission dulde ich keine Alleingänge, schon gar nicht vom LKA. Warum habe ich keinen Bericht von euch auf dem Tisch liegen? Wo habt ihr gestern überhaupt gesteckt?«

Juliane setzte an, etwas zu sagen, doch Falk kam ihr zuvor. »Komm wieder runter, Lienhard. Wir haben getan, was du uns aufgetragen hast. Wir sind zur Familie Jha gefahren und wollten die Todesnachricht überbringen, aber wir haben niemanden angetroffen. Die Eltern sind vor einem Monat zurück nach Indien gegangen. Nur Ashwa Jha, die Tochter, hielt sich noch in Frankfurt auf, um Abitur zu machen und dem Umzugsunternehmen auf die Finger zu schauen. Eine Mitarbeiterin der Umzugsfirma hat Ashwa als gewissenhaft und eher in sich gekehrt beschrieben, doch in letzter Zeit sei ihr das Mädchen anders vorgekommen. Vielleicht hatte sie einen Freund. Den Rest des Tages haben wir damit zugebracht, die Spurensicherung zu beaufsichtigen, den Aufenthaltsort der Jhas in Indien zu recherchieren und sie telefonisch über den Tod ihrer Tochter zu unterrichten.«

Falk bemerkte Julianes ungläubiges Gesicht. *Ach, haben wir das?*, schien es zu sagen.

Er kannte sie gut genug, um zu wissen, dass sie vor Wut kochte. Trotzdem hoffte er, sie würde ihn und Hartwick decken. Falk konnte Höldtke unmöglich von Marc Noske berichten, ohne auf die Verbindung zu Mia einzugehen.

»Stimmt das?«, wollte Höldtke von Juliane wissen. Offensichtlich ahnte er etwas.

»Selbstverständlich«, entgegnete sie, ohne eine Miene zu verziehen. »Wegen der Zeitverschiebung haben wir die Mutter erst gegen acht Uhr erreicht. Ich glaube nicht, dass du da noch im Dienst warst.«

»Und was hat die Mutter gesagt?«, fragte Höldtke, die Spitze ignorierend.

»Das kannst du alles in meinem Bericht nachlesen. Er liegt bereits auf deinem Schreibtisch. Oder du wartest die Teambesprechung ab, ich habe nämlich keine Lust, alles doppelt und dreifach zu erzählen.«

Beschwichtigend hob Höldtke die Hände. »Schon gut, kein Grund, an die Decke zu gehen.« Er ließ die Arme sinken, dann deutete er mit dem Zeigefinger auf Falk. »In einer halben Stunde.« Ohne eine Verabschiedung klemmte er sich hinters Steuer seines Wagens, setzte zurück und fädelte sich in den Verkehr ein.

»Alles in Ordnung, Hartwick? Du bist ein bisschen blass um die Nase«, zog Falk seinen neuen Partner auf, nachdem Höldtke weg war. »Vielleicht überlegst du es dir noch mal, ob du mit der Rechtsmedizinerin ausgehen willst. Ich weiß nicht, ob man vergessen kann, was sie den ganzen Tag treibt, wenn man ihr dabei zusieht, wie sie ihr Steak zerlegt.«

»Sehr witzig«, entgegnete Hartwick. »Ich gehe nicht mit ihr aus.«

»Solltest du aber. Ich glaube, sie hätte nichts dagegen.«

»Wie schön, zu sehen, dass ihr mittlerweile die dicksten Freunde seid«, fuhr Juliane dazwischen. Sie fummelte an ihrer Frisur herum, was die Sache aus Falks Sicht jedoch nicht besser machte.

»Wo zum Teufel wart ihr gestern?«, fragte sie. »Ich habe den ganzen Nachmittag versucht, euch zu erreichen, aber niemand hat sich gemeldet. Und jetzt komm mir nicht mit Ausflüchten, Falk. Ich bin nicht Höldtke!«

Falk holte den Wagenschlüssel aus seiner Hosentasche und warf ihn Hartwick zu. »Wir sind einer Spur nachgegangen.«

Sein neuer Partner fing den Schlüssel und nutzte die Gelegenheit, sich aus der Schusslinie zu bringen. Er beeilte sich, zu dem dunkelblauen BMW zu kommen, der ein paar Meter weiter auf einem der Institutsparkplätze stand.

»Geht es etwas genauer?«, fragte Juliane.

Falk überlegte, wie viel er ihr sagen konnte. Er vertraute Juliane, trotzdem konnte er ihr nichts vom Armband seiner Tochter erzählen. Falls er das täte, würde er Juliane dazu zwingen, sich zwischen ihm und den Vorschriften zu entscheiden. Wahrscheinlich würde Juliane sich hinter ihn stellen, aber er wollte ihr diese Wahl ersparen. Es reichte, dass er Hartwick mit in die Sache hineingezogen hatte.

»Wir sind lediglich einem Hinweis nachgegangen, aber es ist nichts dabei herausgekommen. Anschließend haben wir noch den Laptop des Opfers bei McNish vorbeigebracht, dann hat Hartwick mich an meinem Apartment abgesetzt, bevor er weiter nach Wiesbaden ist. Als Neuer sollte man sich am ersten Tag wenigstens kurz beim LKA blicken lassen.«

Falk sah Juliane an, dass sie ihm kein Wort glaubte, obwohl er ihr im Grunde die Wahrheit gesagt hatte. Hartwick und er hatten Marc Noske, Mias Freund, nicht in der Franz-Kafka-Straße angetroffen. Nur seine Mutter war zu Hause gewesen, aber sie hatte nicht gewusst, wo ihr Sohn steckte, und überhaupt schien sie sich nicht sonderlich dafür zu interessieren, wo ihr Sprössling sich herumtrieb.

Auch Mia hatte nicht sagen können, wohin ihr sauberer Freund verschwunden war; Falk hatte sie gleich im Anschluss an das unergiebige Gespräch mit Marcs Mutter angerufen.

Sie hatten nichts herausgefunden, also gab es auch nichts zu berichten.

Juliane setzte an, nachzuhaken, doch das Läuten von Falks Telefon rettete ihn vor weiteren Fragen, zumindest vorläufig. Ohne auf die Nummer zu schauen, ging er ran.

»Hauptkommissar Bachmann«, meldete er sich.

»Hallo, Falk«, antwortete eine Frauenstimme. »Ich bin's, Zoe. Steht deine Einladung zum Kaffee noch?«

Falk brauchte einen Moment, bis er begriff, wer am anderen Ende der Leitung war: die unkonventionelle Altenpflegerin mit dem grauenvollen Musikgeschmack.

Er machte ein paar Schritte von Juliane weg, wobei er nicht verhindern konnte, dass sie das dämliche Grinsen bemerkte, das sich auf sein Gesicht geschlichen hatte.

»Ich glaube, da verwechselst du was«, sprach er in sein Handy. »Wenn ich mich richtig erinnere, warst du es, die vorgeschlagen hat, einen Kaffee trinken zu gehen.« Sein Grinsen wurde breiter. »Also streng genommen, hast du mich eingeladen.«

Zoe lachte. »Ich habe dich nicht verpfiffen, als du bei uns eingestiegen bist, und anschließend habe ich dich sogar an einen Tatort gefahren. Meiner Rechnung zufolge musst du mich nicht nur zu einem Kaffee einladen, sondern auch zu einem Mittagessen. Also, wie sieht's aus? Hast du Lust?«

Ob er Lust hatte? Was für eine Frage. Falk trat einen weiteren Schritt von Juliane weg. Er schaute auf die Uhr. Es war bereits nach zwölf. In einer halben Stunde musste er beim K10 an der Lagebesprechung teilnehmen, deren Ende er nicht absehen konnte. Eine Verabredung zum Mittagessen war also nicht drin. »Okay, ich gebe mich geschlagen. Wie wäre es, wenn ich dich zum Abendessen einlade?«

»Gleich ein Dinner? Da geht aber jemand in die Vollen.« Zoe überlegte kurz. »In Ordnung, wann?«

Instinktiv zuckte Falk mit den Achseln. »Keine Ahnung. Hast du heute Nachtschicht?«

»Nein, ich habe die nächsten beiden Tage und Nächte frei.«

Herrgott, wenn er nicht augenblicklich zu grinsen aufhörte, lief er Gefahr, dass seine Gesichtsmuskeln sich verkrampften und die Mundwinkel den Rest des Tages in dieser Position verharrten. Er zwang sich, die ganze Sache realistisch zu betrachten. Zoe war neu in der Stadt, sie wollte etwas erleben, also ging sie mit einem alten Hasen essen. Das war kein großes Ding. »Wie wäre es mit heute Abend?«

»Ja gut, warum nicht. Wie spät?«

»Wie wäre es mit sieben?«

»Einverstanden. Holst du mich ab?«

»Klar.« Er atmete tief durch.

Kein großes Ding!

»Schön. Ich schicke dir meine Adresse per SMS. Dann bis später, Herr Hauptkommissar.«

»Bis später«, wiederholte er, was sie jedoch nicht mehr hörte, da sie bereits aufgelegt hatte.

Noch während Falk über Zoes Anruf nachgrübelte, kündigte ein Signalton den Eingang einer SMS an.

»Wer war das?«, fragte Juliane.

»Was? Ach, niemand, nur eine Pflegerin aus dem Heim meines Vaters«, antwortete Falk und schob das Smartphone in die Hosentasche.

»Wie geht es deinem Vater eigentlich? Ist mit ihm alles in Ordnung?«

Falk nickte. Augenblicklich war sein Hochgefühl dahin. »Ja, der alte Sack überlebt uns noch alle.«

Juliane schien Falks plötzlicher Stimmungswechsel nicht verborgen geblieben zu sein. Mitfühlend legte sie ihm eine Hand auf den Arm. »Rede mit ihm, solange noch Zeit dafür ist.«

Mit einem Ruck befreite Falk sich aus ihrem Griff. »Spar dir deine Therapieversuche«, zischte er. »Du bist nicht meine Psychotante.«

Juliane trat einen Schritt zurück. »Nein, das bin ich nicht«, sagte sie gefährlich leise. »Ich spreche nicht als Psychologin zu dir. Sondern als deine Freundin. Und als diese rate ich dir, dich mit deinem Vater auszusprechen. Wenn er sein Wissen mit ins Grab nimmt, gehst du vor die Hunde.«

Kapitel 14

Die Luft im Besprechungsraum des zweckmäßigen grauen Kastens, in dem das Polizeipräsidium lag, war stickig. Falk hatte sich einen Platz neben Hartwick, dicht an den gekippten Fenstern, gesichert, was jedoch nicht viel Abkühlung brachte. Von draußen kam nur warme Luft hinein.

Juliane, die mit ihrem Käfer von der Rechtsmedizin länger als er und Hartwick bis in die Adickesallee gebraucht hatte und erst vor einer Minute im Besprechungsraum erschienen war, musste mit einem Stuhl in der ersten Reihe nicht unweit des Tisches vorliebnehmen, hinter dem Höldtke sich aufgebaut hatte. Vor dem Ermittlungsleiter lagen ein Haufen Akten und ein Laptop, der an einen Beamer angeschlossen war. Neben Höldtke und den drei Ermittlern vom LKA waren noch Peter McNish von der KTU und drei weitere Kriminalbeamte des K10 anwesend. Außer McNish kannte Falk lediglich Uwe Böhm, den kleinen, mürrischen Kerl mit Oberlippenbart und einer Vorliebe für geschmacklos bunte, aber verblichene T-Shirts, die ihn wie den Hauptdarsteller einer Siebzigerjahre-Serie wirken ließen.

»Da wir nun alle vollzählig sind, lasst uns anfangen«, eröffnete Höldtke die Besprechung. »Zum jetzigen Zeitpunkt gibt es noch keine Spur, die zum Täter von Aishwarya Jha führt, aber ich will, dass sich das in den nächsten vierundzwanzig Stunden ändert. Also lasst uns nicht mehr Zeit als nötig mit Reden vergeuden. Erdem, was haben Ihre Ermittlungen ergeben?«

Der große Mann, der mit dem rasierten Schädel und dem breiten Kreuz eher wie der Rausschmeißer einer Shisha-Bar als wie ein Kollege vom K10 aussah, stieß sich von der Wand ab, gegen die er gelehnt stand.

»Kriminaloberkommissar Duhan Erdem«, stellte er sich Falk und seinem Team vor. »Antonia Bolitz und ich haben uns der Rekonstruktion des Tathergangs gewidmet.« Er nickte zu der jungen Kollegin neben Juliane, deren im Nacken zu einem strengen Knoten gebundene Haare genau wie ihre starre Körperhaltung *Finger weg* signalisierten. »Aufgrund der langen Trockenheit ist der Waldboden äußerst sandig, was das Auffinden von Spuren erschwert, aber in der Nähe des Ufers sind wir auf Reifenabdrücke gestoßen.« Bedeutungsvoll trat Erdem zu seinem Chef hinter den Tisch und drückte eine Taste auf dem Laptop. Das Foto einer Reifenspur erschien.

»Anhand des Profils und der Tiefe des Reliefs konnten wir den Hersteller des Reifens und die Fahrzeugart ermitteln«, fuhr er fort. »Zum derzeitigen Stand gehen wir davon aus, dass die Tote zwischen zwei und vier Uhr in der Nacht zum Montag mit einem Kleintransporter in den Wald gebracht worden ist. Wie es scheint, ist der Täter rückwärts bis ans Ufer gefahren, hat die Leiche aus dem Laderaum genommen, sie abgelegt und arrangiert und ist dann wieder weggefahren.«

Falk hob die Hand, was den Kriminalbeamten verstummen ließ. »Falk Bachmann, LKA«, stellte er sich seinerseits vor. »Gab es Zeugen, die den Kleintransporter gesehen haben und ihn näher beschreiben konnten?«

Erdem schüttelte den Kopf. »Bisher nicht. Dem Jogger, der die Leiche gefunden hat, ist kein Wagen aufgefallen. Weitere Zeugen haben wir noch nicht ausfindig machen können. Falls wir bis morgen nichts Verwertbares haben, werden wir die Presse informieren und mit einem Aufruf an die Öffentlichkeit gehen.«

»Das halte ich für keine gute Idee«, warf Falk ein.

»Ach, und warum nicht?«, fragte Höldtke schneidend. Offenbar war es auf seinem Mist gewachsen, die Medien einzuschalten.

»Ganz einfach, Lienhard«, antwortete Falk, woraufhin die junge Beamtin mit der strengen Frisur erstaunt aufsah.

Falk schmunzelte. Falls Höldtke versucht hatte, seinen ungeliebten Rufnamen beim LKA geheim zu halten, wäre das hiermit wohl erledigt.

»Die Art, wie Ashwa Jha umgebracht wurde, ist zweifelsohne sexuell motiviert«, gab Falk zu bedenken. »Die junge Frau wurde mindestens achtundvierzig Stunden lang festgehalten, gequält und missbraucht, bevor sie stranguliert wurde. Laut Dr. Di Carlo hat der Täter sie dabei immer wieder zur Ader gelassen, das heißt, er hat ihr in regelmäßigen Abständen Wunden zugefügt und Blut entnommen. Außerdem hat er ihr die Haare abrasiert, die Zähne aus dem Mund gebrochen und sich anschließend oral an ihr befriedigt. Schon allein wegen der Brutalität würde ich diesen Fall so lange wie möglich von der Öffentlichkeit fernhalten. Das wäre Punkt eins.«

Falk stand auf und ging nun ebenfalls nach vorn. Doch statt zu Höldtke und seinem Kollegen hinter den Tisch zu treten, setzte er sich auf die Tischkante und blickte in die Runde. »Punkt zwei. Die junge Frau war Inderin, auch wenn sie seit über zwölf Jahren in Frankfurt lebte. Daher können wir einen rassistisch motivierten Hintergrund nicht ausschließen. Ich muss Ihnen nicht sagen, welche Brisanz das mit sich bringt. Schon bei dem geringsten Anfangsverdacht schaltet sich der Generalbundesanwalt ein und übergibt den Fall ans BKA.«

»Dafür gibt es im Moment keinerlei Anhaltspunkte«, warf Höldtke ein.

»Punkt drei«, fuhr Falk fort, ohne auf seinen Einwand einzugehen. »Der hohe Grad an Sadismus, mit der die Tat ausgeübt wurde, lässt mich befürchten, dass es nicht bei diesem einen Opfer bleibt. Wenn ein Sexualstraftäter einmal getötet hat, um seinen Trieb zu befriedigen, wird er dies wieder tun. Wahrscheinlich ist er sogar bereits in der Vergangenheit auffällig geworden.«

Die junge Beamtin mit der strengen Frisur rutschte auf ihrem Stuhl herum und schien etwas sagen zu wollen.

»Ja, bitte?«, forderte Falk sie auf zu reden.

»Glauben Sie nicht, dass wir davon wüssten, wenn es schon ein Opfer mit solchen Verletzungen gegeben hätte?«, fragte sie.

Falk schüttelte den Kopf. »Der Täter muss nicht zwingend mit dem gleichen Modus Operandi vorgegangen sein. Die überwiegende Mehrheit der Sexualstraftäter fängt mit kleineren Vergehen an und steigert sich im Laufe der Zeit.« Falk vermied es bewusst, den unter Polizeibeamten gefürchteten Terminus Serientäter in den Mund zu nehmen. So lange wie möglich hofften Polizisten, dass sie es mit einer Einzeltat zu tun hatten; Serienmörder sorgten für schlaflose Nächte und vorzeitig beendete Karrieren. Vielleicht verging genau aus diesen Gründen manchmal so viel Zeit, bis von den Ermittlern eine Verbindung zwischen den Taten hergestellt wurde. »Also würde ich vorschlagen, zunächst nach Männern zu fahnden, die in der Vergangenheit bereits durch sexuelle motivierte Straftaten aufgefallen sind, und die Presse aus der Sache rauszuhalten«, schloss Falk seine kleine Ansprache.

Unerwähnt ließ er, dass er neugierige Reporter auch wegen Mia von dem Fall fernhalten wollte. Natürlich würden die Beamten vom K10 irgendwann herausfinden, dass ihr Opfer in die gleiche Stufe wie seine Tochter gegangen war, doch niemand von den Kollegen würde Mia dafür an den Pranger stellen, nicht einmal Höldtke. Sollte die Presse jedoch Wind von der Sache bekommen, würde das vollkommen anders aussehen. Falk sah die Schlagzeilen in den Boulevardzeitungen bereits deutlich vor seinem inneren Auge.

Tote Inderin war mit Tochter von LKA-Profiler befreundet. Was weiß Mia B. (18) über den Zahnreißer?

»Vielen Dank für deine Ausführungen, Bachmann«, sagte Höldtke. »Trotzdem werde ich die Öffentlichkeit informieren, wenn wir bis morgen keine vorzeigbaren Ergebnisse haben. Wir müssen in dem Fall weiterkommen, und du weißt selber, wie wichtig die ersten Stunden für einen Ermittlungserfolg sind. Und jetzt will ich keine Profiler-Mutmaßungen mehr hören, sondern Fakten.

McNish, was hat die Untersuchung der DNA ergeben? Haben wir einen Treffer in der Datenbank?«

Falk setzte sich wieder auf seinen Platz. »Verdammter Idiot«, flüsterte er Hartwick zu.

»Na ja, wir haben ja noch einen Tag«, antwortete dieser ebenso leise. »Vielleicht finden wir bis dahin etwas, mit dem wir den Ermittlungsleiter besänftigen können.«

Peter McNish, ein seit fünfzehn Jahren in Frankfurt lebender Schotte mit Lachfältchen um die Augen und rotblondem Vollbart, stand von seinem Platz auf, ging aber nicht nach vorn. »Wir konnten den genetischen Fingerabdruck aus den Spermaresten des Täters extrahieren, das ist die gute Nachricht. Die schlechte ist, dass wir keine Übereinstimmung mit vorhandenen DNA-Proben haben.« McNish blickte Falk entschuldigend an. »Falls unser Täter also in der Vergangenheit bereits auffällig geworden ist, hat man keine Probe von seiner DNA genommen.«

Falk machte eine Geste des Bedauerns.

Wäre auch zu schön gewesen.

»Neben den Spermaspuren konnten wir Fasern eines Hanfseils am Hals der Toten sichern. Die Analyse läuft noch, aber wie es aussieht, wurde die Frau mit einem handelsüblichen Seil umgebracht, wie es in jedem Baumarkt erhältlich ist. Vielleicht kann ich heute Nachmittag Näheres über den Hersteller sagen, aber um ehrlich zu sein, erwarte ich keine allzu großen Überraschungen.«

»Mit anderen Worten, wir haben nichts«, fasste Höldtke zusammen. »Was ist mit dem Computer der Toten? Konntet ihr den knacken?«

»Bisher nicht. Der Rechner ist aufwendiger verschlüsselt als gewöhnlich.«

»Wissen wir, warum?«, fragte Höldtke. »War die Kleine ein Computergenie?«

Juliane räusperte sich. »Dazu kann ich etwas sagen. Der Vater des Mädchens arbeitet als Softwareentwickler für ein indisches Unternehmen, das Computersysteme für den Finanzsektor anbietet. Aus diesem Grund hat die Familie auch so lange in Frankfurt gelebt. Wahrscheinlich ist der Vater, wie alle Programmierer, von Haus aus ein wenig paranoid.«

McNish lächelte. »Das wäre möglich. Unsere Computernerds wittern auch hinter jeder Webcam ein Auge der CIA.«

»Wenn der Vater Programmierer ist, weiß er vielleicht, wie man sich in den Rechner der Tochter einloggen kann«, mutmaßte Höldtke. »Das ist doch genau der richtige Job fürs LKA, Juliane. Du hast ja gestern bereits telefonisch mit der Familie gesprochen, also bleibt da dran. Und wenn ihr schon dabei seid, kümmert euch auch um das weitere Umfeld der Toten. Welche Freunde hatte sie? War sie in den sozialen Medien aktiv? Hatte sie Feinde? Wurde sie gemobbt? Das ganze Programm.«

Augenblicklich schoss Falks Blutdruck durch die Decke. Er war doch nicht Höldtkes Laufbursche. Diesen Job konnte er ein paar Kollegen von der Schutzpolizei aufbrummen.

Gerade, als er protestieren wollte, läutete sein Handy. Er ignorierte Höldtkes tadelnden Blick und fischte das Smartphone aus der Tasche.

Mia ruft an.

Falk ging ran.

»Papa, ich weiß nicht, was ich machen soll«, schoss Mia los.

Der gehetzte Ton in ihrer Stimme ließ Falks Herz einen Schlag aussetzen.

»Einen Moment, ich muss raus auf den Flur«, sagte er und erhob sich. Alle sahen ihn an, doch er achtete nicht darauf, sondern kämpfte sich seinen Weg an den Stühlen vorbei zur Tür.

»Was ist los?«, fragte er leise, als er auf dem Gang vor dem geschlossenen Besprechungszimmer stand.

»Ich kann Marc nicht erreichen, er ist verschwunden. Und auch Antonia-Sophie ist weg. Papa, da stimmt was nicht.«

Kapitel 15

Als Antonia-Sophie ihre Augenlider dazu brachte, sich zu öffnen, umfing sie weiter Dunkelheit.

Welcher Teufel hatte sie geritten, sich so zu verbarrikadieren? Diese Sommernächte waren doch nicht auszuhalten, wenn man mit geschlossenem Fenster und heruntergefahrenen Rollläden schlief. Ihr Mund fühlte sich trocken an, Schweiß bedeckte ihren Körper, und in ihrem Kopf hämmerte ein Schmerz, neben dem sich der Kater nach der Party im Wald wie eine Massage bei *Care & Beauty* ausnahm.

Ein großes Glas Wasser, drei Aspirin, dann sofort zurück ins Bett, dachte sie und versuchte, sich aufzusetzen, doch etwas hielt sie zurück.

Plötzlich überfiel sie die Ahnung, dass sie sich nicht in ihrem Schlafzimmer befand. Eigentlich hatte sie es bereits befürchtet, als sie die Augen geöffnet und sich im Dunkeln liegend wiedergefunden hatte. Doch ihr Gehirn hatte die Tatsache schlichtweg nicht akzeptieren wollen, und es weigerte sich nach wie vor.

Ich bin zu Hause. Ich muss zu Hause sein.

Als sie den Kopf bewegte, um einen Blick auf die Digitalanzeige des Weckers auf dem Nachtisch zu werfen, schnitt ihr etwas, das quer über ihrer Stirn verlief, ins Fleisch. Ihr Herz fing an zu rasen, und die Angst legte sich wie ein Amboss auf die Brust. Sie bekam kaum noch Luft und hatte das Gefühl zu ersticken. Während sie hechelnd ausatmete, begann sie mit Armen und Beinen zu strampeln, doch sofort bohrten sich Metallringe in die dünne Haut an ihren Hand- und Fußgelenken.

Sie brauchte einen weiteren Moment, bis sie die Wahrheit akzeptieren konnte. Sie lag nackt und mit gespreizten Beinen an ein Bett gefesselt.

Du denkst, du liegst in einem Bett, Dummerchen?, höhnte eine Stimme in ihrem Kopf, die verdächtig nach der arroganten Bitch klang, die Antonia-Sophie so gern verkörperte, seit ihr Busen mit vierzehn zu Monstergranaten gewachsen war und ihr die Jungs aus der Hand fraßen. *Schon vergessen? Betten sind weich und kuschelig. Du aber liegst auf etwas Harten.*

»Hallo? Ist da jemand?«

Bis auf ihre zögerliche Stimme, die von den Wänden widerhallte, blieb es still. Das Echo klang, als befände sie sich in einem Verlies, doch wenn sie darüber nachdachte, war es in diesem Raum zu heiß, als dass er sich unter der Erde befinden konnte. Selbst die mörderischen Temperaturen der vergangenen Tage hätten es nicht geschafft, einen Kellerraum in einen Backofen zu verwandeln.

Tränen liefen ihr über das Gesicht und vermischten sich mit ihrem Schweiß. Sie lauschte angestrengt, aber außer einem unrhythmischen Knacken nahm sie nichts wahr.

Hör auf zu heulen! Im Herbst gehst du nach London auf die International Business School. Diese Schule ist ein Haifischbecken, in dem nur die Stärksten überleben und Karriere machen. Also reiß dich gefälligst zusammen.

Sie bemühte sich, ruhig zu atmen und die Schmerzen in ihrem Kopf zu ignorieren, während sie angestrengt nachdachte. Das Letzte, an das sie sich erinnerte, war, wie sie mit Celina im Freibad gewesen war. Aber da ihre Freundin ständig *Domi*, dem Bademeister, hinterhergeschmachtet hatte, hatte Antonia-Sophie kurzerhand entschieden, vor ihr heimzugehen.

Plötzlich kehrte die Erinnerung zurück, plötzlich befand Antonia-Sophie sich wieder in der Umkleidekabine; hinter ihr der Mann, der sie mit einem Messer bedrohte.

»Wenn du auch nur einen Laut machst, wirst du es bereuen. Dann schlitze ich dir die Kehle auf, Antonia-Sophie. Oder noch besser, ich punktiere deine Lunge.« Sein Mund war dicht an ihrem Ohr gewesen. »Das geht ganz schnell. Ich werde unterhalb des siebten Rippenbogens deinen Brustkorb durchstechen und die

Klinge wieder herausziehen. Der daraus resultierende Druckausgleich wird deine Lunge in sich zusammenfallen lassen wie einen Ballon, aus dem die Luft entweicht. Also sei lieber folgsam.«

Warum hatte sie nicht trotz seiner Drohung um Hilfe gerufen? Das Freibad war doch voller Menschen gewesen.

Weil du unter Schock standest.

Weil du nicht glauben konntest, dass so etwas am helllichten Tag in einem Freibad möglich ist.

Der Mann hatte leichtes Spiel mit ihr gehabt. Dabei hatte sie sich immer für so stark, nicht für ein Opfer gehalten.

Ihrer Kehle entrang sich ein humorloses Lachen, das Lachen einer Verrückten, denn sie durfte sich nichts vormachen: Sie war ein Opfer, war leichte Beute gewesen. Eilig, aber unauffällig – niemand war ihrem panischen Blick begegnet –, hatte er sie vor sich her zum Personaleingang geschoben. Dort hatte er sie angewiesen, in den Laderaum eines Lieferwagens zu steigen, und im nächsten Augenblick hatte sie einen Stich am Hals gespürt, darauf ein Brennen. Kurz hatte sie geglaubt, er hätte sie doch noch mit dem Messer verletzt, aber dann war ihr schwarz vor Augen geworden. Inzwischen vermutete der klägliche Rest an Verstand, der ihr geblieben war, dass er ihr irgendetwas gespritzt hatte, vermutlich ein Betäubungsmittel. Daher rührten wahrscheinlich auch die Kopfschmerzen.

»Hilfe«, rief sie, »ich will hier raus.«

Einige Sekunden blieb es ruhig, schließlich vernahm sie aber ein Geräusch, ein Zischen. Dann ein Plätschern, als würde jemand Wasser schöpfen.

Wieder das Zischen.

Plätschern.

Erneutes Zischen.

Das Geräusch verstärkte sich, und die Luft tränkte sich mit Feuchtigkeit. Antonia-Sophie spürte, wie Wasserdampf über sie hinwegstrich und ein Geruch nach Tannennadeln in ihre Nase drang, sich tief in ihre Lunge legte. Schweiß lief ihr in Strömen über Gesicht und Körper.

»Wer ist da?«, fragte sie erneut, worauf ein Licht aufflammte. Sie wollte den Kopf drehen, um zu sehen, was geschah, doch wieder schnitt ihr etwas, das über ihrer Stirn lag und sich wie ein Gurt anfühlte, ins Fleisch. Vorsichtig drehte sie die Augen, bis sie in den Lichtstrahl einer Lampe blickte.

Sie kniff die Lider kurz zusammen, blinzelte, dann erkannte sie die halb von Dampf verschluckten Umrisse eines Mannes, der eine Stirnlampe umgebunden hatte, wodurch sie ihn nur von der Brust abwärts sehen konnte. Bis auf ein Tuch um die Hüften war er nackt. Scharf zeichneten sich Sehnen und Muskeln unter seiner blassen Haut ab, während er einen hölzernen Eimer mit einer Kelle trug.

»Endlich bist du wach«, sagte er. Langsam ließ er den Lichtkegel über ihren Körper wandern. An der rasierten Haut zwischen ihren Beinen verharrte er.

Sie fing an zu schreien, doch der Mann ließ sich nicht aus der Ruhe bringen. Der Lichtschein seiner Lampe streifte schleppend durch den Raum, als er ihr den Rücken zuwandte. Kurz hielt er inne, dann stellte er den Eimer vor vier großen, mit Lavasteinen bedeckten Elektroöfen ab, die aufgereiht an einer weiß getünchten Wand standen und deren dick ummantelte Elektrokabel zu einem Sicherungskasten in der Ecke liefen. Der Mann nahm abermals die Kelle und ließ Wasser auf die Steine fallen. Wieder zischte es, weiterer Wasserdampf stieg auf. Dann, während er sich zu ihr zurückdrehte, erfasste das Licht der Lampe ein zugemauertes Fenster und eine Decke aus Beton.

Ein Keller.

»Was wollen Sie von mir?« So trocken, wie ihr Hals war, brachte sie kaum mehr als ein Krächzen zustande. »Geld? Meine Eltern haben Geld. Sie zahlen jeden Preis, aber bitte tun Sie mir nichts.«

Der Mann warf die Kelle zurück in den Eimer, bevor er sich von den Elektroöfen abwandte und langsam an den Tisch trat. Antonia-Sophie bemühte sich, ihm mit dem

Blick zu folgen. Auch sein Körper war von Schweiß wie eingeölt, ein saurer Geruch ging von ihm aus.

»Ich will kein Geld«, sagte er und streckte die Hand aus. Sanft glitten seine Finger über ihren Kopf.

Ekel überkam sie, sie schrie und wand sich, doch sie konnte sich seiner Berührung nicht entziehen.

Im ersten Moment fiel ihr gar nicht auf, dass seine Handfläche sich auf ihrem Kopf anders anfühlte, als sie es sollte. Doch dann begriff sie. Der Mann fuhr nicht über ihre langen, dichten Haare, sondern über die nackte Kopfhaut, den blanken Schädel.

Tränen nahmen ihr die Sicht. Das Schwein hatte ihr die Haare abgeschnitten. »Warum tun Sie das?«, rief sie.

»Es dient deiner Behandlung«, sagte er tonlos und klang mit einem Mal erstaunlich jung. »Ich will dir helfen.«

»Mir helfen?«, fragte sie in dem Bemühen, ein Gespräch in Gang zu bringen. Sie musste Zeit gewinnen. Doch er gab ihr keine Antwort. Stattdessen nahm er die Hand von ihrem Schädel – *Gott sei Dank* –, trat zur Seite und verschwand aus ihrem Blickfeld. Kurz sah und hörte sie nichts, dann vernahm sie das Geräusch von Rollen, schließlich kam der Mann zurück. Konzentriert schob er einen Instrumententisch in ihre Richtung. Darauf lagen altertümlich anmutende Messer sowie Zangen, eine Glasschüssel, ein Hanfseil und andere Dinge, die sie nie zuvor gesehen hatte.

Erneut drang ein verzweifelter Laut aus ihrer Kehle und ging in ein dauerhaftes Schreien über.

»Schschsch, wirst du wohl leise sein?«, sagte er wie zu einem verzogenen Kind, nahm eines der Messinginstrumente und klappte es in einer fließenden Bewegung auf.

In dem Moment, in dem Antonia Sophies Gehirn registrierte, dass es ein Messer mit einer herzförmigen Klinge war, berührte das kalte Metal bereits die Innenseite ihres rechten Unterarms. Konzentriert nahm der Mann einen Schlegel von seinem Instrumententisch und trieb mit einem gezielten Schlag die Klinge in die Haut. Sofort floss Blut, dickflüssig rann es an Antonia-Sophies Arm entlang.

Der Mann zeigte keinerlei Regung, er wirkte wie ein routinierter Arzt, der eine Operation durchführte. Bevor er das Messer wieder zuklappte, säuberte er es beiläufig am Tuch, das er um seine Lenden trug. Blutige Schlieren blieben darauf zurück. Dann nahm er die Glasschüssel, stellte sie vor seinen Füßen auf den Boden und fing damit den Blutstrahl auf, der aus ihrer Ader floss.

»Zusammen mit dem Schwitzbad wird der Aderlass dich reinigen«, erklärte er über ihr Brüllen hinweg. »Dir wird es gleich viel bessergehen. Vorher musst du allerdings noch einmal tapfer sein.«

Als Antonia-Sophie das Instrument erkannte, das er nun in seiner Hand hielt, verstummten ihre Schreie. Panisch schloss sie ihren Mund.

Nein! Bitte nicht!

Sie kannte das zangenförmige Ding aus dem Wartezimmer ihres Zahnarztes Dr. Koller. Der Mediziner galt als Koryphäe, weshalb seine Patienten ihm auch die Marotte verziehen, mittelalterliche Instrumente der Zahnheilkunde im Wartezimmer auszustellen.

Das, was ihr Peiniger zwischen den Fingern hielt, war ein Kieferspreizer. Ein Instrument, das verhinderte, dass man den Mund während einer schmerzhaften Behandlung schloss.

»Es wird weniger qualvoll sein, wenn du den Mund freiwillig öffnest«, sagte der Mann.

Mit aller Kraft presste Antonia-Sophie die Lippen aufeinander, doch sie war zu schwach. Der Mann packte ihren Unterkiefer, riss ihn hinunter, rammte ihr den Kieferspreizer in den Mund und arretierte ihn.

»So ist es gut«, lobte er sie in einem fürsorglichen Tonfall, der ihr einen eiskalten Schauder durch die Eingeweide jagte.

Inzwischen war das Blut, das aus ihrer Vene floss, hellrot, doch er schenkte dem Umstand keine Beachtung. Um die Wunde würde er sich im Anschluss an die schweißtreibende Arbeit kümmern, die nun vor ihm lag.

Er griff nach einer Zange auf dem Instrumententisch und setzte sie an einem von Antonia-Sophies Schneidezähnen an.

Kapitel 16

»Lass das!« Unsanft schob Jan die Hand weg. Er mochte es nicht, wenn jemand sein rechtes Ohr anfasste; das Ohr, das durch das viele Judotraining und die Wettkämpfe vollkommen ramponiert aussah.

Na ja, wenn er ehrlich war, mochte er es nicht, wenn man ihn nach dem Sex *irgendwo* anfasste.

Genervt zog Timo seine Finger weg. Er stöhnte, sprang mit einem Satz aus dem Bett und hob abwehrend die Hände. Dass er dabei nackt und verschwitzt war, schien ihn nicht zu stören. »Okay, schon klar, machen wir es also wie immer, Herr Kommissar. Du bestellst mich her, arbeitest deine Lust oder eher deinen Frust an mir ab und wirfst mich danach raus.« Timo fischte seine Boxershorts vom Boden und zog sie an. Eigentlich wollte Jan ihm nicht dabei zusehen, doch er schaffte es nicht, den Blick abzuwenden.

Zum ersten Mal, seit er den dunkelhaarigen Journalisten vor gut einem halben Jahr im Fitnessstudio kennengelernt hatte und sie zusammen im Bett gelandet waren, schien Timo ernsthaft sauer zu sein.

»Was ist denn mit dir los? Komm mal wieder runter«, stieß Jan heftiger als beabsichtigt aus. »Gar nichts arbeite ich an dir ab.« Jan setzte sich im Bett auf, wobei er sich das dünne Laken über die Lenden zog, das ihm seit einer Woche als Decke völlig reichte. Seine Wohnung im dritten Stock eines Altbaus mitten im Gallusviertel wies ungefähr die Temperatur des Pizzaofens auf, der unten in *Alanyas Döner-Grill* stand. »Und tu nicht so, als würden dir unsere Treffen nicht gefallen.«

Inzwischen steckten Timos Beine in seiner Jeans. Er hielt die Hose am Bund fest und zog sie weiter hoch, wobei er ein paar Mal in die Höhe sprang, um den widerspenstigen Stoff über seine verschwitzten Oberschenkel zu bringen.

»Scheiße, ich glaube, die ganze Sache zwischen uns war ein riesengroßer Fehler«, sagte er. »Ich kann das nicht mehr.« Seine großen braunen Augen – die Rehaugen, die Jan als erstes an Timo aufgefallen waren, weil sie eine wache Intelligenz und einen Sinn für Humor ausgestrahlten; Dinge, die Jan mehr schätzte als Timos Sixpack oder seinen perfekten Hintern – funkelten wütend.

Etwas zog sich schmerzhaft in Jan zusammen, doch er ignorierte die Empfindung. »Was willst du eigentlich? Ich habe dir von Anfang an gesagt, dass ich nur gelegentlich ein bisschen Spaß will. Und du warst einverstanden. Alles ganz unkompliziert, keine Gefühle, nichts, was zu so etwas wie diesem Gespräch führt.« Jans Herz schlug schneller, fast so schnell wie noch vor wenigen Minuten, als er sich, während sie miteinander geschlafen hatten, enger an Timo geschmiegt hatte. In diesen seltenen Momenten, wenn er seinen Kopf abstellte und sein Körper die Führung übernahm, hatte Jan manchmal das Gefühl, es wäre möglich, ein anderer zu werden. Doch sobald alles vorbei war, wurde er wieder zu dem Mann, der er war: Jan Hartwick, aufgewachsen in einem streng gläubigen Baptistenhaushalt, erfolgreicher Judoka, Polizist und seit neuestem Kriminaloberkommissar beim LKA in Wiesbaden. Kurz: Er tat alles dafür, den heterosexuellen Vorzeigesohn zu mimen, den seine Eltern sich immer gewünscht hatten, und er schaffte es nicht, sich aus dieser Rolle zu befreien.

Der Gedanke stieß Jan sauer auf. Vor knapp einem Jahr hatte er etwas entdeckt, was sein Leben ins Wanken gebracht hatte. Seitdem fehlte ihm jeder Halt. Nur ein Ziel trieb ihn an, und er hatte es fast erreicht.

Er zwang sich, sich zusammenzureißen, und konzentrierte sich wieder auf Timo, der gerade sein T-Shirt vom Boden aufklaubte. Timos Muskeln zeichneten sich unter seiner glatten Haut ab, sein dunkles, fast schwarzes Haar war vom Sex noch ganz verwuschelt. Ein Anflug von

Wehmut überkam Jan, und er hoffte, dass er nicht vergessen würde, wie es sich angefühlt hatte, mit den Händen durch diese Haare zu fahren.

Timo zog das T-Shirt über. »Sorry, meine Schuld. Tut mir leid, dass ich immer wieder anfange, mehr zu wollen. Aber ich bin nicht so abgebrüht wie du.«

Jan verzog das Gesicht.

Das hatte gesessen.

War er wirklich abgebrüht? Es musste auf Timo in der Tat so wirken, aber tief im Inneren fühlte er anders. Es war nur so, dass er keine Gefühle zulassen durfte. Besonders nicht im Dienst. Gefühlsregungen waren nicht nur unprofessionell, sie würden auch das dünne Band, das ihn mit seinem neuen Chef und Partner verband, schneller reißen lassen, als er Arschtritt buchstabieren konnte. Das durfte er nicht zulassen. Nicht, nachdem er es nach all der harten Arbeit endlich geschafft hatte, so dicht an Falk Bachmann dran zu sein.

»Vielleicht ist es besser, wenn du jetzt gehst«, sagte Jan tonlos und hasste sich dafür. Aber er konnte nicht anders. Er musste diese Sache beenden, um die andere nicht zu gefährden.

Timo richtete sein T-Shirt und fuhr sich zweimal durch die Haare, dann sah er zu Jan. Der Ärger war aus seinen Rehaugen gewichen, ein anderer Ausdruck war an seine Stelle getreten. Ein Ausdruck, der Jan nicht gefiel.

Mitleid.

»Du kannst dich nicht ewig verstecken und so tun, als hättest du mit Männern nichts am Hut«, sagte Timo. »Das frisst dich auf. Mensch, ich weiß ja selbst, dass es immer noch nicht einfach ist, als schwuler Mann zu seinen Gefühlen zu stehen. Und du musst dich doch auch nicht gleich bei den Bullen outen. Ich würde dich nur gerne näher kennenlernen.« Timo trat dichter ans Bett, wobei sich ein schiefes Grinsen auf sein Gesicht legte, das zwei Grübchen in den Wangen zum Vorschein kommen ließ. »Also, ich meine, näher als so.« Er deutete auf Jans nackte Brust. »Wir müssen auch nichts überstürzen. Wie wäre es, wenn wir zum Spanier an der Ecke gehen und dort etwas essen? Sex macht hungrig.«

Jan versteifte sich. Er wusste, dass er nur eine Hand ausstrecken und Timo vorsichtig am T-Shirt zupfen musste, um seine Einladung anzunehmen. Ein Teil von ihm wollte nichts lieber als das, doch ein anderer Teil – der Teil, der zu lange den Predigten von Schuld und Vergeltung ausgesetzt gewesen war – fühlte sich schmutzig.

Er rückte von Timo weg. »Nein, ich muss noch arbeiten.« Unbewusst huschte sein Blick zu der Akte und dem bunten Werbeflyer. Beides hatte er vorhin aus dem Büro mit nach Hause genommen.

Timo verstand den Hinweis. Sein Grinsen verschwand, und die Enttäuschung, die sich in ihm ausbreitete, war beinahe mit Händen zu greifen. Er trat vom Bett weg.

»Na, dann will ich dich nicht aufhalten«, sagte Timo, ohne ihn dabei anzusehen. Geistesabwesend nahm er den Flyer von der Akte und runzelte die Stirn. Fragend hielt er ihn Jan entgegen.

Jan sah ebenso fragend zurück und betrachtete dann ein weiteres Mal das Bild der verschleierten Frauen, die mit Kleinkindern an den Händen zwischen den ausgebombten Häuserruinen von Aleppo liefen. Darunter stand in großen gelben Lettern auf schwarzem Grund *Wir reden nicht nur, wir unterstützen den Wiederaufbau in Syrien*. In der rechten unteren Ecke prangte das Logo der Hilfsorganisation; Hände, die eine Getreideähre hielten. *New Help Organisation* war darunter zu lesen.

»Was willst du von den Nazis?«, fragte Timo.

Jans Augenbrauen hoben sich. Den Flyer hatte er am Nachmittag von Frau Noske, der Mutter von Marc Noske, bekommen. Nach der Besprechung beim K10 war Jan noch einmal von Bachmann in die Franz-Kafka-Straße geschickt worden, um sich nach dem Verbleib von Marc zu erkundigen, doch die Mutter hatte immer noch nichts von ihrem Sohn gehört. Für sie schien es nicht ungewöhnlich zu sein, dass er sich längere Zeit nicht meldete. Sichtlich genervt von der erneuten Störung durch den

Kripobeamten hatte sie sich wieder ihrem Fernsehprogramm zugewandt, aber Jan hatte nicht lockergelassen. Daraufhin hatte sie sich widerwillig von der Couch erhoben und ihm als Zeichen dafür, dass er verschwinden sollte, den Flyer in die Hand gedrückt. Zum Abschied hatte sie gemeint, ihr Junge würde in seiner Freizeit nur Gutes tun, außerdem sei er erwachsen.

»Nazis?«, fragte Jan irritiert und musterte das Bild des zerbombten Aleppo vorne auf dem Flyer. »Was soll eine Organisation, die beim Wiederaufbau eines Krisengebiets hilft, mit den Rechten zu schaffen haben? Ich glaube nicht, dass sich Nazis darum scheren, was in Syrien abgeht.«

Die S-Bahn rumpelte über die Kleyerstraße, was die Scheibe des Schlafzimmerfensters zum Vibrieren brachte.

»Wenn du wüsstest, wofür die Neue Rechte sich so alles interessiert«, entgegnete Timo. Er tippte auf das Logo am unteren Bildrand. »Die *New Help Organisation*, kurz *NHO*, ist von einem einflussreichen Mitglied der *Neuen Bewegung* gegründet worden. Darüber habe ich vor ein paar Wochen einen Artikel verfasst. Sagt dir die *Neue Bewegung* etwas?«

Jan zuckte mit den Achseln. »Du meinst diese Nazi-Hipster, die neulich das Brandenburger Tor besetzt gehalten haben, um auf diese Weise in die Medien zu kommen?«

Timo nickte und legte den Flyer zurück auf den Schreibtisch. »Genau die. Die *Neue Bewegung* arbeitet nicht mit den Baseballschlägermethoden der Neonazis. Sie verprügeln keine ausländischen Mitbürger oder brennen Flüchtlingsheime nieder. Trotzdem sind sie nicht weniger gefährlich als die hohlen Glatzköpfe, die sich bei ihren Versammlungen ins Koma saufen und dabei den Hitlergruß machen.«

Jetzt, wo das Gespräch in eine unpersönliche Richtung abdriftete, begann Jan, sich ein wenig zu entspannen, auch wenn er nicht vorgehabt hatte, mit einem Fremden über seine Arbeit zu sprechen.

Mit einem Fremden …

Ein beklemmendes Gefühl legte sich auf seine Brust. Timo war kein Fremder. Im letzten halben Jahr hatten sie sich zwei bis drei Mal im Monat in Jans Apartment getroffen, und sie hatten nicht nur Sex gehabt, sondern auch miteinander geredet. Wenn Jan ehrlich zu sich selbst war, hatte er die Unterhaltungen mindestens genauso genossen wie Timos Nähe. Trotzdem hatte er nie auch nur in Erwägung gezogen, Timo wirklich an sich heranzulassen.

Gott, er war so ein Scheißkerl.

»Und warum sollte ein Nazi eine Hilfsorganisation ins Leben rufen, mit der er Syrien helfen will?«, fragte Jan. »Ich denke, die haben es nicht so mit allem, was anders ist.« Aus Sicht der Nazis – und nicht nur aus deren Sicht – gehörte auch er zu den *Anderen*, schließlich ging er mit Männern ins Bett.

Timo schlüpfte in seine Espadrilles. »Das hat mehrere Gründe. Die *Neue Bewegung* spricht übrigens nicht von Andersartigen und auch nicht von Rassen, stattdessen propagiert sie den Ethnopluralismus.« Beim letzten Wort deuteten seine Finger Anführungsstriche an. »Ethnopluralismus klingt toleranter, als es ist. Damit meinen sie, dass es verschiedene Kulturen gibt, und dass diese Kulturen ihrer Meinung nach nicht zusammenpassen und sich auch nicht mischen sollten. Also laufen Ethnopluralismus und die Rassenideologie der Nazis auf dasselbe hinaus: Wir Deutschen sind aus ihrer Sicht mit anderen Kulturen, beispielsweise den Muslimen oder Juden, nicht kompatibel. Ihren obskuren Argumenten folgend, haben Flüchtlinge und alles Nichtdeutsche in unserem Land nichts zu suchen. Und da die *Neue Bewegung* alles daransetzt, die Theorien der ewig Gestrigen irgendwie hipp, modern und weltoffen wirken zu lassen, sind sie auf den Trichter gekommen, Hilfsorganisationen für Syrien und andere Länder zu gründen.«

Jan merkte, dass Timo in seinem journalistischen Element war, und er hätte ihm noch stundenlang zuhören können, und sei es nur aus dem einen Grund, um noch ein wenig Zeit mit ihm zu verbringen. Doch ein Blick in

Timos traurig dreinblickende Rehaugen verriet ihm, dass ihre gemeinsamen Abende von nun an der Vergangenheit angehörten.

Es sei denn, er würde Timo bitten, zu bleiben.

»Die *Neue Bewegung* hilft also den Syrern einzig aus dem Grund, damit nicht noch mehr Flüchtlinge nach Deutschland kommen?«, fragte er, um den Abschied hinauszuzögern.

Timo machte eine unbestimmte Geste. »Ganz ehrlich? Ich glaube, ihnen gehen die Menschen in Syrien am Arsch vorbei. Sie wollen sich lediglich einen politisch korrekten Anstrich geben. Reine Augenwischerei.« Ein letztes Mal schaute Timo sich in dem kleinen Schlafzimmer um, das mit seinen kargen Wänden und den wenigen Möbeln an eine Mönchszelle erinnerte, und vergewisserte sich, dass er seine Sachen zusammengesucht hatte. »Also, ich hau dann mal ab. Wenn du mehr über die *NHO* wissen willst, solltest du meinen Artikel lesen. Der steht im Netz, ist nicht schwer zu finden. Also mach's gut. Vielleicht laufen wir uns im Studio mal wieder über den Weg.«

Timos letzte Worte schnitten in Jans Brust.

Scheiße, wo zum Teufel waren seine Schutzschilde geblieben?

»Ja, bis irgendwann mal«, sagte er nach einer Weile, doch das hörte Timo nicht mehr, denn die Wohnungstür fiel bereits ins Schloss.

Timo war weg.

Kapitel 17

Vorsichtig öffnete Jan die schwere Eichentür, auf der in goldener Schrift *Hirschsaal* stand und schlüpfte so leise wie möglich hinein. Trotzdem drehten sich einige Köpfe nach ihm um, da sie sehen wollten, wer so spät zu der Veranstaltung kam, die bereits vor einer Stunde begonnen hatte. Rasch blickte Jan sich in dem ziemlich gut besuchten Festsaal des Gasthauses *Zum Jäger* um, in dem an anderen Abenden wahrscheinlich Silberhochzeiten oder die Mitgliederversammlungen des Sulzbacher Schützenvereins abgehalten wurden. Auf einem freien Stuhl in der letzten Reihe nahm er Platz.

»Vor dem Beginn des Bürgerkriegs war Aleppo eines der größten christlichen Zentren Syriens«, erklärte der Redner auf der Bühne im hinteren Teil des Saals, ein rothaariger Mann, den Jan auf Mitte zwanzig schätzte. Nur die Ausläufer eines Tattoos, das unter dem rechten Ärmel seines makellos gebügelten blauen Hemds hervorlugten, und der kämpferische Ausdruck in seinem Gesicht unterschieden ihn von einem Bankangestellten. Der Redner hatte etwas Einnehmendes, das spürte Jan sofort. Ein Feuer loderte in seinen grünen Augen. Dort vorn sprach ein Mann, dem die Leute gerne zuhörten.

»Deshalb sehen wir es als eine der dringlichsten Aufgaben an, den Syrern beim Wiederaufbau ihrer Stadt zu helfen«, fuhr der Redner fort. »Sie dürfen die Wurzeln ihrer kulturellen Identität nicht verlieren; sie müssen diese weiter stärken, und dabei werden wir ihnen zur Seite stehen.« Der Rothaarige stand an einem Pult, an dessen Vorderseite ein schwarzes Banner mit dem gelben Logo der *NHO* angebracht war. Hinter ihm projizierte ein Beamer das Bild einer zerstörten Kirche an die Wand. »Dank eurer Hilfe und der Hilfe so vieler anderer, die heute Abend nicht hier sein können, ist es uns gelungen, einen ganzen LKW mit Hilfsgütern zu beladen. Am Samstag werden wir ihn auf die Reise in den Nahen Osten schicken.«

Jan hörte nur noch mit halbem Ohr zu. Nachdem Timo vorhin abgehauen war, hatte Jan sich mies gefühlt. Nein, nicht nur mies. Er hatte sich absolut beschissen gefühlt und war so lange ruhelos durch seine winzige Wohnung gelaufen, bis er es nicht mehr ausgehalten hatte. Also hatte er sich den Flyer der *NHO* geschnappt und war nach Sulzbach, einem Kaff fünfzehn Kilometer westlich von Frankfurt, gefahren, wo die *New Help Organisation* zu einer Infoveranstaltung über den geplanten Hilfstransport nach Syrien eingeladen hatte.

Warum bin ich nicht einfach mit Timo etwas essen gegangen?, fragte Jan sich nun schon zum hundertsten Mal. Mit einem Kumpel zum Spanier oder in eine Kneipe zu gehen, war doch keine große Sache.

Aber das war nur die halbe Wahrheit. Timo war nicht nur ein Kumpel. Und er war auch nicht nur eine Bettgeschichte. Jan hatte angefangen, Timo zu mögen.

Applaus brandete auf und riss Jan aus seinen Gedanken. Der Rothaarige reckte kämpferisch eine Faust, worauf die Männer und wenigen Frauen im Publikum noch lauter klatschten.

»Ich weiß, dass die Mainstream-Medien alles daransetzen, uns zu diskreditieren«, fuhr der Redner fort. »Das tun sie, weil sie bei allen Themen, die fundamentale ökonomische oder politische Interessen betreffen – und dazu gehört selbstverständlich die Lage in Syrien und dem Nahen Osten – keine nennenswerte Variation der von ihnen publizierten Fakten dulden. Aber diese Reglementierung der öffentlichen Debatte ist nichts anderes als der Versuch der Gleichschaltung und der Zementierung bestehender Machtstrukturen.«

Verstohlen schaute Jan auf das Display seines Handys, wo er das Bild von Marc Noske aufgerufen hatte, das er bei Marcs Mutter abfotografiert hatte. Während er seinen Blick auf der Suche nach dem Freund von Falk Bachmanns Tochter durch die Reihen schweifen ließ, fragte er sich, ob

Bachmann wusste, dass Mia mit einem verkappten Nazi liiert war.

Neben wenigen älteren Männern und Frauen um die sechzig waren auffallend viele junge Leute unter den Zuhörern, doch Marc Noske entdeckte er nirgends.

Erneut brandete Applaus auf, dieses Mal lang anhaltend. Offenbar hatte der charismatische Rothaarige seinen Vortrag beendet.

Die Zuschauer klatschten noch eine Weile, dann wurden Stühle gerückt, und die Leute standen auf. Jan tat es ihnen gleich. Unschlüssig, was er jetzt tun sollte, schob er die Hände in die Hosentaschen und stellte sich an einen der mit grauem Stoff verkleideten Stehtische.

Hinten im Saal wurden die Flügeltüren aufgestoßen, vier Kellner kamen hinein und nahmen eifrig Bestellungen entgegen.

»Heute Abend hat John sich selbst übertroffen«, hörte Jan jemanden neben sich sagen.

Fragend wandte er den Kopf. Ein glatzköpfiger, bärtiger Mann, der trotz der sommerlichen Temperaturen den schwarzen Anzug eines Bestatters trug, strahlte ihn an.

»John?«, fragte Jan.

Ein nachsichtiges Lächeln erschien auf dem Gesicht des Bestatters. Er nickte zur Bühne, auf der immer noch der rothaarige Redner stand, nun aber umringt von einer kleinen Menschentraube. »Johannes Hoffmeister, der Vorsitzende und Gründer der *NHO*. Und einer meiner tüchtigsten Mechaniker, wenn ich das noch hinzufügen darf.« Der Bestatter streckte Jan die Hand entgegen. »Sven Appelt, mir gehört das Autohaus in der Guerickestraße.«

Perplex schlug Jan ein. »Jan Hartwick.«

»Sehr erfreut. Sind Sie neu bei uns, Herr Hartwick? Ich meine, Sie bislang auf keiner unserer Versammlungen gesehen zu haben.«

Ein Kellner trat auf Jan und Appelt zu.

»Darf ich Sie auf ein Bier einladen, junger Freund?«, fragte Appelt und bestellte, ohne Jans Antwort abzuwarten, zwei Pils.

»Ich bin heute zum ersten Mal hier«, sagte Jan wahrheitsgemäß. »Ein Freund hat mich eingeladen, aber ich kann ihn nirgendwo entdecken. Vielleicht kennen Sie ihn ja und können mir verraten, wo ich ihn finden kann. Sein Name ist Noske, Marc Noske.«

Für einen Moment fror das Grinsen des Autohändlers ein, doch schnell hatte er sich wieder im Griff. »Marc«, sagte er und legte einen Finger an die Nase. »Marc … Marc Noske. Ja, ich glaube, den Namen schon einmal gehört zu haben. Wenn mich nicht alles täuscht, war er ein paar Mal bei unseren Zusammenkünften. Aber in letzter Zeit habe ich ihn nicht mehr gesehen.« Demonstrativ blickte er auf seine goldene Armbanduhr, die, da ging Jan jede Wette ein, mehr gekostet hatte, als er beim LKA in einem Vierteljahr verdiente. »Ach, jetzt habe ich vollkommen die Zeit aus den Augen verloren. Wenn Sie mich bitte entschuldigen würden. Sagen Sie dem Kellner, er soll das Bier auf die Rechnung vom Autohaus Appelt schreiben, er weiß dann schon Bescheid. Schön, Sie kennengelernt zu haben, Herr Hartwick. Vielleicht haben wir bei anderer Gelegenheit mehr Zeit, miteinander zu plaudern.« Ohne dass sein Grinsen verrutschte, klopfte er Jan auf die Schulter und verschwand in Richtung Bühne.

Dort angekommen, trat er auf zwei junge Männer zu, die hinter dem Redner, etwas abseits der Menschenansammlung standen. Eifrig begann er, auf sie einzureden. Der eine, ein bulliger Kerl mit Rundschädel, schaute Jan unverwandt an. Der andere, ein großer, irgendwie gutmütig wirkender blonder Typ mit breiter Nase, warf ihm einen flüchtigen Blick zu und eilte kurz darauf zum Redner.

»So, die beiden Pils, der Herr«, sagte der Kellner. Er nahm zwei Bierdeckel von seinem Tablett, legte sie auf den Stehtisch und stellte die Biergläser darauf. »Soll ich die Getränke auf die Rechnung von Herrn Appelt setzen?«

Jan nickte. »Tun Sie das.« Als er wieder zur Bühne sah, waren die Männer verschwunden, und die Menschentraube begann sich aufzulösen.

Verdammt, eigentlich hatte er im Hintergrund bleiben und sich nur ein wenig umschauen wollen, doch mit seiner Frage nach Marc Noske hatte er offensichtlich einige nervös gemacht. Rasch ließ er den Blick durch den Saal schweifen und blieb an einem der Notausgänge hängen, deren Tür gerade zurück ins Schloss fiel. Dorthin waren die Kerle also verschwunden.

Jan lief los, doch bereits nach wenigen Schritten streifte er jemanden mit der Schulter.

»Pass doch auf«, beschwerte sich eine junge Frau, die zu knappen Hotpants ein am Bauch verknotetes T-Shirt trug.

Perplex blieb Jan stehen und starrte sie an. War *sie* es? Konnte das sein? Sie sah noch elfenhafter aus, als er sie in Erinnerung hatte.

»Ist was?«, fragte sie und trat instinktiv einen Schritt zurück. »Kennen wir uns?«

»Du bist doch Mia Bachmann«, sagte er. »Die Tochter von Falk Bachmann.«

Sie runzelte die Stirn. »Und wer bist du?«

»Jan Hartwick, der neue Partner deines Vaters.« Sein Blick flog zwischen Mia und der Tür hin und her. Was sollte er jetzt tun? Den Männern folgen oder Mia mitnehmen?

Während er noch überlegte, nahm Mia ihm die Entscheidung ab. »Scheiße, hat Dad dich geschickt? Ich bin kein Kind mehr. Sag ihm, dass ich keinen Aufpasser brauche.« Sie wandte sich zum Gehen.

»Warte mal kurz.« Jan wollte nach ihrem Arm greifen, doch sie war schneller und tauchte in der Menschenmenge unter.

Unschlüssig, was er tun sollte, wartete Jan noch einen Augenblick, dann folgte er den Männern. Er riss die Tür auf und fand sich in einem dunklen Hinterhof auf der Rückseite der Gaststätte wieder. Nur das Licht aus der offenen Tür hinter ihm und eine einsame Lampe über den Müllcontainern beleuchteten den Hof.

Jan hatte keine Angst – als Kampfsportler konnte er sich verteidigen –, aber er war auch kein Idiot. Nur in

Filmen nahm es ein Einzelner mit vier Männern auf, also sondierte er zunächst die Lage.

Nichts geschah. Der Hinterhof schien leer zu sein. An der Wand des gegenüberliegenden Hauses lehnten an einem Geländer, das den Zugang zum Keller sicherte, ein paar Fahrräder. In einigen Fenstern weiter oben brannte Licht.

Falls die Männer, wie er vermutet hatte, tatsächlich durch den Notausgang verschwunden waren, konnten sie entweder in den Keller geflüchtet sein – vorausgesetzt, die Tür war nicht versperrt –, oder sie waren durch die Zufahrt auf die Straße abgehauen.

Jan entschied sich für die zweite Möglichkeit. Gerade, als er losspurten wollte, nahm er eine Bewegung im Schatten der Müllcontainer wahr. Instinktiv duckte er sich und wirbelte herum, doch es war zu spät. Allein seinen schnellen Reflexen hatte er es zu verdanken, dass die Eisenstange ihm nicht den Schädel spaltete, sondern nur seine Schläfe streifte. Die Wucht des Schlags reichte aber trotzdem aus, um ihn außer Gefecht zu setzen. Alles um ihn herum versank in Dunkelheit.

Kapitel 18

Ein wenig steif saß Falk auf einem der unbequemen Holzstühle, mit denen Darino seine Trattoria eingerichtet hatte, und nippte an seinem Wasser. »Bist du eigentlich eine gebürtige Frankfurterin?«, fragte er und bemühte sich, Zoe nicht zu lange anzuschauen. Sie sollte nicht den Eindruck gewinnen, er würde zu viel in diesen Abend hineininterpretieren.

Zoe spießte einige Fusilli, die in einer Soße aus Auberginen und Mozzarella schwammen, auf die Gabel und pustete, bevor sie antwortete. »Ach, das ist eine lange Geschichte«, sagte sie, ehe sie sich die Pasta in den Mund schob. »Mmh, schmeckt echt lecker. Aber das sollte es auch bei den Preisen. Eine Dönerbude hätte es auch getan. Ich habe ja fast ein schlechtes Gewissen. Verdient man bei der Polizei so gut?«

Falk nahm einen Bissen von seinem Ossobuco und lächelte ein wenig verlegen. »Der Besitzer ist ein Freund von mir«, entgegnete er ausweichend. Seit er Darino vor ein paar Jahren aus einer Drogensache herausgehalten hatte, in die der Italiener nur ganz am Rand verwickelt gewesen war, genoss Falk eine Vorzugsbehandlung. Anders hätte er so kurzfristig niemals einen Tisch bekommen, mal abgesehen davon, dass er sich das Essen bei den horrenden Preisen, die seine Gehaltsklasse bei Weitem überstiegen, nicht hätte leisten können.

»Meine Ausbildung zur Krankenschwester habe ich in Frankfurt gemacht«, nahm Zoe den Faden wieder auf und überlegte kurz, während sie einen Schluck Rotwein trank. »Doch anschließend bin ich in die Provinz gezogen.«

»Ich kann mir dich gar nicht auf dem Land vorstellen«, entgegnete Falk. »Wo hast du gelebt?«

Ein Lächeln legte sich auf ihr Gesicht. »Das Kaff kennst du sowieso nicht.«

Als er merkte, dass er breit zurücklächelte, riss er sich zusammen. »Versuch's.«

»Quedlinburg. Das ist ein Zwanzigtausend-Seelenstädtchen im Harz.«

»Nie gehört«, gab Falk zu.

»Siehst du, sag ich doch.«

Falk ließ seinen Blick von Zoes blonden Haaren über das breite schwarze Haarband mit Totenkopfmuster bis zu ihrem tätowierten rechten Arm schweifen, der aus dem ärmellosen T-Shirt irgendeiner Metalband lugte, die Falk – wie konnte es anders sein? – nicht kannte. »Versteh mich nicht falsch, aber ich glaube, du gehörst einfach in die Großstadt.«

Für einen Moment sah Falk einen Schatten über Zoes Gesicht huschen, doch obwohl er ziemlich gut darin war, andere zu durchschauen, war er sich nicht sicher, ob er sich nicht irrte.

»In einem Dorf zu leben, hat nicht nur Nachteile«, sagte Zoe mehr zu sich selbst als zu ihm. »Klar, in der Provinz ist es oft ein bisschen öde, aber dafür passieren dort nicht so krasse Sachen wie in der Stadt.«

Falk stutzte, doch bevor er fragen konnte, was sie damit meinte, wechselte sie das Thema. »Seit du mich abgeholt hast, reden wir nur über mich. Jetzt bist du dran.«

Er schnitt ein Stück von seinem Fleisch ab. »Was willst du wissen?«

Sie dachte kurz nach. »Warum bist du Bulle geworden?«

Betont locker zuckte er mit den Achseln. »Das hat sich irgendwie ergeben«, antwortete er ausweichend.

Eigentlich hatte der Abend ziemlich unverkrampft begonnen, doch seit sie angefangen hatten, über ihre Vergangenheit zu sprechen, geriet ihr Gespräch ins Stocken. Falk hatte den Eindruck, als bewegten sie sich auf einem Minenfeld.

»Wahrscheinlich liegt es daran, dass ich als Kind gerne Westernfilme gesehen habe«, scherzte er. »Ich wollte immer eine Pistole haben, um damit herumzuballern.«

»Hast du schon mal schießen müssen?«

Er spürte, wie er sich verkrampfte, und versuchte, es zu überspielen, indem er einen Schluck Wasser trank. In dem Moment ärgerte er sich, dass er sich nicht ebenfalls für Wein entschieden hatte. Oder für etwas Stärkeres. Denn ohne dass er sich wehren konnte, tauchten die Bilder, die ihn normalerweise nur nachts in seinen Träumen heimsuchten, vor seinem geistigen Auge auf. Der spärlich beleuchtete Parkplatz der verdammten Lagerhalle. Die ganz in Schwarz gekleideten Halbstarken, die fluchend Kisten von der Ladefläche eines Transporters in die Halle schleppten. Der Moment, in dem er entschied, es allein mit ihnen aufzunehmen und das SEK außen vor zu lassen. Die Schüsse. Der tote Junge.

Falk trank noch einmal an seinem Wasser. Er versuchte, die Bilder zu verdrängen, und sagte: »Wenn du als Bulle schießen musst, machst du deinen Job nicht richtig. Waffen sind immer das letzte Mittel, aber auf dem Schießstand bin ich einer der Besten. Was willst du noch wissen?«

An ihrer leicht hochgezogenen Augenbraue erkannte er, dass Zoe sein Ausweichmanöver durchschaute. Doch sie bohrte nicht nach, was sie Falk noch sympathischer machte, und lächelte nur.

Überhaupt lächelte sie viel. Ob das etwas zu bedeuten hatte?

»Du bist nicht verheiratet«, stellte sie fest und deutete in Richtung seiner ringlosen Finger.

Er nickte.

Sie hakte nach. »Aber du warst es?«

»Ja, bis vor zwei Jahren. Und ich habe eine Tochter, Mia, doch sie lebt bei ihrer Mutter, zumindest im Augenblick noch. Im Herbst zieht sie nach Freiburg, um dort Jura zu studieren.« Er hatte sich nicht verkneifen können, Mias Studienpläne zu erwähnen, denn er war stolz auf sein kleines Mädchen. »Und du? Welche Altlasten hast du?«, fragte er schließlich, nahm die Pellegrino-Flasche und schenkte Zoe einen Schluck Wasser in ihr noch halbvolles Glas, bevor er seines wieder auffüllte.

»Keine so gravierenden, aber ich habe ja auch noch ein paar Jahre, bis die biologische Uhr abgelaufen ist.« Sie zwinkerte ihm zu. »Oh Gott, habe ich das gerade wirklich gesagt? Ich klinge wie meine Großmutter. Dabei könnte ich kotzen, wenn ich das höre. Biologische Uhr? Das meint doch nichts anderes, als dass Frauen über vierzig den Laden dichtmachen sollten. Männer dagegen dürfen noch mit …« Zoe stockte. Offensichtlich merkte sie, dass sie dabei war, sich in Rage zu reden.

Falk schmunzelte, als er ihre roten Wangen bemerkte. Er mochte Frauen, die für ihre Überzeugungen einstanden; das hatte er schon an Becky geliebt.

Sofort bekam er ein schlechtes Gewissen. In Zoes Gegenwart sollte er nicht an seine Exfrau denken.

Darino trat an ihren Tisch, breitete die Arme aus und strahlte Zoe an. »Was hat er gesagt, das dich so aufregt?«, rief er theatralisch, ganz so, wie es vom Chef eines italienischen Lokals erwartet wurde. »Soll ich Bachmann für dich erschießen, Bella?«

Zoe verdrehte gespielt die Augen, lachte aber.

Himmelte sie den schmierigen Kerl etwa an?

Zu seinem Erstaunen bemerkte Falk einen Stich in der Magengegend.

»Wenn du gerade da bist, kannst du uns noch was zu trinken bringen«, brummte Falk und drückte Darino die leere Wasserflasche in die Hand.

Amüsiert zog Darino eine Augenbraue hoch. »Ein Wasser, sehr gerne«, antwortete er, ohne den Blick von Zoe zu nehmen. Ihr unkonventioneller Kleidungsstil schien ihn nicht zu stören. »Darf es noch etwas anderes sein? Ich habe einen hervorragenden Barbaresco im Keller. Für dich würde ich eine Flasche davon öffnen.«

»Nein, danke, nur Wasser«, sagte Falk. Erst als Darino abgezogen war, entspannte er sich.

»Heute keine Lust auf einen guten Tropfen?«, stichelte Zoe. »Hast du noch genug vom Wochenende?« Sie spießte die letzten Nudeln auf die Gabel und zog sie durch den Rest der Soße.

Falk spürte, wie ihm warm wurde. »Ich glaube, ich habe mich noch gar nicht für meinen Auftritt am Montagmorgen entschuldigt. Normalerweise ist es nicht meine Art, mitten in der Nacht in ein Altenheim einzusteigen, aber aus irgendeinem Grund habe ich es für eine hervorragende Idee gehalten.«

»Lass gut sein«, wiegelte Zoe ab, während sie ihr Besteck auf den Teller legte. »Aber was genau hast du eigentlich von deinem Vater gewollt?«

Falk zuckte mit den Achseln. »Keine Ahnung, ich war nicht ich selbst.«

Schweigend wartete Zoe darauf, dass er fortfuhr, doch Falk konnte nicht mit ihr darüber sprechen. Vielleicht würde er ihr davon erzählen, wenn sie sich besser kannten, vielleicht aber nicht einmal dann.

»Was glaubst du: Wie lange macht es der Alte noch?«, fragte er.

Zoe schürzte die Lippen und schien zu überlegen, wie viel sie ihm zumuten konnte. »Das kann man nicht sagen, aber der Tumor wächst schnell. Wenn dein Vater eine Therapie in Betracht ziehen würde, könnte man den Krebs vielleicht im Wachstum hemmen. Aber so?« Sie hob die Schultern. »Zwei Monate, mit viel Glück drei. Ich will nichts schönreden. Wenn du noch etwas mit deinem Vater zu besprechen hast, dann solltest du dich beeilen. Es könnte jeden Moment mit ihm zu Ende gehen.«

Falk zuckte zusammen, als wie zur Bestätigung ihrer Worte sein Handy zu brummen begann. Bisher hatte er nie an Vorahnungen oder Prophezeiungen und den ganzen Bullshit geglaubt, doch jetzt war er sich sicher, dass ihn die diensthabende Nachtschwester aus dem Pflegeheim anrief, um ihm zu sagen, dass sein Vater gestorben war.

Unbeholfen zog er das Telefon aus der Tasche.

Er hatte nicht erwartet, einmal froh zu sein, Höldtkes Namen auf dem Display zu entdecken, doch in diesem Augenblick hätte er seinem ehemaligen Kollegen und derzeitigen Einsatzleiter vom K10 um den Hals fallen können.

Rasch ging er ran, ließ sich Höldtke gegenüber aber nichts von seiner Erleichterung anmerken. »Was ist?«, fragte er.

»Dein Partner wurde niedergeschlagen. Schwing deinen Hintern her, und erklär mir, was er in Sulzbach zu suchen hatte. Ich hoffe für dich, dass du eine gute Story auf Lager hast, denn ich bin nicht allein. Ein Kollege vom Verfassungsschutz steht neben mir, und der ist fuchsteufelswild.«

Kapitel 19

Kurz nachdem Falk den Ortseingang von Sulzbach hinter sich gelassen hatte, sah er pulsierendes Blaulicht die Nacht erhellen. Ohne den Blinker zu setzen, bog er links ab und hielt mit dem Dienstwagen darauf zu. Trotz des Umwegs über Bockenheim, wo er Zoe nach dem abrupten Ende ihres Dates an ihrer Wohnung abgesetzt hatte, hatte Falk nicht mehr als dreißig Minuten bis in das Nest westlich von Frankfurt gebraucht. Um diese Zeit, es war kurz nach zehn, ging es auf den Straßen ruhig zu. Ohne auf Geschwindigkeitsbegrenzungen zu achten, raste er an den wenigen alten Fachwerkhäusern vorbei, die zwischen den tristen dreigeschossigen Nachkriegsbauten irgendwie verloren wirkten. Er passierte eine leerstehende Bäckerei und ließ die örtliche Lottoannahmestelle links liegen, die nun auch Pakete und Briefe für die Post annahm, wie ein Schild im Schaufenster verkündete. Eine Minute später stellte er den BMW zwischen einen Streifen- und einen Krankenwagen, die vor der Einfahrt zu einem Hinterhof parkten.

»Fahren Sie weiter, hier gibt es nichts zu sehen«, rief ein junger Schutzpolizist in Uniform und kam auf seinen Wagen zugelaufen.

Falk stieg aus und hielt ihm seinen Ausweis entgegen. »Hauptkommissar Bachmann, LKA«, sagte er knapp und warf die Tür zu.

»Ach, Sie sind das«, entgegnete der Uniformierte. »Sie werden bereits erwartet.« Er zeigte auf das Heck des Krankenwagens, wo drei Männer standen.

Erstaunt stellte Falk fest, dass nicht nur Höldtke anwesend war, sondern auch Dietmar Koruhn, sein Chef beim LKA. Obwohl Höldtke ebenfalls einen beachtlichen

Bauchumfang besaß, wirkte er neben dem großen und stämmigen Koruhn, dem Bären, geradezu schlank.

Das hat mir gerade noch gefehlt, dachte Falk und beobachtete, was seine Kollegen taten. Koruhn sprach mit dem dritten Mann, der in seiner engen Jeans und dem dunkelblauen Poloshirt irrwitzig jung aussah. Etwas abseits der kleinen Gruppe war ein weiterer Polizist in Uniform damit beschäftigt, die Schaulustigen auf Distanz zu halten, die offensichtlich aus der angrenzenden Gaststätte gekommen waren, da viele von ihnen ein Bierglas in der Hand hielten.

Falk folgte dem Polizisten zum Krankenwagen, dessen Hecktüren offen standen, sodass grellweißes Neonlicht bis auf die Straße fiel. Drinnen auf einer Trage lag Jan Hartwick, sein neuer Kollege. Ein Verband verdeckte einen Teil seines Gesichts, während der Rest beinahe so weiß wie die Gaze war. Ein Sanitäter ging vor Hartwick in die Knie und leuchtete ihm mit einer Stiftlampe in die Augen.

Was zur Hölle hatte Hartwick in dieses Kaff verschlagen? Es musste etwas mit dem aktuellen Fall zu tun haben, sonst wären Höldtke und Koruhn nicht ebenfalls vor Ort.

»Was ist passiert?«, fragte Falk.

Hartwick hob den Kopf, wobei er schmerzhaft seinen Mund verzog, und warf Falk einen schuldbewussten Blick zu, dann sank er zurück auf die Trage.

Scheiße, Hartwick sah nicht gut aus, ganz und gar nicht gut. Falk machte Anstalten, zu ihm in den Rettungswagen zu klettern, doch der zweite Sanitäter, der neben dem Fahrzeug stand und wartete, packte seinen Arm.

»Da können Sie nicht rein.«

»Das ist mein Partner. Ich muss ihn sprechen«, sagte Falk und war froh, dass er sich beim Essen für Wasser entschieden hatte. Er brauchte einen klaren Kopf.

»Nein, nicht jetzt. Nicht, bevor mein Kollege mit der Erstversorgung fertig ist.«

Falk wollte protestieren, als er eine tiefe Stimme hörte. »Lassen Sie die Männer ihre Arbeit machen, Bachmann«, sagte Koruhn ruhig, aber bestimmt. Wenn es darum ging, sich Gehör zu verschaffen, hatte der Bär keine Probleme. »Erklären Sie mir lieber, was Hartwick auf einer Versammlung der *NHO* verloren hatte.«

»Ich habe keine Ahnung«, antwortete Falk wahrheitsgemäß. »Irgendjemand sollte mich auf Stand bringen. Wer oder was ist die *NHO*? Und warum liegt Hartwick eingewickelt wie eine gottverdammte Mumie in einem Rettungswagen?«

Höldtke wollte etwas sagen, doch der Kerl im dunkelblauen Poloshirt kam ihm zuvor. »Sind Sie der leitende Kommissar vom LKA, der dieses Desaster zu verantworten hat?«

Irritiert musterte Falk ihn. Was nahm das Bürschchen sich heraus? »Für Sie bin ich überhaupt nichts, bevor Sie mir nicht verraten haben, mit wem ich das Vergnügen habe.«

»Das ist Herr Ahlburg, ein Kollege vom Verfassungsschutz«, beantwortete Koruhn die Frage. »Er hat Hartwick bewusstlos und mit einer Platzwunde an der Schläfe neben den Mülltonnen im Hof gefunden, wo Ihr Partner immer noch liegen würde, wenn Herr Ahlburg ihn nicht identifiziert und anschließend die Ambulanz und mich informiert hätte. Also mäßigen Sie Ihren Ton, Herr Hauptkommissar.«

Dieser Grünschnabel war vom Verfassungsschutz?

»Dann muss ich mich wohl bei Ihnen bedanken«, brummte Falk. »Trotzdem wüsste ich gerne, was es mit dieser *NHO* auf sich hat.«

Ahlburg wirkte, als würde er jeden Augenblick explodieren, doch er riss sich zusammen. »Seit einem Dreivierteljahr überwache ich den Verein, nur um jetzt feststellen zu müssen, dass alles umsonst gewesen ist.« Er nickte zu den Schaulustigen. »Denen ist jetzt klar, dass ich ein Staatsdiener bin.«

»Denen?«, fragte Falk.

»Sie alle sind Mitglieder oder Sympathisanten der *NHO*, der *New Help Organisation.*«

Falk überlegte, doch auch der vollständige Name sagte ihm nichts.

»Die *NHO* ist ein Verein, der als Hilfsorganisation auftritt, in Wirklichkeit aber als Teil der *Neuen Bewegung* anzusehen ist, womit er ebenfalls unter Beobachtung des Verfassungsschutzes steht.«

Falk warf einen Blick über die Schulter. Wie Neonazis sahen die überwiegend jungen Männer und Frauen, die vor der offenen Tür der Gaststätte standen und sich angeregt unterhielten, nicht aus. Eher wie Hipster und Mitarbeiter eines der Start-ups, die in Frankfurt wie Pilze aus dem Boden schossen.

»Also waren Sie heute Abend hier, um die *NHO* zu überwachen?«, fragte Falk. »Haben Sie gesehen, wer Hartwick so zugerichtet hat?«

»Nein, alles, was ich mitbekommen habe, ist, wie ein Mann – Ihr Kollege Jan Hartwick, wie ich mittlerweile weiß – die Veranstaltung überstürzt durch einen Seitenausgang verlassen hat. Daraufhin bin ich ihm gefolgt. Erst habe ich gedacht, ich hätte ihn verloren, aber dann habe ich ihn neben den Müllcontainern liegen sehen.«

»Haben Sie außer Hartwick noch jemanden gesehen?«, fragte Falk.

Ahlburg verneinte. »Aber Hoffmeister hatte seinen Vortrag ja auch gerade erst beendet, seine Anhänger waren noch alle da.« Ahlburg warf den Schaulustigen erneut einen flüchtigen Blick zu. »Dank Ihres werten Kollegen ist meine Tarnung aufgeflogen. Die Arbeit von neun Monaten für die Tonne. Kann mir mal jemand sagen, warum mir ein Beamter des LKA ins Handwerk pfuscht?«

»Das würde mich auch interessieren«, warf Höldtke ein. Mit seinen Einssiebzig war er ein ganzes Stück kleiner als die anderen Männer, weshalb er sich streckte, um seinen Worten mehr Gewicht zu verleihen.

»Ich gehe Hartwick fragen«, beschloss Falk. Mit drei Schritten war er am Krankenwagen, und da der zweite Sanitäter nun etwas abseits stand und eine Zigarette rauchte, konnte Falk ungehindert hineinspringen.

»Bachmann, LKA«, sagte er zum Rettungsassistenten, der gerade dabei war, einen Infusionsbeutel an einer Halterung unter dem Wagendach anzubringen. »Das ist mein Partner. Ich muss kurz mit ihm sprechen, nur ganz kurz. Lassen Sie sich nicht stören.«

»Das geht nicht, der Patient ist nicht vernehmungsfähig. Vermutlich hat er eine Gehirnerschütterung davongetragen, vielleicht sogar einen Schädelbruch. Wir bringen ihn in die Uniklinik.«

Flüchtig bemerkte Falk, wie der Wagen der Spurensicherung und ein weiterer Streifenwagen vorfuhren. »Nur eine Minute«, sagte er und drängte sich am Sanitäter vorbei. Dann beugte er sich über Hartwick und flüsterte: »Was machst du denn für Sachen? Du siehst echt beschissen aus, Partner.«

Hartwick schluckte schwer. »Danke für die Blumen.«

»Warum warst du bei diesen Nazis? Hat das etwas mit unserem Fall zu tun?«

Hartwick verzog wieder das Gesicht, als er nickte. »Die Mutter von Marc Noske hat mir den Tipp gegeben, dass ich ihren Sohn vielleicht dort finden würde.«

»Und warum hast du mir das nicht gesagt?«

»Ich wollte mich nur kurz umsehen.«

»Und? War Marc Noske da?«

»Nein, er ist nicht aufgetaucht. Aber als ich einen der anderen Gäste nach Noske gefragt habe, hat er sich merkwürdig verhalten. Ich bin mir sicher, dass der Kerl etwas gewusst hat.«

»Wer war der Typ?«

Hartwick zuckte mit den Achseln. »Ich weiß nicht. Er hat mir seinen Namen genannt, aber ich kann mich nicht mehr erinnern. Mein Schädel ist wohl doch nicht so hart, wie ich immer dachte.«

»Bitte hören Sie auf«, sagte der Sanitäter. »Sie sehen doch, dass der Mann Ruhe braucht.«

Falk ignorierte ihn. »Konzentrier dich, Hartwick. Wie hieß der Kerl?«

»Ich sehe ihn noch verschwommen vor mir, aber sein Name fällt mir nicht mehr ein.«

»Es ist ganz normal, dass Sie Erinnerungslücken haben«, beruhigte ihn der Sanitäter. »Regen Sie sich nicht auf, und versuchen Sie, nichts zu erzwingen. In den meisten Fällen kehren die Erinnerungen nach einiger Zeit zurück.«

Falk stöhnte. Hartwick musste doch irgendetwas wissen. »Was ist dann passiert? Komm schon, Kumpel, denk nach.«

Hartwick blickte Falk durchdringend an. Ein schmales Lächeln legte sich auf seine Lippen. »Hast du gerade Kumpel gesagt?«

Falk erwiderte das Lächeln. »Klar, Partner.«

»Ich weiß noch, dass der Mann zu den Organisatoren des Vereins gegangen und mit ihnen durch einen Seitenausgang verschwunden ist. Daraufhin bin ich den Männern gefolgt, aber einer von ihnen muss auf mich gewartet und mir eins übergezogen haben.«

»Wie groß war der Kerl? Welche Farbe hatten seine Haare?«

Hartwick schüttete den Kopf. »Keine Ahnung, dafür ging alles viel zu schnell.«

»Warum zur Hölle bist du allein hingegangen?« Als Falk merkte, dass er laut geworden war, senkte er die Stimme. »Du hättest mich einweihen müssen.«

Eine Hand legte sich auf Falks Schulter. »Das reicht jetzt wirklich.« Der Sanitäter zog Falk zurück.

»Eine allerletzte Frage, dann bin ich weg«, entgegnete Falk, ohne Hartwick aus den Augen zu lassen. »Gibt es jemanden, den ich informieren soll und der dir ein paar Sachen bringen kann? Deine Freundin oder so?«

»Ich habe keine Freundin.«

»Dann vielleicht deine Eltern?«

»Nein, auf keinen Fall!«

Beschwichtigend hob Falk die Hände. »Schon gut. Dann bringe ich dir eben morgen ein paar Klamotten. Gib mir deinen Schlüssel.«

Hartwick zögerte einen Augenblick, dann griff er in seine Hosentasche und reichte Falk seinen Schlüsselbund.

»Lahnstraße zweiunddreißig, Obergeschoss. Unten ist ein Dönerladen, du kannst das Haus gar nicht verfehlen.«

Falk nickte. »Lahnstraße zweiunddreißig, wird gemacht, Kleiner. Halt die Ohren steif.«

Der Sanitäter hielt nach wie vor Falks Schulter.

»Alles okay, ich bin ja schon weg«, sagte Falk und hob beschwichtigend die Hände. Während er aus dem Wagen sprang, steckte er Hartwicks Schlüssel ein.

»Was hat er gesagt?«, wollte Höldtke wissen, als Falk zurück zu den Männern trat.

»Nichts Brauchbares«, entgegnete Falk. Er konnte Höldtke und Koruhn nichts von Marc Noske sagen, denn dann würde er erklären müssen, wie Hartwick und er ihm auf die Spur gekommen waren. »Der Rettungsassistent hat mich nur kurz mit ihm sprechen lassen. Hartwick hat einen gewaltigen Schlag auf den Kopf abbekommen und kann sich kaum an was erinnern. Sie bringen ihn in die Uniklinik, wo sie ihn weiter untersuchen. Ich fahre morgen hin, vielleicht ist bis dahin seine Erinnerung zurückgekehrt.«

Weitere Polizeifahrzeuge waren eingetroffen, und die Streifenpolizisten gingen auf die Schaulustigen zu, die noch immer vor der Gaststätte standen und sich unterhielten. Wahrscheinlich hatte Koruhn die Beamten angewiesen, mit der Suche nach Zeugen zu beginnen. Als ein großer, blonder Mann mit breiter Nase die Polizisten kommen sah, drehte er sich um und trat zur Seite. Vor ihm lief eine kleinere Person, vielleicht eine Frau, so genau konnte Falk das aus der Entfernung nicht erkennen. Ruhig gingen die beiden zu einem dunklen VW Scirocco mit gelben Zierstreifen, der zwischen zwei Straßenlaternen im Schatten einer alten Eiche stand.

»Sind Sie noch bei uns, Bachmann?«

»Was?«

»Hauptkommissar Höldtke hat Sie gefragt, ob Hartwick einen Zusammenhang zwischen der *NHO* und dem Mord an der jungen Inderin sieht. Sie haben doch mit ihm gesprochen. Jetzt lassen Sie sich nicht alles aus der Nase ziehen.«

Flüchtig blickte Falk noch einmal zu dem Scirocco. Der Mann öffnete die hintere Tür, fasste die andere Person an den Schultern und stieß sie unsanft auf die Rückbank. Dabei fiel für eine Sekunde das Licht der Innenraumbeleuchtung auf ihr Gesicht.

Falks Herz setzte einen Schlag aus.

War das Mia?

Noch bevor Falk sich aus seiner Erstarrung lösen konnte, war der Mann vorne eingestiegen, hatte den Motor gestartet und verschwand.

Kapitel 20

»Der Abend lief nicht wie geplant, was?« Ferret, der Punk mit den türkisgrünen Haaren, lümmelte auf Zoes Sofa. Er schaute irgendeine Serie im Fernsehen, und Zoe bemerkte zu ihrem Erstaunen, dass auf dem Couchtisch keine Bierdose, sondern ein Glas Milch stand.

Trotzdem wäre sie jetzt gern allein gewesen, denn der Abend war tatsächlich nicht so verlaufen, wie sie es sich gewünscht hatte.

Was hatte sie nur geritten, den Punk, der ihren Wagen gegen Politessen verteidigt hatte, mit zu sich nach Haus zu nehmen und ihn auf ihrer Couch schlafen zu lassen?

Eine Nacht, hatten sie vereinbart, doch als Falk Bachmann sie heute zum Abendessen eingeladen hatte, hatte sie sich in ihrer Euphorie zu einer weiteren Nacht breitschlagen lassen. Und das hatte sie jetzt von ihrer Gutmütigkeit; sie musste einem Fremden Rede und Antwort stehen.

»Kannst du den Fernseher leise machen? Ich will nur noch ins Bett«, sagte sie, wobei sie Ferrets schiefes Grinsen geflissentlich ignorierte. Genervt kickte sie ihre Doc Martens in die Ecke.

Ferret, der eigentlich Nico hieß, beugte sich vor, stellte den Fernseher aus und strich sich eine Strähne aus der Stirn. Dann blickte er Zoe ernst an. »Sei froh, dass du den Bullen los bist. Er war sowieso zu alt für dich.«

Fragend musterte Zoe ihren vorübergehenden Untermieter.

»Schau nicht so«, sagte er. »Ich hab auf dem Balkon eine Kippe geraucht, als er dich abgeholt hat. Der Kerl könnte dein Vater sein.«

»Red nicht so einen Stuss. Falk ist ein paar Jahre älter, na und?«

»Ein paar Jahre? Vergiss es. Der ist Ende vierzig und will nur eine schnelle Nummer schieben. Danach lässt er dich hängen und geht zurück zu seiner Frau. Such dir einen Typen, der dich respektiert.«

»Ach, vielleicht so einen wie dich, Mr. Superschlau? Falk ist geschieden, und ich will nicht über ihn sprechen. Schon gar nicht mit einem Grünschnabel wie dir. Also trink deine Milch, und lass mich in Ruhe. Ach, und damit eins ganz klar ist: Zwischen dir und mir wird nichts laufen, falls es das ist, was du denkst. Ich lasse dich hier pennen, aber ich will nicht mit dir pennen, denn ich stehe nicht auf kleine Jungs.«

Ferrets Blick verfinsterte sich. »Fick dich.« Er sprang vom Sofa auf. »Benutz mich nicht als Fußabtreter, nur weil der Bulle dich nicht rangelassen hat. Und nur fürs Protokoll: Mösen sind nicht meine Baustelle.«

Er griff nach seiner Lederjacke, die neben dem Sofa lag, und zog sie über. Es folgten Socken, dann schlüpfte er in seine Springerstiefel. Ohne sie zuzubinden, verschwand er im Flur.

»Ferret, warte.« Er hatte recht; sie hatte ihre Enttäuschung über das abrupte Ende ihres Dates an ihm ausgelassen. Seufzend eilte sie ihm nach. »Jetzt lauf doch nicht gleich weg. Es tut mir leid, ich habe es nicht so gemeint.«

»Ach nein? Wie hast du es denn sonst gemeint? Ich habe es so satt, dass alle auf mir rumtrampeln«, rief er und sah mit einem Mal zerbrechlich, schrecklich zerbrechlich, und so viel jünger als zweiundzwanzig aus.

Unwillkürlich fragte Zoe sich, was ihn zu dem Menschen hatte werden lassen, der er jetzt war. Er selbst mochte sich als toughen, zähen Straßenköter sehen, doch Zoe wusste es besser. Niemand wohnte freiwillig auf der Straße. Das hatte sie von Jessy gelernt, nachdem sie von zu Hause abgehauen war.

Ferret riss die Tür auf und stürmte ins Treppenhaus, doch eine Sekunde später flog er zurück in die Wohnung, wo er gegen den Flurschrank krachte.

Was zur Hölle …?

Bevor Zoe begriff, was geschah, standen in ihrem Flur zwei Männer, die so groß und breit gebaut waren, dass Zoe den Eindruck hatte, ihr ohnehin kleines Apartment würde auf Fahrstuhlgröße schrumpfen. Sie brauchte einen Moment, bis sie erkannte, dass einer der Männer der Türsteher des *Red Palace* war. Die Gorillas kamen von Admir Jasari.

»Was für ein herzlicher Empfang. Wir mussten nicht mal klingeln«, sagte der Albaner mit dem rasierten Schädel und dem Stiernacken und schlug die Tür hinter sich zu.

Zoe riss sich aus ihrer Erstarrung. »Habt ihr sie noch alle? Verpisst euch aus meiner Wohnung, oder ich rufe die Bullen.« Sie ballte die Hände zu Fäusten und ärgerte sich darüber, ihre schweren Stiefel ausgezogen zu haben, auch wenn sie nicht wusste, wie die Doc Martens ihre Situation hätten verbessern können. Die Kerle würden sich nicht mit einem Tritt gegen das Schienbein einschüchtern lassen.

Der Türsteher lachte humorlos. »Du wirst niemanden rufen, Baby. Wir sind nur gekommen, um uns ein bisschen mit dir zu unterhalten.«

Ferret rappelte sich auf, wobei er gleichzeitig etwas aus der Tasche seiner Lederjacke zog. Im nächsten Moment schoss eine mindestens zehn Zentimeter lange Klinge aus ihrem Heft. »Verschwindet, oder ich stech euch ab!«

Die beiden Gorillas fixierten den jungen Punk.

»Na, na, Kleiner, steck das Ding wieder ein«, sagte der Türsteher und hob die Hände. »Ich wollte dich nicht durch die Gegend schupsen, aber du bist in mich hineingelaufen. Ich habe mich erschreckt, nichts weiter.« Ein falsches Lächeln legte sich auf sein Gesicht, während er einen Schritt auf Ferret zumachte.

Mit dem Messer herumfuchtelnd, wich der Punk nach hinten aus, bis ihn erneut der Flurschrank aufhielt.

Dann ging alles rasend schnell. Der Türsteher packte Ferrets Hand, riss sie nach oben, worauf das Messer zu Boden fiel. Gleichzeitig schlug er mit der Faust auf Ferrets Nase ein. Es gab ein knirschendes Geräusch, Blut floss, lief über Ferrets Kinn und tropfte auf den Teppich.

»Ihr Schweine, lasst ihn los«, rief Zoe und wollte Ferret zur Hilfe zu eilen, doch der zweite Mann legte seinen Arm um ihre Taille und riss sie zurück.

»Bleib schön bei mir, Wildkatze«, sagte er, während der Türsteher Ferret einen Schlag in die Nierengegend versetzte. Keuchend klappte Ferret zusammen, doch der Türsteher zog ihn wieder hoch.

»Ich werde dir zeigen, was passiert, wenn man sich mit mir anlegt.« Langsam, ganz langsam, bog er Ferrets Zeigefinger nach hinten, bis es knackte und er in einem unnatürlichen Winkel abstand.

Ferret schrie auf, und mit einem zufriedenen Grinsen ließ der Türsteher ihn los. Stöhnend brach der Junge auf dem Teppich zusammen, winkelte die Beine an und hielt seine Hand schützend vor den Bauch.

Für einen Moment war es bis auf Ferrets unterdrücktes Schluchzen ruhig. Dann trat der Türsteher so dicht auf Zoe zu, dass sein Gesicht nur wenige Zentimeter von ihrem entfernt war.

»Admir ist nicht glücklich«, sagte er. »Und wenn Admir nicht glücklich ist, dann ist deine Schwester, diese kleine Nutte, richtiggehend unglücklich.« Er holte ein Handy aus seiner Tasche, entriegelte den Bildschirm, drehte das Display in Zoes Richtung und spielte ein Video ab. Darauf war Jessy nackt auf ihrem Bett zu sehen. Mit Augen, die viel zu groß für ihren Kopf zu sein schienen, sah sie in die Kamera.

»Bitte, Tarik, gib mir den Stoff«, hörte Zoe ihre Schwester sagen. »Ich brauche was.«

Mitansehen zu müssen, wie Jessy flehend ihre in sich zusammengefallenen Brüste präsentierte, fühlte sich für Zoe an, als würde ihr jemand eine Nadel ins Herz stechen. Trotzdem konnte sie die Augen nicht von dem Video nehmen.

Jetzt war die Aufnahme ein wenig unscharf und verwackelt. Eine Hand schoss vor – am protzigen Siegelring erkannte Zoe, dass es die Hand des Türstehers war – und schlug Jessy ins Gesicht, doch sie schien den Schlag kaum zu bemerken.

»Bitte, Tarik«, flehte Jessy abermals. »Wenn ich Geld verdienen soll, muss ich gut drauf sein. Ich verspreche dir, heute mehr Kunden zu bedienen, aber erst brauche ich einen Schuss.«

Der Türsteher – Tarik – stoppte das Video und steckte das Handy wieder weg.

»Also, warum hast du Admir nicht angerufen?«

Zoe verstand nicht, was er von ihr wollte. »Was? Wieso hätte ich ihn anrufen sollen?«, fragte sie.

»Schnauze! Du gehst mit Bachmann essen und hältst es nicht für nötig, Admir Bescheid zu geben?«

Zoe schnappte nach Luft. Woher zum Teufel wusste Admir von ihrer Verabredung mit Falk? Und wie hatte er in Erfahrung bringen können, dass der Hauptkommissar sie so früh zurück nach Hause gebracht hatte?

»Mir war nicht klar, dass ein Essen beim Italiener wichtig ist«, sagte Zoe. »Ich dachte, ich soll Bachmanns Vater im Auge behalten.«

Tarik brachte sein Gesicht noch näher an Zoes heran. Saurer, nach eingelegten Peperoni und Knoblauch riechender Atem schlug ihr entgegen. »Bist du so bescheuert, oder tust du nur so? Du hast mit Admir einen Vertrag geschlossen, was bedeutet, dass du so lange ihm gehörst, bis du deine Schuld abgearbeitet hast. Und wenn Admir dir sagt, dass du Bachmann im Auge behalten sollst, dann informierst du ihn gefälligst über jeden verdammten Furz, den der Bulle lässt, ist das klar?«

»Aber ich dachte …«

»Du bist nicht dazu da, um zu denken, sondern um zu tun, was Admir dir sagt. Also noch so ein Ding, und du kannst die Leiche deiner Schwester aus dem Main ziehen.«

Kapitel 21

Die Teeküche von *Main Live* war winzig, schäbig, und die wenigen Elektrogeräte – Wasserkocher, Mikrowelle und ein Kochfeld mit zwei schwarzen Platten – wirkten, als würden sie das kommende Jahr nicht mehr erleben. Damit fügte sich die Küche hervorragend in den allgemeinen Zustand dieses drittklassigen Privatradiosenders ein, fand Falk. Trotzdem bemühte er sich um einen neutralen Gesichtsausdruck. Beckys Job als Radiomoderatorin war schon während ihrer Ehe ein ständiges Streitthema gewesen, jetzt konnte Falk keine Spannungen zwischen ihnen gebrauchen.

»Was ist denn so wichtig?« Becky goss Wasser aus dem kalkfleckigen Wasserkocher in einen Becher mit dem rot-weißen Logo des Senders. »Ich habe nur eine Viertelstunde, bis ich den Verkehr ansagen muss.« Sie nahm einen Beutel Schwarztee aus der Packung und hängte ihn in ihren Becher. Falk bot sie nichts an, aber das war für ihn in Ordnung. Er konnte ohnehin nicht lange bleiben.

Trotz der frühen Uhrzeit – es war kurz vor acht – sah Becky aus, als hätte sie vor, zum Tanzen in einen Klub zu gehen. Frisch gewaschene Haare, ein glitzerndes Top, enge Jeans, knallrote Lippen. Seit *Main Live* sich dem Trend angeschlossen hatte, Radiosendungen zeitgleich per Webcam ins Internet zu übertragen, musste Becky zu Beginn ihrer Sendung um fünf Uhr nicht nur ausgeschlafen und gut gelaunt klingen, sondern auch so aussehen. Während sie in ihren Becher pustete, strich sie sich eine Strähne ihrer dunkelblonden Haare hinters Ohr.

»Wo ist Mia? Seit gestern Abend versuche ich, sie zu erreichen«, sagte Falk. »Wofür habe ich ihr dieses sauteure iPhone gekauft, wenn sie das Ding nie eingeschaltet hat?«

Er bemühte sich, ruhig zu bleiben, was ihm ausgesprochen schwerfiel, da er eine beschissene Nacht hinter sich hatte. Erst gegen sechs Uhr war er in einen unruhigen Schlaf gefallen, und nachdem ihn sein Wecker knapp eine Stunde später geweckt hatte, hatte er sich völlig gerädert aus dem Bett gequält. Inzwischen regten sich in ihm Zweifel, ob das, was er beobachtet hatte, wirklich das war, wofür er es hielt. War Mia in den Wagen gestoßen worden, oder war sie freiwillig eingestiegen? Und vor allem: War es überhaupt Mia, die er aus der Ferne gesehen hatte?

Seine Exfrau schaute ihn über den Becher hinweg an. »Hast du getrunken?«

Ärger kroch in ihm hoch, doch er bemühte sich, ihn herunterzuschlucken. »Nein, ich bin nüchtern. Ich mache mir Sorgen um unsere Tochter. Also was ist jetzt, weißt du, wo sie ist?«

Becky trank einen Schluck und behielt gleichzeitig die Uhr an der Küchenwand im Auge, die sekundengenau die Zeit anzeigte. »Mia ist bei Marc Noske, ihrem neuen Freund.«

»Nein, ist sie nicht. Mia hat gesagt, dass Marc verschwunden ist.«

Becky seufzte und unterdrückte ein Gähnen. Falk kannte sie gut genug, um die dunklen Ränder unter ihren Augen, die von zu wenig Schlaf während einer Sendewoche zeugten, selbst unter dem Make-up zu erkennen. »Marc? Verschwunden? Davon weiß ich nichts«, sagte sie. »Wann hat sie das gesagt?«

Falk ermahnte sich, nicht die Geduld zu verlieren. Zwar hatten Becky und er nach der Trennung vereinbart, wie zivilisierte Menschen miteinander umzugehen, doch wenn er gestresst war, flammte die alte Anspannung wieder auf, die in den letzten Monaten ihrer Ehe der Normalzustand gewesen war. »Sie hat mich gestern Mittag angerufen und gemeint, Marc und ihre Klassenkameradin Antonia-Sophie seien verschwunden.«

»Komm mal wieder runter!« Becky trank noch einen Schluck Tee. »Mia ist achtzehn. In dem Alter ist alles immer ein Drama. Wahrscheinlich hat Antonia-Sophie eine Stunde nicht auf Mias WhatsApp-Nachrichten geantwortet oder etwas in der Art. Als ich gestern ins Bett ging – es muss so gegen acht Uhr gewesen sein –, war jedenfalls alles in Ordnung. Da war keine Rede davon, dass Marc verschwunden ist. Mia ist zu ihm gefahren und wollte bei ihm übernachten.« Wieder schielte sie auf die Uhr, was Falk zunehmend wütend werden ließ. Ihre Tochter war wie vom Erdboden verschluckt, und Becky dachte nur daran, die verdammten Verkehrsnachrichten anzusagen.

»Wie oft soll ich es denn noch sagen, bei den Noskes ist sie nicht«, knurrte er. »Ich bin vorhin vorbeigefahren. Frau Noske hat ihren Sohn seit Tagen nicht gesehen.«

»Schnüffelst du Mia hinterher?« Angriffslustig reckte Becky das Kinn vor. »Marc und seine Mutter verstehen sich nicht besonders. Kann sein, dass es Streit gab und Mia und er am Ende doch bei uns geschlafen haben. Das ist nicht erst einmal vorgekommen, aber falls dem so war, habe ich es nicht mitbekommen. Ich habe eine Schlaftablette genommen, um wenigstens für ein paar Stunden die Augen zumachen zu können. Radiosendungen vor zehn Uhr sollten verboten werden.«

»Seit wann trifft Mia sich überhaupt mit diesem Marc? Wie lange geht das schon, und warum weiß ich nichts davon?«

Becky zuckte mit den Achseln und stieß sich von der Arbeitsplatte ab. »Spiel jetzt bloß nicht den eifersüchtigen Vater, die Rolle steht dir nicht. Ich muss zurück ins Studio.«

Falk hielt sie am Arm zurück. »Wusstest du, dass der feine Freund unserer Tochter ein Nazi ist?«

Zorn funkelte in Beckys Augen auf. »Lass mich sofort los.«

Falk nahm seine Hand von ihrem Arm. »Also? Wusstest du es?«

»Ich werde dieses Gespräch jetzt abbrechen, denn ich weiß, wie es endet. Ich kenne deine Paranoia. Mia ist kein Kind mehr, sie ist erwachsen. Wenn du über ihren Freund sprechen willst, solltest du das nicht mit mir, sondern mit ihr tun.«

»Ich bin nicht paranoid. Die Welt da draußen ist die Hölle! Wusstest du, dass eine von Mias Klassenkameradinnen brutal ermordet wurde? Eine junge Inderin. Man hat ihr die Haare abrasiert, die Zähne aus dem Mund gebrochen, sie missbraucht und erdrosselt.«

Sofort bereute er seine Worte. Es war unfair, Becky mit den Einzelheiten der Tat zu konfrontieren, doch es ließ sich nicht mehr ändern; er hatte es verdammt noch mal versaut.

Becky versteifte sich und wich vor ihm zurück. »Und jetzt glaubst du, dass deiner Tochter dasselbe zugestoßen ist, nur weil sie deine Anrufe nicht entgegennimmt? Verflucht, merkst du eigentlich nicht, dass du dich wieder auf den Punkt zubewegst, an dem du warst, als nichts mehr ging; als du ganz unten angekommen warst, dich Abend für Abend besoffen hast und du hinter jedem Pizzaboten das Mitglied irgendeines Clans vermutet hast?«

Falk legte die Hände an den Kopf und ermahnte sich, langsamer zu atmen. Was würde er für einen Drink geben. Ein doppelter Wodka würde seine Nerven beruhigen und ihn diesen ganzen Wahnsinn besser durchstehen lassen.

»Hör mit den alten Geschichten auf«, sagte er. »Ich weiß, was ich gesehen habe. Mia ist gestern Nacht vor einer Kneipe, in der sich ein Haufen Rechter versammelt hat, zu einem unbekannten Mann ins Auto gestiegen.« *Er hat sie hineingestoßen.* »Und dieser Mann war nicht Marc Noske.«

»Ich will nicht, dass du mich mit deiner Angst ansteckst.« Becky stellte den Becher mit einer solchen Wucht auf der Arbeitsplatte ab, dass Tee herausschwappte. »Das Gespräch ist beendet. Komm nicht mehr her, außer, es ist *wirklich* etwas passiert.« Ohne ihn noch einmal anzusehen, stürmte Becky an ihm vorbei.

Reglos und nachdenklich blieb Falk in der heruntergekommenen Küche, die ungefähr die Ausmaße eines Kleiderschranks hatte, stehen. Erst als Beckys gutgelaunte Stimme aus dem Lautsprecher drang, löste sich seine Erstarrung.

»Vielen Dank für die News, Jimmy«, flötete Becky, als hätte das Gespräch über Mia gar nicht stattgefunden. *»Und nun zum Main-Live-Verkehrsupdate. Nina, wie sieht es auf den Straßen in und um Frankfurt aus? Was macht unser Sorgenkind, die A 66?«*

Kapitel 22

Eine Viertelstunde später parkte Falk den Dienstwagen des LKA in der Lahnstraße vor dem *Alanyas*. Juliane Klawitter, die Polizeipsychologin, wartete schon vor dem Dönergrill, dessen Türen offen standen, obwohl er noch geschlossen hatte. Der Geruch nach altem Fett, Knoblauch und Fleisch, der von drinnen auf die Straße quoll, verursachte Falk Übelkeit.

Der junge Türke oder Albaner, der im Inneren den Boden wischte, schaute kurz zu ihm hinüber, bevor er sich wieder dem Wischmopp zuwandte. Unwillkürlich dachte Falk an Admir Jasari, und trotz der Hitze, die bereits um diese frühe Uhrzeit herrschte, stellten sich ihm die Nackenhaare auf. Stand der Dönergrill auf Jasaris Liste der Läden, die regelmäßig Schutzgeld an ihn zahlten?

Falk verdrängte den Gedanken. Jasari war nicht mehr sein Problem, und er musste die alten Geschichten vergessen. Hatte Becky womöglich recht? Gehörte er inzwischen zu den paranoiden Bullen, die ihre Welt nur noch in Schwarz und Weiß, in Verbrecher und Opfer unterteilten?

Er wusste nicht, warum, aber mit einem Mal dachte er an Zoe. Der gemeinsame Abend war wirklich schön gewesen, zumindest, bis Höldtke angerufen und ihm von dem Überfall auf Hartwick berichtet hatte.

Vielleicht hätte er sich bei Zoe melden sollen? Machte man das nicht so? Was Frauen betraf, war er völlig aus der Übung, und wenn er wollte, dass sich das änderte, würde er sich etwas mehr ins Zeug legen müssen. Er beschloss, Zoe später anzurufen und sie als Wiedergutmachung für den verpatzten Abend auf einen Kaffee einzuladen.

Während er auf Juliane zuging, zog er sein Handy aus der Tasche, drückte die Wahlwiederholung und versuchte erneut, Mia in der Hansaallee zu erreichen. Wieder nahm niemand den Hörer des Garfield-Telefons ab, das Becky vor Jahren auf dem Flohmarkt an der Jahrhunderthalle erstanden hatte.

»Alles in Ordnung? Hast du getrunken?«, fragte Juliane anstelle einer Begrüßung.

Falk verzog das Gesicht. »Dir auch einen guten Morgen. Es ist noch keine neun, und du bist heute schon die Zweite, die mich das fragt. Nein, außer Wasser habe ich gestern Abend nichts getrunken, danke der Nachfrage.« Er stutzte. »Was hast du denn da?« Stirnrunzelnd betrachtete er zwei hellblaue mit roten Punkten versehene Klammern, die in den Haaren der Psychologin steckten.

Unwillkürlich fasste Juliane sich an den Kopf und schob ihre Frisur zurecht. »Ich probiere etwas Neues«, sagte sie leicht angesäuert.

»Steht dir«, beeilte sich Falk, ihr zu versichern. »Sieht irgendwie …« Im letzten Moment konnte er sich bremsen, seine Assoziation zu Kindergärten auszusprechen. Stattdessen sagte er: »Sieht jugendlich aus.«

Julianes Augen verengten sich. »Ganz dünnes Eis, Bachmann. Also halt besser die Klappe. Was ist so wichtig? Warum müssen wir uns bei Jan treffen?«

Während Falk den Schlüssel zu Hartwicks Wohnung aus der Tasche zog und die Haustür aufsperrte, erzählte er ihr vom gestrigen Abend.

»Er hat einen Schädelbruch?«, fragte Juliane keuchend, als sie in der obersten Etage des Altbaus angelangt waren.

»Ich weiß es nicht«, antwortete er und schloss die Tür auf. »Wir werden es erfahren, wenn wir in der Uniklinik sind. Aber vorher muss ich ihm noch ein paar Klamotten zusammenpacken. Wahrscheinlich kennt er hier kaum jemanden, eine Freundin hat er jedenfalls nicht.«

Gemeinsam betraten sie einen dunklen, stickigen Flur, in dem ein Schlüsselbrett mit Fächern das einzige Möbelstück war. Jacken hingen an einem Haken an der

Wand, darunter lagen Sneaker und andere Schuhe wild auf einem Haufen.

»Gemütlich«, stellte Falk ironisch fest.

»Wahrscheinlich ist er gerade erst dabei, sich einzurichten«, antwortete Juliane und nahm die zweite Tür, die vom Flur abging.

Falk folgte ihr und fand sich in einem ebenso karg eingerichteten Schlafzimmer wieder. Zwar gab es ein Bett, einen Schrank und einen kleinen Schreibtisch unter dem Fenster, doch Dinge, die einen Raum wohnlich wirken lassen, suchte man vergeblich. Keine Bilder, kein Teppich, und statt einer Lampe hing eine nackte Glühbirne von der Decke.

Falk lief zum Kleiderschrank, während Juliane an den Schreibtisch ging.

»Was wollte Jan eigentlich in Sulzbach?«, fragte sie.

»Keine Ahnung«, log Falk und griff nach der Sporttasche im ersten Schrankfach. Den Judoanzug, den er darin fand, warf er auf das Bett und stopfte stattdessen wahllos T-Shirts, Socken, Boxershorts und anderes Zeug hinein, von dem er glaubte, dass Hartwick es im Krankenhaus gebrauchen konnte.

»Warum hat dein Partner eine Kopie der Ermittlungsakte zum Tod von Aishwarya Jha mit nach Hause genommen? Weißt du davon?«

Der scharfe Ton in Julianes Stimme ließ Falk den Kopf aus dem Schrank nehmen. Sie stand vor dem Fenster und hielt eine Akte hoch.

Falk hatte keine Ahnung, warum Hartwick die Akte mitgenommen hatte, was er Juliane auch sagte, doch offensichtlich glaubte sie ihm nicht.

»Wenn du nichts darüber weißt, warum hat Hartwick dann eine Notiz ans Deckblatt geheftet, auf der *Mia Bachmann* und gleich darunter *Marc Noske* mit dem Zusatz *Mitglied der Neuen Bewegung* steht. Was hat deine Tochter mit dem Fall zu tun? Und wer ist Marc Noske?«

Falk spürte, wie ihm Hitze ins Gesicht schoss. »Schnüffelst du hier herum?«

»Ich habe nicht geschnüffelt. Die Akte hat auf dem Tisch gelegen. Ich will auf der Stelle wissen, was das zu bedeuten hat.«

»Juliane, bitte, leg alles zurück, und tu so, als hättest du es nie gesehen. Glaub mir, es ist besser für dich. Ich will dich nicht mit reinziehen.«

»In was willst du mich nicht reinziehen? Scheiße, Bachmann, geht das wieder los? Die Geheimnisse, die Alleingänge und deine Sauferei? Herrgott, ich dachte, das hätten wir hinter uns.«

»Ich habe alles im Griff.« Ärger keimte in ihm auf und drohte, in Zorn umzuschlagen. Mit aller Macht unterdrückte er das Gefühl. Er durfte vor Juliane nicht die Beherrschung verlieren. Er hatte ihr viel zu verdanken. Längst würde er wieder Streife fahren, hätte sie nach der Sache mit dem erschossenen Albaner nicht ihr ganzes Gewicht in die Waagschale geworfen, metaphorisch gesprochen.

Juliane überflog noch einmal die Notiz in ihrer Hand.

»Okay, okay.« Falk gab sich geschlagen. »Ich habe am Fundort der Leiche ein Beweisstück unterschlagen.«

»Du hast was?« Juliane schaute ungläubig auf.

»Unter dem Kopf der Toten hat ein Armband gelegen. Ich habe keine Ahnung, wie es dahin gekommen ist, aber es ist Mias Armband.« Falks Handy klingelte, und er warf einen Blick aufs Display. Als er sah, dass es Hartwick war, drückte er den Anruf weg. Er musste Juliane besänftigen.

»Ich fasse es nicht. Mia war bei der Leiche, und diese Tatsache behältst du für dich?«

»Unsinn, Mia war nicht am See.« Falk warf die Sporttasche aufs Bett und zog den Reißverschluss zu. Dann begann er, Juliane alles zu erzählen. Er berichtete ihr von der Feier, zu der Mia und ihre Freunde sich im Wald getroffen hatten, und von der Tatsache, dass Ashwa in den Brunnen gefallen war. Schließlich schloss er mit dem Umstand, dass er meinte, gesehen zu haben, wie Mia zu einem Unbekannten in einen schwarzen Scirocco gestiegen war.

Ungläubig fuhr sich Juliane durch die Haare. Eine der Klammern öffnete sich und fiel zu Boden. »So eine riesengroße Scheiße«, sagte sie, und Falk wusste nicht, ob sie die Haarspange oder den Fall meinte. Da sie keine Anstalten machte, sich nach dem Klämmerchen zu bücken, schloss er jedoch auf Letzteres.

»Manchmal frage ich mich, was in deinem Schädel vorgeht. Erst behinderst du die Ermittlungen, und dann ziehst du auch noch deinen neuen Partner mit in die Sache rein. Dir muss doch klar sein, dass das nicht nur dich den Job kosten kann.«

Falk wiegelte ab. »Wenn die Sache auffliegt, nehme ich alles auf meine Kappe.«

»*Wenn* die Sache auffliegt?« Erneut fuhr Juliane sich durchs Haar, worauf auch die zweite Spange zu Boden ging. »Die Frage ist nicht wenn, sondern wann. Früher oder später wird jemand in Erfahrung bringen, dass Mia eine der Letzten war, die Aishwarya Jha lebend gesehen hat, und dann wird sie Teil der Ermittlungen sein, ob es dir passt oder nicht.«

»Ja, aber nur als Zeugin, nicht als Verdächtige. Noch weiß die Presse nichts von dem Tod der Inderin, doch es wird nicht lange dauern, bis sie Wind davon bekommt, und dann geht die Hexenjagd los.«

»Und was ist, wenn Mia dir nicht die ganze Wahrheit gesagt hat? Was, wenn Ashwa bei dem Sturz in den Brunnen doch schwerer verletzt worden ist, als deine Tochter behauptet?«

»Ach, und dann haben Mia und Marc ihrer Klassenkameradin die Haare abrasiert, die Zähne aus dem Mund gerissen und sich sexuell an ihr vergangen?«, rief Falk, während er aufgeregt in dem kleinen Zimmer auf und ab ging. »Ist das dein Ernst, Frau Psychologin? Das sind noch Kinder!«

Juliane warf die Ermittlungsakte auf den Schreibtisch. »Mach die Augen auf. Mia und die andere sind achtzehn, neunzehn, manche zwanzig Jahre. Ich muss dich nicht daran erinnern, dass wir bereits siebzehnjährige Straftäter hatten, die ihre Opfer auf brutalste Weise ermordet haben.

Nimm Volker Eckert. Der war fünfzehn, als er das erste Mädchen, eine 14-jährige Mitschülerin, vergewaltigt und erdrosselt hat. Ich sage nicht, dass einer von Mias Freunden etwas mit dieser Sache zu tun hat, aber ich kann es auch nicht ausschließen.«

Falks Gedanken überschlugen sich, als erneut ein Handyklingeln zu hören war; das von Julianes Telefon.

Während sie den Anruf entgegennahm, wandte er sich wieder Hartwicks Kleiderschrank zu. Vielleicht fand er noch etwas, was er seinem Partner mit ins Krankenhaus bringen konnte. Säuberlich aufgereiht hingen an einer Kleiderstange Hemden. Darüber lagen in einem Fach mehrere Trainingshosen.

»Bachmann ist bei mir. Ich bringe ihn mit«, hörte er Juliane sagen, als er sich auf die Zehenspitzen stellte und den ganzen Stapel auf einmal aus dem Regalfach zog. Dabei fiel ihm eine Schachtel vor die Füße, die unter den Hosen gelegen hatte.

»Es wurde eine zweite Leiche gefunden«, sagte Juliane. »Die Art und Weise, wie sie zugerichtet wurde, deutet auf denselben Täter hin.«

»Scheiße«, antwortete Falk, und sofort kam ihm Mia in den Sinn. »Weiß man schon, wer das Opfer ist?«

Juliane schüttelte den Kopf. »Nein, aber wir sollen sofort zum Fundort kommen.«

Mit einem Mal schien das Schlafzimmer sich um Falk zusammenzuziehen, und er bekam kaum noch Luft. Er musste hier raus.

Als er sich der Tür zuwandte, streifte sein Blick die Pappschachtel. Beim Aufprall hatte sich der Deckel gelöst, Fotografien lagen wild verstreut auf dem Boden.

Falk erstarrte. Ungläubig ging er in die Knie und betrachtete die Bilder. Auf jedem einzelnen war er selbst zu sehen. Obwohl die Aufnahmen etwas grobkörnig wirkten – wahrscheinlich waren sie von Weitem mit einem starken Teleobjektiv geschossen worden – ließen sich die Details recht gut erkennen: Falk, wie er aus dem Dienstwagen vor dem Präsidium in Wiesbaden ausstieg. Falk auf der Straße vor seiner Wohnung mit einer Einkaufstüte in der Hand. Falk auf dem Weg in seine Stammkneipe.

Vorsichtig griff er nach einem Foto, das noch halb von dem Deckel der Pappschachtel verdeckt wurde. Es war ein Bild von Mias Abschlussklasse, von dem auch er einen Abzug besaß. Die Schülerinnen, stolz in ihren Cocktailkleidern, lächelten schüchtern in die Kamera, während die Schüler versuchten, in ihren Anzügen möglichst cool zu wirken. Mia stand in der Mitte, aber selbst wenn Falk das Foto nicht schon einige Male bei sich zu Hause betrachtet hätte, hätte er sie nicht suchen müssen.

Ein roter Kreis rahmte ihren Kopf ein.

Daneben hatte jemand mit demselben roten Lackstift *Mia Emilie Bachmann, 18 Jahre* geschrieben.

Kapitel 23

Celina, Ole, Duck und Lea saßen am Mainufer auf einer Wiese. Jetzt am Nachmittag waren es vornehmlich Studenten und Schüler, die auf Decken in der Sonne lümmelten und schon das ein oder andere Radler oder Bier tranken, doch später am Abend würden die Businessleute der Stadt hinzukommen.

Gemächlich zogen Ausflugsdampfer an ihnen vorbei, doch Celina beachtete sie nicht. Sie versuchte, möglichst vorsichtig mit einem Papiertaschentuch ihre Tränen wegzutupfen, gab es nach einer Weile jedoch auf. An ihrem Kajal würde ohnehin nichts mehr zu retten sein, wahrscheinlich sah sie inzwischen wie ein Waschbär aus.

Als sie an den Anruf von Antonia-Sophies Mutter dachte, den sie vor einer Stunde angenommen hatte, flossen die Tränen weiter.

Das konnte, nein, das durfte nicht wahr sein. Frau Ballhaus musste sich irren. Antonia-Sophie war gestorben? Tot?

Niemals.

»Es ist für uns alle ein Schock«, sprach Lea beruhigend auf sie ein, legte ihren Arm um sie und schaukelte sie sanft.

Unter normalen Umständen hätte Celina es nicht zugelassen, dass Lea, diese Ökobraut mit den dünnen Rastas und den schadstofffreien Klamotten aus dem Biomarkt, ihr so nah kam, aber die Umstände waren nicht normal.

»Ja, lass deinen Gefühlen freien Lauf«, sagte Lea, als Celina ein neuerlicher Weinkrampf schüttelte. »Es ist gut, wenn alles herauskommt, dann kann sich nichts festsetzen. Es gibt nichts Schlimmeres, als Emotionen in sich hineinzufressen. Vergiss nicht, dass du mit deinem

Schmerz nicht allein bist. Wir alle hatten Antonia-Sophie geliebt. Es ist eine furchtbare Tragödie.«

Die altkluge, beherrschte Art, mit der Lea sprach, brachte Celina wieder zur Besinnung. Sie machte sich von Lea los und stieß sie von sich.

»Was redest du für einen Stuss?«, fauchte sie. »Antonia-Sophie und du, ihr habt euch gehasst. Du fandest sie hochnäsig, und sie kam nicht auf Ökos klar. Also, warum schwingst du dich nicht auf dein Rad und fährst zu Greta und den Fridays-for-Future-Freaks, anstatt mich vollzulabern?«

»Hey, Celina, komm schon«, versuchte Duck, sie zu beschwichtigen. »Lea will nur nett sein.«

»Fuck, nein, ich beruhige mich nicht«, schrie sie. »Meine beste Freundin ist ermordet worden, warum zur Hölle sollte ich mich also beruhigen? Ich will, dass die Ökoschlampe auf der Stelle verschwindet, oder ich raste aus.« Ihre Stimme überschlug sich.

»Vielleicht gehst du besser«, sagte Duck schließlich zu Lea. »Du siehst ja, dass es ihr nicht gutgeht. Wir kümmern uns um sie.«

Lea warf ihm einen gelangweilten Macht-doch-was-ihr-wollt-Blick zu, stand von der Decke auf und ging ohne ein weiteres Wort zu ihrem bunt bemalten Fahrrad. Noch während sie davonfuhr, sah Celina, wie sie nach ihrem Handy griff und telefonierte.

Diese Schlampe konnte es gar nicht erwarten, die Nachricht von Antonia-Sophies Tod unter ihren Ökoterroristen zu verbreiten.

»Antonia-Sophie lebt nicht mehr. Sie ist getötet worden«, hatte Frau Ballhaus am Telefon gesagt. »Und die Polizei will mit dir sprechen.«

Celinas Tränen begannen erneut zu fließen. Hilfe suchend schaute sie Duck an, doch der starrte auf die Bierflasche in seiner Hand.

Stattdessen musterte Ole sie, während er beiläufig mit seiner speckigen schwarzen Basecap spielte, die er immer trug und die er ständig aufsetzte und wieder abnahm. Unter dem Blick des stillen Norddeutschen mit der hohen

Stirn und der spitzen Nase, der erst vor ein paar Jahren nach Frankfurt gezogen war, fühlte Celina sich unwohl. Automatisch zog sie ihr Top zurecht. Seine Augen hatten etwas Stechendes, das hatte sie bereits am allerersten Tag gedacht, als er in ihrer Klasse aufgetaucht war. Außerdem mochte sie keine Menschen, bei denen sie das Gefühl hatte, dass es in ihrem Inneren ganz anders aussah, als sie sich nach außen gaben.

»Was ist?«, fauchte sie, doch Ole wandte den Blick nicht ab.

Ohne sie aus den Augen zu lassen, nahm er einen Schluck von seinem Bier. »Und wenn es etwas mit dem Abend zu tun hat?«, fragte er, nachdem er getrunken hatte.

Duck richtete sich auf. »Was meinst du?«

»Na, was ist, wenn die Morde mit dem Abend in Verbindung stehen, an dem wir uns die kleine Paki vorgenommen haben? Ist doch schon komisch, erst wurde Ashwa und jetzt Antonia-Sophie ermordet. Beide sind im Wald dabei gewesen.«

»Was soll das damit zu tun haben?«, fragte Duck. »Marc hat sie in den Brunnen gestoßen, und sie ist wieder rausgekommen. Mehr war doch gar nicht.«

»Aber dann ist Ashwa überfallen und brutal zugerichtet worden. Das hat zumindest Marc gesagt, und er weiß es von Mia«, meinte Ole. »Und jetzt ist Antonia-Sophie ebenfalls tot.«

Für seine Verhältnisse sprach Ole gerade ziemlich viel, fand Celina. Der Typ sollte die Klappe halten.

»Du siehst nicht aus, als würde dich ihr Tod besonders mitnehmen«, giftete sie.

Ole zuckte mit den Achseln. »Es ist kein Geheimnis, dass wir nicht die dicksten Freunde waren. Dich hat die Eisprinzessin doch auch wie einen Lakaien behandelt. Also spar dir deine Krokodilstränen.«

Celina wollte ihre Bierflasche nach Ole werfen, doch Duck hielt ihren Arm fest.

»Hört auf, euch gegenseitig fertigzumachen«, sagte er. »Lasst uns lieber überlegen, was wir tun sollen.«

»Warum ist Marc eigentlich nicht hier?«, fragte Celina und stellte die Bierflasche ab. Von ihm hätte sie sich gerne in ihrem Schmerz um Antonia-Sophie trösten lassen. Marc war stark, nicht nur körperlich. Er war ein Anführer. Aber seit er mit Mia zusammen war, kam er kaum noch zu ihren Treffen. Ach, wahrscheinlich würde sich die Clique nach den Ferien ohnehin auflösen, wenn jeder in ein neues Leben aufbrach. Jeder, außer Antonia-Sophie.

Wieder flossen Tränen.

»Marc muss für ein paar Tage den Kopf einziehen«, sagte Duck. »Er will am Samstag unbedingt mit nach Syrien. Deshalb kann er es nicht gebrauchen, wenn die Bullen ihn auf dem Kieker haben.«

»Die Polizei will auch mit mir sprechen«, sagte Celina. »Das zumindest hat Frau Ballhaus vorhin am Telefon gemeint. Was soll ich denen sagen?«

Duck überlegte. »Erzähl ihnen, was sie hören wollen. Wo du Antonia-Sophie zum letzten Mal gesehen hast und so Zeug. Dann werden sie schon Ruhe geben.«

»Und was ist, wenn sie mich nach Freitagabend fragen? Was sage ich ihnen dann?«

»Falls sie dich fragen, dann sag einfach, wie es war. Wir haben gefeiert, ein bisschen was getrunken, und dann ist diese Paki in den Brunnen gefallen«, sagte Duck. »Wir wollten ihr heraus helfen, doch sie konnte sich selbst befreien. Das war's, danach war sie verschwunden.«

Celina nickte, auch wenn sie wusste, dass es nicht so gewesen war. Denn an dem Abend hatte es nur Bier gegeben, und sie mochte kein Bier, es schmeckte bitter und ruinierte die Figur. Trotzdem hatte sie zu viel davon in sich hineingeschüttet und sich zum Pinkeln in die Büsche schlagen müssen. Als sie es hinter sich gebracht hatte und zu den anderen zurücklief, hatte sie Ashwa noch einmal gesehen.

Celina schluckte und gab vor, auf die Fußgänger und Fahrradfahrer zu starren, die an ihr vorbeizogen, doch in Wirklichkeit musterte sie verstohlen Ole.

Als hätte er ihren Blick gespürt, sah er auf. Seine dunklen, ausdruckslosen Augen ruhten auf ihr, und sie hatte den Eindruck, als bohrten sie sich in ihren Kopf, um ihre Gedanken zu lesen.

Sie bekam eine Gänsehaut.

Spontan entschied sie, niemandem zu sagen, was sie im Wald beobachtet hatte.

Kapitel 24

Eilig ging Falk auf den langgezogenen, bestimmt zehn oder elf Stockwerke hohen Bau zu, an dessen Oberkante neben dem ernst dreinschauenden Goethe in blauen Versalien *Universitätsklinikum* stand. In der Hand hielt Falk die Sporttasche mit den Klamotten und der Fotopappschachtel.

Vorhin in Hartwicks Wohnung hatte er sich beeilt, die Fotos zurück in die Box zu packen, da er nicht gewollt hatte, dass Juliane sie zu Gesicht bekam. Warum er sie vor ihr versteckt hatte, war ihm mittlerweile auch nicht mehr so richtig klar, aber vermutlich hatte er schlichtweg unter Schock gestanden. Noch immer konnte er es nicht fassen, dass Hartwick ihn observiert hatte.

Auf dem Weg zur Rezeption blickte er auf die Wanduhr neben dem Eingang. Es war halb fünf, und er wäre schon früher eingetroffen, wenn Juliane und er nicht so viel Zeit am Fundort der zweiten Frauenleiche verloren hätten.

Wieder hatte das tote Mädchen in einem Waldstück gelegen, dieses Mal nördlich des Waldstadions, und genau wie bei Ashwa Jha hatte der Täter ihr die Haare abrasiert, die Zähne herausgebrochen und sie zu Oralverkehr gezwungen, bevor er sie erdrosselt hatte. Trotz der Tatsache, dass die junge Frau schrecklich zugerichtet worden war, hatte Falk sich unendlich erleichtert gefühlt, als er gesehen hatte, dass es nicht Mia war. Doch das Gefühl der Erleichterung hatte nicht lange angehalten. Um genau zu sein, nur bis zu dem Augenblick, in dem er den Namen der Toten in Erfahrung gebracht hatte.

Bei der Leiche handelte es sich um Antonia-Sophie Ballhaus, und noch immer wurde Falk ganz schlecht, wenn er daran dachte, dass er nach Mias Anruf bereits von

Antonia-Sophies Verschwinden gewusst, aber nicht die richtigen Schlüsse gezogen hatte.

Schmerzlich verzog er das Gesicht. Er war enttäuscht von sich selbst, auch wenn er wusste, dass er dem Mädchen nicht mehr hätte helfen können.

Von der Anmeldung, wo man ihm sagte, dass Hartwick in der Unfallchirurgie lag, ging er zu den Aufzügen, wobei ihm zwei Patienten in Trainingsanzügen entgegenkamen. Eine Frau mittleren Alters schob einen Infusionsständer neben sich her, während sie sich angeregt mit einem Mädchen unterhielt. Ein schlaksiger junger Mann mit grünen Haaren, dessen Nase unter einem Verband steckte, trug seinen rechten Arm in Gips. Blutergüsse lagen wie Halbmonde unter seinen Augen. Falk war schon fast an ihm vorbei, als er die Frau, die an seiner Seite lief, erkannte.

»Zoe? Was machst du denn hier?« Falks Stimmung hellte sich schlagartig auf.

Als Zoe ihren Namen hörte, drehte sie überrascht den Kopf, doch sofort verschloss sich ihr Gesicht.

»Ach, der Bulle«, sagte der Punk und verdrehte die Augen.

Falk ignorierte ihn. »Zoe, es tut mir leid. Ich weiß, ich hätte anrufen sollen, aber im Moment ist bei mir die Hölle los. Ich fand unseren Abend gestern wirklich nett, vielleicht können wir das noch einmal wiederholen?«

Himmel, hatte er wirklich *nett* gesagt? Was für ein Vollidiot war er eigentlich?

Zoe kramte in der mit Aufnähern übersäten Umhängetasche und zog eine Packung Lucky Strike sowie ein Feuerzeug daraus hervor. Beides drückte sie dem Punk in die unversehrte Hand. »Geh schon mal vor, ich komm gleich nach.«

Der junge Typ nahm die Zigaretten. »Was willst du noch von dem Kerl? Der bringt uns doch nur Ärger.« Wie zur Bestätigung hob er seinen Gipsarm.

»Bitte, Ferret, verschwinde einfach, okay?«

»Zu Befehl.« Er steckte die Zigarettenschachtel in seine Trainingshose und schlurfte zum Ausgang.

»Wer ist das?«, fragte Falk.

»Niemand.«

»Hast du was mit ihm?«

Zoe versteifte sich. »Das geht dich nichts an.«

»Entschuldige, natürlich nicht. Himmel, was ist nur los mit mir? Ich stehe gerade unter großem Druck. Verzeih einem sturen Bullen-Esel.« Er versuchte sich an einem Lächeln, und für einen kurzen Moment hoben sich Zoes Mundwinkel einige Millimeter, dann verschloss sich ihre Miene aber wieder.

»Schon gut. Ich fand den Abend auch *nett*, und das Essen war gut«, sagte sie.

»Ich wollte nicht nett sagen. Ich meinte …«

»Es ist egal, was du meintest«, unterbrach Zoe ihn. »Nimm es mir nicht krumm, dass ich so deutlich werde, aber aus uns wird nichts.«

Falk sagte nichts, doch ein Stich in der Magengegend verriet ihm, dass er sich mehr von einem Wiedersehen mit Zoe erhofft hatte.

»Hör zu, du bist ein guter Kerl, aber ich denke nicht, dass wir uns noch mal treffen sollten.« Zoe schulterte ihre Umhängetasche und ging.

Wie vor den Kopf gestoßen, blieb Falk zurück und blickte ihr nach.

Die Abfuhr hatte gesessen.

Gerade als er sich wieder den Aufzügen zuwandte, schossen ihm die Worte des Punks noch einmal durch den Kopf. *Was willst du noch von dem Kerl? Der bringt uns doch nur Ärger!*

Vorhin, als Falk nur Augen für Zoe gehabt hatte, hatte er dem Punk nicht richtig zugehört. Jetzt aber kam ihm seine Formulierung seltsam vor. Warum sollte Falk den beiden Ärger bringen?

»Zoe, warte mal!«

Einige Patienten und Besucher drehten sich nach ihm um, während er durch die Halle auf den Ausgang zustürmte.

Zoe war bereits hinter der automatischen Schiebetür verschwunden. Falk folgte ihr und holte sie auf halbem

Weg zu ihrem Begleiter ein, der mit einer Zigarette im Mundwinkel gegen einen der Pfeiler gelehnt stand, die das Vordach des Krankenhauszugangs stützten.

»Jetzt warte mal«, sagte er und stellte sich Zoe in den Weg.

»Was willst du noch?«

»Wieso hat dein Freund gesagt, ich würde euch nur Ärger bringen?« Falk warf einen Blick auf den ramponierten Jungen. »Wer hat ihn so zugerichtet?«

Entschlossen reckte Zoe das Kinn vor, doch Falk meinte, Angst in ihren Augen aufflackern zu sehen.

»Du und ich, wir waren zusammen essen«, sagte sie. »Aber das gibt dir noch lange nicht das Recht, dich in mein Leben einzumischen.«

»Okay, Botschaft angekommen.« Falk hob die Hände, trat beiseite und ging auf den jungen Punk zu. »Was ist mit dir passiert, Kumpel?«

Lässig zog der Grünhaarige an seiner Zigarette und blies Falk den Rauch ins Gesicht. »Na, das müsstest du doch am besten wissen, *Kumpel.*«

Falk baute sich vor dem Rotzlöffel auf. So langsam riss ihm der Geduldsfaden. »Okay, mein Freund, ich kann auch anders. Wenn du deinen Mund nicht aufmachst, dann …?«

»Was dann?« Der Punk hob den Gipsarm. »Lochst du mich dann ein? Na, schönen Dank auch. Ihr Bullen fickt immer nur die kleinen Fische, an die Großen, die Albaner, traut ihr euch nicht ran. Weil sie euch den Arsch aufreißen.«

»Ferret, Falk hört auf!« Zoe stellte sich schützend vor den Jungen.

Falk machte einen Schritt zurück. »Was hast du gesagt?«, fragte er den Punk.

»Na, dass ihr Bullen nur die kleinen Fische …«

»Nicht das. Das andere«, unterbrach Falk ihn.

»Dass ihr euch nicht an die Albaner herantraut?«

»Ja, was meinst du damit?«

»Nichts, er labert nur«, fuhr Zoe dazwischen und warf dem Jungen einen warnenden Blick zu, der Falk nicht entging.

»Hast du das«, Falk deutete auf den Gipsverband, »Admir Jasari zu verdanken?«

Weder der Junge noch Zoe sagte etwas, doch der besorgte Ausdruck, der mit einem Mal auf Zoes Gesicht lag, reichte Falk als Antwort.

Kapitel 25

»Ich will mein Handy.« Mia stand vor dem wackligen Klappbett, in dem sie mit Marc die vergangene Nacht verbracht hatte, und funkelte ihn an. »Sofort.«

Marc rührte sich nicht. Mit freiem Oberkörper kauerte er halb sitzend, halb liegend auf dem Bett, den Rücken gegen die unverputzte Wand aus Gasbetonsteinen gelehnt. Deutlich trat das Relief seiner Bauchmuskeln hervor, ein Anblick, bei dem sie normalerweise weiche Knie bekam.

Jetzt jedoch nicht. Denn sie war wütend, nein, sie war stinksauer.

»Bleib locker, Babe.« Beschwichtigend sah er sie von unten an und streckte eine Hand nach ihr aus. »Komm wieder her.«

»Nenn mich nicht Babe«, fauchte sie und trat noch einen Schritt zurück, womit sie bereits auf der gegenüberliegenden Seite des Lagerraums angekommen war.

Vergangene Nacht, als Kilian, das wortkarge Riesenbaby, sie nach der Versammlung dieser ominösen *NHO* zu Marc in dieses Industriegebiet irgendwo am Hafen gebracht hatte, war ihr die ganze Aktion noch abenteuerlich vorgekommen; abenteuerlich, konspirativ und spannend. Im Dunkeln hatte sie den Abstellraum, in dem es nicht einmal ein Fenster, sondern lediglich ein Oberlicht gab und der neben dem Feldbett nur eine Reihe Aktenschränke und ein Waschbecken beherbergte, romantisch gefunden. Sie hatte sich zu Marc auf die für zwei viel zu schmale Liege gequetscht, worauf Marc sie im Arm gehalten hatte. Doch jetzt bei Tageslicht fehlte von Romantik jede Spur, und nicht einmal Marcs verwuschelte Frisur, die sie sonst so niedlich fand, oder sein nackter Oberkörper konnte daran etwas ändern.

Außerdem hatte jemand ihr Telefon geklaut.

»Wo … ist … mein … Handy?« Sie betonte jedes Wort, als spräche sie mit einem verzogenen Kleinkind. »Ich hatte es hier hingelegt, das weiß ich ganz genau.« Sie deutete auf den Metallschrank, der bis knapp unter die Decke reichte. Gestern hatte sie sich auf die Zehenspitzen stellen müssen, um das iPhone dort deponieren zu können; jetzt war es weg.

Lächelnd stand Marc auf und war mit einem Schritt bei ihr. Seine starken Arme schlossen sich um ihren Rücken, zogen sie ganz nah zu sich heran. Mia spürte die Hitze, die von seinem Körper ausging.

»Ich habe keine Ahnung, wo dein Telefon ist«, raunte er ihr zu. »Vielleicht hat Kilian es sich ausgeliehen.«

»Was sollte das beschränkte Riesenbaby mit meinem Handy anfangen? Es ist gesperrt.«

»Nenn ihn nicht so. Mag sein, dass er nicht der Hellste ist, aber er ist in Ordnung.« Immer noch lächelnd, legte er seine Lippen auf ihre und gab ihr einen Kuss. Für einen Augenblick entspannte sie sich – wow, er küsste so verdammt gut –, doch dann stieß sie ihn von sich.

»Lass das«, sagte sie. »Und gib mir dein Handy, ich muss telefonieren.« Den zerknirschten Ausdruck, der auf Marcs Gesicht trat, nahm sie ihm nicht ab.

»Sorry, Babe, aber das geht nicht. John will kein Risiko eingehen«, sagte er.

»Was sollte daran gefährlich sein, wenn ich telefoniere?« Ihr seltsames Gefühl, das sie gestern auf der Versammlung der *NHO* beschlichen hatte, kehrte zurück. Wo war Marc da nur hineingeraten?

»Sag mir, wenn ich falsch liege, aber du und dein Johannes, ihr engagiert euch doch für eine gute Sache«, rief sie aufgebracht. »Ihr schickt einen Hilfstransport nach Syrien und nicht eine Langstreckenrakete in den Irak.«

Der liebevolle Ausdruck verschwand von Marcs Gesicht, seine Augen sahen sie plötzlich kalt und durchdringend an.

»Warum kannst du nicht einfach einmal tun, was man dir sagt?«, brüllte er. »Warum musst du immer alles hinterfragen? So langsam geht mir die ständige Nörgelei gewaltig auf den Sack.«

Erschrocken versuchte Mia, sich aus seiner Umarmung zu befreien, aber er hielt sie weiter fest.

Sie wusste, dass Marc aufbrausend sein konnte, doch seine Wutausbrüche hatten sich bisher niemals gegen sie gerichtet.

»Lass mich los, du tust mir weh.« Sie hoffte, Marc würde das Zittern in ihrer Stimme nicht bemerken und bemühte sich um einen selbstbewussten Blick.

Anstatt von ihr abzulassen, verstärkte er seinen Griff. Eine Ader an seinem Hals pulsierte. »Hast du mich verstanden?« Er drückte seine Stirn an ihre und blies Luft durch die Nasenlöcher.

Ihr Stolz riet ihr, dem Dreckskerl ein Knie zwischen die Beine zu rammen, aber sie war wie gelähmt. Das war doch nicht ihr Freund, der vor ihr stand. Nicht der Marc, an den sie sich die ganze Nacht gekuschelt hatte. Was hatte dieser Johannes aus ihm gemacht?

»Hörst du auf, dich ständig querzustellen?«, zischte er, und sie merkte, wie er seine Wut nur mit Mühe unter Kontrolle hielt. Gegen ihren Willen schossen ihr Tränen in die Augen.

Sie nickte.

»Ich will es hören«, sagte er.

»Ja«, flüsterte sie.

Endlich lockerte er seinen Griff.

Sofort machte sie sich von ihm los und stürzte auf die Tür zu.

»Warte, Mia«, rief er ihr nach. Mit einem Mal klang seine Stimme wieder sanft. »Ich weiß nicht, was in mich gefahren ist. Ich wollte dich nicht so hart anfassen. Bitte, bleib hier.«

Sie blickte über die Schulter. Marcs Gesichtszüge wurden weich.

»Süße, bitte«, sagte er, fast flüsternd, »es tut mir leid.«

Mia verharrte an der Tür, ohne die Klinke loszulassen. »Du hast mir weh getan.«

»Ich weiß. Aber ich habe mich entschuldigt. Komm wieder her.« Er streckte seine große Hand nach ihr aus. »Ich sorge auch dafür, dass du dein Handy zurückbekommst. John ist ein bisschen paranoid, doch ich werde mit ihm sprechen.«

Mia zögerte. Sie wollte ihm glauben, aber sie war verunsichert. Sie drückte die Klinke herunter, und für den Bruchteil einer Sekunde befürchtete sie, eingeschlossen zu sein. Dann aber öffnete sich die Tür.

Langsam, den Blick weiter auf Marc gerichtet, trat Mia in den Flur, wo ein Bewegungsmelder sie erfasste und Neonröhren angehen ließ.

»Hau nicht einfach ab«, sagte Marc. »Ich habe einen Fehler gemacht. Ich hätte dich nicht so anfahren dürfen.« Als Friedensangebot streckte er ihr seine Hand entgegen.

Mias Gedanken rasten, doch sie bekam keinen davon zu fassen. Sie musste Zeit gewinnen, also ergriff sie seine Hand, worauf sich seine warmen Finger um ihre schlossen.

»Alles wieder gut?«, fragte er.

Sie nickte, blieb aber auf dem Gang stehen. »Ich muss aufs Klo.«

»Beeil dich.«

»Warum? Hast du noch was vor?«, fragte sie im Versuch, so zu tun, als würde sie zur ungezwungenen Stimmung zurückkehren wollen, die normalerweise zwischen ihnen herrschte.

»Ich wüsste da schon etwas, das ich gerne mit dir machen würde.«

Am liebsten hätte Mia gesagt, dass sie jetzt zu ihrer Mutter muss, doch ein Teil von ihr ahnte, dass Marc und Kilian sie nicht gehen lassen würden.

Wie zur Bestätigung öffnete sich die Tür am anderen Ende des Ganges, und Kilian trat aus dem Büro. Breitbeinig stellte er sich in den Flur, die Arme vor der Brust verschränkt.

»Hey, alles klar?«, fragte Marc ihn.

Kilian, dieses gottverfluchte Riesenbaby, antwortete nicht, sondern starrte sie unverhohlen an.

Unter seinem Blick bekam Mia eine Gänsehaut. Sie versuchte, zurückzustarren, doch nach einem Moment gab sie auf und senkte den Kopf.

»Johannes kommt gleich und bringt noch ein paar Sachen«, sagte Kilian, wobei seine Augen über ihren Körper wanderten. In ihren Hotpants und dem T-Shirt, das am Bauch verknotet war, kam sie sich plötzlich schrecklich nackt vor.

»Wir sollen ihm beim Aufladen helfen«, fuhr er fort, während Mia Marcs Hand losließ und sich beeilte, zur Toilette zu kommen.

Rasch warf sie die Tür hinter sich zu und schloss ab. In dem weiß gekachelten Raum, den sich Frauen und Männern teilten, befanden sich eine Toilettenschüssel, ein Urinal und ein Waschbecken.

Was sollte sie jetzt tun? Am liebsten hätte sie ihren Vater angerufen und ihn gebeten, sie abzuholen, aber das ging nicht. Ihr Telefon war weg. Sie schaute auf das schmale Fenster über dem Klo. Ob sie sich da durchquetschen konnte?

Unentschlossen stellte sie sich auf den geschlossenen Toilettensitz und versuchte, das Fenster zu öffnen, doch es ließ sich nur kippen.

»Fuck! Fuck! Fuck!«, fluchte sie leise. Mit aller Kraft rüttelte sie am Fenstergriff. Dieses verdammte Ding musste doch irgendwie zu öffnen sein.

Plötzlich ein Klopfen.

Dann ein Rütteln an der Tür.

Vor Schreck wäre Mia um ein Haar vom Toilettensitz gefallen.

»Ich muss mal«, drang von draußen eine Stimme zu ihr. Es war Kilian.

»Moment«, sagte sie, bemüht um einen lockeren Tonfall, »ich brauche noch ein paar Minuten.«

»Wozu?«

»Hast du sie noch alle? Ich werde mich ja wohl fünf Minuten frischmachen dürfen.« Nun klang sie nicht mehr fröhlich. »Du bist doch ein Kerl; wenn du pinkeln musst, dann geh raus und piss an einen Baum.«

Kilian murmelte einen Fluch, aber wenigstens schien er zu verschwinden. Noch einmal zog Mia mit aller Kraft am Plastikgriff.

Na, komm schon.

Es knackte, dann brach etwas.

Mia horchte auf, doch vor der Tür blieb alles ruhig. Vorsichtig brachte sie den Griff in eine waagerechte Stellung, woraufhin das Fenster aufschwang.

Gehetzt sah sie nach draußen. Bis auf den LKW, der am Samstag nach Aleppo aufbrechen sollte, war das Speditionsgelände leer. Die Chancen, sich mit einer Flucht durchs Fenster aus dem Staub machen zu können, standen also gut.

Skeptisch warf sie einen weiteren Blick aufs Fenster und war sich alles andere als sicher, ob sie hindurchpassen würde, aber nach kurzem Zögern befand sie, dass es nicht kleiner war als das Toilettenfenster des *Way Up*, und wer durch ein winziges Fenster in einen Klub gelangen konnte, der konnte auch durch ein mindestens genauso großes Fenster abhauen, redete sie sich Mut zu.

Nach wenigen Augenblicken hatte sie es geschafft. Mit beiden Händen hielt sie sich außen an der Fensterbank fest und schaute nach unten. Zwischen ihren Füßen und dem Boden lagen höchstens eineinhalb Meter.

Sie ließ los und kam sanft auf. Doch wohin sollte sie laufen?

Ihr Blick glitt vom Tor zum mannshohen Industriezaun, der das Gelände zur Straße hin verschloss und nirgendwo ein Loch aufwies, soweit sie das erkennen konnte.

Durch das offene Toilettenfenster hörte sie, wie erneut gegen die Tür gehämmert wurde.

»Mia? Ich warne dich, mach auf!« Dieses Mal war es Marc. »Falls du auf dem Klo sitzt, zieh die Hose hoch. Bei drei komme ich rein. Eins … zwei … drei.«

Sie hörte den Knall einer auffliegenden Tür, und noch im selben Augenblick spurtete sie los.

Sie umrundete den LKW, sodass er als Deckung zwischen ihr und der Baracke lag, lief zum Zaun, zog sich daran hoch und schwang sich auf die andere Seite.

»Mia, was zum Teufel machst du?«, hörte sie Marc brüllen, doch sie zwang sich, sich nicht umzudrehen und stattdessen wieder loszulaufen.

Sie rannte so schnell, dass ihre Lungen brannten; vorbei an abgestellten LKWs und einer Fabrik, von der ein penetranter Geruch nach ranzigen Fett ausging.

Unvermittelt endete die Straße, und nur eine zwischen zwei Industrieanlagen liegende Gasse führte weiter. Ohne zu überlegen, lief Mia hinein, und sie bekam heftige Seitenstechen, doch sie ignorierte den Schmerz, bis auch dieser Weg abrupt zu Ende war und vor ihr der Main auftauchte.

Mit den Händen stützte sie sich auf den Oberschenkeln ab. Ihr Atem ging stoßweise, ihr Herz raste, als wolle es aus ihrem Brustkorb springen.

Rechts war das Ufer mit dichten Büschen bewachsen, also wandte sie sich nach links, wo ein Trampelpfad zwischen Weiden entlangführte. Inständig hoffte sie, dass der Weg nicht mitten im Nirgendwo, vielleicht an einem der künstlichen Seitenarme des Mains, endete, als sie hinter sich ein Knacken hörte.

Sie richtete sich auf und wollte weiterlaufen, doch sie kam nicht weit. Jemand packte sie von hinten und zog sie brutal zurück.

»Marc, du Arschloch«, rief sie, doch es war nicht Marc, der seine Hand auf ihren Mund legte und jeden weiteren Laut erstickte.

Kapitel 26

Falk trat vor dem Eingang zur Uniklinik von einem Bein auf das andere. Das digitale Thermometer, das unter dem Vordach an der Außenmauer angebracht war, zeigte sechsunddreißig Grad. Die Hitze war kaum auszuhalten, zumal Falk nun auch innerlich kochte. Admir Jasari, der Albaner, dem er vor einem Jahr so gehörig in den Hintern getreten hatte, dass dessen Clan aus dem hiesigen Drogenmilieu verdrängt worden war, hatte Zoe auf ihn angesetzt.

Wütend, aber auch verletzt und enttäuscht sah Falk von dem übel zugerichteten Punk zu Zoe. »Dann war der Abend gestern also ein einziger Fake. Hat Jasari angeordnet, mich zu treffen?«

Wie hatte er nur glauben können, eine Frau wie Zoe würde sich für ihn interessieren?

»Nein, hat er nicht«, sagte Zoe. »Ich … Jasari … meine Schwester …« Sie brach ab, da ihr die Worte fehlten.

Der Punk gab Zoe eine Zigarette und wollte die Packung gerade wieder in seiner Trainingshose verschwinden lassen, als er es sich anders überlegte und Falk die Schachtel entgegenhielt. »Willst du auch 'ne Kippe? Du siehst aus, als könntest du eine gebrauchen.«

Wortlos nahm Falk sich eine Zigarette und zündete sie mit dem Feuerzeug an, das der Punk ihm ebenfalls reichte. Tief sog er den Rauch ein und hoffte, das Nikotin würde ihm helfen, einen klaren Kopf zu bekommen.

»Es ist nicht so, wie es aussieht«, beteuerte Zoe. »Jasari wusste nichts von unserem Date, und das ist auch der Grund, warum gestern zwei seiner Männer bei mir aufgetaucht sind und Ferret so zugerichtet haben. Ich habe Jasari nichts von uns gesagt.«

»Ich glaube dir kein Wort. Was hat Jasari dir geboten, damit du ihm Informationen zuspielst? Geld? Drogen? Hat er dich erpresst?« Er warf die Zigarette auf den Boden und zerquetschte die Glut unter seinem Schuh.

Zoe senkte den Blick. »Ich kann es dir erklären, wenn du mir eine Minute zuhörst.« Sie machte einen Schritt auf ihn zu, doch Falk hielt sie mit einer Geste auf Abstand.

»Bleib weg von mir«, sagte er. »Und von meinem Vater. Sonst lasse ich dich einbuchten.«

»Das ist alles, was ihr Bullen könnt. Drohen und einschüchtern«, sagte Ferret.

»Ich werde dir zeigen, was Bullen können«, antwortete Falk. »Ich schicke einen Beamten her, und du erstattest Anzeige gegen die Kerle, die dich so zugerichtet haben.« Natürlich wusste er, dass Jasaris Männer niemals zugeben würden, in dessen Auftrag gehandelt zu haben, aber mit einer Anzeige würde Falk die Albaner wenigstens ein bisschen aufmischen können.

»Keine Chance, ich leg mich nicht mit denen an. Die kennen mich. Die wissen, wie ich aussehe und wo ich abhänge. Wenn ich die verpfeife, bin ich tot.«

»Ich schicke trotzdem einen Beamten her«, insistierte Falk, bevor er sich von Zoe und Ferret abwandte, Hartwicks Sporttasche griff und zurück zum Eingang der Uniklinik ging.

Was sollte er jetzt machen? Wenn er Admir Jasari, diesem Schwein, vor einem Jahr eine Beteiligung an dem Drogendeal hätte nachweisen können, würde der Albaner heute im Knast schmoren, aber sie hatten keine Beweise gegen ihn gefunden. Zumindest keine, die vor Gericht standgehalten hätten. Stattdessen hatte Jasari es mit zwei hochkarätigen Anwälten geschafft, alle Schuld auf seinen Neffen abzuwälzen. Was ausgesprochen praktisch gewesen war, denn der hatte sich nicht mehr wehren können, schließlich hatte er tot auf dem Parkplatz gelegen, nachdem eine von Falks Kugeln seine Aorta gestreift hatte.

Bevor Falk die Uniklinik erneut betrat, drehte er sich noch einmal um. Für einen Moment schauten Zoe und er sich an. Falk kniff die Augen zusammen, dann wandte er sich ab und ging hinein.

Die klimatisierte Luft im Inneren ließ ihn frösteln. Oder war es der Schock über die Erkenntnis, dass Admir Jasari hinter ihm her war?

Er stieg in einen der überdimensionierten Aufzüge, in die auch Betten passten, und ließ sich kriechend langsam in den zweiten Stock bringen. Während der Fahrt verfluchte er sich für seine Leichtgläubigkeit. Aber wie hätte er auch ahnen sollen, dass Jasari eine Pflegerin aus dem Heim seines Vaters anheuert? Hatte Becky nicht heute Morgen noch behauptet, er sei paranoid? Bullshit!

Oben angekommen, fragte er die Stationsschwester nach Hartwicks Zimmernummer, da er diese inzwischen wieder vergessen hatte.

»Hartwick, sagen Sie?«, hakte sie nach und blätterte in ihren Unterlagen.

»Ja, Jan Hartwick. Er ist beim LKA und ein Kollege von mir.«

»Tut mir leid, aber wenn ich das richtig sehe, ist Herr Hartwick nicht mehr bei uns. Meinen Unterlagen entnehme ich, dass er das Krankenhaus heute Mittag auf eigenen Wunsch verlassen hat.«

»Wie bitte? Unten an der Rezeption war davon keine Rede.« Falks Handy begann zu klingeln, was die Schwester mit einem missbilligenden Blick kommentierte.

»Ich bin noch nicht dazu gekommen, den Papierkram ins Computersystem zu übertragen. Sie sehen ja, was hier los ist. Unsere Patienten sind keine Gefangenen, daher kann Herr Hartwick sich jederzeit selbst entlassen, wenn er das möchte.«

Selbst entlassen? Was sollte das? Falk trat einen Schritt zur Seite, weg von der Stationsschwester, und schaute auf das Display seines Handys.

Unbekannte Nummer.

Ohne sich zu melden, nahm er den Anruf an.

»Falk, bist du das?«

Als er die besorgte Stimme seiner Exfrau hörte, verkrampfte sich sein Magen.

»Was ist passiert?«

»Du musst sofort herkommen. Jemand war hier. Die Wohnung sieht wie ein Schlachtfeld aus. Und Mia ist verschwunden. Ihr Freund Marc steht neben mir. Er weiß auch nicht, wo sie steckt.«

Kapitel 27

Noch von der Uniklinik aus hatte Falk beim LKA angerufen, sodass bereits ein Streifenwagen und ein ziviles Dienstfahrzeug mit Blaulicht auf dem Dach vor dem Eingang in der Hansaallee 159 standen, als er bei Becky eintraf. Auf der Straße vor dem Haus hielt ein Uniformierter Wache. Falk streckte den Ausweis in seine Richtung und lief wortlos an ihm vorbei.

Becky hatte nicht übertrieben, wie er oben feststellen musste. Die Wohnung glich einem Schlachtfeld. Der Boden im Flur lag voll mit Jacken, Schuhen und Bildern, die von der Wand gerissen waren.

Das Gestern ist …, las Falk. Der Rest des Sinnspruchs, den Mia mit so viel Hingabe gezeichnet hatte, lag abgerissen ein paar Meter weiter.

»Becky, wo bist du?«, rief er und lief in Richtung Küche, aus der die Antwort kam. Dort stellte er zu seinem Erstaunen fest, dass Koruhn, sein Chef, ebenfalls gekommen war. Er stand am Fenster, während Juliane mit Becky und Marc Noske am Tisch saß. Nicht ohne Groll nahm Falk zur Kenntnis, mit welcher Selbstverständlichkeit der Freund seiner Tochter auf dem Platz saß, der einst für ihn reserviert gewesen war.

»Wo ist Mia?«, fragte er ohne eine Begrüßung und nahm Marc ins Visier.

Instinktiv zuckte der Junge leicht zurück, was Falk eine gewisse Befriedigung verschaffte.

»Ich habe keine Ahnung«, beteuerte Mias Freund, aber Falk glaubte ihm kein Wort. Er fasste ihn am T-Shirt, zog ihn vom Stuhl – *von seinem Stuhl* – hoch und presste ihn gegen die Wand. »Du sagst mir auf der Stelle, was du mit Mia gemacht hast, oder ich vergesse mich.«

»Bachmann, nehmen Sie die Finger von dem Jungen«, rief Koruhn. »Wenn Sie ihn nicht sofort loslassen, schaffe ich Sie eigenhändig von hier weg. Haben wir uns verstanden?«

»Verdammt, Falk, warum musst du immer alles schlimmer machen?«, rief Becky gleichzeitig, worauf Falk von dem Jungen abließ und die Hände hob.

»Schon gut«, sagte er. »An einem verschissenen Neonazi mache ich mir die Finger nicht schmutzig.«

»Wir sind metapolitische Aktivisten und setzen uns für die Stärkung aller Kulturen ein«, protestierte Marc.

»Propagandageschwafel«, knurrte Falk zurück.

»Schluss jetzt«, befahl Koruhn. »Wir waren gerade dabei, zu klären, wo Herr Noske Ihre Tochter zum letzten Mal gesehen hat.«

»Ich sage überhaupt nichts mehr.« Marcs Blick glitt von Koruhn zu Falk und blieb schließlich an Becky hängen. »›Keine Bullen‹, habe ich gesagt, und jetzt ist die ganze verdammte Küche voll davon.«

»Marc, bitte«, redete Becky beruhigend auf ihn sein, »ich habe lediglich Mias Vater angerufen, sonst niemanden.«

»Scheiße, das sehe ich.«

»Herr Noske«, schaltete Koruhn sich ein. »Es besteht die Möglichkeit, dass Ihre Freundin nicht aus freien Stücken verschwunden ist, sondern entführt wurde.«

»Unsinn, wir hatten einen Streit, und sie ist weg, das ist alles.«

»Und warum geht sie dann nicht an ihr Handy?«, fragte Falk.

Marc verschränkte die Arme vor der breiten Brust. »Das kann ich nicht sagen.«

»Junge, mach den Mund auf.« Falk kochte vor Wut. »Bist du so ein krankes Schwein, das Freude daran hat, Mädchen zu quälen? Steckt Mia vielleicht in dem Brunnenschacht, in den Ashwa gefallen ist?«

Marc riss die Augen auf. »Nein!«

»Und was ist mit Antonia-Sophie? Was hast du mit ihr gemacht?«

Überrascht vom plötzlichen Themenwechsel runzelte Marc die Stirn. »Was soll mit ihr sein?«

Daran, wie Koruhn sich versteifte, merkte Falk, dass er einen Fehler begangen hatte. Sein Chef wusste nichts von den Dingen, die sich vor Ashwas Tod auf der Feier im Wald abgespielt hatten, doch Falk beschloss, diesen Umstand fürs Erste zu ignorieren.

»Spiel nicht den Dummkopf«, fuhr er fort. »Zwei deiner Mitschülerinnen sind entführt und brutal ermordet worden. Soll ich dir verraten, was man ihnen angetan hat? Man hat ihnen die Haare abrasiert, ihnen bei vollem Bewusstsein die Zähne ausgerissen und sie anschließend missbraucht.«

Marc wurde blass. »Antonia-Sophie ist ebenfalls tot?« Seine Augen huschten von links nach rechts. »Aber warum? Wer macht so was?«

»Dr. Klawitter wird dir gerne die Persönlichkeitsmerkmale eines sadistischen Psychopathen näher darlegen«, sagte Falk. Langsam riss ihm der Geduldsfaden. »Aber erst, wenn wir wissen, wo Mia ist. Außerdem will ich eine Liste mit den Namen aller, die gestern auf eurer sauberen Versammlung und am Freitagabend auf der Feier im Wald waren.«

»Was für ein Brunnen? Was für eine Feier im Wald?«, fragte Koruhn. »Wovon reden Sie überhaupt?«

Marc blickte überrascht zu Falk. »Sie haben Ihrem Boss nichts gesagt?«

Falk erstarrte.

»Was hat er mir nicht gesagt?«, fragte Koruhn.

Triumph blitzte in Marcs Augen auf. »Sie wissen nichts von der Feier im Wald? Na, dann hat der Kommissar Sie mit Sicherheit auch nicht über die Sache mit dem Armband informiert. Mia hat mir davon erzählt. Bachmann hat unter dem Kopf von Ashwas Leiche Mias Glücksbringer gefunden.«

Kapitel 28

Mia lag ganz ruhig. Trotzdem schienen das Pulsieren ihres Blutes und ihr unregelmäßiger Atem durch die Finsternis zu hallen. Nackt und zusammengekrümmt befand sie sich auf einem Bettgestell aus Eisen. Mit jeder Bewegung, die sie tat, quietschten die Federn, daher vermied sie es schon eine ganze Weile, sich zu rühren.

Nach dem ersten Schock, als sie in Dunkelheit zu sich gekommen war, ging es ihr ein wenig besser. Zumindest weinte sie nicht mehr, und die Panik war zu einer dumpfen Angst zusammengeschrumpft, die irgendwo im Hintergrund lauerte und darauf wartete, wieder hervorspringen zu können.

Mia hatte keine Ahnung, wo sie war, doch sie vermutete, dass man sie in einen Keller geschlossen hatte. Die klamme, muffige Luft und das Fehlen jeglichen Lichts ließen darauf schließen. Eine Eisenkette verband ihren rechten Knöchel mit einem in die Wand eingelassenen Haken, und neben ihr stand ein Plastikeimer, in den sie sich einmal erleichtert hatte. Doch das war das einzige Mal gewesen, dass sie das Bett verlassen hatte.

Anfangs war es ihr schwergefallen, wach zu bleiben, immer wieder war sie in eine unruhige Bewusstlosigkeit gesunken, doch zu ihrem Leidwesen überwogen nun die wachen Phasen.

Wer tat ihr das an? Sie wusste noch, dass sie vor Marc geflüchtet war, doch was dann geschehen war? Filmriss. Nichts fügte sich zusammen, bis sich mit einem Mal ein Name in ihr Bewusstsein schob und sich nicht mehr vertreiben ließ.

Ashwa.

Mias Körper fing unkontrolliert zu zittern an. Würde sie auf die gleiche Art wie ihre Klassenkameradin sterben müssen?

Plötzlich hörte sie ein Schaben, dann ein metallisches Klacken. Ein Schlüssel wurde in ein Schloss gesteckt und herumgedreht.

»Nein, bitte nicht«, flüsterte sie und zog die Beine noch näher an den Oberkörper. Türscharniere quietschten, ein Schalter wurde umgelegt, darauf war der Raum von gleißend hellem Licht erfüllt.

Mit einem erstickten Schrei kniff Mia die Augen zusammen. Sie hörte Schritte, wagte aber nicht, aufzuschauen. Um nichts in der Welt wollte sie das Gesicht des Mannes sehen, der sie verschleppt hatte. Von ihrem Vater wusste sie, dass die Chancen eines Entführungsopfers, lebend aus der Sache herauszukommen, rapide sanken, sobald es seinen Peiniger identifizieren konnte.

Etwas schleifte über den Boden, dann sagte eine ausdruckslose Stimme: »Hol das Tablett.«

Ohne sich aus ihrer Embryonalstellung zu lösen, schüttelte Mia mit dem Kopf. »Nein, das mach ich nicht.«

»Glaub mir, du willst nicht, dass ich es wiederholen muss.« Ein Anflug von Ärger mischte sich in die Stimme. »Hol das Tablett.«

Als Mia abermals den Kopf schüttelte, schoss ihr ein Strahl kaltes Wasser ins Gesicht, und sie schrie vor Überraschung auf. Zitternd kroch sie bis ans Kopfende und krallte sich am Bettgitter fest, während das Wasser ihr über den nackten Körper floss.

»Das Tablett!«

Reflexartig versuchten ihre Augen herauszufinden, von wo die Stimme kam, und sie sahen in die Scheinwerfer, die in ein paar Metern Abstand zum Bett in einem Halbkreis aufgebaut waren. Dahinter stand der Mann.

Mia kniff die Augen zusammen, um ihn besser sehen zu können, doch da er sich außerhalb des hellen Lichts aufhielt, konnte sie nur seine schwarze Silhouette erkennen. Vor ihm auf dem Boden, gerade innerhalb des scharf umrissenen Lichtkreises, lag ein Plastiktablett mit einer Plastikflasche Wasser und einer Aluschale, wie sie sie von *Thai Express* und anderen Bringdiensten kannte.

»Bitte tun Sie mir nicht weh«, flehte sie mit einer Stimme, die kaum mehr als ein Flüstern war.

Für eine gewisse Zeit herrschte Stille. Dann: »Wenn du tust, was ich dir sage, werde ich dir nicht wehtun müssen. Hol das Tablett. Sofort!«

Mia zuckte zusammen. Zitternd vor Angst und Kälte, eine Hand über der Brust verschränkt, die andere zwischen ihren Beinen, ging sie auf das Tablett zu. Dabei achtete sie darauf, nicht in die Richtung des Mannes zu sehen. Er sollte sich sicher fühlen.

Plötzlich griff etwas nach ihrem Fußknöchel, und vor Schreck stieß sie einen Schrei aus, doch der Mann hatte nicht nach ihr gepackt; die Kette hatte lediglich ihr Ende erreicht, wodurch die Fessel Mia schmerzhaft ins Fleisch schnitt.

»Das Tablett ist zu weit weg. Ich komm nicht dran«, sagte sie.

»Wenn du dich auf den Boden legst und dich lang machst, dann erreichst du es.«

»Nein«, sagte Mia. Sie wollte sich nicht hinlegen. Sie wollte auch das Tablett nicht. Sie wollte nur hier raus. Überleben.

Stumme Tränen rannen ihr übers Gesicht, als der Wasserstrahl sie erneut traf. Schmerzhaft zogen sich ihre Brustwarzen zusammen.

»Los, mach schon!«

Widerwillig legte sie sich flach auf den Boden, streckte die Arme aus, und nach einigen Versuchen erreichte sie schließlich die äußerste Kante des Tabletts.

Vorsichtig zog sie es zu sich heran. Dann setzte sie sich hin, winkelte die Beine an und schlang die Arme darum.

»Nimm die Pillen«, befahl die Stimme.

Widerwillig sah sie aufs Tablett. Neben dem Essen, das wie Hundefutter aussah, stand ein durchsichtiges Döschen; darin lagen zwei Tabletten.

Sie wendete den Blick ab.

»Wenn du sie nicht freiwillig nimmst, werde ich dafür sorgen, dass du es tust.« Seine Stimme klang, als würde er sich nichts lieber wünschen.

Gott, hilf mir, dachte sie, griff nach dem Döschen, nahm einen Schluck Wasser und schluckte die Tabletten.

Kapitel 29

Unsanft wurde Falk von Dietmar Koruhn durch die Küche in den Flur und von dort in Beckys Wohnzimmer gezogen. Auch hier hatte der Einbrecher – für Falk stand Marc Noske ganz oben auf der Liste potentieller Täter – alles auf den Kopf gestellt. Selbst die Polster waren von der Sofalandschaft gerissen.

Was hast du gesucht?, überlegte Falk, bevor Koruhn sich vor ihm aufbaute.

»Ich hoffe, dass an den Beschuldigungen, die dieser Halbstarke vorgebracht hat, nichts dran ist«, sagte er.

Sehnsüchtig warf Falk einen Blick zu dem Schrank, in dem Becky ihre spärlichen Alkoholvorräte aufbewahrte. Sie rührte so gut wie nie einen Tropfen davon an, aber für den Fall, dass einer der Radio-Idioten von *Main Live* sie zu Hause besuchte, hatte sie immer eine Flasche Gin und etwas Tonic da.

»Das spielt doch keine Rolle«, brauste er auf. »Mia ist weg, und der kleine Wichser will uns nicht sagen, wo er sie zuletzt gesehen hat. Anstatt mich zu verhören, sollten Sie ihn in die Mangel nehmen.«

»Und ob das eine Rolle spielt! Haben Sie Beweismaterial vom Fundort der Leiche entwendet? Ja oder nein?«

Der Drang nach einem Schluck Gin wurde beinahe übermächtig, doch Falk riss sich zusammen, nickte und sah seinem Chef dabei fest in die Augen. Für einen Moment glaubte er, das Raum-Zeit-Kontinuum hätte sich verschoben. Koruhn sah plötzlich um zehn Jahre gealtert aus. Seine Schultern sackten herab; ein müder Tanzbär vor dem letzten Auftritt.

»Das war's. Sie sind raus«, seufzte er. »Ich werde Sie vom Dienst freistellen, außerdem wird die Sache ein

Disziplinarverfahren nach sich ziehen. Ich habe Ihre Alleingänge so satt.«

»Das können Sie nicht machen! Zwei Mädchen sind tot, und meine Tochter wurde entführt. Ich muss bei der Suche helfen.«

Das Gefüge aus Zeit und Raum kam wieder ins Gleichgewicht, als Koruhn seine Hand ausstreckte. »Dienstwaffe und Ausweis. Und ich will das Armband.«

An Koruhns versteinerter Miene erkannte Falk, wie sinnlos weiterer Protest sein würde. Er fasste nach hinten, zog seine P30 aus dem Holster an seinem Gürtel, nahm sie am Lauf und reichte sie Koruhn. Danach folgte sein Dienstausweis.

»Mias Armband liegt in meiner Wohnung«, sagte er tonlos.

»Ich werde einen Beamten schicken, um es abholen zu lassen.«

Falk nickte. »In Ordnung.«

Koruhn atmete tief ein, und Falk befürchtete, er würde jeden Moment losbrüllen, doch das Donnerwetter blieb aus. Stattdessen klang Koruhns Stimme ruhig und distanziert, was seinen nächsten Worten umso mehr Gewicht verlieh.

»Wie konnten Sie, nach allem, was geschehen ist, so etwas tun? Beweise unterschlagen, unfassbar! Bachmann, Sie haben mich maßlos enttäuscht. Ich habe mich immer vor Sie gestellt, habe Ihre Alleingänge geduldet und den toten Albaner aus der Presse und Ihrer Personalakte herausgehalten. Aber aus dieser Scheiße müssen Sie sich allein rausziehen.« Seine Stimme wurde geschäftsmäßig. »Wer hat noch davon gewusst? Hartwick? Klawitter?«

Energisch schüttelte Falk den Kopf. »Niemand, nur meine Tochter und ich.«

»Und dieser Marc Noske.« Koruhn wandte sich von ihm ab, wobei er Ausweis und Dienstwaffe in der Seitentasche seines Sakkos verstaute.

»Warten Sie«, sagte Falk und legte ihm eine Hand auf den Unterarm. »Zum Teufel, Mia hat mit der ganzen Geschichte nichts zu tun.« Er hielt kurz inne, um zu überlegen, wie er es formulieren sollte. »Aber etwas anderes: Mein neuer Partner, was wissen Sie über ihn?«

Koruhn verharrte. »Was hat Hartwick damit zu schaffen?«

»Vielleicht nichts, aber da ist etwas, das seltsam ist. Ich war in seinem Apartment, weil er mich gebeten hat, ein paar Sachen für ihn zu holen, und dabei ist mir ein Karton mit Fotos vor die Füße gefallen. Überwachungsfotos, auf denen ich zu sehen bin. Und nun frage ich mich: Warum hat Hartwick mich beschattet?«

Koruhn fasste ihn scharf ins Auge. »Wieso fragen Sie ihn das nicht selbst?«

»Das wollte ich, aber im Krankenhaus ist er nicht mehr. Wie es aussieht, ist er abgetaucht.«

»Abgetaucht? Wovon zum Teufel reden Sie? Jan Hartwick ist ein hervorragender Polizist, ich setze große Hoffnungen in ihn. So wie ich auch einmal Hoffnungen in Sie gesetzt habe. Und jetzt entschuldigen Sie mich, ich habe zu tun. Ich muss eine Vermisste finden und zwei Morde aufklären.«

Falk hielt weiter seinen Arm fest. »Nein«, rief er, »wir müssen Hartwick überprüfen.«

Koruhn versteifte sich. »Sie müssen gar nichts mehr.« Er nahm Falks Hand von seinem Unterarm und schlug einen versöhnlichen Tonfall an. »Hören Sie zu, die Sache mit Ihrer Tochter tut mir leid, und wir tun alles Menschenmögliche, um sie zu finden. Trotzdem wissen wir ja nicht einmal mit Sicherheit, ob sie überhaupt entführt wurde. Vielleicht hat sie nach einem Streit mit ihrem Freund lediglich allein sein wollen. Ich glaube nicht, dass …«

»Ach, und warum liegt dann Beckys Wohnung in Trümmern?«

»Lassen Sie mich ausreden.« Da war er wieder, der Bär. »Mit Verlaub, Sie sehen beschissen aus. Gehen Sie nach Hause, und warten Sie auf die Beamten, die das fehlende Beweisstück bei Ihnen abholen. Dann legen Sie sich hin und versuchen, eine Nacht zu schlafen. Morgen kommen Sie ins Präsidium und sprechen mit den Kollegen von der

Internen. Und sollten wir vorher etwas über den Verbleib Ihrer Tochter in Erfahrung bringen, werden wir uns selbstverständlich bei Ihnen melden.«

Selbst im Nachhinein hätte Falk nicht sagen können, was genau dazu geführt hatte, seine Sicherungen durchbrennen zu lassen. War es die Suspendierung? Mias Verschwinden? Der distanzierte Tonfall, mit dem Koruhn ihn abbügelte, als sei er lediglich ein verstörter Vater, den man beruhigen und nach Hause schicken musste? Oder hatte der Griff der P30, die aus Koruhns Sakkotasche lugte, den Ausschlag gegeben? Was auch immer es gewesen war, es ließ ihn wie ferngesteuert handeln. Im Bruchteil einer Sekunde griff er nach seiner Waffe und zog sie seinem Chef aus der Tasche. Überrascht fuhr Koruhn herum, doch er führte die Amtsgeschäfte schon zu lange vom Schreibtisch aus und war nicht schnell genug.

In einer fließenden Bewegung entsicherte Falk die Waffe und hob sie an. »Es tut mir leid, aber ich lasse mich nicht kaltstellen. Ich suche meine Tochter, und wenn es das Letzte ist, was ich tue.«

Koruhn starrte in die Waffenmündung. »Nehmen Sie das Ding runter.«

Falk ließ sich nicht beirren, langsam lief er rückwärts. Als er die Tür zu fassen bekam, riss er sie auf, trat in den Flur und warf sie sofort wieder zu. Das würde ihm ein oder zwei wertvolle Sekunden Vorsprung verschaffen. Noch im Laufen schnappte er sich Hartwicks Sporttasche, stürzte aus der Wohnung und verschwand im Treppenhaus.

Kapitel 30

»So ein verdammter Idiot.« Juliane Klawitter hieb auf das Lenkrad ein. Wie hatte die Situation in der Wohnung von Falks Exfrau nur so aus dem Ruder laufen können? Nur mit Mühe hatte sie Koruhn davon überzeugen können, Falk nicht zur Fahndung auszuschreiben. Koruhn hatte ihr zwölf Stunden Zeit eingeräumt, Falk zu finden und zur Vernunft zu bringen. Danach würde er die Dienstaufsicht informieren und ihn jagen lassen. Zwölf Stunden, also morgen früh gegen halb acht. Wo sollte sie nur mit ihrer Suche anfangen?

»Habt ihr noch etwas aus Marc Noske herausbekommen?«, fragte eine Stimme von der Rückbank, worauf Juliane heftig zusammenfuhr und das Lenkrad herumriss. Rosie kam ins Schlingern, worauf auf der Spur neben ihr wild gehupt wurde. Hektisch lenkte Juliane gegen. Kurz röhrte der Motor auf, dann fing sich der Käfer wieder und folgte weiter der Eschersheimer Landstraße in Richtung Polizeipräsidium.

»Willst du uns umbringen?«, fragte Falk von hinten.

»Bachmann, hast du sie noch alle? Ich hätte beinahe einen Herzinfarkt bekommen.« Sie warf einen Blick in den Rückspiegel. Falk sah noch erbärmlicher aus als in den letzten Tagen. Tiefe Ringe lagen unter seinen Augen, eine Rasur war überfällig. »Wie bist du in mein Auto gekommen? Ich habe Rosie abgeschlossen.«

Falks Nacken knackte hörbar, als er sich streckte. Augenscheinlich hatte er sich nach der Flucht auf der Rückbank zusammengekauert, was eine beachtliche Leistung für einen Mann seiner Größe war.

»Du fährst einen fünfzig Jahre alten Käfer, keinen mit Zentralverriegelung, Wegfahrsperre und Alarmanlage gesicherten Tesla«, sagte Falk.

»Koruhn ist fuchsteufelswild«, wechselte sie das Thema. »Was ist zwischen euch vorgefallen? Wenn ich dich morgen früh nicht mit zum Dienst bringe, macht er mir und dir die Hölle heiß.«

Falk fuhr sich über das stoppelige Kinn. »Er hat mich suspendiert, aber ich kann nicht untätig zu Hause herumsitzen; ich muss Mia suchen. Wenn der Zahnbrecher sie hat, bleiben mir gerade einmal achtundvierzig Stunden, ehe wir sie stranguliert in einem Waldstück finden.«

Den letzten Teil des Satzes verstand Juliane kaum, da Falks Stimme zu brechen drohte.

Er musste sich räuspern, bevor er weitersprechen konnte. »Also? Hat Marc Noske ausgespuckt, wo er mit Mia gewesen ist?«

Sie schüttete den Kopf. »Er schweigt beharrlich. Aber ich habe mit Höldtke telefoniert. Er hat diese Hilfsorganisation überprüfen lassen.«

»Und? Ist etwas dabei rausgekommen?«

»Gegründet wurde die *NHO* vor gut einem Jahr, und wie es aussieht, organisieren deren Leute tatsächlich einen Hilfstransport nach Syrien. Trotzdem hegt der Verfassungsschutz keinen Zweifel daran, dass wir es mit einer Splittergruppe der Neuen Rechten zu tun haben.«

»Aber das bringt uns kein Stück weiter«, sagte Falk.

»Vielleicht doch. Ahlburg, der Mann vom Nachrichtendienst, hat uns eine Liste mit den Gründungsmitgliedern des Vereins gemailt. Daraufhin habe ich mir deren Kraftfahrzeuge anzeigen lassen, und es gab einen Treffer. Einer der Männer fährt einen schwarzen Scirocco, wie du ihn gesehen hast.«

»Wer ist es?« Falks Atem ging schneller.

»Ein gewisser Kilian Sidorow, sechsundzwanzig Jahre alt, Hilfsarbeiter.«

»Liegt etwas gegen ihn vor?«

»Derzeit nicht. Aber in seiner frühen Jugend ist er des Öfteren wegen diverser Delikte aktenkundig geworden. Mit fünfzehn hat ihn eine Nachbarin angezeigt, nachdem er ihre Katze gequält hat. Später folgten ein paar Anzeigen wegen Körperverletzung, Sachbeschädigung und Diebstahl, was ihm ein halbes Jahr Jugendknast einbrachte. Dort hat er Kontakte zur rechten Szene geknüpft, seitdem scheint er jedoch sauber zu sein.«

»Kilian Sidorow«, wiederholte Falk. »Ein Russe?«

»Nein, er ist Deutscher. Seine Eltern sind vor Kilians Geburt aus Russland eingewandert, aber sein Vater lebt nicht mehr.«

»Hast du die Adresse?«

»Gemeldet ist er bei der Mutter, Marina Sidorow. Sie wohnt in Sachsenhausen, Grethenweg hundertfünfundvierzig.«

»Worauf wartest du dann noch? Fahr hin.«

»Bitte, Falk. Wenn der Bär erfährt, dass ich dich mit zu einer Befragung genommen habe, setzt er nicht nur dich vor die Tür.«

Im Rückspiegel bemerkte sie, wie er mit seiner Dienstwaffe hantierte.

»Sag ihm einfach, ich hätte dich gezwungen«, entgegnete er und steckte die Waffe wieder ein.

Knapp zwanzig Minuten später parkte Juliane den Käfer in der Hochhaussiedlung am Sachsenhäuser Berg, die von den Stadtplanern während ihrer Entstehungsphase in den 1970er-Jahren vermutlich als urbanes Wohnen angepriesen wurde, da es neben den unpersönlichen Wohntürmen noch Ladenlokale, Kneipen und sogar ein Einkaufszentrum gab. Inzwischen standen viele der Geschäfte jedoch leer. *Miet me!,* forderte ein Schild im Schaufenster eines ehemaligen Gardinenfachgeschäfts die Vorübergehenden auf, und Juliane fragte sich, welches Marketinggenie ernsthaft glauben konnte, dieser miese denglische Spruch würde das heruntergekommene Objekt attraktiver machen.

Der Plattenbau mit der Nummer hundertfünfundvierzig lag zwischen dem *Sonnenring*-Wohnkoloss und dem *Leonardo Royal Hotel*, das zu den höchsten Gebäuden in Sachsenhausen zählte. Zusammen mit Falk passierte Juliane eine Ansammlung von Glascontainern, die entweder lange nicht geleert worden waren oder deren Kapazitäten für die Wohnanlage schlicht nicht ausreichte. Flaschen stapelten sich darauf, genau wie auf dem Boden; Scherben machten das Gehen zum Hindernislauf.

Juliane sah auf ihre Armbanduhr. Es war fast acht. Eigentlich hatte sie vorgehabt, es sich mit einem Glas Weißwein und einem Salat mit Putenbruststreifen auf dem Balkon gemütlich zu machen, aber wie es aussah, würde sie auf dem Rückweg wohl eher beim Pizzadienst vorbeifahren und sich eine Lasagne mitnehmen. Warum in Herrgotts Namen war sie nach dem Studium zur Polizei gegangen, anstatt sich mit einer netten, kleinen Privatpraxis selbstständig zu machen, wie ihre Eltern es ihr geraten hatten? Wenn sie auf sie gehört hätte, würde sie heute Abend Zeit fürs Fitnessstudio haben und müsste sich nicht von Salat ernähren.

Sie stöhnte in sich hinein, denn sie war nicht gut darin, sich selbst zu belügen. Sie hasste Sport. Und sie hasste Salat. Daran hätte auch eine eigene Praxis nichts geändert.

»Hier ist es«, sagte Falk und deutete auf eines der Namensschilder auf dem riesigen Klingelfeld neben dem Eingang des Plattenbaus.

Er drückte.

»Ja?«, fragte nach einem Moment eine Frauenstimme durch die Gegensprechanlage.

»Marina Sidorow?« Falk beugte sich tief über den Lautsprecher. »Falk Bachmann, Landeskriminalamt. Ich stehe hier zusammen mit meiner Kollegin Dr. Juliane Klawitter. Machen Sie auf, wir müssen mit Kilian sprechen.«

Eine Weile war es still.

»Kilian? Warum wollen Sie mit ihm reden? Er ist nicht da«, antwortete die Stimme schließlich, die hörbar das R rollte, ansonsten aber akzentfrei Deutsch sprach.

»Lassen Sie uns rein. Wir müssen uns persönlich davon überzeugen.«

Die Sprechanlage knackte, danach tat sich nichts mehr.

»Da stimmt was nicht«, sagte Falk. Mit dem Unterarm fuhr er von oben nach unten über das Klingelfeld und zurück, um möglichst viele Knöpfe gleichzeitig zu drücken.

Erneut knackte die Sprechanlage, dann waren mehrere sich überlagernde Stimmen zu hören.

»Was …?«

»… ist da …?«

»… hallo?«

»Scheiße, ich habe gerade mit meiner Alten gepimpert. Wenn du also keinen verdammt guten Grund …«

Schließlich summte der Türöffner. »Welches Stockwerk?«, fragte Falk, während er ins Gebäude huschte und zu den Aufzügen eilte.

»Sechstes«, keuchte Juliane. Sie war wirklich nicht in Form, stellte sie fest und beschloss, heute doch auf die Lasagne verzichten, egal, wie spät sie nach Hause kam.

Während der Aufzugfahrt zog Falk seine Waffe.

»Steck das Ding weg«, sagte Juliane. »Du bist nicht mehr im Dienst. Wenn du damit herumballerst, ist die Innere dein geringstes Problem.«

»Ich habe kein gutes Gefühl und will auf alles vorbereitet sein. Vielleicht kann Kilian Sidorow mir sagen, wo Marc Noske mit Mia war, bevor sie verschwunden ist.«

Mit einem Rucken hielt der Fahrstuhl, die Türen schoben sich ächzend auseinander, und Falk stürmte ins Halbdunkel des langen Flurs, von dem zu beiden Seiten Wohnungen abgingen.

Juliane stöhnte und wollte ihm gerade folgen, als sie eine Bewegung am Ende des Gangs wahrnahm. »Da hinten!« Sie zeigte auf zwei Männer, die sich vor dem Abendlicht, das durch das Fenster am Ende des Korridors fiel, nur als dunkle Silhouetten abzeichneten. Der eine riss die Tür zum Treppenhaus auf, dann waren beide verschwunden.

Falk spurtete los, und Juliane lief ihm hinterher, doch als sie die Hälfte des Gangs hinter sich gebracht hatte, war er den beiden schon ins Treppenhaus gefolgt.

»Was mache ich hier überhaupt?«, japste Sie und zog nun ebenfalls die Waffe. »Ich bin Fallanalytikern, keine Lara Croft vom SEK.« Sie zog die Brandschutztür mit dem automatischen Türschließer auf und steckte vorsichtig den Kopf ins Treppenhaus, bereit, ihn jeden Moment wieder zurückzuziehen. Doch sie sah niemanden. Sie hörte nur das Geräusch von Schritten auf den gefliesten Treppenstufen, konnte aber nicht ausmachen, ob Falk den Flüchtenden nach oben oder unten folgte.

»Bachmann, rauf oder runter?«, rief sie.

»Runter.«

»Gott sei dank«, murmelte Juliane in sich hinein. Sie nahm die Waffe in die linke Hand und hielt sich mit der rechten am Geländer fest, aber in dem Moment traf sie etwas hart im Rücken.

Sie gab einen erstickten Schrei von sich und ließ die Waffe fallen, worauf diese mit einem metallischen Scheppern die Stufen hinab zum nächsten Absatz tanzte. Schlitternd glitt die Pistole über den Boden, bis sie von der Hauswand aufgehalten wurde. Hätte Juliane sich nicht festgehalten, hätte sie den gleichen Weg genommen, so jedoch hing sie mit einer Hand am Geländer, die Knie tief eingeknickt.

Erleichtert atmete sie aus, als sie plötzlich in den Augenwinkeln eine Bewegung wahrnahm.

Sie riss den Kopf herum, wodurch die Sohle des Mannes sie verfehlte, doch vor Schreck ließ Juliane das Geländer los. Polternd fiel sie die Treppe hinunter und blieb neben ihrer Waffe liegen.

Kapitel 31

»Spar dir den Versuch, ernst zu schauen. Ich weiß, dass ich damit lächerlich aussehe«, sagte Juliane und funkelte Falk mit dem Auge an, das nicht von dem Beutel Tiefkühlerbsen verdeckt war, den Marina Sidorow aus ihrem Eisfach geholt hatte.

Falk zwinkerte ihr aufmunternd zu und wandte sich dann wieder Marina Sidorow zu. Für eine Frau von Mitte vierzig wirkte sie ausgesprochen jugendlich. Lange, zu blonde Haare. Volle, einen Tick zu rot geschminkte Lippen. Ein glattes, etwas zu starres Gesicht.

»Jetzt hören Sie mit den Geschichten auf, Frau Sidorow«, fuhr Falk sie an. »Tätlicher Angriff auf eine Polizeibeamtin ist kein Kavaliersdelikt. Dafür wandert Ihr Sohn in den Knast. Wohlgemerkt nicht mehr in den Jugendknast, sondern in die JVA. Es liegt an Ihnen, für wie lange. Also noch einmal, wer ist bei Kilian gewesen?«

Als Falk gehört hatte, wie Juliane erst aufgeschrien und anschließend gefallen war, hatte er die Verfolgung des Flüchtenden abgebrochen und war ihr zur Hilfe geeilt. Glücklicherweise war Juliane kaum verletzt gewesen.

Im ersten Moment hatte Falk gerätselt, was geschehen war, doch er hatte nicht lange gebraucht, um sich alles zusammenzureimen. Die beiden Männer hatten sich im Treppenhaus getrennt, worauf der eine, den Falk verfolgt hatte, nach unten geflüchtet und der andere die Treppe hoch- und anschließend wieder heruntergerannt war. Julianes Beschreibung nach hatte es sich beim zweiten Mann um Kilian Sidorow gehandelt. Neben ihrer Waffe liegend, hatte sie ihn zu den Aufzügen rennen sehen.

Marina Sidorow knetete ihre Hände, wobei sie nicht Falk, sondern die cremefarbene mit Goldfäden durchzogene Tapete hinter ihm ansah, die farblich auf das Kunstledersofa abgestimmt war.

»Frau Sidorow?«, hakte Falk nach. Nur mit Mühe konnte er sich zurückhalten, die Frau kräftig durchzuschütteln. »Wer war bei Ihrem Sohn?«

Marina Sidorow senkte den Blick. »Das ist alles die Schuld von diesem Johannes«, sagte sie. »Erst seit Kilian ihn kennengelernt hat, macht er solche Sachen.« Flüchtig sah sie Juliane an.

»Johannes? Wie lautet sein Nachname?«, fragte Falk.

»Hoffmeister. Johannes Hoffmeister.«

»Das ist der Gründer der *NHO*«, erklärte Juliane, die unter dem Erbsenbeutel kaum zu verstehen war.

»Lass die beiden zur Fahndung ausschreiben«, befahl Falk.

Juliane stöhnte, griff dann aber nach ihrem Handy und ging, ohne den Beutel Tiefkühlerbsen vom Gesicht zu nehmen, in den Flur.

»Was haben Kilian und dieser Johannes getan, bevor wir gekommen sind?«, fragte Falk.

»Nichts, sie waren die ganze Zeit in Kilians Zimmer.«

Falk sprang auf. »Kann ich mich da mal umsehen?«

»Nein, auf keinen Fall. Er mag es nicht, wenn ich in sein Zimmer gehe.«

»Dann bleiben Sie eben hier.« Ohne auf ihren Protest einzugehen, folgte Falk seiner Kollegin in den Flur. Die Polizeipsychologin stand vor einer überladenen Garderobe, wo sie leise in ihr Handy sprach.

Kurz sah Falk sich um, dann ging er auf die Tür zu, an der ein Plakat mit dem Logo der *NHO* hing. Wohlwissend, keinerlei rechtliche Grundlage dafür zu haben, trat er ein.

Durch die zugezogenen halbtransparenten Vorhänge fiel nur wenig Licht, obwohl die Abendsonne auf das Fenster schien. Neben dem ungemachten Bett gab es ein altes braunes Ledersofa, einen abgewetzten Sessel und einen mit Zeitschriften und Bierdosen übersäten Couchtisch. Auf dem Regal über dem Sofa lehnten Comics und Taschenbücher an einer ganzen Reihe von Wodkaflaschen. Ohne darüber nachzudenken, griff Falk nach einer Flasche

Smirnoff und drehte den Verschluss ab, worauf ihm der milde und doch würzige Geruch des Schnapses in die Nase zog.

Es kostete ihn alle Willenskraft, die Flasche zurück auf das Regal zu stellen. Rasch wandte er sich dem Laptop zu, der neben einem Aschenbecher auf einem Stapel Autotuning-Zeitschriften stand. Ein Nebel aus psychodelisch anmutenden Farben waberte über den Bildschirm.

Falk berührte das Trackpad und atmete erleichtert auf, als der Bildschirmschoner ohne Passwortabfrage erlosch und den Desktophintergrund zeigte. Darauf zu sehen war ein Foto des Scirocco, in den Mia gestern gestiegen war. Der schwarze Wagen mit den gelben Zierstreifen stand auf Hochglanz poliert irgendwo am Waldrand, über ihm ein blauer Himmel. Hätte der Fotograf einen besseren Ausschnitt gewählt und nicht noch einen Teil der beiden neben dem Scirocco parkenden Autos mit aufgenommen – der grasgrüne Kleinwagen und der rote Mercedes Sprinter mit dem verbeulten Kotflügel und der verblassten Firmenaufschrift trübten den Eindruck von Perfektion auf vier Rädern –, hätte das Bild das Cover eines der auf dem Tisch verstreuten Tuning-Magazine zieren können.

Falk riss seinen Blick von Kilians Wagen und konzentrierte sich auf die Icons, die über den Desktop verteilt waren. Aufs Geratewohl öffnete er den Internetbrowser. Zwar wusste er nicht, wonach er suchen sollte, doch er spürte dieses seltsame Gefühl. Eine Unruhe, die irgendwo zwischen seinem Zwerchfell und dem untersten Rippenbogen seinen Ursprung nahm, breitete sich in ihm aus. Falk kannte das Gefühl, und auch wenn er es wie so oft nicht richtig zu fassen bekam, wusste er, dass er ihm vertrauen konnte. Rasch ließ er sich den Verlauf des Browsers anzeigen und klickte auf den letzten Eintrag. Dieser führte ihn zur Routenplanung von Google Maps. Kilian Sidorow hatte sich die Route von der Guerickestraße in Frankfurt nach Aleppo in Syrien anzeigen lassen.

»Die Fahndung ist raus«, sagte Juliane, die mit ihrem provisorischen Eisbeutel in der Hand nun ebenfalls in Kilians Zimmer trat. »Hast du was gefunden?«

»Bist du sicher, dass ich dich nicht ins Krankenhaus bringen soll?«, fragte Falk anstelle einer Antwort, als er den Bluterguss bemerkte, der sich auf ihrer Wange auszubreiten begann. Die Schwellung nahm bereits ein dunkles Blau an.

Juliane legte die Tiefkühlerbsen zurück auf ihr Gesicht. »Vielleicht später. Also, hast du was?«

Falk deutete auf die Landkarte mit eingezeichneter Route. »Wie es aussieht, haben die beiden sich die Strecke angesehen, die sie nach Syrien zurücklegen müssen. Laut Google brauchen sie für die knapp dreitausendfünfhundert Kilometer in den Nahen Osten sechsunddreißig Stunden.«

Als Juliane neben ihn trat, drehte er den Laptop ein wenig in ihre Richtung.

»Sie starten in der Guerickestraße«, sagte sie. »Zoom mal näher ran, dann wissen wir, wo genau es losgehen soll.«

Falk zoomte so weit in die Karte, bis Google neben den Straßen auch Orte von besonderem Interesse anzeigte. »*Autohaus Sven Appelt*«, las er vor.

»Sven Appelt«, wiederholte Juliane nachdenklich. »Wenn ich mich richtig erinnere, ist Johannes Hoffmeister bei ihm angestellt.«

Das seltsame Gefühl in Falk verstärkte sich. »Dann sollten wir diesem Appelt einen Besuch abstatten.«

Er wollte gerade den Laptop zuklappen, als Juliane ihn aufhielt.

»Warte!« Sie wies auf einen grauen Pfeil am oberen Rand der Karte, der von einem halbtransparenten weißen Rechteck eingefasst wurde. »Drück mal da drauf.«

Falk führte die Maus auf das Rechteck und klickte. Die Eingabemaske für die Routenplanung schob sich von der Seite in den Bildschirm.

»Habe ich es mir doch gedacht«, sagte Juliane.

Falk blickte sie verständnislos an.

»Vorhin hatte ich den Eindruck, dass die Strecke in Frankfurt einen seltsamen Verlauf nimmt, und jetzt weiß ich auch, warum.« Sie tippte auf den Bildschirm. »Nach dem Start am Autohaus bricht der Hilfstransport nicht auf direktem Weg nach Aleppo auf, sondern macht noch einen Umweg über das Gutleutviertel.« Juliane legte den Beutel Erbsen auf den Tisch, dann beugte sie sich über das Notebook. »Erntestraße«, las sie vor. »Eine Sackgasse mitten im Industriegebiet zwischen Bahnhof und Mainufer.«

Falks Unruhe wuchs weiter. »Bevor wir zum Autohaus fahren, sollten wir dort nachsehen.« Er klappte den Laptop zu, zog den Netzstecker aus der Dose und klemmte ihn sich zusammen mit dem tragbaren Computer unter den Arm.

»Was machen Sie da?« Frau Sidorow stand in der offenen Tür. Abwechselnd betrachtete sie Juliane und Falk.

»Den muss ich beschlagnahmen. Sie bekommen ihn wieder, sobald wir Ihren Sohn gefunden haben«, erklärte Falk.

»Dürfen Sie das denn?«

Natürlich nicht.

»Selbstverständlich«, sagte er mit der Autorität, die er sich jahrelang antrainiert hatte.

»Vielen Dank für Ihre Hilfe, Frau Sidorow«, meinte Juliane und reichte Kilians Mutter eine Karte. »Sollte Ihr Sohn sich in der Zwischenzeit bei Ihnen melden oder hier auftauchen, rufen Sie mich bitte umgehend an.«

Ohne einen Blick darauf zu werfen, steckte die Frau die Visitenkarte ein.

Falk beeilte sich, aus dem Zimmer zu kommen. Noch während er sich an Frau Sidorow vorbeischob, läutete sein Telefon.

Er zuckte zusammen. Wie hatte er vergessen können, das Ding abzustellen? Wenn Koruhn ihn zur Fahndung ausgeschrieben hätte, hätten die Kollegen nicht lange nach ihm suchen müssen. Eine simple Standortabfrage seines Handys hätte ausgereicht, und sie hätten ihn gefunden. Ein verdammter Anfängerfehler.

Widerwillig sah er auf das Display.

Pflegeheim ruft an.

Konnte das Zoe sein? Obwohl er ihr gesagt hatte, dass sie sich von ihm und seinem Vater fernhalten sollte, begann sein Herz schneller zu schlagen. Warum bekam er sie nicht aus dem Kopf?

Er nahm den Anruf mit einem Ja anstelle einer Begrüßung an.

Die Stimme, die antwortete, gehörte nicht Zoe. »Guten Abend, mein Name ist Silvia Töpfer von der *Seniorenresidenz am Huthpark.* Spreche ich mit Falk Bachmann?«

Enttäuschung breitete sich in ihm aus, was ihn auf der Stelle ärgerte. »Am Apparat.«

»Herr Bachmann, es tut mir leid, dass ich Sie stören muss, aber es geht um Ihren Vater.«

Um ein Haar wäre Juliane in ihn hineingelaufen, so abrupt blieb er stehen.

War es so weit? Kam ausgerechnet jetzt der Anruf, den er schon so lange erwartet und in manchen schlaflosen Nächten geradezu herbeigesehnt hatte? Würde die Frau am anderen Ende der Leitung ihm gleich mitteilen, dass sein Vater verstorben sei? Oder würde sie sagen, dass er von uns gegangen war? Oder wäre tot das Wort, das sie benutzen würde? So viele Umschreibungen für das Ende, und keine wollte so recht zu dem alten Hurensohn passen.

Trotzdem merkte Falk, wie sich etwas in seinem Hals zusammenzog. »Was ist mit meinem Vater?«

»Oh, es ist nicht das, was Sie vielleicht denken«, beeilte sich die Altenpflegerin zu sagen. »Ihr Vater lebt. Aber es geht ihm nicht gut. Er hat starke Schmerzen, und wir haben seine Dosis Fentanyl erhöhen müssen.«

Erst als Falk sein tiefes Ausatmen hörte, bemerkte er, dass er die Luft angehalten hatte. »Wenn er nicht …«, er ließ das letzte Wort ungesagt. »Warum rufen Sie mich dann an?«

»Ihr Vater verlangt nach Ihnen. Er ist ganz aufgeregt. Die ganze Zeit redet er davon, mit Ihnen über Ihre Mutter sprechen zu wollen. Ich hätte ja bis morgen früh mit meinem Anruf gewartet, aber ich kann nicht sicher sein, dass Ihr Vater die Nacht übersteht. Wenn Sie noch einmal mit ihm sprechen möchten, sollten Sie schnellstmöglich vorbeikommen.«

Kapitel 32

Es ist immer noch voll am Mainufer. Natürlich ist es das, schließlich ist es ein warmer Sommerabend im August. Menschen sitzen auf Decken im Gras; sie lachen, trinken Wein oder Bier, unterhalten sich, haben Spaß. Auf dem asphaltierten Weg vor den Uferwiesen flanieren Passanten. Hin und wieder schlängelt sich ein Inlineskater oder Fahrradfahrer an den Fußgängern vorbei, doch die meisten der abendlichen Besucher lassen sich einfach mit der Menge treiben.

Das macht es ihm leicht, ihr zu folgen, ohne von ihr bemerkt zu werden. In gebührendem Abstand, darauf achtend, dass sich immer ein paar Leute zwischen ihnen befinden, läuft er ihr nach. Die Gangschaltung seines Fahrrads, das er neben sich herschiebt, klickt leise, doch das Geräusch verliert sich in der allgemeinen Betriebsamkeit. Niemand schenkt ihm Beachtung, er ist unsichtbar.

Den ganzen Tag schon ist er ihr so nah, doch sie hat ihn nicht wahrgenommen. Sie hat ihn zwar gesehen, oh ja, aber sie hat ihn nicht wahrgenommen.

Niemand nimmt ihn wahr.

Doch das wird sich ändern, verspricht er ihr stumm.

Du wirst mich sehen, und ich werde dir helfen. Ich werde dich behandeln.

Neben ihr watschelt Duck in seinem Entengang und redet unentwegt auf sie ein. Tröstend legt er einen Arm um sie. Der Wichser nutzt ihre Trauer aus, um sich an sie ranzumachen.

Wut kocht in ihm hoch, doch er ringt sie nieder. Wenn er mit Celina fertig ist, wird er sich auch um die Jungs kümmern, aber das muss warten. Vorher hat er noch so viel zu tun.

Wie hat seine Mutter das alles nur geschafft? Sie hat so viele Patienten gehabt, dazu ihr Ehrenamt in der Gemeinde, die Gottesdienste, und um den Küster hat sie sich auch gekümmert.

Bei dem Gedanken an den Mann Gottes wird ihm schlecht. Ob seine Mutter gewusst hat, was der Mann mit ihm angestellt hat? Wo er ihn angefasst hat?

Noch immer geht er Celina und diesem Idioten hinterher, als er plötzlich innehält. Während er seinen Gedanken nachgehangen hat, waren die beiden stehengeblieben.

»Hey, pass doch auf, du Penner«, fährt ihn ein bulliger Kerl mit kahl rasiertem Schädel und Thor-Steinar-T-Shirt an. Um ein Haar wäre der Skinhead in ihn und sein Fahrrad hineingelaufen, wobei ihm fast die Bierflasche aus der Hand geglitten wäre.

»Es tut mir leid, es war keine Absicht«, hört er sich sagen und verachtet sich für den weinerlichen Tonfall. Betreten blickt er zu Boden, doch aus den Augenwinkeln betrachtet er den rasierten Kopf des Mannes. Hitze strömt zwischen seine Beine, als er sich vorstellt, wie der verfluchte Nazi gefesselt auf seinem Behandlungstisch im Keller liegt, und er die Zange ansetzt.

Die Menschen auf der Promenade wittern die Gefahr und weichen ihnen aus. Niemand wird ihm zur Hilfe eilen, wenn die Glatze zuschlägt.

Weil sie dich nicht sehen. Sie nehmen nur den Nazi wahr.

»Kriegst du einen Ständer?«, fragt der Nazi; sein Finger weist auf seinen Schritt.

»Ich … nein …« Er stammelt und spürt, wie ihm Röte in die Wangen steigt.

»Sag mal, machst du mich etwa an? Hältst du mich für eine verfluchte Schwuchtel?«

»Nein, das tue ich nicht.« Sein Herz beginnt zu rasen, und er wirft einen flüchtigen Blick nach links. Nach wie vor stehen Celina und Duck sich gegenüber und bemerken zum Glück nichts von dem Tumult, der sich nur wenige Meter hinter ihnen abspielt. Lächelnd schlingt Celina ihre Hände um Duck, dann drückt sie ihn fest an sich, bevor sie ihn wieder loslässt. Sie winkt ihm zu, schwingt sich aufs Fahrrad und fährt schließlich davon.

Er muss ihr nach.

Er *muss* einfach.

Der Nazi schleudert die Bierflasche auf den Boden; klirrend springen Scherben in alle Richtungen. Mit rotem Gesicht, in dem sich Wut und Vorfreude auf die bevorstehende Abreibung abwechseln, macht er einen weiteren Schritt auf ihn zu, während die Umstehenden zusehen, dass sie weiterkommen.

»Was ist da los?«, hört er eine befehlsgewohnte Stimme fragen, die ihn zum Eisernen Steg aufblicken lässt.

Zwei Streifenpolizisten. Sie beugen sich über das Geländer der historischen Fußgängerbrücke, die den Main überspannt und Sachsenhausen mit der Altstadt verbindet.

»Glück gehabt, Schwuchtel«, zischt der Nazi, dann verschwindet er.

»Stehen bleiben«, rufen die Polizisten und setzen sich in Bewegung. Mit großen Schritten laufen sie auf das Ende der Brücke zu.

Er überlegt nicht lange, sondern handelt instinktiv und schwingt sich auf sein Fahrrad. Von Celina, die den Weg rauf zum Schaumainkai nimmt, sieht er gerade noch die blonden Haare.

Wenn er sie erwischen will, muss er schnell sein.

Kapitel 33

Mia fühlte sich noch immer seltsam emotionslos, was mit Sicherheit auf die Tabletten zurückzuführen war, doch allmählich meinte sie zu spüren, wie die Wirkung nachließ. Blind in der Dunkelheit tastete sie nach der mit der Wand verschraubten Eisenplatte, an der die Kette festgemacht war. Wenn sie nicht alles täuschte, bewegte sich die Platte, sobald sie an der Kette zerrte.

Ein Schweißfilm bedeckte ihren nackten Körper, so energisch versuchte sie, das Ding zu lösen, aber langsam verließen sie die Kräfte. In ihrer Verzweiflung kniete sie sich hin, glitt mit den Fingerspitzen in den schmalen Schlitz zwischen Eisenplatte und Wand. Und zog.

Die Nägel des rechten Zeige- und Ringfingers brachen ihr ab, Blut troff über ihre Haut.

Erst nach einer Schrecksekunde schrie Mia auf. Der eine Nagel klemmte hinter der Eisenplatte, der andere hing aufgeklappt wie der Deckel einer Dose an ihrem Ringfinger.

Verzweiflung brach über sie hinein, und ihre Brust zog sich zusammen, nahm ihr den Atem.

Scharniere quietschten, als eine Tür geöffnet wurde.

»Bitte, nicht«, wimmerte Mia und zog die Beine dicht an ihren Körper.

Etwas klickte, dann erstrahlte der Raum erneut in dem gleißend hellen Licht, doch der Mann, der in den Keller trat, war wieder nur eine schwarze Silhouette.

Das war gut. Solange sie sein Gesicht nicht sah, konnte sie ihn nicht identifizieren. Also musste er sie nicht umbringen, konnte sie gehen lassen.

Er würde sie doch gehen lassen? Er hatte keinen Grund, sie umzubringen.

Leises Knirschen, das die Sohlen seiner Schuhe auf dem Betonboden verursachten, drang zu ihr. Der Mann kam näher.

Mia schloss die Augen. »Ich will Ihr Gesicht nicht sehen.«

»Endlich«, entgegnete der Mann, ohne auf sie einzugehen. Seine Stimme klang rau, sein Atem ging stoßweise. »Schau mich an, Mia.«

»Nein«, wiederholte sie. »Bitte, tun Sie mir nichts.«

Wieder Schritte. Durch die geschlossenen Lider sah Mia einen Schatten auf sich fallen.

Der Mann stand vor ihr. »Schschsch«, sagte er und berührte sie. »Es ist alles in Ordnung. Sieh mich an.«

Mia wollte nicht, doch sie tat, wie ihr geheißen. Sie blinzelte gegen das Licht an, und nach einer Weile nahmen die Konturen des Mannes Gestalt an.

Oh, nein. Sie kannte ihn.

Im ersten Moment wusste sie nicht, wo sie ihm schon einmal begegnet war, doch dann sah sie sein seltsam deformiertes rechtes Ohr.

Natürlich. Es war der Mann, der sie auf der Versammlung der *NHO* angesprochen und behauptet hatte, der neue Partner ihres Vaters zu sein.

Hartwick, so hatte er sich genannt. Ja, genau, er hatte sich ihr als Jan Hartwick vorgestellt.

Kapitel 34

»Kannst du nicht schneller fahren?« Ungeduldig rutschte Falk auf dem Sitz hin und her. Zwar trieb Juliane ihren Wagen zu Höchstleistungen an, doch da sie immer wieder an einer Ampel halten musste, schaffte es der Käfer zwischen den unfreiwilligen Stopps höchstens auf 60 km/h.

»Ich tu, was ich kann«, fuhr Juliane ihn an. »Soll ich dich nicht doch eher zu deinem Vater bringen? Dann rufe ich eine Streife und schaue mit den Kollegen in der Erntestraße vorbei. Wahrscheinlich werden wir dort sowieso nichts finden. Kilian Sidorow und Johannes Hoffmeister können tausend Gründe haben, auf dem Weg nach Syrien einen kurzen Abstecher zu machen. Vielleicht lagern noch einige Hilfsgüter in der Erntestraße, die sie vor dem Trip einsammeln müssen.«

Von der Gartenstraße bog Juliane in die Stresemannallee ein und nahm die Friedensbrücke über den Main ins Gutleutviertel.

»Hör auf, zu reden, und sieh zu, dass wir bald ankommen«, knurrte Falk. »Je schneller wir dort fertig sind, desto eher bin ich im Seniorenheim.«

Zum ersten Mal waren sie auf eine Spur gestoßen, und er würde ihr nachgehen, egal, ob er noch im Dienst war oder nicht.

Warum musste sein Vater ausgerechnet heute nach ihm rufen lassen? Was, wenn er starb, ohne dass Falk noch einmal mit ihm sprechen konnte? Der Alte durfte das, was im Dezember vor sechsundzwanzig Jahren geschehen war, nicht mit ins Grab nehmen.

Bislang hatte Falk mit kaum jemandem über den Tag gesprochen, der das vorzeitige Ende seiner Kindheit eingeläutet hatte. Juliane war eine der wenigen, die davon wussten. Kurz nachdem sie zum LKA gewechselt hatte, hatte er es bei einem gemeinsamen Drink für eine gute Idee gehalten, über die Vergangenheit zu sprechen, schließlich war Juliane studierte Psychologin.

Das Erste, wovon er ihr erzählt hatte, war die Tatsache, dass sich ihm heute noch der Magen umdrehte, wenn ihm der Geruch von Sauerkraut in die Nase zog. Denn am besagten Tag hatten seit den Morgenstunden in der Küche Kraut und Rippchen vor sich hingeköchelt. Es war ein kalter Wintertag gewesen, und Falk, der gerade siebzehn geworden war, hatte in seinem Zimmer auf dem Bett gelegen und seine Eltern streiten gehört.

»Ich kann so nicht weitermachen, und ich will so nicht weitermachen«, rief seine Mutter in einer Lautstärke, dass jedes ihrer Worte bis zu ihm nach oben drang.

Glücklicherweise hatte Lars, sein kleiner Bruder, bei einem Freund geschlafen, so blieb ihm wenigstens dieser Streit erspart. Mit seinen dreizehn Jahren litt er schon genug unter den ständigen Zankereien.

Falk hörte seine Mutter schluchzen, doch er verdrehte nur die Augen. Schon zu lange drohte sie damit, das Arschloch zu verlassen, als dass irgendjemand sie noch ernst nahm. Egal, was der Alte tat – mit anderen Weibern rummachen, sich bis zur Besinnungslosigkeit besaufen, tagelang nicht zu Hause auftauchen –, sie wartete auf ihn, immer einen Eintopf auf dem Herd, falls der Scheißkerl Hunger hatte.

»Dann hau doch endlich ab, ich hab genug von dir«, brüllte sein Vater mit schwerer Zunge. »Wann zum Teufel hast du dich eigentlich zum letzten Mal im Spiegel angesehen? Gott, wie kann man nur so hässlich sein?«

Als Falk hörte, wie sein Vater Schleim hochzog und ausspie – man brauchte nicht viel Fantasie, um sich vorzustellen, wie er seiner Mutter vor die Füße spuckte –, packten ihn Wut und Ohnmacht. Tränen füllten seine Augen.

»Es ist mir ein Rätsel, wie man sich so gehen lassen kann«, brüllte sein Vater. »Glaub nicht, dass dich jemand anderes will. Also hör mit dem Gejammer auf, und mach mir mein Essen.«

So ging es weiter; Beleidigungen, Vorwürfe und Zurechtweisungen wechselten sich ab, bis Falk es nicht mehr ertrug. Er nahm den Kopfhörer und schob das Album *The Joshua Tree* in den CD-Player. *U2* blendeten das Elend aus. Lediglich am Ende des Intros von *Where The Streets Have No Name* meinte Falk, ein Poltern gehört zu haben, was sich jedoch in den danach einsetzenden Gitarrenriffs verlor.

Bis heute fragte Falk sich, ob es dieses Poltern wirklich gegeben hatte. Als er sich später am Abend in die Küche schlich, fand er seinen Vater allein am Tisch mit einem Teller Eintopf vor. Seine Augen lagen tief in den Höhlen, sein Gesicht wirkte hohlwangig, und die Hand, mit der er den Löffel hielt, zitterte so stark, dass sie Mühe hatte, seinen Mund zu treffen. Für sich genommen, war dieser Anblick nichts, was Falk beunruhigt hätte. Was ihn jedoch stutzig werden ließ, war der chemische Geruch, der sich unter den des verkochten Sauerkrautes mischte. Jemand hatte die Küche mit Chlorreiniger geschrubbt.

»Wo ist Mum?«, fragte Falk.

Der Alte zuckte mit den Schultern. »Weg.«

»Was soll das heißen, sie ist weg?«

Sein Vater schaute auf. Hass blitzte in seinen Augen. »Es heißt, was es heißt. Deine Mutter ist verschwunden. Sie ist abgehauen, und ich habe sie nicht aufgehalten. Also setz dich hin und iss. So schnell bekommst du keinen Eintopf mehr.«

Falk kurbelte das Fenster von Julianes Wagen herunter, er brauchte Luft.

Es war ein Fehler gewesen, ihr davon zu erzählen. Andere mit den eigenen Problemen zu konfrontieren, änderte nichts. Außer, dass es alle sprachlos machte. Selbst Juliane hatte erst um Worte ringen müssen, dann hatte sie ihm aber all die Fragen gestellt, die er sich selbst seit jenem Tag stellte.

»Meinst du, er hat sie umgebracht? … Warum bist du nicht zur Polizei gegangen? … Wenn sie am nächsten Tag zweitausend Mark vom Familienkonto abgebucht hat, dann musste sie zu dem Zeitpunkt doch noch gelebt haben, oder? … Falls sie wirklich abgehauen ist, dann hätte sie deinen Bruder und dich doch mitgenommen … Bist du wegen ihres Verschwindens Polizist geworden?«

Falk riss sich von den Gedanken und Fragen los, die seit beinahe dreißig Jahren in seinem Kopf tobten. Die Vergangenheit war schmerzlich, aber sie war in erster Linie eines: vorbei.

»Da hinten ist es«, sagte Juliane und deutete am Ende der Sackgasse auf ein schmutzig gelbes, zweigeschossiges Bürogebäude mit geschlossenen Fensterläden. Sie bog auf den Hof ein und parkte neben einem dunkelgrünen Mini Clubman.

»Soll ich eine Halterabfrage machen?«, fragte Juliane, doch Falk ignorierte sie.

Etwas stimmte hier nicht, das spürte er ganz deutlich.

Noch bevor das Auto zum Stehen kam, riss er die Tür auf, sprang hinaus und rannte auf das Gebäude zu.

Kapitel 35

»Lassen Sie mich bitte gehen«, flehte Mia, während der Mann, der sich Jan Hartwick nannte, zu ihr herunterbeugte.

Eigentlich sah er mit seinen kurzen, dunkelblonden Haaren und den blauen Augen ganz normal aus, stellte ihr Verstand träge fest. Nur das rechte Ohr wirkte seltsam deformiert. Einen Vergewaltiger und Mörder hatte sie sich anders vorgestellt.

Sein Mund verzog sich zu einem Grinsen, und Mia wollte schreien, doch ihr Hals war wie zugeschnürt. Sie brachte nur ein leises Wimmern zustande. Mit beiden Händen fuhr sie sich durch das Gesicht, versuchte, wieder einen klaren Kopf zu bekommen.

Die Benommenheit musste von den verdammten Tabletten herrühren. Warum hatte sie die Dinger bloß geschluckt?

Die Angst kehrte zurück, was sich merkwürdig anfühlte, da sie unter einer Schicht aus Watte zu liegen schien. Mia wollte aufstehen, doch ihr tauber, unterkühlter Körper weigerte sich.

Im Gehen zog der Mann sich den Hoodie über den Kopf, was einen durchtrainierten Oberkörper zum Vorschein kommen ließ.

»Ich will nicht sterben«, flüsterte Mia, als er einen weiteren Schritt auf sie zumachte. Panisch presste sie ihre Füße gegen den Boden und schob sich dichter an die Wand, weg von dem Psychopathen, der sich langsam, aber unaufhaltsam auf sie zubewegte und etwas Metallisches aus seiner Hosentasche holte.

Er klappte das Ding auf, und im ersten Moment meinte Mia, er hielte ein Klappmesser in der Hand, doch dann sah sie klarer. Es war eine aufklappbare Zange.

Kapitel 36

Ein Flutlicht flammte auf und tauchte den Hof in grelles Licht. Offenbar hatte Falk einen Bewegungsmelder ausgelöst.

»Wir können da nicht einfach rein«, hörte er Juliane in seinem Rücken rufen. »Nicht ohne Durchsuchungsbeschluss.«

»Gefahr im Verzug«, sagte er und rüttelte an der Tür, hinter der er die Büros vermutete, doch sie ließ sich nicht öffnen. »Außerdem bin ich nicht mehr im Dienst, schon vergessen?« Er schaute erst zum Mini, der im Hof parkte, dann zurück zum Gebäude. Nirgendwo brannte Licht, trotzdem musste jemand da sein.

Er rüttelte erneut, diesmal mit mehr Kraft, aber wieder ohne Erfolg.

»Wir sollten Verstärkung rufen«, sagte Juliane.

»Ich will mich nur ein bisschen umsehen. Du kannst im Wagen warten, wenn dir das lieber ist.« Ein flüchtiger Blick auf das Klingelschild brachte ihm keinen Aufschluss darüber, was genau die Firma tat.

Sabia international – Import/Export.

»Vergiss es, ich komme mit«, entgegnete Juliane. »Keine Alleingänge.«

Als er sich gerade abwenden wollte, hörte er einen Schrei.

Sofort zog er die Waffe und gab drei Schüsse auf das Schloss ab. Eine Wolke aus Kordit stieg ihm ins Gesicht. Er wartete einen Moment, dann ging er einen Schritt nach vorn und trat gegen die Tür, woraufhin sie krachend aufflog und er ins Innere stolperte.

Wie erwartet, fand er sich in einem Büro wieder. Rasch ließ er seinen Blick durch den Raum schweifen, der nur vom Licht des Außenstrahlers erhellt wurde. Bis auf ein paar Aktenschränke und zwei gegenüberliegende Schreibtische, die unter einem Berg aus Papieren verschwanden, war das Büro leer.

Ein weiterer Schrei, dieses Mal lauter.

Juliane, die ihm gefolgt war, deutete auf eine Tür hinten in der Ecke.

Mit drei Schritten war Falk dort und riss sie auf. Um Haaresbreite wäre er die Treppe heruntergefallen, die sich dahinter anschloss und in einen Keller führte. Unbeholfen ruderte er mit den Armen, und sein Herz setzte einen Schlag aus, doch dann, im letzten Augenblick, bekam er das Geländer zu fassen und lief los.

Unten brannte Licht, es musste also jemand dort sein. Mit beiden Händen hielt er die Waffe, voll konzentriert und bereit zu schießen, während ihm das Blut in den Ohren rauschte. An einigen Stellen wiesen die unverputzten Kellerwände dunkle Wasserränder auf, es roch nach Schimmel.

Er bog um eine Ecke und fand sich vor einer Metalltür mit zwei massiven Riegeln wieder, die jedoch nicht vorgeschoben waren. Vorsichtig, ohne die Waffe sinken zu lassen, riss er die Tür auf.

»Polizei!«, rief er, bevor ihm der Atem stockte. Ein Mann mit freiem Oberkörper lag bäuchlings auf dem Boden, ein halbes Dutzend Scheinwerfer um sich herum, und griff sich stöhnend an den Hinterkopf. Neben ihm kauerte Mia. Schützend hielt sie sich ein Kleidungsstück vor die nackte Brust.

»Papa, endlich«, rief sie, doch ihr Tonfall war gedehnt und schleppend, als hätte man sie aus dem Schlaf gerissen.

Falk richtete die Waffe auf den Rücken ihres Peinigers, der sich mühsam hochstemmte.

»Hartwick?«, stieß Falk ungläubig aus, als dessen Gesicht vom Licht der Scheinwerfer erfasst wurde. »Was zur Hölle …?«

»Du kennst ihn?«, stammelte Mia. »Ist er wirklich dein Kollege? Er wollte mich…« Der Rest des Satzes ging in einem Schluchzen unter, und sie setzte neu an. »Er hatte vor, mich wie Ashwa umzubringen.«

»Was? Wovon redest du?«, fragte Hartwick. Mit den Fingern betastete er seinen Hinterkopf.

»Bleib unten«, zischte Falk.

»Bist du verrückt? Ich bin dein Partner.«

»Unten bleiben«, wiederholte Falk, während sein Blick auf die Zange fiel, die neben Hartwicks Bein lag. Unwillkürlich krümmte sein Zeigefinger sich um den Abzug der Pistole. »Du Schwein.«

»Nein, nicht«, rief Juliane, die in diesem Moment im Türrahmen auftauchte. »Mach dich nicht unglücklich, du darfst ihn nicht erschießen.« Sie eilte auf Mia zu, legte einen Arm um ihre Schulter und schirmte sie so vor Hartwick ab.

»Warum?«, fragte Falk an Hartwick gewandt. »Warum hast du die Mädchen umgebracht?«

»Drehst du jetzt völlig durch?« Hartwick wirkte aufrichtig entrüstet. »Ich bin hier, um Mia zu befreien.«

»Ach, und was ist das?« Falk wies auf die Zange.

»Das siehst du doch, ein Multifunktionsmesser. Mit der Zange wollte ich Mia von ihrer Fußfessel erlösen«, antwortete Hartwick. »Aber sie hat mir die Eisenkette gegen den Hinterkopf gerammt. Genau auf die Stelle, an der ich neulich schon was abgekommen habe. Ich glaube, sie steht unter Drogeneinfluss.«

»Du kannst dir die Geschichten sparen«, sagte Falk. »In zwanzig Minuten wimmelt es hier von Kriminaltechnikern. Gleichzeitig werden die Forensiker deine DNA überprüfen, und dann werden sie eine Übereinstimmung mit der des Täters finden.«

Hartwick setzte sich auf, und Falks Finger zuckte am Abzug.

»Nicht, Falk«, hielt Juliane ihn ein zweites Mal ab. »Mia braucht dich.« Dann wandte sie sich Hartwick zu. »Warum bist du halb nackt, wenn du dem Mädchen helfen wolltest?«

»Weil ich ihr meinen Hoodie gegeben habe.« Hartwick breitete die Arme aus. »Komm schon, Juliane, ich weiß, ich bin der Neue, und wir kennen uns noch nicht lang, aber glaubst du ernsthaft, ich könnte mich an jungen Frauen vergehen?«

Falls er auf ein Nein von Juliane hoffte, wurde er enttäuscht. Sie blickte ihn forschend an.

»Himmel, Leute«, sagte er, »ich stehe nicht einmal auf Frauen. Ich bin schwul.«

Falk musterte ihn eindringlich. Noch immer lag Fassungslosigkeit auf seinem Gesicht. Doch Falk hatte schon zu viele Verdächtige entrüstet gesehen, um sich davon in die Irre führen zu lassen.

»Wenn du Mia nicht entführt hast, woher hast du dann gewusst, wo sie versteckt gehalten wird?«, fragte Falk.

»Im Krankenhaus ist mir der Name des Autohändlers wieder eingefallen, der mich auf der Versammlung der *NHO* angesprochen hat. Sven Appelt hieß er, und ich habe ihn und sein Autohaus gegoogelt. Danach habe ich dich angerufen, um dich auf Stand zu bringen, aber du bist nicht rangegangen.«

Falk fiel Hartwicks Anruf ein, der eingegangen war, als er in dessen Wohnung Sachen für das Krankenhaus zusammengesucht hatte. Er hatte den Anruf weggedrückt, weil er gerade dabei gewesen war, Juliane zu gestehen, dass er Mias Armband unter der Leiche gefunden und entwendet hatte.

»Also habe ich mich selbst entlassen und bin zum Autohaus gefahren«, fuhr Hartwick fort. »Ich wollte mir diesen Appelt vorknöpfen, aber dann habe ich gesehen, wie er mit einem bulligen Kerl südländischer Herkunft gesprochen hat. Araber oder Albaner, schätze ich.«

Ein Albaner? Falk horchte auf und war versucht, Hartwick die Geschichte abzunehmen.

Koruhn hatte nicht übertrieben; Hartwick schien wirklich ein brillanter Kopf zu sein. Aber er selbst arbeitete auch nicht erst seit gestern. In Sachen Fallanalyse war er Spezialist, er konnte eins und eins zusammenzählen. Hartwick hatte ihn überwacht, er kannte seine Vergangenheit. Ihm musste klar gewesen sein, dass er nur einen Albaner zu erwähnen brauchte, um Falk falsche Schlüsse ziehen zu lassen.

»Kurz darauf hat der bullige Typ Appelt ein Paket mit dem Logo der *NHO* gegeben«, redete Hartwick weiter. »Frag mich nicht, warum, aber etwas an dem Kerl kam mir suspekt vor, also bin ich ihm gefolgt. In Griesheim hat er die Autobahn verlassen und an einem Imbiss etwas zu essen und eine Flasche Wasser geholt, danach ist er zu dieser Import-Export-Firma gefahren. Er ist rein, hat sich zehn Minuten drinnen aufgehalten, dann ist er wieder rausgekommen und davongefahren.« Hartwick strich sich erneut über die Stelle am Kopf, wo Mia ihn mit der Kette getroffen hatte. »Mir ist klar, dass ich damit gegen einen Haufen Vorschriften verstoßen habe, aber ich musste doch kurz nachsehen, was er dort gemacht hat. Deshalb bin ich rein und habe mich im Büro umgesehen. Ich hoffte, irgendwas zu finden, das uns in unseren Ermittlungen voranbringt, und das habe ich dann ja auch.« Er nickte zu Mia, die ihr Gesicht in Julianes Busen vergraben hatte.

Falk kam nicht umhin, Hartwick für seinen Einfallsreichtum zu bewundern. In der Regel fiel es Tätern schwer, sich plausible Lügengespinste auszudenken, besonders, wenn sie dies spontan und unter Stress tun mussten. Hartwick aber machte seine Sache gut. Unter anderen Umständen hätte Hartwick es vielleicht geschafft, Zweifel bei ihm aufkommen zu lassen.

»Ich habe die Fotos«, sagte Falk.

Hartwick sah ihn fragend an.

»Die Fotos aus deiner Wohnung. Als ich in deinem Apartment war, um dir die Sachen für das Krankenhaus zu holen, sind sie aus dem Schrank gefallen. Fotos, auf denen Mia und ich zu sehen sind. Und die Aufnahme von Mias Abiturjahrgang, auf der auch Aishwarya Jha und Antonia-Sophie Ballhaus abgebildet sind, habe ich ebenfalls gesehen.« Der Knöchel von Falks Zeigefinger, der nach wie vor am Abzug lag, war vor Anspannung inzwischen weiß. Hartwick hatte zwei Mädchen umgebracht, und er hatte Mia töten wollen. Er verdiente es, zu sterben.

»Warte! Es ist alles ganz anders. Lass es mich erklären«, rief Hartwick. Seine Atmung ging stoßweise, während seine Worte sich überschlugen. »Es stimmt, bevor ich die Stelle beim LKA angenommen habe, habe ich einen Journalisten, einen Freund von mir, gebeten, ein paar Fotos von dir zu machen. Nur Fotos, sonst nichts. Aber er ist mit seinen Recherchen übers Ziel hinausgeschossen, als er mir das Abschlussbild von Mia besorgt hat. Ich habe ihn nicht darum gebeten, das musst du mir glauben.« Seine blauen Augen blickten flehend. »Er weiß, dass ich Polizist bin, und … na ja … wir hatten was miteinander.« Hartwick wurde rot. »Deshalb hat er sich wohl besondere Mühe gegeben. Aber ich habe dich nicht überwacht, ich wollte nur herausfinden, was für ein Mann du bist. Um nicht unvorbereitet zu sein, wenn ich dich das erste Mal persönlich treffe.« Seine Schultern sackten herab. Plötzlich wirkte er viel jünger als sechsundzwanzig. »Das war total bescheuert, ich weiß, und es tut mir leid. Ich hätte es dir schon viel früher sagen sollen, aber ich wollte auf den richtigen Zeitpunkt warten.«

Nun war es an Falk, fragend dreinzublicken. »Was sagen?«

»Dass du …« Er schluckte. »… mein Vater bist.«

Kapitel 37

Eigentlich schien Duck ganz in Ordnung zu sein, überlegte Celina, während sie mit dem Rad über den Eisernen Steg fuhr, was im Grunde nicht erlaubt war, schließlich handelte es sich um eine Fußgängerbrücke. Okay, wenn Duck lief, hatte er etwas von einem Spast, aber heute hatte er sich rührend um sie gekümmert. Er hatte ihr zugehört, sich Zeit für sie genommen, sie ausreden lassen, und dabei hatte sie zum ersten Mal festgestellt, dass er ganz passabel aussah. Nicht so gut wie Marc, natürlich nicht; der war außer Konkurrenz und zudem vergeben. Und rein äußerlich betrachtet, mochte auch Ole die bessere Wahl sein, doch diesen Freak hätte Celina nicht näher als zwei Meter an sich herangelassen.

Warum erlaubten Marc und Duck dem Psycho, mit ihnen abzuhängen? Ihr lief es jetzt noch kalt den Rücken hinunter, wenn sie daran dachte, wie er sie den ganzen Nachmittag gemustert hatte, sobald er gedacht hatte, sie würde es nicht mitbekommen. Erst nachdem Ole gegen acht Uhr abgehauen war, hatte sie sich – zum ersten Mal nach der schrecklichen Nachricht über Antonia-Sophies Tod – ein wenig entspannen können. Was nicht zuletzt an Ducks fürsorglicher Art gelegen hatte. Außerdem hatte ihr seine Umarmung zum Abschied gutgetan. Sie hatte sich wohl in seiner Nähe gefühlt, und trotz der ganzen Umstände hatte er sie zum Lachen gebracht.

Vielleicht hätte sie sein Angebot, sie nach Hause zu bringen, doch annehmen sollen.

Unvermittelt musste Celina bremsen, da der Mann, um den sie gerade herumfahren wollte, die Richtung änderte und ihr direkt vors Fahrrad lief. Sie klingelte, fluchte, und um ein Haar hätte der Idiot vor Schreck sein Smartphone fallen lassen.

Hundertprozentig ein Tourist. Kein Großstädter kam auf die Idee, um halb zehn abends einen so dämlichen Sonnenhut zu kurzen Hosen und einem Hemd zu tragen.

Celina kam ins Trudeln, schaffte es aber im letzten Moment, dem Trampel auszuweichen, ohne ihn über den Haufen zu fahren. Wütend warf sie einen Blick zurück und rief: »Pass doch auf, wo du hingehst, Landei.«

Der Mann war zu perplex, um sie seinerseits zu verwünschen, was sein gutes Recht gewesen wäre, schließlich war sie es, die unerlaubterweise mit dem Rad auf der Brücke fuhr. Aber nicht nur sie, wie sie beiläufig feststellte, bevor sie sich wieder nach vorn umwandte. Hinter ihr fuhr noch jemand mit dem Fahrrad über den Steg, also musste sie kein schlechtes Gewissen wegen dieser kleinen Ordnungswidrigkeit haben.

Auf der anderen Mainseite bog sie links ab und folgte dem Mainkai weiter Richtung Innenstadt. Während sie an der Leonhardskirche, einem, wie sie fand, deprimierenden Touristenmagneten aus dem dreizehnten Jahrhundert, vorbeifuhr, dachte sie über den morgigen Tag nach. Wie ihre Mutter ihr vorhin am Telefon noch einmal eingeschärft hatte, würde sie gegen zehn Uhr im Polizeipräsidium in der Adickesallee erwartet werden. Von einem gewissen Hauptkommissar Höldtke.

Celina war sich immer noch nicht sicher, was sie diesem Höldtke sagen sollte. Schließlich wusste sie nichts. Und die Tatsache, dass Ashwa von ihnen in den Brunnen gestoßen worden war, würde sie den Bullen ganz bestimmt nicht unter die Nase reiben. Wenn das herauskam, würde man ihr womöglich eine Mitschuld an Ashwas Tod geben. Nicht auszudenken, was passieren würde, wenn die Sache im Internet die Runde machte. Dann konnte sie ihre Banklehre vergessen. Warum hatte sie Marc bei seiner kindischen Idee überhaupt unterstützt?

Komm, wir verpassen der Paki-Schlampe einen kleinen Denkzettel. Zum Abschied, bevor sie sich wieder nach Indien verzieht. Du kannst ihre besserwisserische, überhebliche Art doch auch nicht ab. Lass mich nicht betteln, Süße. Das wird ein Spaß. Aber sag Mia nichts, okay?

Deshalb hatte sie mitgemacht. Weil es bedeutet hatte, dass sie und Marc ein Geheimnis teilten, von dem seine neue Freundin nichts wissen durfte. Außerdem hatte sie nicht nein sagen können, als er sie mit diesem niedlichen Welpenblick angesehen und ihr beiläufig eine verirrte Haarsträhne aus der Stirn gestrichen hatte.

Vielleicht sollte sie vor ihrem Besuch auf der Wache mit Mias Vater sprechen, schließlich war er Polizist. Und da Mia letztlich auch dabei gewesen war, traf sie genauso viel oder wenig Schuld wie sie. Herr Bachmann würde seine Kollegen sicher davon überzeugen können, den saudummen Streich unter Verschluss zu halten.

Die Ampel an der Kreuzung zur Hofstraße sprang auf Rot, doch Celina hielt nicht an, sondern fuhr auf den Gehweg, wich einer Litfaßsäule aus und bog rechts Richtung Willy-Brand-Platz ab. Aus den Augenwinkeln sah sie, wie der Fahrradfahrer hinter ihr in der gleichen waghalsigen Weise auf den Bürgersteig wechselte und ebenfalls in die Hofstraße einbog.

War es der Mann, der genau wie sie verbotenerweise mit dem Fahrrad über den Eisernen Steg gefahren war?

Sie war sich nicht sicher, da sie beide Male nicht viel von ihm gesehen hatte, doch hatte er nicht eine Basecap aufgehabt? Eine schwarze, so wie Ole sie stets trug?

Ein ungutes Gefühl breitete sich in ihr aus, und sie trat fester in die Pedale.

Bleib ruhig, ermahnte sie sich. *Du bist mitten in der Stadt. Um dich herum fahren Autos, und es sind auch noch genügend Fußgänger unterwegs.*

Trotzdem schlug ihr Herz wild, und ihr Atem ging abgehackt, als sie durch die Häuserschlucht auf den Willy-Brand-Platz zufuhr. Nach einer Weile warf sie erneut einen Blick zurück über ihre Schulter.

Erst glaubte sie, ihn abgehängt zu haben, doch dann tauchte er hinter einem Baustellencontainer auf, der einen Teil des Fahrradwegs blockierte. Er fuhr schnell, aber auf die Entfernung und im dunkler werdenden Licht konnte sie sein Gesicht unter der Basecap nicht erkennen. Es wirkte konturlos, trotzdem schrie alles in ihr, dass es tatsächlich Ole war, der sie verfolgte.

Dieser verdammte Psycho.

Was sollte sie machen? Anhalten und ihn zur Rede stellen?

Nein, sie wusste ja nicht einmal mit Sicherheit, ob der Typ ihr wirklich hinterherfuhr und es nicht ihre Nerven waren, die ihr einen Streich spielten.

Unvermittelt bog sie am Eurotower scharf nach links ab. Die Bremsen eines weißen Kombis quietschten, wütendes Hupen folgte.

Celina ignorierte das Gebrüll des Fahrers, das durch das offene Fenster drang, und fuhr in die Fußgängerzone – was sich als keine gute Idee erwies, denn nachdem sie die S-Bahn-Haltestelle am Willy-Brand-Platz hinter sich gelassen hatte, waren kaum noch Menschen unterwegs. Schlossen die Geschäfte und Cafés, war die Innenstadt wie ausgestorben; das hätte sie sich doch denken können.

Sie traute sich erst nicht, dann aber warf sie doch einen schnellen Blick über die Schulter.

Verdammt, er war noch da. Keine zehn Meter hinter ihr. Und er holte auf.

Celina entfuhr ein Schrei. Ihre Waden brannten, während sie noch schneller in die Pedale trat. Lange würde sie bei dem Tempo nicht mehr durchhalten. Sie spürte, wie Panik in ihr hochkroch und ihr die Kehle zuschnürte.

Warum zur Hölle war sie in die Fußgängerzone gefahren? Außer ein paar in Schlafsäcken eingehüllten Pennern, die in Ladeneingängen lagen, konnte sie niemanden entdecken, den sie um Hilfe bitten konnte.

Hinter sich hörte sie ein Keuchen. Er musste ihr ganz nah sein, doch sie wagte es nicht, noch einmal über die Schulter zu sehen. Stattdessen mobilisierte sie ihre letzten Kräfte, aber als sie aus den Augenwinkeln sah, wie sein Vorderrad sich langsam auf die Höhe ihres Hinterrads schob, wusste sie, dass sie keine Chance gegen ihn hatte.

Plötzlich, als sie sich fast auf Höhe der blau leuchtenden Euro-Skulptur mit den gelben Sternen befand, bemerkte sie die Straßenbahn, die sich ihr von vorne näherte. Hart riss sie den Lenker herum und fuhr über die Bahnschienen. Ein eindringliches Bimmeln, dann das kreischende Quietschen von Metall auf Metall, als der Fahrer den Zug bremste, aber da war Celina schon vorbei.

Nun traute sie sich doch, einen Blick zurückzuwerfen.

Von ihrem Verfolger war nichts mehr zu sehen. Er musste hinter der Bahn zurückgeblieben sein.

Celina atmete auf, gönnte sich aber keine Pause, sondern fuhr, so schnell sie konnte, auf das hell erleuchtete Opernhaus zu.

Konzertbesucher in Anzügen und Abendkleidern stoben nach dem Ende der Vorstellung aus dem rechteckigen Bau mit der schmucklosen Glasfassade. Celina bremste, sprang vom Rad und lief die letzten Meter auf die Stufen zum Haupteingang zu. Die überwiegend älteren Frauen und Männer in ihrer teuren, ein wenig angestaubt wirkenden Abendgarderobe warfen ihr irritierte Blicke zu. Doch Celina ließ sich nicht aufhalten. Sie bahnte sich einen Weg durch den Besucherstrom und rannte ins Gebäude.

»Moment mal«, rief einer der Mitarbeiter in weißem Hemd und dunklen Hosen. »Die Veranstaltung ist zu Ende.«

Celina drehte sich um und suchte nach Ole.

Nichts.

»Ich habe etwas vergessen«, rief sie dem grauhaarigen Mann zu. »Bin gleich wieder weg.«

Bevor er protestieren konnte, rannte sie auf die Waschräume zu, stürmte in die Damentoilette und schloss sich in einer Kabine ein.

Keuchend ließ sie sich auf den geschlossenen Toilettensitz fallen und zog das Smartphone aus der Tasche. Ihre Finger zitterten so stark, dass sie zwei Anläufe brauchte, bis sie den Bildschirm entsperrt und die Kontaktliste geöffnet hatte.

Sie scrollte durch die Einträge und suchte den von Mias Vater. Zum Glück hatte Mia ihr die Nummer vor einigen Wochen gegeben, als Mia das Wochenende bei ihm verbracht hatte und ihr Handy kaputt gegangen war.

»Ja?«, erklang nach dem dritten oder vierten Klingeln seine unfreundliche Stimme.

»Herr Bachmann?«, keuchte Celina.

»Wer ist da? Ich hab jetzt keine Zeit.«

»Ich bin es. Celina Maschke.«

Zwei, drei Sekunden war es still, wahrscheinlich überlegte Herr Bachmann, woher er den Namen kannte. »Ah, Celina. Es tut mir leid, aber Mia kann gerade nicht ans Telefon.«

Panik erfasste sie, als sie begriff, dass er jeden Moment auflegen würde. »Bitte, Herr Bachmann!«, Ihre Stimme bebte. »Ich will nicht mit Mia sprechen. Ich brauche Ihre Hilfe. Jemand verfolgt mich.«

Herr Bachmann atmete scharf ein, und mit einem Mal wirkte er interessiert. »Was? Wer folgt dir?«

»Keine Ahnung. Ich bin mir nicht sicher, aber ich glaube, es ist Ole aus meiner Klasse.«

»Ole?«

»Ole Zeibig, der Freak, der vor zwei Jahren nach Frankfurt gezogen ist. Er ist ein totaler Psycho, ich habe Angst vor ihm. Als er geglaubt hat, niemand beobachtet ihn, ist er zurück zum Brunnen gegangen. Das habe ich genau gesehen. Ich glaube, er hat Ashwa rausgeholt.«

»Okay, bleib ganz ruhig. Versuch, ein paar Mal tief durchzuatmen.«

Celina versuchte es, doch es gelang ihr nur leidlich.

»Wo bist du jetzt?«, fragte Herr Bachmann.

»Ich bin in die Oper gelaufen und habe mich auf der Damentoilette eingeschlossen. Aber was ist, wenn er mir gefolgt ist?«

»Du bist also an einem öffentlichen Ort, wo noch andere Leute sind. Das ist gut.« Wieder war es kurz still, offenbar überlegte Herr Bachmann. »Bist du noch dran?«

»Ja.«

»An der Oper stehen um diese Uhrzeit immer Taxis. Ich will, dass du dich jetzt in eines dieser Taxis setzt, und dann lässt du dich zum nächsten Polizeirevier fahren. Ich komme später und hol dich ab.«

»Nein, das geht nicht«, wiegelte Celina ab. »Ich weiß nicht, was ich denen erzählen soll. Es ist alles so kompliziert. Erst die Sache mit Ashwa und dann Antonia-Sophies Tod.« Tränen liefen ihr übers Gesicht. »Können Sie nicht herkommen? Bitte! Bevor ich mit der Polizei sprechen kann, muss ich mit Ihnen reden. Es ist wichtig.«

»Ich habe keine Zeit.« Erneut blieb es kurz still. »Also gut, dann lass dich zu meiner Wohnung bringen. Elbestraße 30. Du warst doch schon mal mit Mia hier, oder?«

»Ja.«

»Dann hör zu. Unten im Haus gibt es eine kleine Eckkneipe. *Elfi's Ecke*. Geh da rein, und sag Elfi – das ist die Wirtin –, sie soll ein Auge auf dich haben, bis ich komme. Es kann aber recht spät werden, Mia muss ins Krankenhaus.«

»Ins Krankenhaus?«, fragte Celina. »Was ist mit Mia?«

»Nicht jetzt. Geh raus auf den Vorplatz, nimm dir ein Taxi, und fahr in die Elbestraße. Falls es zu spät wird, bis ich komme, ruf deine Eltern an, und lass dich von ihnen abholen. Aber achte darauf, dass du immer in der Nähe von anderen Menschen bleibst, verstanden?«

»Mache ich.«

Herr Bachmann legte auf.

Celina konnte kaum einen klaren Gedanken fassen. Als sie vom Toilettensitz aufstand, hätten ihre Knie beinahe unter ihr nachgegeben. Vorsichtig schloss sie die Kabinentür auf und spähte in den Waschraum.

Niemand war zu sehen. Also schlich sie sich zurück ins Foyer, und auch dort konnte sie Ole nirgendwo entdecken. Allerdings gab es in der gewaltigen Halle, an deren Decke goldene Skulpturen hingen, die entfernt an Wolken erinnerten, erschreckend viele Möglichkeiten, sich zu verstecken.

Am liebsten wäre sie zurück zur Toilette gelaufen und hätte sich in einer der Kabinen wie in einem Mauseloch verkrochen, doch ihr war klar, dass die Oper bald schließen würde. Dann wäre niemand mehr hier.

Niemand, außer sie. Und Ole.

Trotz der sommerlichen Abendtemperaturen fror sie, als sie nach draußen eilte und auf die wartenden Taxis zulief.

Ihr fiel nicht auf, dass jemand die Luft aus den Reifen ihres Rads gelassen hatte. Und ihr fiel auch nicht der Mann auf, der mit tief ins Gesicht gezogener Basecap gegenüber in der Gallusanlage im Schatten einer Straßenlaterne auf sie wartete.

Kapitel 38

Es gab zwei Menschen, die Falk mehr bedeuteten als sein eigenes Leben, und beide befanden sich in einem der Krankenwagen, die zusammen mit einem Streifenwagen und zwei zivilen Einsatzfahrzeugen der Polizei auf dem Hof der Import-Export-Firma standen. Mia lag, eingehüllt in ein weißes Betttuch und betreut von Sanitätern, auf einer Trage, während Becky neben ihr saß und ihre Hand hielt. Sie war vor einer Viertelstunde in der Erntestraße eingetroffen, nachdem er sie angerufen und informiert hatte. Liebevoll lächelte sie Mia an, doch die schwarzen Schlieren, die unter ihren Augen begannen und sich wie Rinnsale über ihre Wangen zogen, verrieten ihre Tränen.

Falk stand etwas abseits des Bürogebäudes und blickte teilnahmslos den Polizeibeamten bei ihrer Arbeit zu. Er wusste nicht, was er tun sollte. Eigentlich sollte er ebenfalls in dem Krankenwagen bei Mia sitzen. Er sollte ihre Hand halten. Ihr gut zureden. Ihr sagen, dass alles wieder gut werden würde. Aber er konnte es nicht, denn er wusste, dass das gelogen wäre. Die äußeren Wunden, die Mia davongetragen hatte, würden verheilen. Aber ihre Seele würde sich vielleicht nie mehr erholen.

Eine unsagbare Wut loderte in ihm. Gleichzeitig rasten die Gedanken in einer solchen Geschwindigkeit durch seinen Kopf, dass es ihm schwerfiel, einen von ihnen festzuhalten.

»Das wird wieder.« Juliane Klawitter legte Falk sacht eine Hand auf die Schulter.

Er zuckte leicht zusammen, und es fiel ihm schwer, den Blick vom Krankenwagen abzuwenden und Juliane anzusehen. Schließlich tat er es aber doch. »Glaubst du das wirklich?«

Sie nickte. »Mia lebt. Außerdem ist sie stark. Sie hat den eisernen Willen ihres Vaters.« Sie schenkte ihm ein halbes Lachen. »Ein Glück nur, dass sie das Aussehen von ihrer Mutter hat.«

Falk bemühte sich, Juliane die andere Hälfte des Lächelns zu schenken, doch er war sich nicht sicher, ob es ihm gelang. Ein Kloß saß in seinem Hals, sodass er sich räuspern musste, bevor er sprechen konnte. »Meinst du, sie wird wieder die Alte?«

»Niemand bleibt, wie er ist«, antwortete Juliane. »Alles verändert sich, und manchmal verändert etwas alles. Das kann hart sein und uns jeden Halt nehmen. Wer lebt, der fällt auch. So ist es nun mal, und wir können daran verzweifeln oder mutig sein und wieder aufstehen. Im Fall von Mia bin ich mir sicher, dass sie wieder auf die Beine kommt. Du musst ihr nur genügend Zeit geben.« Juliane hielt kurz inne. »Aber was ist mit dir? Stehst du wieder auf?« Sie schaute von Falk zu dem Krankenwagen, in dem Hartwick verarztet wurde.

Falk folgte ihrem Blick.

Zum zweiten Mal innerhalb weniger Tage befand sich Hartwick in einem Krankenwagen, doch dieses Mal saß er zumindest auf der Krankentrage, anstatt auf ihr zu liegen, und unterhielt sich mit dem Sanitäter. Offensichtlich hatte Mia ihn nicht fest am Kopf getroffen. Die Jacke, die ihm ein Schutzpolizist gegeben hatte, war ihm eine Nummer zu groß. Seinen Hoodie, mit dem Mia sich bedeckt hatte, hatte die Spurensicherung eingetütet und mitgenommen.

»Glaubst du seine Geschichte?«, fragte Falk.

»Glaubst du sie?«

Falk fuhr sich mit beiden Händen durchs Haar, bevor er sie hinter dem Kopf zusammenführte und die Finger verschränkte. »Ich weiß nicht, was ich glauben soll. Ich habe der KTU eine DNA-Probe von mir gegeben, und sie werten sie zeitgleich zu der von Hartwick aus. Wir werden also morgen nicht nur wissen, ob seine DNA mit der des Täters von Aishwarya Jha und Antonia-Sophie Ballhaus übereinstimmt, sondern auch, ob ich sein Vater bin.«

Doch eigentlich brauchte Falk nicht auf die Auswertung zu warten. Er spürte, dass Hartwick nicht der Täter war.

Und was das andere anging?

Vorsichtig zog er den Zettel aus der Hosentasche, den Hartwick ihm vorhin, bevor die Verstärkung eingetroffen und die Maschinerie ins Rollen gekommen war, gegeben hatte.

»Der Name meiner Mutter lautet Hannah«, hatte Hartwick gesagt. »Hannah Hartwick, doch ihr Mädchenname ist Mohr.«

Falk hatte den Zettel beiläufig eingesteckt, dann hatte er sich um Mia gekümmert, die kaum noch ansprechbar gewesen war.

Geistesabwesend strich er das Stück Papier glatt.

Es stand lediglich eine Telefonnummer darauf.

0170 – 34102011

»Da kommen Höldtke und Koruhn«, sagte Juliane und deutete auf die beiden Männer.

»Kannst du sie mir noch fünf Minuten vom Hals halten?«, fragte Falk. »Ich muss kurz telefonieren.«

Juliane nickte. »Fünf Minuten.« Sie wandte sich ab, um Höldtke und Koruhn entgegenzulaufen, doch dann fiel ihr noch etwas ein. »Vielleicht sollten wir eine Streife zu *Elfi's Ecke* schicken, um Celina Maschke aufs nächste Präsidium bringen zu lassen?«

»Nein, in der Kneipe verkehren nur Stammgäste, da fällt ein Fremder auf. Celina ist dort sicher. Außerdem will ich der Erste sein, der mit ihr spricht. Vielleicht ist der Kerl, der sie verfolgt hat, auch der, der Mia das angetan hat.« Falk zuckte mit den Achseln. »Möglich wäre es. Und jetzt geh, und halt Koruhn und Höldtke hin.«

Juliane spannte die Schultern an. Energisch lief sie den beiden Männern entgegen, und Falk fragte sich, wie oft sie ihm schon den Arsch gerettet hatte.

Er wählte die Nummer, die Hartwick ihm gegeben hatte, und während das Freizeichen ertönte, dachte er zum ersten Mal seit Jahren wieder an Hannah. Achtzehn Jahre war sie damals gewesen, schüchtern, scheuer Blick. Ihre kurzen, blonden Haare hatten immer unfreiwillig zerzaust ausgesehen, was ihr den Spott der Klassenkameradinnen, aber Falks Bewunderung eingebracht hatte. Schnell hatte er sich zu ihr hingezogen gefühlt, vielleicht auch, weil sie zwei Jahre älter als er gewesen war.

Im Winter, nachdem seine Mutter verschwunden – *abgehauen, ermordet, tot?* – war, hatten sich die Noten seines Bruders Lars rapide verschlechtert, worauf ihm Hannah als Tutorin zugewiesen worden war. Erst hatte Falk ihn nicht zur Nachhilfe bringen wollen, doch als er gehört hatte, dass es Hannah war, die ihm in Englisch und Deutsch unter die Arme greifen sollte, war er mitgegangen.

Wie lange waren sie zusammengewesen, Hannah und er? Drei Monate? Vier? Gott, was war er verknallt in sie gewesen. Außerdem hatte Hannah ihm durch eine der dunkelsten Zeiten seines Lebens geholfen. Deswegen hatte es ihn auch so hart getroffen, als sie in den Sommerferien vor ihrem letzten gemeinsamen Schuljahr urplötzlich mit ihm Schluss gemacht hatte und zu einem Austauschjahr in die USA aufgebrochen war. Nach Amerika zu gehen, war ihr großer Traum gewesen, das hatte er gewusst, doch eigentlich hatte Hannah erst nach dem Abitur Deutschland verlassen wollen. Falk hatte nie begriffen, wieso sie ihre Pläne über Bord geworfen hatte. Er war am Boden zerstört gewesen, und es war ihm heute noch peinlich, wenn er daran dachte, dass er seinen Schmerz damals in Gedichten niedergeschrieben hatte.

Anfangs hatte er noch Briefe an Hannah geschrieben und sie Herrn Mohr, ihrem Vater, dem Religionslehrer und stellvertretenden Schulleiter, mit der Bitte gegeben, sie Hannah nachzuschicken, da dieser im Gegensatz zu ihm ihre Adresse gehabt hatte. Doch da Antworten ausgeblieben waren, hatte er ebenfalls aufgehört zu schreiben.

»Hallo?«, hörte er nach einiger Zeit eine müde Frauenstimme.

»Hannah, bist du das?«

»Wer spricht dort?«

Falk atmete hörbar aus. Ihm war gar nicht aufgefallen, dass er die Luft angehalten hatte. »Entschuldigung. Hier ist Falk Bachmann.«

Der Frau am anderen Ende der Leitung entfuhr ein überraschtes Stöhnen, dann wurde der Ton schlechter, da sie offenbar das Mikrofon des Handys mit der Hand abschirmte. Trotzdem verstand Falk, was sie sagte: »Ein Mitglied unserer Gemeinde ist am Telefon. Ein Notfall. Ich gehe kurz ins Arbeitszimmer und bin gleich wieder da. Schlaf weiter, Schatz.«

Eine Tür fiel ins Schloss. Nach einer Weile hörte er ein Feuerzeug aufflammen, dann zog Hannah an einer Zigarette und atmete aus.

»Okay, jetzt können wir sprechen.«

»Du erinnerst dich an mich?«, fragte Falk, obwohl ihm klar war, dass sie wusste, wer er war, denn sonst hätte sie ihren Mann nicht angelogen.

»Es ist schon spät«, entgegnete sie nach einem Moment und wich seiner Frage aus. »Können wir nicht morgen miteinander reden?«

»Nein, diese Sache kann nicht warten. Wie du vielleicht weißt, hat dein Sohn vor ein paar Tagen beim LKA eine neue Stelle angetreten. Er wurde mir als Partner zugewiesen.«

Sie sagte nichts.

»Bist du noch dran?« Falk hörte lediglich das Knistern des verbrennenden Tabaks.

»Was willst du, Falk?«

»Ist er mein Sohn? Ich meine, ist er unser Sohn?«

»Nein«, kam die Antwort viel zu schnell. Hannah war laut geworden, doch gleich darauf senkte sie die Stimme wieder. »Er ist der Sohn von Michael. Er hat ihn mit mir aufgezogen. Du hast kein Recht, mich nach all den Jahren mitten in der Nacht anzurufen, um mich so etwas zu fragen.«

Plötzlich ergab alles einen Sinn. Deshalb war Hannah Hals über Kopf in die USA gegangen. Weil sie von ihm schwanger gewesen war.

Aber warum hatte sie nichts gesagt? Er hätte sich seiner Verantwortung gestellt, er wäre für sie dagewesen.

Falk sah zu Mia hinüber. Becky hielt noch immer ihre Hand, während der Sanitäter gerade dabei war, die Türen des Rettungswagens zu schließen.

Du hättest dich deiner Verantwortung gestellt?, höhnte eine Stimme in seinem Kopf. *Du kannst dich ja nicht einmal um die Tochter kümmern, von der du weißt, dass es sie gibt.*

Falk hörte auf, sich zu belügen. Als Vater war er eine Niete. Ein Totalausfall. Und wenn er es recht bedachte, war er im Grunde in allem ein Versager.

»Also stimmt es«, sagte er mehr zu sich selbst als zu seiner ersten großen Liebe. »Verdammt, Hannah, das hättest du mir sagen müssen.«

»Wozu?«, fragte sie. »Du warst ja nicht mal volljährig. Wir waren Kinder.«

»Hat dich dein Vater, der Großinquisitor, deshalb weggeschickt? Hat er dich in die USA verbannt? Oder bist du womöglich gar nicht in Amerika gewesen, sondern hast dich neun Monate zu Hause verkrochen?« Falk hatte nicht laut werden wollen, doch mit einem Mal wurde ihm alles zu viel.

»Red nicht so von meinem Vater, du kennst ihn nicht«, sagte Hannah. »Er hat immer nur das Beste für mich gewollt. Ich habe ihn enttäuscht.« Sie schluckte und wechselte das Thema. »Wie geht es Jan?«

»Was?«

»Geht es ihm gut?«

»Er hat ein paar Schläge auf den Kopf einstecken müssen«, antwortete Falk, »aber sonst ist mit ihm alles okay.«

»Kann ich mit ihm sprechen?«

Falk schaute zu dem Krankenwagen, in dem Hartwick saß. »Warum rufst du ihn nicht einfach an?«

»Ich habe seine Nummer nicht«, sagte sie.

Falk stutzte. Er brauchte einen Augenblick, dann begriff er. Hartwick hatte sich von seiner Familie abgewandt.

»Seit wann weiß er Bescheid?«, fragte er. »Wann hat er herausgefunden, dass ich sein Vater bin?« Erneut hörte er, wie Hannah den Rauch ihrer Zigarette tief in ihre Lungen sog.

»Vor zwei Jahren«, sagte sie nach einem Moment verblüfften Schweigens.

»Vor zwei Jahren? So lange? Herrgott, Hannah! Was ist das für eine Scheiße? Was spielt ihr für ein Spiel?«

»Ich lege jetzt auf. Sag Jan, dass mir alles leidtut. Wirklich alles.«

Es knackte, dann war Hannah weg.

Kapitel 39

Noch bevor Falk sein Telefon wegstecken konnte, begann es schon wieder zu klingeln.

Pflegeheim ruft an.

Falk hob ab. »Bachmann.«

»Oh, Herr Bachmann, gut dass ich Sie erreiche«, sagte die gleiche Frauenstimme, die ihn bereits ein paar Stunden zuvor angerufen hatte. Doch dieses Mal klang sie nicht dringlich oder aufgeregt, sie hörte sich unnatürlich ruhig an. »Silvia Töpfer noch einmal. Von der *Seniorenresidenz am Huthpark*«, schob sie nach, als Falk nichts erwiderte.

Seine Kehle war trocken.

»Es tut mir leid, Ihnen das mitteilen zu müssen. Aber ihr Vater ist vor einer halben Stunde verstorben.«

Kapitel 40

Zoe stand im Schatten eines Aufstellers, auf dem sich eine Schönheit im knappen Bikini räkelte und der den Weg zum *Red Palace* wies. In dieser tropisch warmen Nacht war auf der Taunusstraße nicht viel los, nur vereinzelt schlenderten Männer an ihr vorbei und steuerten das Laufhaus an.

Immer wieder spähte Zoe unauffällig über den Rand des Aufstellers zum Eingang. Tarik, dieser Wichser, der zusammen mit seinem Kumpel bei ihr eingedrungen war und Ferret ins Krankenhaus befördert hatte, saß gelangweilt auf seinem Barhocker und glotzte auf sein Handy, das neben einer Dose Red Bull vor ihm auf dem Tisch lag. Sein Gesicht wurde von der Leuchtreklame in rotes Licht getaucht.

Angespannt wippte Zoe mit dem Fuß. Irgendwann musste das fette Schwein doch mal kurz verschwinden, vielleicht ums Eck, um sich einen Döner zu holen, oder wenigstens aufs Klo zum Pinkeln.

Ein Mann mit gewaltigem Bauch unter einem zu engen Camp-David-T-Shirt kam auf seinem Weg zum *Red Palace* an Zoe vorbei. Als er sie bemerkte, blieb er stehen und musterte sie ungeniert. Zu ihren Doc Martens trug Zoe noch immer ihren Schwesternkittel, da sie nach dem Tod von Falks Vater mit der Ausrede, ihr sei schlecht geworden, das Seniorenheim verlassen hatte und sofort hierher gefahren war.

»Was glotzt du denn so?«, fragte Zoe und warf ihm einen vernichtenden Blick zu.

»Siehst scharf aus, gefällt mir. Wie viel?«, fragte Camp David zurück.

»Verpiss dich, Arschloch.«

»Dreckige Nutte! Hältst dich wohl für etwas Besseres. Du Schlampe gehörst mal kräftig rangenommen.«

»Grüß deine Frau von mir«, entgegnete Zoe. »Oder war sie schlau genug, dich vor die Tür zu setzen, bevor deine Wampe sich über deinen kleinen Freund geschoben hat?«

Er zeigte ihr den Mittelfinger, dann schlenderte er, vorbei an Tarik, der nur kurz aufblickte, ins Laufhaus.

Augenblicklich wurde Zoe schlecht, denn das Bild, wie der Fiesling sich ihre Schwester aussuchte und mit ihr in das kleine, überhitzte Zimmer ging, um sie zu vögeln, schob sich vor ihr inneres Auge. Eigentlich hatte Zoe vorgehabt, sich ungesehen ins *Red Palace* zu schleichen und Jessy mitzunehmen, doch Tarik machte keine Anstalten, seinen Posten zu verlassen, und nun konnte Zoe nicht länger warten. Ihre Finger wanderten zu dem Brief, der in der Tasche ihres Kittels steckte und auf dessen Umschlag Falks Name stand. Das schlechte Gewissen packte sie, doch sie verdrängte es, schließlich ging es um ihre kleine Schwester.

»Na sieh mal an, wer da kommt«, sagte Tarik, als er erkannte, wer vor ihm stand. Er musterte Zoe so ungeniert, wie Camp David es getan hatte. »In dem Outfit würdest du selbst an miesen Tagen eine Menge Kohle einfahren, Baby. Musst nur noch ein oder zwei Knöpfe mehr aufmachen.« Ein anzügliches Grinsen legte sich auf sein Gesicht.

Als Tarik Anstalten machte, mit seinen Wurstfingern nach ihrem Kittel zu grabschen, trat sie einen Schritt zur Seite, nahm die Dose Red Bull und kippte ihren Inhalt über sein Handy.

Der bullige Kerl sprang auf. »Du verfickte Bitch«, rief er. »Ich bring dich um. Du bist tot, das schwöre ich. Du bist tot, Mann.« Hastig schnappte er sich sein Telefon und schüttelte es, bevor er es am Stoff seines T-Shirts rieb.

Zoe rannte an ihm vorbei.

»Fotze«, brüllte Tarik. Das nasse Handy rutschte ihm aus der Hand und fiel auf den Fliesenboden, als er schwerfällig von seinem Hocker glitt, um sie aufzuhalten.

Zoe achtete nicht auf ihn, sondern stürmte die Treppe hinauf. Sie hatte den zweiten Stock bereits erreicht, als sie ihn noch immer unten fluchen hörte.

Im Flur vor den Zimmern der Mädchen wäre sie beinahe in Camp David hineingelaufen. Er stand vor der Asiatin im ultraknappen Bikini, die Zoe von ihrem letzten Besuch kannte. Die junge Frau reckte ihren kaum vorhandenen Busen nach vorn und fuhr sich mit der Zunge lasziv über die Lippen, während der Fiesling sie mit kritischem Blick begutachtete. Er machte den Eindruck, als betrachte er ein Stück Rindfleisch in der Auslage einer Metzgerei.

Du mieses Schwein, dachte Zoe, dann riss sie ohne Vorwarnung die Tür zu Jessys Zimmer auf.

Zwei Augenpaare blickten sie an, doch keines gehörte zu ihrer Schwester.

Eine farbige Frau mit prallen Brüsten und perfekten Kurven an Bauch und Hüften kniete auf dem Bett vor einem dürren Mann, dessen Haut so blass war, dass sich jedes einzelne der wenigen Haare auf seiner Brust wie Spinnenbeine abzeichnete. Die Frau mühte sich mit Mund und Hand an einem halb erigierten Penis von der Größe eines dieser Minigewürzgürkchen ab, die Zoe so gerne aß. Nach heute Nacht würde sie die Dinger wahrscheinlich nicht mehr anrühren.

»Was …?«, keuchte der Dürre, und sein Blick huschte zwischen Zoe und der dunkelhäutigen Schönheit vor seinen Lenden hin und her. Diese blickte Zoe lediglich fragend, aber keineswegs unfreundlich an.

»Wo ist Jessy?«, stieß Zoe atemlos hervor. »Meine Schwester. Sie hat in diesem Zimmer gearbeitet.«

»Keine Ahnung«, entgegnete die Frau, ohne den zupackenden Griff um das wenig standfeste Gewürzgürkchen zu lockern. »Sie haben sie weggebracht und mir ihr Zimmer gegeben. Ich habe nicht nein gesagt. Vorher habe ich unterm Dach gearbeitet, da hält man es bei der Hitze nicht aus.«

»Weggebracht?«, echote Zoe. »Was soll das heißen? Wo steckt Jessy?«

Die Frau zuckte mit den Achseln. »Ich weiß nicht.«

Inzwischen hatte der dürre Kerl seine Stimme wiedergefunden. »Verschwinden Sie, ich habe schon bezahlt! Und du?« Er schaute auf die farbige Schönheit. »Warum hast du nicht abgeschlossen?«

»Reg dich ab, es geht ja gleich weiter, Schätzchen«, sagte die Frau und nahm ihn wieder in den Mund.

Als Zoe rückwärts aus dem Zimmer trat, stieß sie gegen etwas Weiches. Ein Arm legte sich von hinten um ihren Hals. Sie keuchte auf.

»Wenn mein verdammtes Telefon im Arsch ist, lernst du mich richtig kennen. Dann kannst du dir mit dem kleinen Stricher im Krankenhaus ein Zimmer teilen. Oder besser ein Grab!« Unsanft zog Tarik sie weiter in den Flur. Zoe bekam keine Luft mehr. Mit beiden Händen griff sie nach seinem Unterarm, bohrte mit aller Kraft ihre Fingernägel in sein Fleisch, doch der Riese schien es gar nicht zu spüren. Scheinbar mühelos hob er sie hoch, ohne den Druck auf ihren Hals zu verringern.

»Das reicht«, sagte eine Stimme hinter ihnen.

Tarik fuhr herum, und als er in das finster dreinschauende Gesicht von Admir Jasari blickte, lockerte er seinen Griff und ließ los.

Zoe legte die Hände an den Hals und sog röchelnd Luft ein. Aus den Augenwinkeln sah sie Camp David davonhuschen, was ihr einen vernichtenden Blick der Asiatin einbrachte.

»Was zur Hölle ist hier los?«, rief der dürre Kerl aus Jessys Zimmer. »So etwas habe ich ja noch nie erlebt. Ich will mein Geld zurück. Außerdem bringt es diese Nutte sowieso nicht.«

Bedächtig strich Admir Jasari sich über seinen Vollbart, der inzwischen mehr graue als schwarze Haare aufwies, und wandte sich dem Kunden zu. Langsam rieb Jasari sich die Hände, wodurch sich sein Bizeps unter seinem blütenweißen T-Shirt anspannte. Er trat in das winzige Zimmer.

»Der werte Herr möchte sich also beschweren?«, fragte er.

Jetzt ließ die Frau das Gewürzgürkchen los und rückte so weit nach hinten, wie sie konnte, worauf sich die wenige Standfestigkeit vollends in Luft auflöste.

Der dürre Kerl griff nach einem Kissen und hielt es sich vor den Schritt. »Raus! Und zwar alle!«, rief er mit einer Stimme, die nun eine Oktave höher klang.

Blitzschnell packte Jasaris große Hand den Kopf des Mannes und stieß ihn gegen die Zimmerwand. Es gab ein dumpfes Geräusch, gefolgt von einem Schrei. Ein Blutfleck blieb auf der Wand zurück.

»Schaff das Stück Scheiße raus«, sagte Jasari zu Tarik. »Und mach ihm klar, dass es besser für seine Gesundheit ist, wenn er die Sache ganz schnell wieder vergisst. Ach ja, und gib ihm sein Geld zurück, aber zieh die Aufwandsentschädigung für die Reinigung ab.« Er deutete auf den Fleck an der Wand.

Tarik lachte. »Selbstverständlich, Boss.«

Admir Jasari trat zurück in den Flur und baute sich vor Zoe auf. Er ließ die Knöchel seiner Finger knacken, was Zoe unter anderen Umständen albern gefunden hätte. Doch als sie das blutüberströmte Gesicht des Freiers sah, den Tarik zusammen mit seinen Klamotten aus dem Zimmer zerrte, verfehlte das Knacken seine Wirkung nicht. »Kommen Sie, Zoe. Lassen Sie uns oben weitersprechen. Wie es mir scheint, sind Sie nicht gut für mein Geschäft.« Er lachte humorlos.

»Wo ist Jessy?«, fragte Zoe heiser, ohne sich von der Stelle zu rühren.

»Ihre Schwester bereitet sich auf eine lange Reise vor, die sie, wenn ich ihr Gejammer richtig interpretiert habe, nicht unbedingt antreten möchte«, sagte Jasari. »Ob Ihre Schwester auf Reisen geht oder nicht, wird davon abhängen, was Sie mir heute Abend anbieten.«

Zoe schossen Tränen in die Augen, und im Stillen entschuldigte sie sich bei Falk, den sie wirklich mochte. Hätten sie sich unter anderen Umständen kennengelernt, hätte aus ihnen etwas werden können.

Aber so?

Bevor sie es sich anders überlegen konnte, griff sie in die Tasche ihres Kittels und zog den Brief daraus hervor, den Gustav Bachmann seinen Söhnen hinterlassen hatte.

»Ich gebe Ihnen das hier, aber erst will ich Jessy sehen.«

Kapitel 41

Obwohl der Bildschirm längst dunkel geworden war, starrte Falk weiter auf das Handy in seiner Hand. Er war unfähig, etwas zu fühlen. Jetzt hatte sein Vater, dieser Hurensohn, den Löffel abgegeben und die Wahrheit über den Verbleib seiner Mutter mit ins Grab genommen.

Falk hatte erwartet, wütend zu sein. Oder enttäuscht. Vielleicht sogar erleichtert. Doch alles, was er spürte, war eine seltsame Leere.

Er nahm eine Bewegung wahr und hob den Kopf.

Hartwick kletterte aus dem Krankenwagen. Blaues Licht von den umstehenden Streifenwagen zuckte rhythmisch über sein Gesicht.

Mein Sohn.

Die Leere breitete sich weiter in Falk aus.

»Falls Sie glauben, wir würden Ihnen für diesen Alleingang einen Orden verleihen, liegen Sie so was von daneben.« Koruhn, der Bär vom LKA, trat zusammen mit Höldtke und Juliane auf ihn zu. »Ich will wissen, was heute Abend vorgefallen ist. Und zwar jedes noch so winzige Detail.« Koruhn streckte die Hand aus. »Aber als Erstes händigen Sie mir Ihre Waffe aus, Herr Bachmann.«

Falk entging nicht, dass Koruhn den *Hauptkommissar* wegließ.

So endete also seine Karriere bei der Polizei.

Wortlos zog Falk die Heckler & Koch aus dem Hosenbund, vergewisserte sich routiniert, dass sie gesichert war, nahm sie am Lauf und reichte sie Koruhn mit dem Griff voran. Zum zweiten Mal an diesem Tag steckte der Bär die Waffe ein, doch nun ließ er sie in der Innentasche seines Sakkos verschwinden, wo Falk nicht so einfach an sie herankommen würde.

Die Vorsichtsmaßnahme hätte Koruhn sich sparen können. Falk hatte nicht die Absicht, ihm noch mehr Probleme zu bereiten. Juliane und er hatten Mia gefunden, und es ging seiner Tochter den Umständen entsprechend gut. Mehr hatte er nie gewollt. Sollten Höldtke und Koruhn doch die Fleißarbeiten übernehmen und nach dem Täter fahnden. Er war raus.

»Du wirst dich nie ändern«, polterte Höldtke los und strich seine Haare glatt. »Zum Glück ist deine Zeit um. Polizeiarbeit ist Teamarbeit, aber davon hast du ja noch nie etwas verstanden.«

»Was verstehst du schon von Polizeiarbeit?«, konterte Falk, doch es klang lahm. Er war müde und wollte nichts anderes, als bei Mia im Krankenhaus vorbeischauen und sich dann ins Bett verziehen. Vorher würde er allerdings noch kurz zu *Elfi's* gehen. Er musste, wie er es versprochen hatte, mit Celina sprechen, sie in ein Taxi setzen und zu ihren Eltern schicken.

»Du solltest lieber kleine Brötchen backen«, plusterte Höldtke sich auf. »Wegen dir haben wir tagelang in vollkommen falsche Richtungen ermittelt. Ich werde das nicht auf sich beruhen lassen.«

»Herr Bachmann wird sich für seine Fehler verantworten müssen«, entgegnete Koruhn, um einen sachlichen Ton bemüht. »Aber vorher würde ich gerne wissen, wie Sie auf Kilian Sidorow, Johannes Hoffmeister und diese Import-Export-Firma gekommen sind. Und warum waren Klawitter und Hartwick am Tatort?« Koruhn betrachtete Juliane. »Was haben Sie überhaupt mit Ihrem Gesicht gemacht?«

Zerknirscht senkte Juliane den Kopf. »Das ist alles ein wenig kompliziert.«

»Weiß man schon, wer hinter der Firma steckt?«, fragte Falk, ohne auf Koruhns Fragen einzugehen. Er blickte über Höldtke hinweg und deutete auf eine Überwachungskamera, die an einer mindestens sechs Meter langen Stange befestigt war und das Einfahrtstor sowie einen Teil des vorderen Hofes erfasste. »Habt ihr die Aufnahmen der Kamera? Hartwick hat von einem Araber oder Albaner gesprochen, dem er vom Autohaus eines gewissen Sven Appelt, einem Unterstützer der *NHO*, hierher gefolgt ist. Gibt es Bilder von dem Mann? Ist er einer von Jasaris Leuten?«

»Hören Sie mir überhaupt zu?«, fragte Koruhn, wobei der Ärger, den er zu unterdrücken versuchte, nun deutlich herauskam. »Sie sind nicht länger in die Ermittlungen involviert. Ich habe Sie bis auf Weiteres suspendiert. Und verschonen Sie mich mit Jasari. Nicht jeder Verdächtige mit Migrationshintergrund, der Ihnen bei der Arbeit über den Weg läuft, ist einer von seinen Männern. Admir Jasari ist Geschichte. Der ist nur noch ein kleines Licht im Milieu, also kriegen Sie Ihre Paranoia in den Griff. Wir konzentrieren uns auf die *NHO* im Allgemeinen und auf Hoffmeister und Sidorow im Besonderen. Also, ich wäre Ihnen dankbar, wenn Sie endlich den Mund aufmachen würden. Wo haben Sie die beiden das letzte Mal gesehen?«

»Bei der Mutter von Kilian Sidorow«, antwortete Juliane an Falks Stelle. »Ich bin auf eine Verbindung zwischen Kilian Sidorow und Mia Bachmann gestoßen, und wir wollten dieser Verbindung nachgehen.«

»*Wir*?«, fragte Koruhn. »Ihnen war doch sicher klar, dass ich Bachmann von dem Fall abgezogen hatte.«

»Es ist nicht Julianes Schuld. Ich habe sie gezwungen, mich mitzunehmen«, gestand Falk. »Herrgott, Koruhn, wenn es um Ihre Tochter gegangen wäre, hätten Sie sich doch auch nicht einfach kaltstellen lassen.«

Ein Techniker, bekleidet mit einem weißen Einmaloverall und Latexhandschuhen, tauchte neben Höldtke auf und ersparte Koruhn eine Antwort. Der Kriminaltechniker nahm seinen Mundschutz ab und ließ ihn um den Hals hängen.

»Gibt es etwas Neues?«, fragte Höldtke.

»Kann man so sagen«, antwortete der Techniker. »Wir haben den gesamten Keller mit Luminol untersucht, und nach den Verletzungen, die unsere bisherigen Opfer aufgewiesen haben, wäre es höchst unwahrscheinlich, keine Rückstände von Blut in den Kellerräumen zu finden. Doch bis auf ein paar Tropfen, die wahrscheinlich von den abgerissenen Fingernägeln des jüngsten Entführungsopfers stammen, ist der Keller sauber.«

»Was soll das heißen, er ist sauber?«, fragte Höldtke. »Wurde er gereinigt oder was?«

Der Techniker schüttelte den Kopf. »Das wäre unmöglich. Der unversiegelte Betonboden saugt Flüssigkeiten auf wie ein Schwamm. Da können Sie schrubben, wie Sie wollen, Blutspuren werden Sie so schnell nicht los.«

»Und was bedeutet das?«, fragte Höldtke.

Der Techniker zuckte mit den Achseln. »Also entweder hat der Täter bei den vorangegangenen Morden den gesamten Raum penibel mit Folie ausgelegt und diese im Anschluss an die Tat weggeschafft.« Er überlegte kurz. »Oder, was ich für wahrscheinlicher halte, die anderen Opfer wurden nicht hier umgebracht.«

»Haben Sie die Aufnahmen der Überwachungskamera sichern können?«, fragte Falk und deutete auf die andere Seite des Platzes.

Der Techniker folgte seinem Blick. »Negativ. Die Kamera liefert schon lange keine Bilder mehr. Meine Männer sind auf ein abgerissenes Kabel gestoßen, das, den Witterungsspuren nach zu urteilen, seit mindestens einem Jahr Wind und Wetter ausgesetzt ist. Das Schätzchen dient wohl nur noch der Abschreckung.«

Falk fluchte, ohne die defekte Videokamera aus den Augen zu lassen.

Irgendetwas stimmte nicht.

Theoretisch war es zwar möglich, dass der Täter mit jedem neuen Opfer den Tatort wechselte, doch Falk glaubte nicht daran. Falls der Mann die Frauen lediglich missbraucht und anschließend am Leben gelassen hätte, würde Falk ein solches Vorgehen verstehen. Dann würde der Tatort die Polizei nicht auf die Spur des Täters bringen. Aber in ihrem Fall?

In Höldtkes Fall, rief er sich ins Gedächtnis, doch jetzt, wo die Zahnräder in seinem Kopf zu rattern begonnen hatten, ließen sie sich nicht mehr stoppen.

Der Täter hing einer ihn stimulierenden Gewaltfantasie nach, und er folgte immer einem bestimmten Schema. Nur wenn er nach dem gleichen Modus Operandi vorging, verschaffte er sich einen Lustgewinn. Er nahm den Opfern ihre Haare, schwächte sie, indem er sie bis zu einem gewissen Grad ausbluten ließ, und brach ihnen die Zähne aus dem Mund.

Falk fasste sich an die Schläfe. Nun konnte er die Zahnräder in seinem Kopf geradezu rotieren hören. Volles Haar, makellose Zähne, ein gesunder Teint, das alles gehörte zu den Hauptmerkmalen weiblicher Vollkommenheit, doch der Täter musste den Frauen diese Attribute rauben, erst dann konnte er sich sexuell an ihnen vergehen.

Warum? Warum kannst du mit jungen, starken und gutaussehenden Frauen nichts anfangen?

Falk stellte die Antwort auf die Frage hintan und konzentrierte sich wieder auf den Tatort.

Du tötest Frauen und drapierst sie anschließend im Wald. Wenn du dir jedes Mal einen neuen Keller suchen würdest, könntest du dieses Risiko vermeiden. Dann könntest du sie einfach liegen lassen. Aber du musst die Leichen wegschaffen, denn du spielst dein Spiel an einem Ort, den wir leicht mit dir in Verbindung bringen könnten. Einem Ort, der dir vertraut ist; wo du dich sicher fühlst. Draußen, im ganz normalen Alltag, bist du schwach und unsicher.

Natürlich bist du das, denn bei den Frauen, von denen du dich angezogen fühlst, hast du keine Chance. Sie wollen nichts von dir wissen, sie beachten dich nicht einmal.

Trotzdem willst du sie.

Falk hielt den Atem an. Er hatte das Gefühl, etwas Wesentliches läge dicht unter der Oberfläche seines Bewusstseins und warte nur darauf, von ihm entdeckt zu werden. Doch Höldtke ließ ihm keine Zeit, es zu bergen.

»Wenn das alles ist, gehen Sie wieder an die Arbeit«, bügelte er den Techniker barsch ab.

Der Mann warf Höldtke einen unterkühlten Blick zu, bevor er abzog.

»Und du verlässt jetzt meinen Tatort, Bachmann«, kommandierte Höldtke. »Den Rest deiner Aussage nehmen wir morgen früh auf. Ich erwarte dich pünktlich um acht in meinem Büro. Das ist keine Bitte.«

Falk zeigte ihm den Mittelfinger und blickte zu Hartwick. Der junge Kommissar – *sein Sohn* – stand immer noch vor dem Krankenwagen und hatte die Hände tief in den Taschen seiner Hose vergraben.

Es wurde Zeit, sich mit ihm zu unterhalten.

Kapitel 42

»Du verfluchter Wichser, lass mich los!« Tränen der Wut und Enttäuschung stiegen in Zoe auf und ließen Admir Jasaris Büro im obersten Stock des *Red Palace* kaleidoskopartig vor ihren Augen verschwimmen. »Jasari, ich bring dich um! Wir haben einen Deal.« Mit Händen und Füßen versuchte sie, sich gegen Tarik zur Wehr zu setzen, doch er hatte seine Arme von hinten um sie geschlungen und hinderte sie so daran, Jasari an die Kehle zu springen. Dieser saß auf der Kante seines Schreibtischs, den Brief an Falk Bachmann und seinen Bruder in der Hand haltend, während Jessy an seiner Seite lehnte.

Wie ein halb verhungertes Kätzchen schmiegte ihre Schwester sich an Jasari, den Kopf an seine Schulter gelehnt. Ihr drogenumnebelter Blick fixierte irgendetwas an der Wand neben Zoe.

»Wir haben einen Deal, und ich halte mich an meinen Teil der Abmachung«, sagte Jasari, wobei ein Grinsen um seinen Mund spielte. »Du kannst deine Schwester mitnehmen. Sie ist frei.« Er stieß Jessy von sich.

Überrascht riss Jessy den Blick von der Wand und taumelte zur Seite.

Zoe wollte ihr zur Hilfe eilen, doch Tarik hielt sie weiter umklammert.

Jessy verzog das Gesicht und strich ihr schwarzes, ziemlich teuer aussehendes Etuikleid zurecht. »Was machst du?«, fragte sie mit weinerlicher Stimme und schaute den Albaner mit riesigen Vogelaugen an. »Wir sind doch zusammen, du und ich.« Mit eingezogenem Kopf kam sie zurück zu Jasari, der einen Arm um ihre Taille legte.

»Siehst du, kleine Zoe. Mir scheint, deine Schwester will gar nicht weg. Und da sie erwachsen ist, können wir sie auch nicht zwingen. Sie weiß selbst, was gut für sie ist. Stimmt's, Baby?« Ohne eine Antwort abzuwarten, griff Jasaris Hand nach Jessys Hinterkopf, drehte ihr Gesicht zu sich und presste ihren Mund auf seinen. Bereitwillig öffnete Jessy die Lippen.

Tränen rannen über Zoes Wangen.

Sie hätte es wissen müssen. Dieses Arschloch würde Jessy niemals gehen lassen – egal, was Zoe ihm gab oder für ihn erledigte.

Es war alles umsonst gewesen. Sie hatte Falk Bachmann um den letzten Willen seines Vaters, oder was immer der Brief enthielt, betrogen, doch an der Situation ihrer Schwester änderte sich nichts.

Als sie vorhin mit Jasari in sein Büro gegangen war, hatte Jessy dort bereits gewartet. Zunächst hatte Zoe sich nichts dabei gedacht, sie in einem Kleid und hochhackigen Schuhen zu sehen. Sie war einfach froh gewesen, ihre Schwester lebend und einigermaßen wohlauf vorzufinden. Aber dann war Zoe stutzig geworden, irgendetwas hatte sie irritiert. Trotzdem hatte sie Jasari den Brief ausgehändigt, worauf Jessy, anstatt zu ihr zu kommen, sich dem Wichser an den Hals geschmissen hatte. Erst in diesem Augenblick hatte Zoe das Designerkleid, die edlen Pumps und Jessys glasige Augen richtig wahrgenommen.

Jasari hatte ihre Schwester mit irgendeinem Stoff versorgt, sie in eine teure Boutique geschleift und neu ausgestattet, bevor er ihr weisgemacht hatte, sie wäre seine neue Freundin.

Und wozu das alles?

Um Zoe zu demütigen. Jasari wollte ihr zeigen, dass sie, die kleine Krankenschwester und Altenpflegerin, keine Chance gegen ihn, den großen Macker, hatte.

»Bitte, Jessy«, versuchte Zoe eine andere Strategie. »Komm mit. Dann musst du nie mehr für ihn anschaffen.«

»Aber das muss ich doch jetzt schon nicht mehr«, sagte ihre Schwester. »Seine Freundin braucht kein Geld zu verdienen. Ich bekomme von Admir alles, was eine Frau sich nur wünschen kann.«

»Ganz richtig«, stimmte Jasari ihr zu.

»Jessy, der verarscht dich doch«, rief Zoe. »Sobald ich weg bin, wird er dich wieder in eines seiner verfluchten Zimmer stecken, wo du die Beine breitmachen musst. Geht das nicht in dein vernebeltes Gehirn? Nur, wenn du mit mir kommst, wird alles besser. Wir gehen aus Frankfurt weg, und dann bringen wir dich von den Drogen runter. Du machst eine Therapie. Anschließend kannst du ein normales Leben führen. Das ist es doch, was du immer wolltest.«

Jessy schnaubte. »Was für ein *normales Leben*? So eins wie deins? Ein Leben, in dem ich alten Säcken den Arsch abwische? Ich habe keinen Bock auf dein verschissenes Leben. Und ich brauche auch keine Therapie. Du kannst es doch nur nicht ertragen, wenn ich glücklich bin. Das konntest du noch nie. Du hast mir immer alles missgönnt. Meine Freunde, meine Klamotten, einfach alles. Du hast mir nie verziehen, dass unser Vater mich mehr geliebt hat als dich. Geh weg, Zoe. Ich bin kein Kind mehr. Ich brauche dich nicht.«

Zoe zuckte zusammen, als hätten Jessys Worte ihr einen Schlag ins Gesicht versetzt. Obwohl sie begriff, dass es die Drogen waren, die aus ihrer Schwester sprachen, wusste sie, dass Jessy es im Grunde ernst meinte.

Jasaris Grinsen wurde breiter, bevor es schlagartig verschwand. »Schaff sie raus«, wies er Tarik an, ohne Zoe aus den Augen zu lassen. »Und sollte ich noch einmal sehen, wie sie in mein Haus kommt und in einem der Zimmer der Mädchen randaliert oder auch nur eine Cola aus dem Automaten im Flur zieht, mache ich dich kalt, Tarik. Haben wir uns verstanden?«

Zoe spürte, wie Tarik in ihrem Rücken nickte. Dann drehte er sie ruckartig um und stieß sie aus der Tür.

Ein paar Minuten später fand Zoe sich auf der Taunusstraße wieder.

Stumme Tränen rannen weiter über ihr Gesicht, als sie ihr Handy aus der Tasche zog. Sie suchte nach Falks

Nummer, doch dann entschied sie sich dagegen, anzurufen.

Sie musste ihm die Wahrheit sagen, aber das konnte sie nicht am Telefon tun. Sie schaute auf den Eintrag unter seinem Namen, um sich seine Adresse ins Gedächtnis zu rufen, die sie unerlaubterweise aus der Akte seines Vaters abgeschrieben hatte.

Die Elbestraße lag nur einen Katzensprung von der Taunusstraße entfernt.

Zoe steckte das Handy ein, zog den Kittel enger um ihren Körper und ging los.

Kapitel 43

Sein Herz schlägt mittlerweile wieder ruhig, er atmet tief und gleichmäßig.

Gott sei Dank ist das Taxi, in das Celina gestiegen ist, nachdem sie die Oper verlassen hatte, nicht weit gefahren. Zwar hat es kurz so ausgesehen, als würde ihn das Taxi abhängen, doch er hat Glück gehabt. An der Ampel Kreuzung Hofstraße und Neue Mainzer war der Verkehr selbst um diese späte Uhrzeit noch so dicht gewesen, dass der Wagen ein ganzes Intervall abwarten musste, bevor er weiterfahren konnte. Das hat ihm genügend Zeit verschafft, mit dem Fahrrad aufzuholen. Nach weniger als zehn Minuten hat die Fahrt geendet, und seitdem steht er im Schatten eines Hauseingangs gegenüber einer üblen Säuferkneipe, die sich *Elfi's Ecke* nennt, und wartet.

Er hat keine Ahnung, was Celina bewogen hat, sich in diese Absteige bringen zu lassen, deren Fenster halb von einer Bierwerbung und zur anderen Hälfte von nikotingelben Gardinen verhangen sind. Anfangs hat er befürchtet, dass sie ihn ein zweites Mal entdeckt hat und nur deshalb in die Kneipe geflüchtet ist, um gleich darauf durch den Hinterausgang wieder zu verschwinden. Doch als er einen Blick durch einen Spalt zwischen den Vorhängen ins Innere geworfen hat, hat er sie am Tresen sitzen sehen, ein riesiges Glas Cola vor sich, während die dürre Wirtin mit der Zigarette im Mundwinkel sich abwechselnd dem Bierzapfhahn und Celina widmete.

Auf Celina zu warten, ist gefährlich, das weiß er. Sie könnte die Polizei anrufen, vielleicht hat sie das sogar längst getan und wartet nur auf das Eintreffen der Beamten. Aber warum hat sie sich dann nicht direkt zur nächsten Polizeistation bringen lassen? Und warum ist sie nicht nach Hause zu ihren Eltern gefahren? Wie hat sie ihn überhaupt bemerken können?

Sein Kopf ist voller Fragen, deren Antworten er nicht kennt. Einzig die letzte Frage meint er, beantworten zu können. Celina hat ihn auf dem Eisernen Steg entdeckt, als sie sich nach dem Mann mit dem lächerlichen Hut umgedreht und ihn für etwas verflucht hat, was eigentlich ihr Fehlverhalten gewesen war.

Typisch Celina. Sie ist so schnell aufbrausend, und dann wird sie gemein. Aber wenn sie erst einmal in seinem Keller ist, wird er ihr verständlich machen, wie verletzend ihre Art ist. Und sie wird es einsehen. Sich bessern.

Ein Streifenwagen, der in die Elbestraße einbiegt, reißt ihn aus seinen Überlegungen. Mit Schrittgeschwindigkeit fährt der silber-blau lackierte Mercedes durch die Seitenstraße, in die sich um diese nachtschlafende Zeit kaum jemand verirrt.

Sofort beginnt sein Puls schneller zu schlagen. Ohne das Fahrzeug aus den Augen zu lassen, zieht er sich tiefer in den Eingang des Hauses zurück und versucht, mit den Schatten eins zu werden.

Ich bin unsichtbar. Ich bin in Sicherheit, redet er sich zu, doch während der Streifenwagen langsam die Straße entlangfährt, werden seine Fingerknöchel weiß, so fest umklammert er den Elektroschocker, der nicht als solcher zu erkennen ist, da er die Form einer Taschenlampe hat und in Deutschland nicht legal erworben werden kann.

Zwar ist ihm bewusst, dass er mit der Waffe nur eine geringe Chance gegen zwei Polizisten haben wird, aber für eine Flucht ist es zu spät, und er weiß, was er zu tun hat. Die Spritze, die er mit zwei Teilen Thiopental-Natrium und einem Teil Scopolamin aufgezogen hat, steckt in seiner Umhängetasche. Doch er ermahnt sich, sie noch nicht daraus hervorzuholen. Die kleinste Bewegung könnte die Beamten auf ihn aufmerksam machen.

Als das Polizeifahrzeug auf seiner Höhe ist, öffnet sich die Tür zu *Elfi's Ecke*, und ein Betrunkener stolpert auf die Straße. Sofort verringert der Streifenwagen die Geschwindigkeit. Fast kommt er zum Stehen, doch da es dem Mann gelingt, auf den Beinen zu bleiben, und er seinen Weg ohne allzu große Schlagseite fortsetzt, verlieren die Beamten das Interesse und beschleunigen. Wenig später biegen sie auf die Kaiserstraße ab.

Mit einem Seufzen stößt er die angehaltene Luft aus. Die Finger, die den Elektroschocker halten, entspannen sich.

Vorsichtig wirft er einen letzten Blick auf *Elfi's Ecke*, doch als dort alles ruhig bleibt, beschließt er, seine Jagd auf Celina vorerst zu beenden. Für heute hat er das Glück bereits genug herausgefordert.

Gerade als er den Elektroschocker zu der Spritze in seine Umhängetasche packen will, nimmt er im Augenwinkel eine Bewegung, eine Frau, wahr. Mit gesenktem Kopf und raschen Schritten läuft sie über den Bürgersteig, und für einen Moment scheint es, als eile sie direkt auf den Hauseingang zu, in dem er sich versteckt hält.

Obwohl er die Augen zu schmalen Schlitzen verengt, um besser sehen zu können, kann er ihr Gesicht nur schemenhaft erkennen, doch als er ihre blonden, mit blauen Strähnen durchzogenen Haare entdeckt, hält er erneut die Luft an.

Das kann nicht wahr sein. Sie ist es.

In den letzten Tagen hat er alles darangesetzt, sie zu finden, doch sie war wie vom Erdboden verschluckt gewesen, weswegen Celina auf seiner Liste nach oben gerutscht war; nun aber läuft ihm seine erste Wahl wie ein Geschenk über den Weg. Offenbar hat ihn das Glück doch nicht verlassen.

Wieder beschleunigt sich sein Puls, er ist erregt. Gebannt folgt er jede ihrer Bewegungen, sein Blick gleicht dem eines Löwen, der seine Beute nicht aus dem Auge lässt. Dann aber ist er irritiert. Was hat sie an? Die Stiefel kennt er, aber warum trägt sie einen weißen Kittel?

Er beschließt, sie später darauf anzusprechen, vorerst hat er anderes zu tun. Bedächtig nimmt er die Spritze aus dem Fach seiner Umhängetasche und zieht die

Schutzkappe von der Nadel. Seine Nerven sind so angespannt, dass er ein Summen in den Ohren hört.

Ist es Zufall, dass sie hier ist, kann das sein? Nein, sie wird sich mit Celina verabredet haben.

Er wagt es kaum zu zwinkern; sie kommt näher, wobei es ihn wundert, dass ihre schweren Stiefel kaum Geräusche auf dem Asphalt hinterlassen.

Noch fünf Meter. Er betet, dass sie noch nicht die Straßenseite wechselt.

Vier Meter. Hitze breitet sich zwischen seinen Beinen aus, ein Gefühl, das er liebt, denn die freudige Anspannung, das Warten auf die Erlösung, ist beinahe so befriedigend wie die eigentliche Behandlung.

Drei Meter. Sie hebt den Kopf, schaut sich um. Keine Autos. Alles frei. Sie will die Straßenseite wechseln.

Verdammt, das ist zu früh.

Das … ist … zu … früh.

Warum läuft das Miststück nicht noch etwas weiter? Wenn er sie holen will, muss er sein Versteck verlassen.

Er wägt das Risiko ab, dann tritt er aus dem Schatten und sprintet los, wobei er die Hand hochreißt, in der er die Spritze hält, den Daumen auf dem Kolben.

Aus den Augenwinkeln muss sie etwas gesehen haben, denn sie stockt in ihren Bewegungen und versucht, sich nach ihm umzudrehen. Doch sie schafft es nicht. Er rammt ihr die Spritze bis zum Anschlag in den Hals und drückt den Kolben herunter.

Ihrer Kehle entrinnt ein erstickter Schrei, der erschreckend laut klingt.

Das ist nicht gut, gar nicht gut. Doch er hofft darauf, dass in dieser Gegend Gravierenderes als ein kläglicher Schrei von Nöten ist, um die Anwohner die Polizei alarmieren oder gar selbst aktiv werden zu lassen.

Er versucht, sich zu beruhigen, denkt daran, dass der Medikamentencocktail bereits seinen Weg durch ihren Blutkreislauf nimmt, doch zur Sicherheit lässt er die Spritze in ihrem Hals stecken, zieht den Elektroschocker aus der Gesäßtasche und jagt ihr zusätzlich fünfhunderttausend Volt durch den Körper.

Sofort werden ihre Knie weich, und sie fällt in seine Arme. Geschickt fängt er sie auf, dann schleift er sie in den Schatten des Hauseingangs, wo er auf sie gewartet hat.

Kapitel 44

Jan setzte seinen Mini zurück und verließ den Parkplatz der Universitätsklinik, der weitestgehend verlassen im gelben Licht der Laternen dalag. Neben ihm saß ein in Schweigen gehüllter Bachmann und sah zum Fenster hinaus.

Wie schon die ganze Zeit, seit Bachmann ihn gebeten hatte, ihn zu Mia ins Krankenhaus zu fahren, sagte er nichts. Mit keinem Wort war Bachmann auf die beiden Geständnisse eingegangen, die Jan ihm im Keller der Import-Export-Firma, zugegebenermaßen nicht ganz freiwillig, anvertraut hatte.

Ich bin schwul. Und ich bin dein Sohn.

Jan steckte die Parkkarte in den dafür vorgesehenen Schlitz, woraufhin sich die Schranke hob. Er fuhr hindurch, gab Gas und bog auf den Theodor-Stern-Kai ab.

»Wie lange sollen wir uns noch anschweigen?«, fragte er, als das bunt angestrahlte Heizkraftwerk mit seinen zwei Türmen und Schornsteinen auf der gegenüberliegenden Seite des Mains auftauchte.

»Keine Ahnung, sag du es mir«, antwortete Bachmann und schaute weiter aus dem Fenster, als sähe er die nächtliche Großstadtkulisse zum ersten Mal.

Innerlich verfluchte Jan den eigenbrötlerischen Hundesohn. Warum zur Hölle musste *er* den ersten Schritt machen und auf den sturen Bullen – Exbullen – zugehen? Das war nicht seine Aufgabe, definitiv nicht. Denn bis auf die dämlichen Fotos, die Timo von Bachmann geschossen hatte, hatte er sich nichts vorzuwerfen. Es war nicht seine Schuld, dass Michael Hartwick, der Mann, den er fast sein ganzes Leben lang mit Papa angesprochen und vor dessen Verachtung er sich gefürchtet hatte, nicht sein Vater war. Und Jan hatte auch nicht darum gebeten, dass Bachmann seine Mutter schwängerte, sich danach aber einen Dreck um die Folgen scherte.

»*Ich* habe dich nicht mit einer Waffe bedroht, und ich stand auch nicht kurz davor, dich abzuknallen«, zischte Jan. Er hatte es satt, sich mies zu fühlen. Er war der Gute in diesem Scheißspiel. »Ich habe deine Tochter gefunden. Also vielleicht solltest du dich einfach bei mir bedanken, anstatt den Beleidigten zu spielen.«

Bachmanns Kopf schnellte zu ihm herum. »Seit zwei Jahren«, sagte er, dann blickte er abermals aus dem Fenster.

Jan begriff nichts. »Hmm?«

»Vorhin am Telefon meinte deine Mutter, du wüsstest es seit zwei Jahren.«

»Was?«

»Na, dass ich … Ach, verdammt, seit zwei verfluchten Jahren«, wiederholte Bachmann.

»Dass du mein Vater bist. Du kannst es ruhig laut aussprechen.«

»Warum?«, fragte Bachmann.

»Warum was?«

»Warum hast du so lange gewartet? Warum hast du heimlich Bilder von mir gemacht, dich zum LKA versetzen lassen, dich in mein Leben geschlichen wie ein elender Stalker?« Bachmanns Stimme bebte vor Wut.

Ohne den Blinker zu setzen, scherte Jan vor einer Ampelkreuzung aus, fuhr rechts ran und stellte den Wagen mit laufendem Motor in die Hofeinfahrt neben einer Sparkasse.

»Du selbstgerechtes Arschloch«, brauste Jan auf. »Glaubst du, es ist mir leichtgefallen? Was meinst du, wie ich mich gefühlt habe, als mir irgendein Penner zusammen mit dem Geldbeutel sämtliche Papiere geklaut hat und ich auf der Geburtsurkunde deinen Namen gelesen habe? Mein ganzes Leben war mit einem Mal nichts als eine einzige verschissene Lüge. Ein verfluchter Witz. Was hätte ich also deiner Meinung nach tun sollen? Bei dir klingeln und sagen ›*Hallo, ich bin's, dein Sohn.*‹?«

»Ja. Das wäre eine Möglichkeit gewesen.«

Von einer auf die andere Sekunde sackten Jans Schultern herab, und er fühlte sich ausgelaugt. Leer, teilnahmslos. »Das hatte ich vor«, sagte er mit einer Stimme, die kaum mehr als ein Flüstern war. »Ich war gerade zum Kriminaloberkommissar befördert worden, als ich es herausgefunden habe.« Er lachte humorlos auf. »Es ist schon eine Ironie des Schicksals, dass ich meinen Vater nie gekannt habe und trotzdem in seine Fußstapfen getreten bin, findest du nicht?«

Ein Radfahrer, der seinem Fahrstil nach zu urteilen zu viel getrunken hatte, fuhr so dicht an dem Mini vorbei, dass er den Außenspiegel streifte. Unter anderen Umständen wäre Jan dem Mann hinterhergefahren und hätte ihn aus dem Verkehr gezogen, doch jetzt ließ er ihn davonkommen. Er konzentrierte sich auf Bachmann, wartete auf eine Antwort, auf ein Kopfnicken, auf irgendetwas, doch es kam nichts.

»Ich habe mich wie ein Stück Scheiße gefühlt«, fuhr Jan fort. »Du hast keine Ahnung, wie es ist, als Sohn des Pastors einer protestantischen Freikirche aufzuwachsen. Gottes Wille, Gottes Blick und Gottes Strafe waren bei uns allgegenwärtig. Und plötzlich war ich nicht nur schwul, was ich niemandem anvertraut habe, sondern auch noch unehelich.«

Zum ersten Mal meinte Jan, ein Aufblitzen in Bachmanns ansonsten ausdruckslosem Blick zu sehen.

»Dein Großvater war mein Religionslehrer«, sagte Bachmann. Ein dünnes Lächeln legte sich auf seine Lippen. »Hat Hannah sich also einen genauso konservativen Knochen ausgesucht, wie ihr Alter einer war.«

Jan erwiderte das Lächeln. »Michael ist schlimmer. Er predigt mit solchem Eifer, dass es sogar meinem Großvater oft zu viel wird.«

»Sprechen wir von demselben Mann?«, fragte Bachmann. »In der Schule war dein Großvater dafür bekannt, selbst beim Papst noch moralische Verfehlungen zu finden.«

»Ob du es glaubst oder nicht, als Großvater ist er nicht mehr der Hardliner, der er einmal war. Ich habe keine Ahnung, wie ich es im Haus meiner Eltern ausgehalten hätte, wenn er nicht gewesen wäre. Er hat immer hinter mir gestanden. Ihm hat es als Einzigem nichts ausgemacht, dass ich zur Polizei gegangen bin.«

»Manchmal ändern Enkel das Leben der Großeltern zum Guten.« Plötzlich klang Bachmann weit weg. »Bei meinem Vater war das nicht so. Der ist nach Mias Geburt der gleiche Hurensohn geblieben, der er vorher gewesen ist.«

Jan hörte die Bitterkeit in Bachmanns Stimme, wusste aber nichts darauf zu erwidern.

»Das Pflegeheim hat vorhin angerufen. Der Alte hat heute Nacht ins Gras gebissen.«

Verwundert schaute Jan auf. »Das tut mir leid.«

»Muss es nicht. Wie gesagt, er war ein Hurensohn.« Bachmann schluckte trocken. »Warum bist du zum LKA gegangen, ohne vorher mit mir zu sprechen?«, wechselte er unvermittelt das Thema.

Jan zuckte mit den Schultern. »Wahrscheinlich, weil ich feige war. Ich habe die Ausschreibung für die Weiterbildung am schwarzen Brett entdeckt und mir gesagt: *Komm, versuch es. Wenn sie dich in Wiesbaden nehmen, dann wirst du früher oder später Bachmann über den Weg laufen, und alles wird sich klären. Sollten sie dich ablehnen, dann eben nicht.*«

»Sie haben dich genommen.«

Jan nickte. »Allerdings sind wir uns während der Weiterbildung nie begegnet. Ich hatte die Sache – dich – schon so gut wie abgeschrieben, als ein Kollege eines Tages von einer freien Stelle in deiner Abteilung erzählt hat. Das habe ich als Chance gesehen. Ich konnte ja nicht ahnen, dass Koruhn mich gleich zu deinem Partner macht.«

Jan wartete auf eine Erwiderung von Bachmann, doch sie blieb aus. Der Mann, der sein Vater war, schaute ihn nur an, während die Ampelanlage sein Gesicht zunächst in grünes und kurz darauf in rotes Licht tauchte.

Also fuhr Jan fort: »Ich wollte die Gelegenheit nutzen, dich ein bisschen kennenzulernen. Und du solltest dich an mich gewöhnen. An mich als Polizisten, als Menschen. Und nicht als schwulen Versager, dem sein ganzes Leben um die Ohren geflogen ist.«

Bachmann zog eine Augenbraue in die Höhe. »Ich habe nichts gegen Schwule. Ich habe etwas gegen Feiglinge.« Nun sackten auch seine Schultern herunter. »Dabei bin ich selbst ein Feigling. Ich habe damals geahnt, dass mit Hannah etwas nicht in Ordnung war, doch ich brachte nicht den Mut auf, dem auf den Grund zu gehen. Und ich bin noch immer feige. Ich bin abgehauen, anstatt meine Familie zusammenzuhalten. Ich konnte Mia nicht beschützen, und ich habe eine Scheißangst davor, dass ich irgendwann ende wie mein Vater. Trotzdem werde ich ihm immer ähnlicher.«

Eine Weile sagte niemand etwas, und bis auf den leise brummenden Motor des Minis war es so still, dass sie das Klicken der Ampel-Relais im nahegelegen Sicherungskasten hören konnten.

»Vielleicht ändern ja nicht nur Enkel, sondern auch verlorene Söhne das Leben ihrer Väter«, warf Jan schließlich ein.

»Ja, vielleicht. Aber jetzt sollten wir weiterfahren. Ich will noch kurz mit Celina Maschke sprechen, und dann hau ich mich aufs Ohr. Es war ein verdammt langer Tag«, sagte Bachmann.

Jan fuhr sich über die Stelle am Kopf, wo Mia ihn mit der Kette getroffen hatte, und zuckte zusammen. Was für ein beschissener Tag! Auch er wollte nur noch ins Bett, aber vorher würde er Bachmann begleiten. Er wollte wissen, was Celina Maschke beobachtet hatte.

»Meinst du, dass sie noch immer in der Kneipe ist?«, fragte Jan und sah auf die Uhr. »Es ist schon nach zwölf.«

Bachmann machte eine unbestimmte Handbewegung. »Wir werden sehen.«

Zehn Minuten später bogen sie in die Elbestraße ein, wo ein Streifenwagen mit eingeschaltetem Blaulicht und offenstehenden Türen vor *Elfi's Ecke* stand.

Kapitel 45

Falk sprang aus dem Mini und beeilte sich, zu den beiden Beamten zu gelangen, die umringt von einer Menschentraube auf dem Gehweg vor der Kneipe standen. Hartwick folgte dicht hinter ihm.

Als einer der Uniformierten fragend zu Falk herübersah, fasste er automatisch in seine Tasche, um den Dienstausweis herauszuholen, doch der Griff ging ins Leere.

»LKA«, kam Hartwick ihm zur Hilfe und hielt dem Mann seinen Ausweis unter die Nase. »Und das ist mein Kollege Bachmann. Was ist passiert?«

Der Polizeibeamte, ein Mann von Anfang vierzig, dessen Bauch langsam zu ausladend für das hellblaue Uniformhemd wurde, grinste humorlos, wobei er zwei Reihen kleiner Zähne freilegte, die seinem schmalen Gesicht etwas Frettchenhaftes gaben.

»Landeskriminalamt«, sagte der Schutzpolizist mit gespielter Unterwürfigkeit und deutete eine Verbeugung an. »Wie kommt unsereins denn zu der Ehre? Habt ihr Schlafprobleme? Euch sieht man doch sonst nicht nach Einbruch der Dunkelheit.«

»Packen Sie den Komiker mal wieder ein, Sportsfreund«, entgegnete Falk. »Wenn ich schlechte Witze hören will, gehe ich zu Mario Barth.« Er schaute sich zwischen den Wartenden um. Zwar konnte er sich nicht mehr so recht daran erinnern, wie Celina Maschke aussah, aber er hoffte, sie zu erkennen, wenn er sie sah.

Sofort breitete sich ein ungutes Gefühl in seiner Magengegend aus, als er keine junge Frau von achtzehn Jahren entdeckte. »Also, ich höre. Geben Sie uns einen kurzen Lagebericht«, befahl er.

Der Schutzpolizist verzog genervt sein Frettchengesicht, machte dann aber doch Meldung. »Der Mann da drüben hat uns alarmiert«, sagte er und deutete auf einen ältlichen Herren, der etwas abseits der Menschengruppe stand und mit dem anderen Streifenbeamten sprach. Offenbar war der Mann übereilt aus seiner Wohnung auf die Straße gelaufen, denn zu seinen offenen Sandalen trug er nichts als Boxershorts und ein Feinrippunterhemd.

»Danke«, sagte Falk, bevor er Hartwick anwies, ihm zum zweiten Beamten zu folgen, der kaum halb so alt wie sein frettchenhafter Kollege aussah und Falk misstrauisch musterte.

»Kann ich mal Ihren Ausweis sehen?«, fragte er.

Hartwick zückte zum zweiten Mal an Falks Stelle den Dienstausweis. Der junge Beamte studierte ihn mit der Gewissenhaftigkeit eines Briefmarkensammlers, dem man die Blaue Mauritius zum Kauf anbot.

»Und wer sind Sie?«, fragte er an Falk gewandt.

»Hauptkommissar Bachmann«, bellte Falk mit Kasernenhofstimme, was seine Wirkung nicht verfehlte. Der junge Kerl stand stramm.

»Setzen Sie uns ins Bild«, befahl Falk.

»Der hat sie mitgenommen. Die Frau, meine ich«, antwortete der ältere Herr anstelle des Polizisten. Die wenigen Haarbüschel, die seine Glatze einkreisten, standen wild nach allen Seiten ab. »Das habe ich genau gesehen. Erst ist er mit dem Fahrrad weg, aber nach einer Viertelstunde ist er mit einem Kastenwagen wiedergekommen.«

»Halt, stopp. Jetzt mal ganz langsam«, unterbrach Falk ihn. Er verstand zwar die Zusammenhänge nicht, doch als er die Worte *Frau* und *Kastenwagen* hörte, verstärkte sich das ungute Gefühl in seiner Magengegend. »Wenn Sie mir bitte erst einmal Ihren Namen nennen würden.«

»Schindel, mein Name. Heinz Schindel. Ich wohne da oben.« Er zeigte auf eine Wohnung oberhalb von *Elfi's Ecke*.

»Herr Schindel hat einen Zwischenfall gemeldet, der sich vor ungefähr vierzig Minuten auf der anderen

Straßenseite zugetragen haben soll«, ergänzte der junge Streifenpolizist, während er die Aufzeichnungen in seinem kleinen Notizbuch studierte.

»Was heißt *haben soll?*«, unterbrach ihn der ältere Herr. »Ich konnte nicht schlafen, weil es in meiner Wohnung viel zu heiß ist. Es geht ja nicht ein Lüftchen. Also habe ich am Fenster gestanden und rausgeschaut. Was soll ich sonst machen? Da habe ich ihn gesehen.«

»Wen haben Sie gesehen?«, hakte Falk nach.

»Na, den Mann. Er ist aus dem Hauseingang da drüben gekommen.« Er zeigte auf den im Dunkeln zwischen zwei Laternen liegenden, etwas nach hinten versetzten Eingang neben dem Pfandleihgeschäft auf der anderen Straßenseite.

»Der Mann ist also aus dem Haus gekommen«, fasste Falk zusammen.

»Nein, nicht aus dem Haus. Wenn er aus dem Haus gekommen wäre, hätte er Licht gemacht. Er muss sich in dem Hauseingang versteckt haben.«

»Er ist also aus dem Schatten getreten. Wie sah der Mann aus?«

Die knochigen Schultern des Alten wanderten nach oben. »Kann ich nicht so genau sagen. Er hat eine Mütze getragen, so eine mit einem großen Schirm.« Er deutete die Umrisse einer Basecap an. »Und er war ziemlich dunkel angezogen.«

»Wie groß war der Mann?«

Wieder das Schulterzucken. »Vielleicht so groß wie Sie.« Er nickte Falk zu. »Oder doch nicht ganz so groß. Eher die Größe Ihres Kollegen.« Sein Finger zeigte auf Hartwick. »So ungefähr. Kann sein, dass er auch etwas kleiner war. Ganz genau kann man das von oben ja nicht sehen.«

Falk versuchte, sich seine Ungeduld nicht anmerken zu lassen. »In Ordnung, Herr Schindel, was ist dann geschehen?«

»Wie gesagt, er ist auf ein Fahrrad gestiegen und weggefahren. Ich habe mir nichts weiter dabei gedacht und mir einen Kaffee gemacht. Wenn ich nachts einen Kaffee trinke, dann kann ich manchmal besser schlafen. Keine

Ahnung, warum das so ist. Man sagt ja, dass Koffein einen wach hält, aber bei mir wirkt…«

»Er ist weggefahren«, unterbrach Falk ihn abermals. »Was ist anschließend passiert?«

»Das ist ja das Merkwürdige. Als ich mir die zweite Tasse Kaffee eingeschenkt habe, ist ein Auto gekommen. Ein großes. Ein Lieferwagen. Er hat vor dem Haus gehalten, und der Mann, also der, der gerade noch mit dem Fahrrad weggefahren ist, kam heraus.«

»Sind Sie sich sicher, dass es derselbe Mann war?«, fragte Falk.

»Natürlich bin ich mir sicher. Er hat dieselbe Mütze aufgehabt und sich die ganze Zeit umgesehen, während er um den Wagen herumgelaufen ist und hinten die Türen geöffnet hat.

Heinz, da stimmt was nicht; der hat was zu verbergen, habe ich mir gesagt. Und so war es dann ja auch. Der Mann ist zurück in den Hauseingang gegangen, hat sich gebückt und hat etwas vom Boden aufgehoben. Zunächst habe ich nicht genau sehen können, was er auf den Armen hielt, doch als er sich umgedreht hat und auf den Lieferwagen zugelaufen ist, hat ihn das Licht der Laterne erfasst.« Er deutete auf die Straßenlaterne, die dem Pfandleihgeschäft am nächsten war. »Auf seinen Armen lag eine Frau, da bin ich mir ganz sicher. Sie hat geschlafen oder war bewusstlos.« Er senkte die Stimme. »Vielleicht war sie auch tot. Na ja, jedenfalls hat er die Frau in den Wagen gelegt und sich noch einmal nach allen Seiten umgeschaut, bevor er sich hinter das Steuer gesetzt hat und davongefahren ist. Zum Glück hat er mich nicht gesehen, weil ich kein Licht gemacht und mich auch nicht bewegt habe. Stellen Sie sich mal vor, er hätte …«

»Was war das für eine Frau?«, fragte Falk und dachte an Celina Maschke. Warum zum Henker hatte sie nicht bei Elfi auf ihn gewartet?

Der alte Mann kratzte sich am Kopf. »Das weiß ich nicht. Ich konnte nicht viel von ihr erkennen, weil der Kopf hinten überhing. Aber ich glaube, dass sie jung war, denn sie hatte schöne Beine, wenn Sie wissen, was ich meine.«

Die Tür zu *Elfi's Ecke* ging auf, und Elfi, die Wirtin persönlich, stand im Türrahmen. Wie immer umgab sie eine Wolke aus Zigarettenrauch. Ein letztes Mal zog sie an ihrer fast bis zum Filter heruntergebrannten Kippe und schnippte sie auf die Straße, während sie sich umsah. Als sie Falk entdeckte, hob sie die Hand, dann winkte sie jemanden im Inneren ihrer Kneipe zu sich.

Kurz darauf tauchte eine junge Frau neben ihr auf, die Falk sofort als Celina Maschke, Mias Klassenkameradin, wiedererkannte.

Erleichtert atmete Falk auf. Was immer sich auf der Straße zugetragen hatte, es hatte offensichtlich nichts mit ihrem Fall zu tun.

»Ich glaube, die Frau war Krankenschwester«, fuhr Heinz Schindel, dem Falks Unaufmerksamkeit entgangen war, aufgeregt fort. »Oder eine Professionelle in Schwesternkluft«, fügte er augenzwinkernd hinzu. »Das wäre gut möglich, denn zu ihrem weißen Kittel trug sie schwere Stiefel. Außerdem war ihr ganzer Arm tätowiert.«

Unwillkürlich verkrampfte sich etwas in Falk.

»Ach ja, und da war noch was«, fuhr der Alte fort. »Ihre Haare.«

»Was war mit ihren Haaren?«, fragte Falk. Sein Mund war so trocken, dass ihm die Worte beinahe nicht über die Lippen gekommen wären.

»Sie hatte lange Haare, ziemlich heiß. Aber die blauen Strähnen haben mir nicht gefallen, die haben sie billig wirken lassen. Ich mag es, wenn die Ladys wie echte Damen aussehen.« Wieder dieses anzügliche Augenzwinkern.

Lange Haare mit blauen Strähnen, Schwesternkittel zu Doc Martins, tätowierter Arm.

Zoe.

Falk blickte zwischen dem Hauseingang neben dem Pfandleihgeschäft und seinem eigenen, der sich nicht unweit von Elfis Kneipe befand, hin und her. Hatte Zoe zu ihm gewollt?

Wie in Zeitlupe zog er sein Handy aus der Tasche und wählte die Nummer des Pflegeheims, in dem sein Vater heute Nacht gestorben war.

Nach dem zehnten oder elften Klingeln meldete sich endlich jemand. »*Seniorenresidenz am Huthpark*, Silvia Töpfer«, sagte eine gehetzt klingende Stimme.

»Bachmann. Ich habe eine kurze Frage.«

»Ah, Herr Bachmann.« Silvia Töpfer bemühte sich, verständnisvoll zu klingen. »Entschuldigen Sie bitte, aber wir sind heute Nacht vollkommen unterbesetzt. Es wäre schön, wenn wir die Formalitäten bezüglich Ihres Vaters morgen besprechen könnten. Dann …«

»Darum geht es nicht«, unterbrach Falk sie. »Ich bin auf der Suche nach Zoe Colditz.«

»Zoe?«, fragte sie erstaunt. »Die hätte heute eigentlich die Nachtschicht übernehmen sollen. Sie ist auch aufgetaucht, doch dann hat sie aus heiterem Himmel Probleme mit dem Magen bekommen und ist wieder gegangen.«

»Wissen Sie, wo sie hin wollte?«

»Merkwürdig, dass Sie das fragen. Ich habe vorhin versucht, Zoe wegen Unklarheiten bei der Medikation einer Bewohnerin zu erreichen, doch sie geht nicht an ihr Telefon. Nicht ans Handy und auch nicht an das Festnetztelefon in ihrer Wohnung.«

Falk bedankte sich und legte auf.

Plötzlich hegte er keinen Zweifel mehr daran, dass ihr Zeuge beobachtet hatte, wie Zoe bewusstlos – *oder tot?* – von einem Mann in einen Wagen gelegt wurde, einen Kastenwagen, wie er auch im Wald benutzt worden war, um Ashwa Jhas Leiche zu entsorgen.

Kapitel 46

Nein! Nein! Nein!

Mit großen Schritten läuft er im Keller auf und ab, wobei das Licht seiner Stirnlampe nervös durch den Raum zuckt. Immer wieder kehrt sein Blick zu der Frau zurück, die nackt auf dem Behandlungstisch liegt.

Sie ist wunderschön. Besonders, wenn er sich vorstellt, wie sie aussieht, nachdem er sie von ihren Haaren, die über die Kante des Steintisches fallen, befreit hat.

Ja, sie ist schön, aber sie ist nicht die Richtige.

Sie … ist … nicht … die … Richtige.

Wie hat er sie nur für Mia Bachmann halten können? Es war dunkel, und alles ist so schnell gegangen, versucht er sich zu verteidigen. Dazu die Stiefel, die blonden Haare mit den blauen Strähnen, die elfenhafte Statur. Alles hat gepasst.

Nichts hat gepasst!

Sie ist nicht Mia.

Was soll er jetzt machen? Er ermahnt sich, ruhig zu bleiben und sich im Improvisieren zu üben, als eine Spinne vor dem Lichtkegel seiner Stirnlampe flüchtet. Rasch verschwindet sie in einem Riss der Kellerwand neben dem Sicherungskasten, von dem extradick ummantelte, hitzebeständige Kabel abgehen, welche die Öfen mit Starkstrom versorgen. Er überlegt, die Schalter umzulegen und den Raum aufzuheizen, doch er ist unschlüssig.

Hektisch schweift sein Blick durch den Raum, von Wand zu Wand, vom Fenster, das er zugemauert hat, zur Frau, die noch nicht bei Bewusstsein ist, und zurück, bis er schließlich den rollbaren Instrumententisch fixiert, der unter dem Sicherungskasten steht und ein Erbstück seiner Großmutter ist. Das Seil aus Naturhanf liegt ordentlich zusammengelegt und mit einem stabilen Gummiband gesichert auf der Metallplatte, deren ehemals weiße Lackschicht inzwischen gelbstichig und rostfleckig ist. Wenn er Mutter Glauben schenken darf, hat der Tisch bereits im Zweiten Weltkrieg Instrumente für die Behandlung von Soldaten bereitgehalten, und er sieht keinen Grund, warum seine Mutter ihn belügen sollte.

Mutter lügt nicht. Sie sagt stets die Wahrheit, egal, wie schmerzhaft diese ist.

Plötzlich ist er wieder zehn Jahre alt.

»Er ist dein neuer Vater. Also tu, was er dir sagt.«

»Aber er ist so alt. Er hat ja nicht einmal mehr Haare und Zähne!« Wütend stampft er mit dem Fuß auf, reckt das Kinn vor. »Er kann nicht mein Vater sein.«

Das Klatschen der Hand, die sein Ohr trifft und sein Trommelfell platzen lässt, hallt durch die Küche. Dann ein greller Pfiff in seinem Kopf, Blut läuft aus seinem Ohr, ein gleißender Schmerz setzt ein.

»Keine Widerworte. Geh mit ihm in den Keller, und dann bete. Bereue deinen Frevel.«

Vielleicht sollte er das Seil, das eigentlich für den Abschluss der Behandlung vorgesehen ist, sofort einsetzen? Unentschlossen bleibt er neben dem Instrumententisch stehen und folgt mit den Fingern der Acht, zu der er das Hanfseil zusammengelegt hat. Auf seinen schwieligen Händen spürte er kaum das Kratzen des rauen Materials.

»Zieh dich aus!« Der Mann, den seine Mutter ihm als seinen neuen Vater vorgestellt hat, schaut streng auf ihn herab.

»Kann ich nicht angezogen bleiben?«, fragt er ihn mit leiser Stimme, obwohl er weiß, dass er es nicht erlauben wird. Nie erlaubt er es. »Es ist so kalt hier unten.«

Seit jenen Tagen hasst er Kälte, aber er hat Abhilfe geschaffen. Die Öfen – vier an der Zahl, professionelle Saunaöfen wie sie in öffentlichen Thermen und Wellnesshotels der Spitzenklasse zum Einsatz kommen – haben seine gesamten Ersparnisse aufgebraucht. Doch

Geld interessiert ihn nicht. Er hat kaum Ausgaben, da er bei seiner Mutter wohnt und sie die Rechnungen begleicht.

Er ist nackt und zittert, während sein neuer Vater zum Sicherungskasten geht, der an der Wand hängt. Es gibt ein schmatzendes Geräusch, als der Alte das Gebiss herausnimmt. Vorsichtig legt er es oben auf den Kasten, dann kommt er zu ihm zurück und geht vor ihm auf die Knie. Langsam öffnet er seinen Mund, in dem nichts außer der feuchten, mit einem weißen Belag überzogenen Zunge ist. Dann beugt er sich vor.

Ein Stöhnen reißt ihn aus seinen Gedanken. Sie, die Frau, die schön, aber nicht Mia ist, kommt zu sich, was bedeutet, dass er sich entscheiden muss.

Er hat Angst, und er friert. Doch als sein neuer Vater ihn in den Mund nimmt und zu saugen anfängt, wird es zwischen seinen Beinen warm. Tränen laufen über seine Wangen, aber ärgerlich wischt er sie fort, denn er will nicht, dass ihn sein neuer Vater weinen sieht.

Wenigstens diesen Triumph wird er ihm nicht gönnen.

Wie in Trance geht er an den Sicherungskasten und legt die Kippschalter um, worauf die Öfen zu knacken beginnen. In weniger als einer halben Stunde werden die jeweils dreißig Kilowatt starken Elektroöfen den vierzig Quadratmeter großen Kellerraum auf neunzig Grad hochgeheizt haben.

Das ist gut.

Er hat es gut, und sie wird es auch gleich gut haben.

Ein Lächeln huscht über sein Gesicht, als er wenig später anfängt, seine Kleidung abzulegen.

Kapitel 47

Falk hielt sich am Haltegriff des Mini fest, während Hartwick den Wagen mit knapp hundert Sachen, wo eigentlich nur fünfzig erlaubt waren, über den Zubringer zur A5 lenkte.

Sein Herz setzte einen Schlag aus, als der rote Polo, der knapp vor ihnen auf der rechten Seite fuhr, unvermittelt auf ihre Spur wechselte.

»Penner«, rief Hartwick und riss das Steuer mit den Reflexen eines Formel-1-Fahrers herum. Der Motor des Mini heulte protestierend auf, doch der Wagen hielt erstaunlich gut die Spur, während er rechts an dem Polo vorbeiraste und direkt vor ihm wieder auf die Abbiegespur Richtung Autobahn einscherte.

Die Ampel am Schwanheimer Ufer sprang auf Rot, doch anstatt zu bremsen, gab Hartwick Gas. Der Mini flog über die Kreuzung, und kurz darauf rasten sie auf der wenig befahrenen A5 Richtung Frankfurter Kreuz. Sobald Hartwick hinter dem Steuer saß, verwandelte er sich in einen rücksichtslosen Berserker.

»Die Fahrweise hast du definitiv nicht von mir«, bemerkte Falk trocken.

»Wenn wir zeitgleich mit dem SEK bei Ole Zeibig eintreffen wollen, müssen wir uns ranhalten«, antwortete Hartwick.

Nachdem aus dem alten Mann, der seine Nächte offenbar damit zubrachte, aus dem Fenster zu schauen, nichts mehr herauszuholen gewesen war, hatte Falk ihn den Schutzpolizisten überlassen. Danach war er zu Celina Maschke gegangen. Das Mädchen hatte noch immer einen ziemlich verstörten Eindruck gemacht, doch sie hegte keinen Zweifel daran, von einem ihrer Mitschüler, einem gewissen Ole Zeibig, mit dem Fahrrad verfolgt und vor der

Oper um ein Haar überfallen worden zu sein. Falk hatte sich Zeibigs Adresse geben und Celina von den Streifenbeamten nach Hause bringen lassen. Anschließend hatte er Hartwick angewiesen, Koruhn und Juliane zu informieren, bevor er ein Spezialeinsatzkommando in die Inckusstraße beordert hatte, wo Ole Zeibig mit seiner Mutter lebte.

Jetzt befanden sie sich auf dem Weg nach Dornbusch, und Falk hoffte, vor oder wenigstens mit dem SEK dort einzutreffen, denn er wollte dabei sein, wenn sie diesem Ole Zeibig auf die Füße traten.

»Und du bist dir sicher, dass es die Pflegerin deines Vaters ist, die vor deinem Apartment entführt wurde?«, fragte Jan.

»Ziemlich. Die Beschreibung passt.«

»Aber was wollte sie bei dir?«

Falk kratzte sich über das unrasierte Kinn. »Ich habe ihr gesagt, dass sie sich von mir und meinem Vater fernhalten soll. Keine Ahnung, warum sie sich nicht daran gehalten hat.«

Hartwick warf Falk einen fragenden Blick zu.

»Es ist kompliziert«, antwortete Falk ausweichend.

»Wir haben noch knapp eine Viertelstunde, versuche es doch einfach mal.«

»Also gut. Vor über einem Jahr haben wir gegen einen Frankfurter Drogenboss ermittelt. Admir Jasari, ein Kosovo-Albaner, der neben seinem Drogenhandel einige Bordelle betrieben hat.«

»Klingt ganz nach einem Chorknaben.«

»Worauf du dich verlassen kannst. Die Ermittlung haben über achtzehn Monate gedauert, aber am Ende war ich verdammt dicht dran, Jasari in den Knast zu bringen. Ich schwöre dir, es hat nicht viel gefehlt, doch dann habe ich einen Fehler gemacht. Ich habe seinen Neffen erschossen.« Falk schluckte schwer. Die Lagerhalle tauchte vor seinem geistigen Auge auf, doch er verdrängte die Erinnerung, bevor sich das Bild des toten Jungen dazugesellen konnte.

»Der Tod des Neffen hat alles verändert, denn danach wusste Jasari, dass wir hinter ihm her waren«, fuhr Falk fort. »Er hat sich ein Rudel Aasgeier in Form von überbezahlten Anwälten genommen, und die haben es geschafft, die Verantwortung für den Drogenhandel auf Liran Jasari, den toten Neffen, abzuwälzen. Admir Jasari ist straffrei davongekommen, aber der Prozess hat ihn trotzdem hart getroffen. Ein Großteil seines Vermögens ist für die Anwälte und den geplatzten Drogendeal draufgegangen. Außerdem wurde er in seiner Abwesenheit von den Russen aus dem Geschäft gedrängt. Ihm sind nur ein paar Nutten und ein Laufhaus auf der Taunusstraße geblieben.«

Hartwick betätigte die Lichthupe und verscheuchte einen Mercedes von der linken Spur. »Und was hat das alles mit der Krankenpflegerin zu tun?«, fragte Jan.

»Offenbar hat Jasari nicht vergessen, wem er seine Niederlage zu verdanken hat. Er hat Zoe unter Druck gesetzt, um über sie an Informationen zu gelangen.«

»Was für Informationen?«

Falk fuhr sich mit den Händen durchs Gesicht. »Ich weiß es nicht. Irgendetwas, was er gegen mich verwenden kann. Wahrscheinlich wartet er nur darauf, mich für das bezahlen zu lassen, was ich ihm eingebrockt habe.«

»Und jetzt hat Jasari, eine ehemalige Unterweltgröße, diesen Ole Zeibig beauftragt, Zoe zu entführen?«, fragte Hartwick und machte keinen Hehl aus seiner Skepsis. »Und die ermordeten Mädchen sollen ebenfalls auf das Konto des Kosovo-Albaners gehen? Sorry, Bachmann, ich will dir nicht zu nahe treten, aber kann es sein, dass du dich da in etwas verrennst? Das alles klingt für mich nicht nach der Arbeitsweise einer Rotlichtgröße.«

»Ja … nein … ach, was weiß ich. Vielleicht hat Koruhn recht, und ich werde langsam paranoid. Aber immerhin war es ein Albaner, der dich zu Mias Versteck geführt hat oder etwa nicht?«

»Er kann auch Türke oder Syrer gewesen sein, so genau kann ich das nicht sagen«, warf Hartwick ein, doch Falk tat den Einwand mit einer Handbewegung ab.

»Das kann kein Zufall sein«, entschied er. »Jasari ist in die Sache involviert, auch wenn ich noch keine Ahnung habe, wie.«

Hartwick trat das Gaspedal ganz durch. »Wenn du meinst. Aber ich denke, Kilian Sidorow und Johannes Hoffmeister haben dich und Juliane zu Mia geführt? Also hängt auch die *NHO* mit drin. Was allerdings nicht sein kann. Denn warum sollte ein albanischer Gangster gemeinsame Sache mit einer Naziorganisation machen?«

Falk schwirrte der Kopf. Er musste dringend ein paar Stunden schlafen, wenn er wieder richtig funktionieren wollte, doch daran war im Augenblick nicht zu denken. Nichts an dem Fall ergab einen Sinn. Irgendetwas übersah er. Dieses Gefühl nagte schon eine geraume Weile an ihm, aber er bekam es nicht zu fassen. Inzwischen erinnerte er sich nicht einmal mehr genau, wann er die Ahnung zum ersten Mal wahrgenommen hatte.

»Du musst da raus«, rief er unvermittelt und deutete auf die Autobahnausfahrt vor ihnen. »Richtung Stadtmitte.«

Jan riss den Kopf zur Seite, dann zog er den Mini scharf nach rechts und bremste ab. Falk schnellte nach vorn, bis der Sicherheitsgurt ihn auffing. Erschrocken umklammerte er wieder den Haltegriff über der Tür und warf Hartwick einen vernichtenden Blick zu. Der Kerl war wirklich ein unberechenbarer, lebensmüder Straßenrambo.

Keine fünf Minuten später stoppte Hartwick den Mini in der Inckusstraße ungefähr hundert Meter vor dem Haus mit der Nummer acht. Erleichtert atmete Falk auf und verließ fluchtartig den Wagen.

Noch in der offenen Autotür stehend, nahm er das Haus, in dem die Zeibigs wohnten, in Augenschein. Das kleine Gebäude mit den zwei Stockwerken und dem Spitzdach stand Wand an Wand mit einem wesentlich höheren und moderneren vierstöckigen Mehrfamilienhaus mit integrierter Tiefgarage. Im Gegensatz zu den übrigen Gebäuden in der ruhigen Straße machte das Haus einen verwahrlosten Eindruck. Der Vorgarten war verwildert, und selbst im gelben Licht der Straßenlaternen erkannte

Falk, dass die einstmals beige Fassade dringend einen neuen Anstrich vertragen konnte. Ein Praxisschild stand, halb verdeckt von einem Lorbeerbusch, im Vorgarten.

Eva Maria Zeibig, Heilpraktikerin und Osteopathin. Praxis für Osteopathie und ganzheitliche Lebenshilfe.

Kaum hatten Falk und Hartwick sich einen Schritt vom Wagen entfernt, gingen die Türen eines dunkelgrauen Ford Mondeo auf und entließen Koruhn und Juliane Klawitter. Sowohl Falks Chef – ehemaliger Chef, wie er sich ins Gedächtnis rief – als auch die Psychologin wirkten übernächtigt, aber wenigstens hatte Juliane nicht wieder diese albernen Spangen in ihr Vogelnest von einer Frisur gesteckt.

»Früher haben Sie sich so gut wie nie blicken lassen«, kommentierte Koruhn die Anwesenheit von Falk. »Aber seit ich Sie vor die Tür gesetzt habe, bekomme ich Sie öfter zu sehen als meine Frau.« Er schaute zu Hartwick. »Was haben wir?«

Hartwick nickte Juliane flüchtig zu, bevor er zu einer Erklärung ansetzte. »Wir haben eine potentielle Entführung in der Elbestraße. Bei dem mutmaßlichen Opfer handelt es sich um die dreißigjährige Zoe Colditz. Ein Zeuge will gesehen haben, wie eine Frau, bei der es sich der Beschreibung nach um besagte Zoe Colditz handeln könnte, bewusstlos in einen Lieferwagen gelegt und abtransportiert wurde. Eingangs erwähnter Lieferwagen konnte nicht näher beschrieben werden. Dem Zeugen nach könnte er orange, rot oder braun gewesen sein. Ein Kennzeichen haben wir nicht.«

Juliane gähnte hinter vorgehaltener Hand.

»Ziemlich viele Eventualitäten, wenn Sie mich fragen«, brummte der Bär. »Und dafür habe ich Rassek aus dem Bett geklingelt. Hartwick, Sie sind noch nicht lange genug beim LKA, um zu wissen, dass man den Richter nur im äußersten Notfall und mit handfesten Beweisen um seine Nachtruhe bringt und ihn um einen Durchsuchungsbeschluss bittet. Hätte, womöglich, könnte. Sollten sich Ihre Mutmaßungen in Rauch auflösen, sorge ich dafür, dass Sie Rassek persönlich kennenlernen, ist das klar?«

»Glasklar.« Hartwick schluckte schwer. Er setzte an, etwas zu sagen, doch Falk kam ihm zuvor.

»Hartwick hat auf meine Anweisung hin gehandelt.«

Eine Ader an Koruhns Schläfe begann zu pulsieren. »Wann begreifen Sie endlich, dass Sie keine Anweisungen mehr zu geben haben?«

Falk winkte ab. »Ach, kommen Sie. Vergessen Sie für heute Nacht meine Suspendierung. Wir haben eine weitere Zeugin. Celina Maschke. Sie ist eine Klassenkameradin von Mia und unseren beiden Toten Ashwa Jha und Antonia-Sophie Ballhaus. Celina wurde heute Nacht ebenfalls um ein Haar Opfer eines Überfalls.« Falk hoffte, dass seine Stimme zuversichtlicher klang, als er sich fühlte.

Was, wenn Celina einfach die Nerven durchgegangen waren, und ihr Zeuge, der schlaflose alte Kauz, lediglich beobachtet hatte, wie eine betrunkene Frau von ihrem Freund in ein Auto gelegt und auf direktem Weg nach Hause befördert worden war?

»Laut Celina spricht vieles dafür, dass es sich bei dem Täter um Ole Zeibig handelt«, erklärte Falk. »Er ist ein Junge aus ihrer Klasse. Sie hat uns ein Foto von ihm überlassen, das sie auf ihrem Handy hatte. Als wir es dem Zeugen zeigten, hat er gemeint, dass es sich durchaus um denselben Mann handeln könnte.«

Koruhn entfuhr ein Stöhnen. »Das ist alles?«, fragte er und mäßigte nur mit Mühe seine Stimme. »Ein Mädchen, das glaubt, verfolgt worden zu sein, und ein Zeuge, der Gott weiß was gesehen haben will? Lächerlich! Außerdem hat sich beides bei Ihnen vor der Haustür abgespielt, Bachmann?« Koruhn schloss die Augen. »Himmel hilf.«

Zwei gepanzerte schwarze Mercedes Sprinter mit getönten Scheiben und ausgeschaltetem Blaulicht kamen die Inckusstraße entlanggefahren. Die schweren Ungetüme wirkten seltsam deplatziert in der heimeligen Straße, die man eher in einer hessischen Kleinstadt als in Frankfurt vermutet hätte. Sie hielten direkt vor dem Haus der Zeibigs. Beinahe gleichzeitig und fast geräuschlos wurden die Seitentüren geöffnet, worauf jeweils vier schwarz gekleidete Männer mit Kevlar-Westen und Maschinengewehren im Anschlag heraussprangen. Ihre schweren Stiefel machten kaum Geräusche auf dem Asphalt.

Alle hatten ihre Gesichter unter Sturmhauben und Helmen verborgen, einzig der Mann, der auf der Beifahrerseite des vorderen Mercedes ausstieg, hielt seinen Helm in der Hand und hatte die Sturmmaske hochgeschoben, sodass man sein Gesicht sehen konnte. Suchend blickte er sich um und kam schließlich mit großen Schritten auf Koruhn zu.

»Wir wären so weit«, sagte der breitschultrige Hüne mit den kantigen Gesichtszügen und dem verkniffenen, schmallippigen Mund.

Koruhn schüttelte dem Kollegen die Hand, wobei er Falk nicht aus den Augen ließ. Der Bär schien abzuwägen, ob er den Einsatz wirklich anordnen oder die Truppe unverrichteter Dinge abziehen lassen sollte.

Schließlich griff er in die Innentasche seines Sakkos, holte den Einsatzbefehl daraus hervor und reichte ihn dem Einsatzleiter. Dieser überflog den Zettel, nickte und ließ ihn in der Brusttasche seiner schusssicheren Weste verschwinden. »Womit müssen wir rechnen?«, fragte er.

»Mutmaßlicher Serientäter, Alter neunzehn Jahre, männlich, bewaffnet«, antwortete Falk. »Er hat mindestens eine Frau in seiner Gewalt. Möglicherweise ist zudem seine Mutter im Haus. Von weiteren Verwandten wissen wir nichts.«

»Ist etwas über den Grundriss des Hauses bekannt? Hinterausgänge? Fluchtwege? Kellerräume?«, fragte der Einsatzleiter, während er zusammen mit Falk, Hartwick, Juliane und Koruhn zurück zu seinen Männern ging.

»Negativ«, antwortete Falk.

Der Einsatzleiter nickte militärisch kurz, dann griff er zu einem Funkgerät und gab Instruktionen.

»Du siehst furchtbar aus«, flüsterte Juliane in Falks Ohr. »Bist du dir sicher, in deinem Zustand die richtigen Entscheidungen zu treffen?«

Unbewusst fasste Falk sich in den Nacken und massierte die verspannten Muskeln unter der Haut. »Nein, zum Teufel, ich bin mir nicht sicher«, flüsterte er zurück. »Aber ich will mir nicht vorwerfen, dass eine weitere Frau misshandelt, verstümmelt und ermordet wurde, nur weil ich einem Hinweis nicht die Bedeutung zugemessen habe, die notwendig gewesen wäre.« Nach einem Moment fügte er an: »Er ist übrigens heute Nacht gestorben.«

»Wer? Dein Vater?«, fragte Juliane.

Falk nickte.

Die Polizeipsychologin legte ihm eine Hand auf den Arm und drückte ihn. »Das tut mir leid.«

Falk bedachte ihre Anteilnahme mit einem unbeholfenen Achselzucken und konzentrierte sich im Anschluss auf die Männer vom SEK, die sich in einigen Metern Entfernung vor ihnen in leicht gebückter Haltung dem Haus näherten. Ein Mann löste sich aus der Gruppe und ging zur Tür, während die übrigen Beamten ihre automatischen Gewehre in Anschlag brachten.

Der Einsatzleiter, dessen Gesicht inzwischen ebenfalls unter einem Helm steckte, nickte, anschließend ging einer seiner Männer vor der Eingangstür in die Knie. Ein Summen wie von einem Zahnarztbohrer drang an Falks Ohr, dann schwang die Tür zur Seite.

Kapitel 48

Sofort stürmten die Männer vom SEK ins Haus. Falk sah die Lichter ihrer Helmlampen durch den dunklen Flur tanzen, während er mit Juliane, Hartwick und Koruhn in der Auffahrt wartete. Bevor der letzte Mann das Haus betrat, gab dieser ihnen ein Zeichen, was bedeutete, dass der Eingangsbereich gesichert war und sie der Vorhut folgen konnten.

Falk wollte loslaufen, doch Koruhn hielt ihn zurück.

»Ich kann Sie nicht mit reingehen lassen«, sagte der Bär. »Warten Sie draußen. Das ist ein Befehl.«

»Aber …«, setzte Falk an, doch Koruhn winkte ab, während er seine Waffe aus dem Holster unter der Jacke zog und entsicherte.

»Keine Diskussion«, sagte er. »Ich werde Sie holen, nachdem das SEK das Haus gesichert hat, aber bis dahin bleiben Sie hier.«

Die Autorität in Koruhns Stimme ließ Falk resignieren. Er nickte stumm, worauf Koruhn, Hartwick und Juliane im Haus verschwanden.

»Fuck«, stieß er aus und klopfte seine Hose auf der Suche nach einer Zigarette ab. Ein dämliches Unterfangen, schließlich wusste er, dass er sich seit Wochen keine Schachtel mehr gekauft hatte, doch zum Warten verdammt zu sein, steigerte seine Unruhe, und er hätte sie nur allzu gern mit Nikotin in Schach gehalten.

Nervös betrachtete er noch einmal das Praxisschild im Vorgarten.

Eva Maria Zeibig, Heilpraktikerin und Osteopathin.

Praxis für Osteopathie und ganzheitliche Lebenshilfe.

Esoterischer Humbug, dachte er und spähte ins Haus, doch bis auf den Mann, der Flur und Eingang sicherte, war nichts zu sehen. Lebhaft konnte er sich vorstellen, wie ein

Teil der Einheit in die oberen Etagen vordrang, während die übrigen Männer das Erdgeschoss und den Keller ins Visier nahmen.

Ob sie Zoe finden würden? Beim Gedanken daran, was der Täter ihr womöglich bereits angetan hatte, drehte sich Falk der Magen um. Zoes offenes Lachen kam ihm in den Sinn. Ihre mitreißende Art. In Zoes Gegenwart hatte er sich zum ersten Mal seit langer Zeit unbeschwert gefühlt. Es war, als hätte sie ihm die Kraft zurückgebracht, von der er geglaubt hatte, sie unwiederbringlich verloren zu haben.

Sie hat dir nur was vorgespielt, um an Informationen zu gelangen, schaltete sein Verstand sich ein, doch es änderte nichts daran, was er für sie empfand.

Jasari wusste nichts von unserem Date, Falk, klangen ihre Worte in seinem Kopf nach. *Und das ist auch der Grund, warum gestern zwei seiner Männer bei mir aufgetaucht sind und Ferret so zugerichtet haben. Ich habe Jasari nichts von uns gesagt.*

Während Falk seinen Gedanken nachhing, lief er die Einfahrt entlang. Nach einigen Metern fand er sich vor einem Pfad zwischen Haus und Schuppen wieder, der in früheren Zeiten wohl ein landwirtschaftlich genutztes Nebengebäude gewesen war. Falk passierte diesen schmalen Durchgang und gelangte in den Garten, der genau wie die Sträucher vor dem Haus ungepflegt und verwildert aussah. Selbst das silberne Mondlicht konnte den ausgedörrten Rasen in kein gutes Licht rücken. Schmetterlingsflieder wucherte vor einer braunfleckigen Thuja-Hecke, von mehreren Glanzmispeln waren nur die Stämme, Äste und ein paar einsame Blätter übrig, und in der Mitte der Rasenfläche stand eine Schaukel, die dem hohen Gras und dem blätternden Anstrich nach zu urteilen seit einer Ewigkeit nicht mehr benutzt wurde.

Falks Blick fiel auf die Rückseite des Schuppens. Er lief hin, wischte mit dem Ärmel über die Fensterscheibe, doch er konnte nichts erkennen; sie schien von innen mit einem schwarzen Brett vernagelt zu sein.

Gerade als er sich wieder abwandte, glaubte er, drinnen ein Geräusch gehört zu haben. Er ging auf die Holztür zu und drückte die Klinke.

Verschlossen.

Er rüttelte an der Tür und versuchte, das alte Ding aufzustemmen, doch das Schloss war widerstandsfähiger, als es den Anschein machte.

Ob er die Männer vom SEK informieren sollte? Oder sollte er selbst reingehen?

Suchend blickte er sich um und entdeckte einen Haufen Brennholz im Gras liegen. Er wägte einige Holzstücke ab und griff schließlich nach einem Scheit von der Größe seines Oberschenkels sowie nach einem Ast, der sich gut als Knüppel eignete.

Kurz kamen ihm Bedenken – bis auf einen Holzknüppel war er unbewaffnet, außerdem war er kein Bulle mehr –, doch dann ließ er den Holzstamm wie einen Rammbock gegen die Tür krachen.

Bumm.

In der Stille der Nacht kam ihm das Geräusch ohrenbetäubend laut vor; kein Vergleich zu dem beinahe lautlosen Türöffner des SEK.

Bumm.

Bumm.

Nach dem dritten Schlag gab das Schloss nach, und die Tür schwang auf.

Kapitel 49

Zoe zerrte an den Ketten, die sie mit gespreizten Armen und Beinen an den Tisch fesselten. Schweiß lief ihr über den nackten Körper, und sie versuchte, den Kopf aus der Reichweite des Mannes hinter ihr zu bringen, doch der Lederriemen, den er ihr um die Stirn gelegt und am Steintisch unter ihr befestigt hatte, hinderte sie daran.

Mit einer Schere hatte er ihr die Haare bis auf wenige Zentimeter abgeschnitten, jetzt fuhr er mit einem Rasiermesser über ihre Kopfhaut. Das schabende Geräusch bereitete ihr trotz der Hitze eine Gänsehaut.

»Halte still, ich will dich nicht verletzen«, sagte er sanft.

Tränen der Wut stiegen Zoe in die Augen, doch der Selbsterhaltungstrieb ließ sie gehorchen.

»So ist es gut«, sagte er im ruhigen Ton eines Chirurgen, der gerade einen diffizilen Eingriff durchführte.

»Leck mich«, keuchte sie mit einem letzten Rest von Aufbegehren. Sie durfte nicht zulassen, dass ihre Wut in Verzweiflung umschlug und sie einen schwachen Eindruck auf ihn machte. Sie musste ihn hassen, ihm die Stirn bieten. Psychopathen funktionierten so, das hatte sie irgendwann einmal irgendwo gelesen. Nur wenn man keine Schwäche zeigte, ließen sie unter Umständen von ihren Opfern ab.

»Du krankes Schwein. Ich bin nicht dein verfluchtes Spielzeug«, schob sie nach, doch der Mann hielt nur kurz inne, bevor das schabende Geräusch, das sein Rasiermesser auf ihrem Schädel machte, von Neuem einsetzte.

Inzwischen war sie lange genug bei Bewusstsein, um sich zusammenzureimen, wie sie hierhergekommen war. Der Mann hatte sie in der Straße zu Falk Bachmanns Wohnung von hinten überfallen und ihr eine Spritze, gefüllt mit einem Anästhetikum, in den Hals gerammt.

Vielleicht ein Mittel auf Basis von Ketamin, das sich leicht auf dem Schwarzmarkt besorgen ließ, wie sie als ehemalige Krankenschwester wusste. Die Einstichstelle konnte sie noch immer spüren, doch das stellte ihr geringstes Problem dar.

Wer zur Hölle war das Monster, das ihr das antat? Zunächst hatte sie Admir Jasari in Verdacht gehabt, doch diese Möglichkeit hatte sie schnell wieder verworfen. Warum sollte er jemanden beauftragen, sich auf diese Weise um sie zu kümmern? Jasari hatte, was er wollte. Jessy blieb freiwillig bei ihm, und den Brief an Falk Bachmann hatte er ebenfalls bekommen. Nein, der Albaner hatte keinen Grund, sie beseitigen zu lassen. Er war fertig mit ihr.

Also wer dann? Bislang hatte Zoe den Mann, der sie überwältigt und verschleppt hatte, nur flüchtig gesehen. Sie wusste lediglich, dass er bis auf ein Tuch um die Hüften nackt war. Sein Gesicht hatte sie noch nicht zu sehen bekommen; die Stirnlampe machte es zu einem Schemen aus Licht. Den sehnigen Muskeln unter der glatten Haut nach zu urteilen, war der Mann aber nicht alt. Höchstens Mitte zwanzig.

Ein junges, perverses Arschloch, das Frauen in seinem Keller …

Sie schaffte es nicht, den Gedanken zu Ende zu denken; sie wollte sich nicht ausmalen, was er mit ihr anstellen würde. Vor wenigen Tagen hatte sie Falk an den Fundort einer Leiche gebracht. Würde sie enden wie die Frau, die dort aufgefunden worden war?

Plötzlich erstarrte sie. Hatte sie ein Geräusch gehört? Sie hielt den Atem an und lauschte angestrengt, aber bis auf das Schaben des Rasiermessers, das unregelmäßige Knacken der Öfen und einem leisen Rauschen, das vermutlich von einer Lüftungsanlage herrührte, war es still.

Sie musste sich getäuscht haben. Niemand würde sie retten. Wenn sie überleben wollte, musste sie sich selbst befreien.

»Was willst du von mir?«, fragte sie, in der Hoffnung, eine Beziehung zu ihm aufbauen zu können. Er sollte sie nicht länger als Objekt seiner Begierde, sondern als einen Menschen sehen.

»Ich will dir helfen«, sagte er mit einer Art heiligem Ernst in der Stimme.

»Wobei willst *du* mir helfen?«, fragte sie, und nur im letzten Moment gelang es ihr, das sarkastische Lachen, das sich hinter ihrer Kehle formierte, zu unterdrücken.

»Ich helfe dir, rein zu werden. Ich werde dich behandeln.«

»Wenn jemand gesund werden muss, dann du«, rutschte es ihr heraus.

Das hätte sie nicht sagen sollen. Am flackernden Lichtschein seiner Stirnlampe erkannte sie, wie er sich aufrichtete.

»Ich bin gesund«, entgegnete er beinahe flüsternd. »In meinem Körper gibt es keine Schlacken. Sie haben keine Möglichkeit, sich festzusetzen«, sagte er, schob seinen Unterarm in Zoes Blickfeld und leuchtete ihn an. Der Arm war mit feinen, hauchdünnen Narben übersät, wie sie nur von einem sehr scharfen Messer herrühren konnten.

»Hast du dich geritzt?«, fragte sie und musste unwillkürlich an Jessy denken, die sich als Teenager mit einer Rasierklinge selbst Schnitte beigebracht hatte. Gegen ihren Willen empfand Zoe einen Anflug von Mitgefühl.

Stumm trat er neben sie. Dann bewegte er den Kopf, bis das Licht der Stirnlampe auf ihren rechten Unterarm fiel.

Etwas Metallisches blitzte auf, und noch bevor sie wusste, was er tat, nahm er das Rasiermesser und glitt mit der Klinge über die Haut an ihrem Arm. Sofort quoll Blut aus dem Schnitt, lief an ihrem Arm herab und tropfte auf den Boden.

Zoe schrie auf, mehr vor Überraschung als vor Schmerz, denn die Angst überdeckte ihn.

»Ich habe mich nicht geritzt«, fuhr er mit ruhiger Stimme fort. »Meine Mutter hat mich therapiert.« Erneut setzte er das Messer an und brachte ihr einen weiteren Schnitt bei. Mehr Blut floss aus Zoes Arm und ergoss sich auf den fleckigen Betonboden.

Sie schrie lauter. Dann entfernte sich der Lichtschein langsam wieder.

Panisch versuchten ihre Augen, dem Mann zu folgen, doch mit einem Mal sah sie nur Schwärze. Mit aller Kraft stemmte sie den Kopf gegen den Lederriemen, aber die Fixierung saß zu fest.

Was, wenn der Mann einfach verschwand und sie hier liegenließ? Sie würde mit Sicherheit verbluten. Die Schnitte waren nicht lang, aber tief, wie die Krankenschwester in ihr sofort erkannt hatte. Bei normal temperierter Luft würden sie vielleicht von selbst zu bluten aufhören, doch die unerträgliche Hitze in dem Keller führte dazu, dass ihre Herzfrequenz und der Blutdruck erhöht waren, wodurch mehr Blut als unter gewöhnlichen Bedingungen aus ihrem Körper gepumpt wurde. Außerdem verlangsamten der Schweiß und die hohen Temperaturen die Blutgerinnung.

Mit jedem Schlag ihres rasenden Herzens meinte sie, zu spüren, wie sie schwächer wurde. »Komm zurück«, keuchte sie. »Du musst die Blutung stoppen.«

Ganz am Rand ihres Gesichtsfeldes sah sie nun doch wieder den Schein seiner Lampe, was sie gegen ihren Willen so etwas wie Erleichterung spüren ließ. Sie war nicht allein. Er war noch bei ihr, konnte sie hören. »Bitte!«

Sie vernahm ein quietschendes Geräusch.

Gott sei Dank! Er kam zu ihr zurück.

Doch als Zoe sah, dass das Geräusch von den Rollen eines Instrumententischs herrührte, den er vor sich herschob, und sie einen Blick auf die darauf liegenden Werkzeuge und Utensilien erhaschen konnte, wusste sie, dass sie diesen Keller nicht lebend verlassen würde.

Bedeutungsvoll wischte der Mann das Rasiermesser an dem Tuch ab, das er um die Hüften trug, und legte es neben einen Ring mit vier Schlüsseln. Dann griff er nach der Schüssel auf dem Tisch, bückte sich und stellte sie auf den Boden, sodass sie Zoes Blut auffing.

Zoe behielt den Schlüsselring im Auge, dessen Schlüssel doch mit ziemlich großer Sicherheit in die Schlösser ihrer Ketten passten.

Wenn sie ihn zu fassen bekäme …

Plötzlich war da wieder das Geräusch, das sie schon einmal zu hören geglaubt hatte. Zwar drang es auch dieses Mal nur gedämpft an ihr Ohr, doch jetzt war sie sich sicher, dass sie es sich nicht eingebildet hatte.

Bumm.

Er hatte es ebenfalls gehört und erstarrte in seiner Bewegung.

»Hilfe«, schrie Zoe. »Hilfe, ich bin hier unten!«

Seine Faust traf sie mitten im Gesicht. Ihr Nasenbein knirschte grässlich, als der Knochen brach. Noch mehr Blut, es strömte aus den Nasenlöchern, doch bevor Zoe vor Schmerz aufschreien konnte, lag seine Hand auf ihrem Mund. Mit erstaunlicher Kraft drückte er zu, und sie bekam keine Luft mehr, ihre Lungen arbeiteten vergeblich. Panisch versuchte Zoe, durch die Nase zu atmen, aber statt Luft atmete sie Blut.

Bumm.

Bumm.

Dann: Stille.

Kapitel 50

Falk warf das Holzscheit, mit dem er die Tür aufgebrochen hatte, weg und blickte in den Schuppen. Das Innere lag in Finsternis, sodass er nur den Geruch nach Diesel, Moder und Rattendreck wahrnahm. Er fischte sein Handy aus der Tasche, schaltete die Taschenlampe ein und nahm seinen behelfsmäßigen Knüppel in die Hand. Dann ging er hinein.

Der Schein seines Handys erfasste einen grasgrünen Citroën 2CV, der mindestens so alt sein musste wie Julianes Käfer. Sonnenblumen und eine fröhlich grinsende Ente zierten die Fahrertür des Wagens. Daneben standen einige Fahrräder vor einer mit fleckigen Farbdosen, Benzinkanistern und allerhand Kisten und Kartons übersäten Werkbank.

Falk lauschte, doch er hörte nichts. Hatte er sich das Geräusch vielleicht nur eingebildet?

Er ließ den Lichtstrahl seiner Lampe über die Wände gleiten, während er bereit war, jedem mit dem Knüppel niederzuschlagen, der sich ihm näherte. Doch nichts geschah, niemand hielt sich hier auf.

Falk ließ den Lichtschein weiterwandern. Zwar schaffte es sein Handy nicht, alle Ecken auszuleuchten, aber immerhin konnte er erkennen, dass die Fenster tatsächlich mit Brettern vernagelt worden waren. Irgendjemand – Ole? – wollte offenbar nicht von außen gesehen werden. Nichtsdestotrotz hatte Falk sich getäuscht. Falscher Alarm; in dem mit alten Sachen vollgestellten Schuppen fehlte schlicht der Platz, um eine junge Frau gefangen zu halten, geschweige denn zu foltern.

Falk wollte schon wieder zurück in den Garten gehen, als sein Blick auf eine Luke im Boden fiel. Sie maß vielleicht einen mal eineinhalb Meter, und anstelle eines Griffs gab es auf halber Länge einen Ring zum Öffnen.

Ein Keller.

Falk legte den Ast beiseite, behielt aber das Smartphone in der Hand, um weiter sehen zu können. Vorsichtig beugte er sich hinunter.

In dem Moment, als sein Kopf sich direkt über der Luke befand, flog sie auf und traf ihn hart am Kinn. Blut lief über seinen Hals, sein Handy glitt ihm aus der Hand, und wie ein gefällter Baum kippte er nach hinten.

Kapitel 51

Seine Hand presste sich weiter auf Zoes Mund. »Wehe, du gibst auch nur einen Ton von dir.« Er hielt das Rasiermesser in den Lichtstrahl seiner Stirnlampe. »Hast du mich verstanden?«

Zoe versuchte zu nicken. Ja, sie hatte verstanden. Sie würde alles tun, was er verlangte; Hauptsache, er nahm die Hand weg.

Er löste seinen Griff, worauf Zoe gierig heiße Luft in ihre Lungen sog. Ihr Mund war voller Blut. Sie spuckte, atmete und spuckte wieder.

Der Mann schien angestrengt zu lauschen, während die Klinge seines Messers nach wie vor an ihrer Kehle lag, doch es herrschte weiter Stille. Trotzdem keimte Hoffnung in Zoe auf. Jemand war da draußen, und dieser Jemand würde sie retten. Zoe wusste nicht, warum, doch plötzlich tauchte Falk vor ihrem inneren Auge auf. Sicher kam er, um sie zu holen, und sobald er sie hier rausgeschafft hatte, würde sie ihm alles beichten. Sie würde sich bei ihm entschuldigen, und dann würden sie sich näher kennenlernen. Vielleicht würden sie sich ein zweites Mal in einem Restaurant verabreden.

Der Mann drehte den Kopf, worauf der Lichtstrahl seiner Lampe eine Stahltür am anderen Ende des Raums erfasste. Ohne das Rasiermesser aus der Hand zu legen, setzte er sich in Bewegung. Er öffnete die Tür und verschwand in dem dahinterliegenden Gang.

Von der offenen Tür zog kühle Luft hinein. Zoe atmete tief ein. Gleichzeitig zerrte sie mit aller Kraft an ihren Fesseln. Der schneidende Schmerz, der daraus resultierte, ließ einen Schrei in ihr aufsteigen, doch sie schluckte ihn zusammen mit dem Blut aus ihrer Nase hinunter.

Plötzlich hielt sie inne. Wenn sie es geschickt anstellte, würde sie ihre von Schweiß und Blut glitschige Hand vielleicht von der Fessel befreien können. Sie drückte ihren Daumen fest an die Handfläche und zog. Wieder durchfuhr sie ein scharfer Schmerz, doch sie presste die Zähne aufeinander und zog weiter. Blut rann aus den Wunden, aber jetzt kam es ihr gelegen, da es sich wie ein schmieriger Film auf ihre Hand legte.

Von draußen drang ein Krachen zu ihr hinein, gefolgt von einem Schrei und einem Poltern. Zoe begriff nicht, was da vor sich ging, doch sie hatte keine Zeit, darüber nachzudenken. Mit aller Kraft zerrte sie und zerrte.

Ein letztes schreckliches Mal heulte der Schmerz auf, dann glitt die Hand aus der Metallfessel.

Ihr rechter Arm war frei.

Das Poltern auf dem Flur hielt an, doch Zoe lenkte ihre ganze Aufmerksamkeit auf den Rolltisch mit den Instrumenten. Mit der freien Hand tastete sie nach dem Schlüsselring.

Vorsichtig griff sie ihn, als sie den Mann von etwas weiter entfernt rufen hörte: »Du? Wie bist du hier reingekommen?«

Als keine Antwort kam, schwand Zoes Hoffnung, jemand würde ihr zur Hilfe eilen. Mit dem Schlüsselring in der Hand versuchte sie, über sich hinweg das andere Handgelenk zu greifen, doch es gelang ihr nicht. Ihr Arm war nicht lang genug. Wenn sie das Handgelenk erreichen wollte, musste sie zunächst ihren Kopf von dem Riemen befreien.

Vorsichtig legte sie den Schlüsselring neben sich, und erstaunlich schnell ertasteten ihre Finger eine Schnalle, wie sie sie von Gurten kannte, mit denen Patienten einst an ihr Bett gefesselt worden waren. Sie nestelte an dem Verschluss und schaffte es schließlich, ihren Kopf zu befreien, doch in dem Moment hallten Schritte durch den Keller.

Hektisch nahm Zoe einen der Schlüssel vom Schlüsselring und tastete die Fessel an ihrer linken Hand ab. Nach einigem Suchen fanden ihre Finger endlich das kleine Schloss, und irgendwie gelang es ihr, den Schlüssel hineinzustecken.

Ein Lichtpunkt tauchte auf dem Flur auf und wurde immer heller, was bedeutete, dass er zurückkam.

Zoes Chancen, auf Anhieb den richtigen Schlüssel erwischt zu haben, standen nicht gut, da durfte sie sich nichts vormachen. Aber es war auch nicht unmöglich. Also drehte sie den Schlüssel um und schickte ein stilles Gebet zu einem Gott, an den sie schon lange nicht mehr glaubte.

Nichts geschah, und der Lichtpunkt näherte sich weiter. Sie würde es nicht schaffen, einen zweiten Schlüssel zu probieren.

In ihrer Verzweiflung rüttelte sie am Schloss, als es leise knackte. Der Schlüssel passte doch, die Fessel öffnete sich.

Rasch setzte Zoe sich auf, beugte sich vor und wandte sich ihren Fußgelenken zu, als das Licht der Stirnlampe die Tür erreichte.

»Was tust du da?«, fragte der Mann im tadelnden Tonfall eines enttäuschten Vaters, der mit einem ungezogenen Kind sprach. Die Muskeln an seinem Oberkörper traten deutlich unter seiner Haut hervor, in seinen Armen hielt er den schlaffen Körper eines Menschen.

Zoe bemühte sich, zu erkennen, wen der Mann trug, doch das Licht seiner Lampe stach ihr in die Augen.

Unvermittelt ließ er die Arme sinken, worauf der Körper mit einem trockenen Klatschen auf den Boden fiel.

»Unter keinen Umständen werde ich die Behandlung vorzeitig beenden«, sagte der Mann. Er griff nach seiner Stirnlampe, zog sie sich vom Kopf und schleuderte sie gegen die Wand. Als das Plastik barst und das Licht erlosch, zuckte Zoe zusammen. Kurz darauf, die Sekunden erschienen ihr unendlich lang, erwachten Neonröhren zum Leben.

Zoe musste blinzeln, dann starrte sie zum ersten Mal in das Gesicht des Mannes, der sie töten wollte.

Wie jung er war, schoss es ihr durch den Kopf. Und wie gewöhnlich. Wäre sie ihm auf der Straße über den Weg gelaufen, hätte sie ihn mit großer Wahrscheinlichkeit nicht wahrgenommen.

Panisch glitt ihr Blick zu der reglos am Boden liegenden Gestalt, und für den Bruchteil einer Sekunde gaukelte Zoes Gehirn ihr vor, es handele sich um Falk. Dann aber erkannte sie, dass es eine Frau mit ausgemergeltem Gesicht und hohlen Wangen war.

Mühsam hob die Frau die Lider und quälte sich in eine sitzende Position auf. Kurz schien sie nicht zu wissen, wo sie war, doch als sie die Orientierung wiederfand, öffnete sie den Mund und stieß ein Kreischen aus, das wie das Kratzen von Nägeln auf einer Schiefertafel klang.

Kapitel 52

Als Falk wieder zu Bewusstsein kam, lag er am Fuß einer steilen Holztreppe, die von der Luke abwärts führte, und blickte an eine fleckige Betondecke. Eine einzelne nackte Glühbirne baumelte am Ende eines Stromkabels.

Oben im Schuppen hatte Falk noch angenommen, die Luke sei aus einfachem Holz gezimmert, doch von seiner jetzigen Position aus konnte er erkennen, dass sie auf der Unterseite mit einer Stahlplatte verstärkt worden war.

Keuchend setzte er sich auf und rieb über sein schmerzendes Kinn. Als er auf seine Finger sah, entdeckte er Blut.

»Was machen Sie hier?«, rief eine Stimme.

Falk fuhr herum und traute seinen Augen nicht. Ein schmächtiger Junge mit hoher Stirn und spitzer Nase saß in einem Drehstuhl vor einem über und über mit Computertechnik beladenem Schreibtisch. In der Hand hielt er eine schwarze Baseballmütze, die er nervös mit den Fingern knetete. Auf drei nebeneinander angeordneten Flachbildschirmen waren ein Dutzend geöffneter Fenster unterschiedlicher Computerprogramme zu erkennen. Einer der Monitore zeigte das eingefrorene Bild eines Computerspiels – eine Armee aus irgendwelchen Fantasygeschöpfen trat gegen ein zweiköpfiges Monster an –, auf einem anderen war das Schwarzweißbild einer Nachtsichtkamera zu sehen. Sie nahm das Innere des Schuppens auf, in den Falk gerade eingedrungen war. Vor den Monitoren lagen neben zwei Tastaturen und einer Maus ein Lötkolben, Computerplatinen und diverse Geräte, deren Funktion Falk nicht kannte.

»Bist du Ole Zeibig?«, fragte er und stand auf. Sein Schädel dröhnte, und sein Kiefer sandte pulsierende Schmerzwellen aus. Verstohlen ließ Falk seinen Blick durch den Keller schweifen, doch von Zoe fehlte jede Spur, und bis auf die Luke in der Decke konnte er keine weiteren Zugänge oder Türen entdecken.

»Wer will das wissen?« Die Augen des Jungen funkelten ihn angriffslustig an. Er setzte die Basecap auf.

»Nun pass mal auf, Bürschchen«, zischte Falk. »Das war ein tätlicher Angriff auf einen Polizeibeamten. Dafür gehst du in den Bau. Also komm mir nicht mit *Wer will das wissen?!*« Die Tatsache, dass er genau genommen ein suspendierter Polizeibeamter war, ließ er unerwähnt.

»Ich habe Sie nicht angegriffen«, polterte der Junge los. »Mein Alarmsystem hat angeschlagen, und ich habe nachgesehen, was los ist. Was kann ich dafür, wenn Sie genau in dem Moment, als ich die Luke hochklappe, um die Lage zu sondieren, Ihren Kopf in Sachen stecken, die Sie nichts angehen.« Er drehte sich auf seinem Stuhl zum Schreibtisch, griff nach einer Pappbox mit Papiertüchern und warf sie Falk zu. »Wenn Sie Bulle sind, haben Sie doch bestimmt einen Ausweis.«

Falk zupfte vier Tücher aus der Box und hielt sie sich an das blutende Kinn. »Mein Name ist Falk Bachmann. Ich bin der Vater von Mia.«

Der lauernde Ausdruck verschwand aus dem Gesicht des Jungen. »Dann sind Sie ja wirklich Bulle.«

»Sage ich doch. Und du bist Ole Zeibig?«

Der schmächtige Typ nickte. »Wenn Sie Bulle sind, warum brechen Sie dann bei mir ein? Haben Sie einen Durchsuchungsbeschluss?«

Falk sparte sich, ihn darüber aufzuklären, dass ein Spezialeinsatzkommando gerade dabei war, das Haus seiner Mutter auf den Kopf zu stellen, und ging zum Angriff über. Er wollte Ole aus der Reserve locken. »Wo warst du heute Nacht?«

Ole runzelte die Stirn. »Na hier. Ich habe gearbeitet. Warum?«

»Wir haben eine Zeugin, die etwas anderes behauptet. Sie sagt, du seist ihr vom Mainufer bis in die Innenstadt gefolgt und hättest vor der Oper versucht, sie vom Rad zu drängen, um sie zu verschleppen.«

Ein Ausdruck äußerster Überraschung trat in Oles Gesicht. »Wer behauptet denn so einen Unsinn? Ja, ich war am Mainufer. Da haben wir heute Nachmittag ein paar Stunden gechillt, nachdem wir von Antonia-Sophies Tod erfahren haben. Später bin ich aber nach Hause gefahren, weil ich noch etwas zu erledigen hatte.«

»Gibt es dafür Zeugen?«

»Jede Menge sogar. Fragen Sie Celina und Duck, also Celina Maschke und Fabian Ladwig. Die können Ihnen bestätigen, dass ich dort war.«

»Ich will nicht wissen, ob jemand bezeugen kann, wo du am Nachmittag warst. Ich will wissen, was du, sagen wir mal, ab acht Uhr gemacht hast. Wo bist du da gewesen?«

»Na hier, habe ich doch gesagt. Und auch dafür gibt es einen Haufen Zeugen. Erst habe ich eine Runde *League of Legends* gezockt und das Spiel live auf Twitch gestreamt. Gegen Ende haben mir über hundert Viewer zugesehen, es gibt also mehr als genug Zeugen.«

Falk verstand kein Wort, was Ole ihm offenbar ansah, denn nun sprach er langsam, wie zu einem begriffsstutzigen Greis: »Ich habe ein Computerspiel gespielt und es live ins Internet übertragen. Das haben sich über einhundert Menschen zu Hause oder sonst wo an ihren Computern oder Smartphones, die im Grunde auch nichts anderes als Computer sind, angesehen. Und da die Zuschauer neben dem eigentlichen Game immer auch das Videobild von mir gesehen haben und ich ständig mit den Leuten gequatscht habe, können die, wenn Sie sie fragen, bezeugen, dass ich hier war und nicht am Mainufer oder an der Oper oder weiß der Geier wo.« Lässig lehnte Ole sich in seinem Drehstuhl zurück.

Falk runzelte die Stirn, was sein Kopf mit einer Schmerzattacke quittierte. Jemand übertrug im Internet, wie er ein Computerspiel spielte, und es fanden sich hundert Leute, die ihm dabei zusahen? Allmählich verstand Falk die Welt nicht mehr. »Und weiter?«

»Was weiter?«

»Du hast gesagt, erst hast du dieses Twitch gespielt. Was hast du dann gemacht?«

»Twitch spielt man nicht, dort überträgt man sein Spiel.« Ole verdrehte die Augen. »Danach habe ich gearbeitet.«

Langsam verlor Falk die Geduld, denn er ahnte, dass sie auf der falschen Spur waren. Das Spezialeinsatzkommando würde nichts finden. Dem schmächtigen Jungen traute er nicht zu, eine Frau wie Zoe zu überwältigen, sie irgendwohin zu verschleppen und sich danach in dieses Loch zu verziehen, um in aller Seelenruhe vor dem Computer abzuhängen. Das Geräusch, das Falk vorhin gehört hatte, stammte vermutlich von dem Computerspiel.

Andererseits hatten sie Mia im Keller einer Import-Export-Firma gefunden. Was war, wenn der Mörder doch verschiedene Verstecke für seine Opfer auswählte?

Unvermittelt sprang Falk auf. Er trat ganz dicht auf den Jungen in seinem überdimensionierten Drehstuhl zu, packte die Armlehnen und schob den Stuhl so weit zurück, bis er gegen den Schreibtisch krachte. Die Bildschirme wackelten. »Meine Geduld neigt sich langsam dem Ende zu, mein Freund. Also hör auf, mich hinzuhalten, und rede. Was hast du gearbeitet?« Er zog das letzte Wort wie Kaugummi in die Länge. Dieser Rotzlöffel hatte gerade Abitur gemacht, was sollte so jemand nachts vor dem Computer arbeiten?

»Das geht Sie überhaupt nichts an«, stieß Ole aus. Es sollte selbstbewusst klingen, doch Falk entging das leichte Zittern in der Stimme nicht.

Falk zog den Drehstuhl vom Schreibtisch weg und schleuderte ihn in den Raum. Ole entfuhr ein überraschtes Stöhnen, als der Stuhl gegen die Holztreppe prallte.

Rasch drehte Falk sich zu den Computermonitoren um und hätte vor Wut am liebsten das gesamte Equipment vom Tisch gefegt, als er stutzte. In der Ecke des rechten Monitors entdeckte er ein von einem anderen Fenster halb verdecktes Foto, das irgendeine Erinnerung in ihm zu Tage förderte. Er konnte nicht viel darauf erkennen, nur grauen

Schotter und ein paar Autoreifen, doch er hatte das Gefühl eines Déjà-vu. Er griff nach der Maus und bewegte sie, wobei er etwas brauchte, bis er den Mauszeiger auf den drei Bildschirmen gefunden hatte.

»Hey, lassen Sie das! Das ist privat«, rief Ole aufgeregt. Er sprang von seinem Drehstuhl und kam auf Falk zu, doch dieser hob drohend den Zeigefinger.

»Noch einen Schritt und ich ziehe die Samthandschuhe aus, haben wir uns verstanden?«, knurrte er.

Ole funkelte ihn wütend an, blieb aber stehen.

Falk klickte auf die Ecke des Fotos, wodurch sich das Fenster in den Vordergrund schob und in Gänze sichtbar wurde. Es zeigte einen schwarzen, tiefer gelegten Scirocco mit gelben Zierstreifen auf einem Waldparkplatz.

Falk kannte die Aufnahme. Er hatte sie als Hintergrundbild auf dem Desktop von Kilian Sidorows Laptop gesehen.

Über dem Foto befand sich eine Leiste mit Vorschaubildern, die offenbar am selben Tag entstanden waren, da sie allesamt den Scirocco auf dem Waldparkplatz zeigten. Falk klickte das nächste Foto an. Dieses Mal standen Kilian Sidorow und ein rothaariger Mann, den Falk als Johannes Hoffmeister identifizierte, neben dem aufgemotzten Auto.

»Hast du die Bilder gemacht?«, fragte Falk und schaute über die Schulter zu Ole.

»Die meisten.«

Falk klickte weiter. Die folgende Aufnahme zeigte Ole, wie er mit Mias Freund Marc und Johannes Hoffmeister vor einem Banner der *NHO* stand. Stolz prosteten die drei mit einer Flasche Bier dem Fotografen zu.

»Du bist auch einer von diesen neuen Nazis«, stellte Falk fest und konnte die Abscheu nicht aus seiner Stimme heraushalten.

»Nein, bin ich nicht«, sagte Ole und trat zu Falk an den Schreibtisch. Er zog eine Tastatur zu sich heran, hämmerte kurz darauf herum, bis sich ein Textverarbeitungsprogramm öffnete. Eine fett gedruckte

Überschrift über einem dreispaltigen Text sprang Falk entgegen.

New Help Organisation: Rechtsextremistischer Tarnverein bringt »Dschihadisten-Droge« aus dem Nahen Osten nach Deutschland

»Daran habe ich gearbeitet«, sagte Ole. »Ich schreibe an einem Enthüllungsartikel über die *NHO*. Ich will Journalist werden, und dieser Artikel verschafft mir vielleicht ein Volontariat bei einer Zeitung.«

»Du hast dich in die *NHO* eingeschleust, um bei ihnen zu recherchieren?«, fragte Falk. »Undercover?«

Wieder nickte Ole. »Ich bin kein Nazi und auch keiner von den Neuen Rechten. Aber als Marc anfing, sich für eine Hilfsorganisation zu engagieren, bin ich hellhörig geworden. Verstehen Sie mich nicht falsch, schließlich ist er mit Ihrer Tochter zusammen, aber Marc hat nie ein gutes Haar an den Immigranten gelassen. Ständig hat er gegen alles Fremde gehetzt, und plötzlich engagiert er sich für den Wiederaufbau im Nahen Osten?« Während Ole sprach, trat ein Funkeln in seine Augen. Er schien für das Thema zu brennen. »Ich konnte mir einfach nicht vorstellen, dass Marc von heute auf morgen eine Hundertachtziggradwende vollzieht und zum Menschenfreund wird. Niemals. Nicht Marc. Ich hätte es vielleicht glauben können, wenn er damals schon mit Mia zusammengewesen wäre, war er aber nicht. Mia ist klasse. Ich kapiere nicht, was sie von diesem Idioten will.«

Die plötzliche Begeisterung, die Ole für Mia an den Tag legte, ließ Falk zögern.

Ole ist ein totaler Psycho, hörte er Celina sagen. *Als er geglaubt hat, niemand beobachtet ihn, ist er zurück zum Brunnen gegangen. Das habe ich genau gesehen. Ich glaube, er hat Ashwa rausgeholt.*

»Warst du derjenige, der Ashwa aus dem Brunnen geholfen hat? Und lüg mich jetzt bloß nicht an. Wir haben einen Zeugen, der gesehen hat, wie du hingeschlichen bist, nachdem die anderen weg waren.«

Ole machte eine abwehrende Geste. »Ich sag doch, dass ich kein Nazi bin. Aber ich konnte meine Tarnung nicht auffliegen lassen. Ich bin nochmal zum Brunnen, um Ashwa zu versichern, dass man ihr helfen würde. Doch da war sie schon weg. Ich habe keine Ahnung, wie sie sich befreit hat, das müssen Sie mir glauben. Ich bin an einer verdammt guten Story dran, die lasse ich mir nicht kaputt machen.« Auf Oles Gesicht breiteten sich rote Flecken aus.

»Beruhig dich, Junge. Jetzt mal ganz langsam, ich komme nicht mehr mit.«

Ole atmete tief durch, bevor er weitersprach: »Okay, dann fange ich am besten ganz am Anfang an. Als Marc sich vor ein paar Monaten nach neuen Leuten für den Verein umgesehen hat, bin ich der *NHO* beigetreten. Ich habe eine Story gewittert, und ich musste nicht lange recherchieren, um die Verbindung zwischen der *NHO* und der *Neuen Bewegung* zu finden. Kennen Sie die *Neue Bewegung*?«

»Ja«, antwortete Falk. »Die rechten Hipster mit den Vorstellungen aus Hitlers Zeiten.«

»Genau. Doch dann bin ich noch auf etwas anderes gestoßen, auf etwas richtig Großes. Darf ich mal?« Ole deutete auf die Maus.

Falk trat einen Schritt beiseite, sodass der Junge sie erreichen konnte. Er klickte auf ein paar Ordner, bis sich schließlich ein weiteres Bild öffnete. Es zeigte Johannes Hoffmeister, wie er einem südländisch aussehenden Mann die Hand schüttelte.

Falk versteifte sich. Er kannte den Mann.

Tarik Aliu, einer von Jasari Admirs Gorillas. Also war er doch nicht paranoid; Jasari hing in ihrem Fall mit drin.

»Ich kann es erst beweisen, wenn der Hilfstransport aus dem Nahen Osten zurückkommt«, fuhr Ole fort. »Aber ich habe ein Gespräch mitangehört, in dem dieser Mann«, Ole tippte auf Tarik Aliu, »Johannes den Kontakt zu einem Captagon-Lieferanten in Aleppo vermittelt hat. Wissen Sie, was Captagon ist?«

Erneut nickte Falk. »Ich bin zwar kein Drogenfahnder, aber ein bisschen kenne ich mich schon aus. Captagon ist ein Fenetyllin und gehört zu den Amphetaminen und Methamphetaminen.«

»Genau«, bestätigte Ole aufgeregt. »Das Zeug wurde während des Syrien-Kriegs massenhaft Soldaten verabreicht, weil es extrem anregend und angstlösend wirkt. Deshalb wird es auch Dschihadisten-Droge genannt. Aber es ist nicht nur bei Soldaten beliebt, auch Sportler nehmen wegen der leistungssteigernden Wirkung gerne Captagon. In den Achtzigerjahren war Captagon im Fußball beispielsweise gang und gäbe, und noch heute hilft es beim Toreschießen.«

»Und du glaubst, die *NHO* soll im Auftrag der Albaner auf dem Rückweg aus Aleppo Captagon nach Deutschland schmuggeln?«, fragte Falk.

»Da bin ich mir ganz sicher. Johannes und der Kerl haben alles bis ins Kleinste ausgearbeitet. Sobald der Truck zurück in Frankfurt ist, übernimmt er die Lieferung.« Wieder das Tippen auf Tarik Aliu. »Er kümmert sich dann um den Verkauf. Im Gegenzug erhält die *NHO* eine als Spende getarnte Summe, mit der die *Neue Bewegung* finanziert wird.«

Falk starrte weiter auf das Foto, das die beiden Männer zeigte. Was Ole sagte, machte Sinn. Ins herkömmliche Drogengeschäft konnte Jasari nicht zurück, denn nach dem Prozess fehlten ihm die Mittel, die Russen aus dem Markt zu drängen. Also war er gezwungen, sich nach Alternativen umzusehen, und der Verkauf von Captagon stellte gewiss eine lukrative Einnahmequelle dar.

»Kannst du mir den Artikel und deine Bilder ausdrucken?«, fragte Falk.

Ole blickte ihn erschrocken an. »Nein, das geht nicht. Das ist meine Story, die können Sie mir nicht wegnehmen.«

»Ich will dir gar nichts wegnehmen«, antwortete Falk und überlegte. Hatte Hartwick nicht erwähnt, er würde einen Journalisten kennen? »Ich verspreche dir, dass niemand dir zuvorkommt. Und ich kann dir den Kontakt zu einem Redakteur von einer Zeitung verschaffen. Der ist bestimmt ganz wild auf die Geschichte. Was meinst du?«

Ole dachte einen Moment lang nach und willigte schließlich ein. »Aber alles läuft streng vertraulich.«

»Du hast mein Wort.«

Ole klickte ein paar Mal mit der Maus, und im nächsten Augenblick begann ein Laserdrucker, Seiten auszuspucken.

Geistesabwesend griff Falk nach dem ersten Blatt im Ausgabefach. Es war das Bild von Kilian Sidorows Scirocco. Sein auf Hochglanz polierter Wagen strahlte in der Sonne und ließ die beiden Autos zu seiner Linken und Rechten, ein grasgrüner Kleinwagen und ein roter Mercedes Sprinter mit verbeultem Kotflügel und verblasster Firmenaufschrift, wie schrottreife Blechhaufen wirken.

Falk runzelte die Stirn, was ihm mittlerweile zumindest keine Kopfschmerzen mehr bereitete, und mit einem Mal fiel ihm wieder ein, wann dieses seltsame Gefühl, etwas Offensichtliches zu übersehen, angefangen hatte. Es war im Schlafzimmer von Kilian Sidorow gewesen, und zwar, als Falk sich das Foto auf dem Hintergrund des Notebooks angesehen hatte. Was zum Teufel stimmte mit dem Bild nicht?

»Wann hast du das Foto gemacht?«, fragte er.

»Lassen Sie mich mal sehen.«

Falk zeigte Ole die Aufnahme.

»Das war letzten Freitag.«

»Der Freitag, an dem die Party im Stadtwald gestiegen ist?«

»Ja, richtig. Das Foto ist kurz davor entstanden.«

»Was ist mit den beiden anderen Wagen auf dem Bild? Weißt du, wem sie gehören?«

Ole studierte den Ausdruck genauer. »Der grüne Micra gehört Emma, einer Mitschülerin von mir, aber den Lieferwagen kenne ich nicht. Vielleicht stand der schon da, als wir angekommen sind. Oder einer von Johannes' Freunden ist damit in den Wald gefahren. An dem Abend waren mächtig viele Typen von der *Neuen Bewegung* da.«

Falk hielt das Bild näher ans Gesicht. Trotzdem konnte er den Firmenschriftzug nicht entziffern. Außerdem war ein Teil des Nummernschildes abgeschnitten. »Hast du noch mehr Bilder von dem Scirocco?«

Ole wandte sich seinem Computer zu und suchte. Schließlich fand er weitere Fotos, die den Wagen aus einer etwas andere Perspektive zeigten, mal mit Kilian Sidorow, dann wieder ohne.

»Stopp, warte«, sagte Falk, als Ole zum nächsten Bild blättern wollte.

Auf diesem Foto konnte er den Firmenschriftzug lesen, und plötzlich verwandelte sich das diffuse Gefühl, das ihn die ganze Zeit nicht losgelassen hatte, in ein aufgeregtes Kribbeln. Auch wenn die Aufnahme nichts bewies, war Falk sich sicher, endlich auf die Verbindung zwischen den Opfern und dem Täter gestoßen zu sein.

»Druck mir das auch aus«, sagte er mit heiserer Stimme und tippte auf den Bildschirm.

Kapitel 53

»Hör auf zu schreien«, sagte der Mann und beugte sich zu der am Boden liegenden Frau im Nachthemd herunter.

Zoe konnte nicht sagen, wie alt die Frau war – sechzig? Achtzig? –, denn ihre vollen, dunklen Haare wollten nicht zu der faltigen, wächsernen Haut passen. Die Augen der Frau lagen tief in ihren Höhlen, während sie unablässig kreischte.

»Bitte, Mutter, sei ruhig«, sagte der Mann.

Mutter?

»Was treibst du hier unten?«, brüllte sie; ihre Stimme klang trotzdem tief und kratzig. »Was tust du? Das ist Unzucht!«

Zoe hielt den Schlüsselring fest umklammert und presste die Hand auf die Schnittwunden an ihrem Unterarm, doch die Blutungen ließen sich nicht stoppen.

»Beruhigen Sie sich, und holen Sie die Polizei«, sagte Zoe zu der Frau. »Ihr Sohn hat mich verschleppt«, rief sie in der Hoffnung, zu ihr durchzudringen, doch die Alte kreischte unaufhörlich.

Mit gehetztem Blick schaute der Mann zwischen seiner Mutter und Zoe hin und her, verharrte dann aber bei der Frau, die zu seinen Füßen lag. »Das geht nicht«, sagte er. »Wie hast du es geschafft, aus dem Bett zu kommen? Hast du deine Medikamente, die ich dir auf den Nachttisch gelegt habe, nicht genommen?«

»Das ist mein Haus«, schrie sie. »Und darin kann ich machen, was ich will. Noch bin ich nicht tot. Denkst du, ich merke nicht, dass etwas nicht in Ordnung ist? Dass du in letzter Zeit Huren in mein Haus bringst? Eine der Huren ist sogar zu mir ins Schlafzimmer gekommen. Ich dulde keine Frauen in meinem Haus.«

»Wovon redest du? Niemand war in deinem Schlafzimmer. Du hast Halluzinationen. Außerdem ist das keine Hure«, antwortete der Mann, und mit einem Mal kam er Zoe nicht wie ein Erwachsener, sondern wie ein Kind vor. Ein Kind, das sich vor seiner strengen Mutter rechtfertigte. »Das ist eine Patientin. Ich habe sie zur Ader gelassen.«

»Glauben Sie ihm nicht. Ich bin nicht freiwillig hier«, rief Zoe, doch es war, als wäre sie gar nicht da. Die Frau würdigte sie keines Blickes, und auch ihr Sohn beachtete Zoe nicht.

»Du darfst keine Patienten haben«, rief die Frau ihm zu. »Weil du kein Heiler bist. Du bist ein Nichts. Ein Versager, der seinen Vater ins Grab gebracht hat.« Sie spuckte ihm vor die Füße und richtete sich mühsam auf. Plötzlich packte sie ein trockener Husten, der tief aus ihrer rasselnden Lunge zu kommen schien.

»Er war nicht mein Vater«, protestierte der Mann. Zorn funkelte in seinen Augen, während er auf seine Mutter hinabsah.

Zoe beugte sich wieder zu ihren Fußfesseln hinunter, nahm einen der kleinen Schlüssel in die Hand und versuchte, ihn ins Schloss zu stecken. Ihre Finger zitterten so stark, dass es ihr erst beim dritten Anlauf gelang.

»Er war vielleicht nicht dein Erzeuger, aber er war dein Vater«, rief die Frau, nachdem der Hustenanfall abgeklungen war. »Er hat dich geliebt wie sein eigen Fleisch und Blut.«

»Nein, das hat er nicht.« Nun brüllte der Mann ebenfalls. Ruhelos begann er, vor seiner Mutter auf und ab zu laufen. Schweiß tropfte von seinem Körper.

Vorsichtig versuchte Zoe, den Schlüssel herumzudrehen, doch das Schloss ließ sich nicht öffnen. Sie nahm sich den nächsten Schlüssel vor, während der Mann weitersprach: »Mutter, du weißt nicht, was er mit mir gemacht hat. Wenn ich mit ihm in den Keller musste, hat er …«

»Ruhe«, kreischte die Frau und presste die Hände auf die Ohren. »Ich will deine Lügen nicht hören. Du bist ein schlechter Mensch.«

Der dritte Schlüssel, den Zoe probierte, passte.

Zoe streifte die Fessel von ihrem Knöchel und hoffte, dass der Verrückte und seine nicht weniger durchgeknallte Mutter noch eine Zeit lang mit sich selbst beschäftigt waren. Lediglich eine Fessel kettete sie noch an den Tisch.

»Das sind keine Lügen«, rief der Mann.

Aus den Augenwinkeln bemerkte Zoe, wie die Frau es schaffte, auf die Beine zu kommen. Dunkle Flecken in der Höhe ihres Hinterns überzogen das Rückenteil des Nachthemds. Sie ging auf ihren Sohn zu und hämmerte mit den Fäusten gegen seine nackte Brust.

Zoe konzentrierte sich auf ihre Fußfessel. Da sie nicht wusste, welche Schlüssel sie bereits für die anderen Schlösser verwendet hatte, musste sie notgedrungen alle durchprobieren. Dabei schaute sie immer wieder zu den Streitenden.

»Ich bringe dich zurück ins Bett«, sagte der Mann und packte die dünnen Handgelenke seiner Mutter.

»Aua, du tust mir weh«, kreischte sie. »Was ist nur aus dir geworden? Eine Schande bist du!« Sie trat mit ihren nackten Füßen nach ihm.

Der Mann stieß die Mutter von sich, worauf sie einen oder zwei Meter nach hinten taumelte. Sie stolperte über die am Boden stehende Schüssel, in der das kranke Schwein Zoes Blut aufgefangen hatte, trat hinein, rutschte aus und verlor das Gleichgewicht. Hart fiel sie gegen den Instrumententisch und riss ihn mit sich, bevor sie auf dem Betonboden aufschlug. Dabei glitt ihr die Perücke vom Kopf. Kein Haar wuchs mehr auf ihrem Schädel.

Die Auswirkungen einer Chemotherapie, stellte die Krankenschwester in Zoe unwillkürlich fest. Deshalb hatten die dunklen, vollen Haare nicht zum Rest der Frau gepasst.

Rasch wandte Zoe den Blick ab und war sich nicht mehr sicher, welchen Schlüssel sie zuletzt probiert hatte.

Konzentrier dich.

Der Mann trat auf seine Mutter zu. Unbewusst fuhr er sich mit der Zunge über die Lippen, als er ihren haarlosen Kopf sah.

»Du bist so schön«, sagte er, und mit einem Mal klang seine Stimme nicht mehr wie die eines Kindes. Sie klang sanft und kehlig.

Zoe verschwamm das Bild vor Augen. Es war so schrecklich heiß. Ihre gebrochene Nase tat höllisch weh, ihr Mund war ausgedörrt, und sie wusste nicht, wie viel Blut sie bereits verloren hatte.

Etwa acht Prozent des Gewichts eines Erwachsenen entfallen auf die vier bis sechs Liter Blut in seinem Körper. Bei starkem Blutverlust sinkt der Kreislauf, die Herzkammern werden nicht mehr richtig versorgt, gefährliche Herz-Rhythmus-Störungen sind die Folge, spulte Zoes Gehirn das ab, was sie in ihrer Ausbildung gelernt hatte.

Sie versuchte, sich zusammenzureißen, und ging erneut die Schlüssel durch.

»Nein«, sagte die Frau. Nun kreischte sie nicht mehr, ihre Stimme war kaum mehr als ein Flüstern. »Was tust du?«

»Du musst deine Verfehlungen bereuen«, sagte der Mann, die Stimme immer noch sanft und kehlig, und trat auf seine Mutter zu. Das Tuch, das er sich um die Hüften geschlungen hatte, bäumte sich auf.

»Nein.« Die Frau kroch nach hinten, eine Blutspur zurücklassend. Entweder war es Zoes Blut, welches sie auf dem Betonboden verteilte, oder sie hatte sich beim Sturz verletzt.

Zoe steckte den nächsten Schlüssel in das kleine Schloss, und dieses Mal ließ er sich herumdrehen. Mit einem leisen Klacken öffnete sich die letzte Fessel.

Schnell sprang Zoe vom Tisch, als sich etwas schmerzhaft in ihre Fußsohle bohrte. Sie blickte hinab, erneut verschwamm ihr das Bild vor den Augen, und sie wäre beinahe zu Boden gegangen. Ihr Herz setzte ein, zwei Schläge aus, dann verfiel es wieder in seinen alten Rhythmus, und Zoe erkannte, dass sie in eines der Messer getreten war, die auf dem Instrumententisch gelegen hatten. Am liebsten hätte sie sich gebückt und es aufgehoben, doch sie war sich nicht sicher, ob ihr Kreislauf mitspielen würde. Außerdem musste sie das Überraschungsmoment nutzen.

Rasch warf sie einen Blick zu dem Irren. Er stand vor seiner Mutter, sein Schritt auf der Höhe ihres Gesichts, die Hände umklammerten ihren Hinterkopf.

»Du musst bereuen«, rief er.

Die Frau würgte.

Zoe wurde schlecht. Sofort wandte sie sich ab und rannte auf den Ausgang zu.

Die Kühle, die sie im Flur des Kellers empfing, trieb ihr vor Dankbarkeit Tränen in die Augen. Gierig sog sie die frische Luft ein, was das verschwommene Bild ein wenig klärte, dann schaute sie sich um. An den Wänden standen Regale, in denen Einmachgläser lagerten. *Natürliches Antibiotikum*, las sie auf einem handgeschriebenen Etikett. Auf anderen stand *Schwedenbitter, Bärlapp* oder *Schwarzwurzessenz*. Zoes Blick folgte den Regalreihen, bis sie an deren Ende eine Treppe ausmachte.

Hinter ihr drang ein Stöhnen aus dem Kellerraum, gefolgt von einem Schrei.

Zoe rannte. Ihr Herz kam erneut aus dem Tritt, hämmerte erst wild und ungleichmäßig, bevor es stockte. Mit der Faust schlug Zoe sich auf die nackte Brust. Das verdammte Ding durfte nicht schlappmachen. Nicht jetzt.

Einen Moment verschwamm wieder alles vor ihren Augen, dann nahm ihr Herz erneut die Arbeit auf.

Mit beiden Händen ergriff Zoe das Geländer und kämpfte sich Stufe für Stufe die Treppe hoch. Schreie begleiteten sie, bis sie oben ankam und durch die offene Tür in einen Wohnungsflur stolperte.

Der Geruch nach altem Fett und Kohl stieg ihr in die Nase, doch sie hatte das Gefühl, nie frischere Luft geatmet zu haben. Erleichtert stürzte sie auf die Haustür zu, umklammerte die Klinke und wollte sie gerade nach unten drücken, als sie hinter sich ein Geräusch vernahm.

Sie ermahnte sich, sich nicht umzudrehen, sondern die Tür zu öffnen und zu rennen. Doch im nächsten Augenblick traf sie ein Schlag im Genick.

Ein gleißender Schmerz durchzuckte ihren Kopf, dann begannen ihre Knie nachzugeben. Von hinten legte sich eine Hand auf die einen Spalt breit geöffnete Tür und drückte sie zurück ins Schloss.

Zoe versuchte, sich am Türgriff hochzuziehen, doch die Kräfte verließen sie. An den Rändern ihres Gesichtsfeldes zog ein dunkler Nebel auf, der sich rasch ausbreitete und ihren Blick eintrübte, während sie auf der Fußmatte zusammensackte.

Die Hand packte ihren Knöchel und schleifte sie zurück zur Kellertreppe.

Kapitel 54

»Hier wohnst du also?« Jan schaute sich in Bachmanns Wohnzimmer um, doch es gab kaum etwas zu entdecken. In ihrer Kargheit erinnerte Jan die ganze Wohnung an seine eigene.

Der Einrichtungsstil, wenn man bei dieser spartanischen Ansammlung wild zusammengewürfelter Scheußlichkeiten überhaupt von einem Stil sprechen konnte, war etwas, was er augenscheinlich mit seinem Vater gemein hatte. Bis auf ein Sofa, dessen Muster vor mindestens fünfzehn Jahren aus der Mode gekommen war, einem Flachbildfernseher, zwei Stühlen und einem Couchtisch war der Raum leer, und an den Wänden hing nur eine einsame Dartscheibe, in der vier Pfeile steckten.

»Ich hatte noch nicht die Zeit, mich richtig einzurichten«, meinte Bachmann, klaubte eine Decke vom Sofa und warf sie über einen der beiden Stühle. »Bald werde ich allerdings reichlich davon haben. Setz dich doch.«

Jan seufzte, blieb aber stehen. Bachmann könnte Recht behalten. So, wie die Aktion heute Nacht verlaufen war, würde Bachmann zukünftig genügend Zeit haben, sich um seine Wohnung zu kümmern. Und er selbst womöglich auch. Es lag durchaus im Bereich des Möglichen, dass seine Karriere beim LKA ein Ende nahm, bevor sie richtig begonnen hatte, schließlich hatte er mit Bachmann zusammengearbeitet, obwohl dieser suspendiert worden war.

»Halten Sie sich künftig von Bachmann fern«, hatte Koruhn ihm nach der Durchsuchung vor ein paar Stunden eingeschärft. »Er ist nicht mehr Ihr Vorgesetzter, und er ist auch nicht mehr Ihr Partner. Sollte ich noch einmal mitbekommen, dass Sie vertrauliche Informationen an ihn weitergeben oder ihn gar mit auf einen Einsatz nehmen, können Sie Ihre Papiere holen. Haben wir uns verstanden, Hartwick?«

Jan hatte verstanden. Klar und deutlich.

Nach der Pleite, zu der sich die Durchsuchung von Zeibigs Haus entwickelt hatte, war Koruhn noch schlechter als ohnehin auf Hartwick zu sprechen gewesen. Und dass Bachmann in aller Seelenruhe zusammen mit Ole Zeibig aus dem Schuppen spaziert war, wo das SEK doch das ganze Haus nach dem jungen Mann umgekrempelt hatte, hatte Koruhn den Rest gegeben. Er war nicht laut geworden, hatte nicht getobt, sondern hatte Bachmann nur angesehen. Obwohl Jan den Leiter der Abteilung 4 des LKA noch nicht lange kannte, hatte er sofort begriffen, dass Koruhns Schweigen schwerer wog als Gebrüll oder ein Tobsuchtsanfall.

»Vielleicht kriegt Koruhn sich wieder ein, wenn er eine Nacht darüber geschlafen hat«, meinte Jan, ohne es selbst zu glauben.

Bachmann winkte ab. »Koruhn ist in Ordnung. Er muss tun, was er tun muss. Ich habe eine Menge Scheiße gebaut. Wenn ich an seiner Stelle wäre, würde ich mich auch rauswerfen.« Bachmann zog ein Papier aus der Hosentasche, faltete es auseinander und strich es glatt. »Ich habe etwas bei Ole gefunden.«

Ich will es nicht sehen!

Alles in Jan schaltete auf Abwehr. Unter keinen Umständen würde er sich noch einmal in Bachmanns Angelegenheiten verwickeln lassen.

»Wie meinst du das? Was hast du gefunden?«, hörte er sich trotzdem fragen.

Bachmann starrte erst auf das Blatt Papier, dann in Jans Gesicht.

Sofort stellten sich Jan die Nackenhaare auf. »Stopp, ich will es doch nicht wissen. Um neue Hinweise kümmern sich die Frankfurter Kollegen. Koruhn hat unmissverständlich angeordnet, Höldtke als leitenden Ermittler zuerst von allen neuen Erkenntnissen zu unterrichten. Allein, dass wir ihn heute Nacht bei dem

Einsatz außen vor gelassen haben, wird noch Ärger nach sich ziehen. Offiziell hat das LKA den Fall noch nicht übernommen.«

Bachmann betrachtete wieder das Papier in seiner Hand, und Jan versuchte, einen Blick darauf zu erhaschen. Zumindest einen kleinen, doch Bachmann hielt es geschickt außerhalb seiner Reichweite.

»Wahrscheinlich ist es gar nichts«, sagte Bachmann leichthin. »Es ist nur ein Foto, mehr nicht. Eins, wie ich es auch bei Kilian Sidorow gefunden habe. Wenn ich Höldtke, diesem Stümper, das Bild zeige, wird er es zu den Akten legen, bis es Schimmel ansetzt.« Bachmann ließ den Zettel einige Zentimeter sinken.

Jan zwang sich, dem Papier keine Beachtung zu schenken, riskierte dann aber doch einen Blick. Wenn er sich nicht täuschte, zeigte es Kilians aufgemotzten Wagen.

»Du kennst doch einen Schreiberling bei der Zeitung«, wechselte Bachmann unvermittelt das Thema. »Also ich meine den, der die Fotos von mir gemacht hat. Deinen Freund. Oder ist er dein Exfreund? So genau habe ich das nicht verstanden.«

Dein Freund.

Die Tatsache, dass Jan etwas mit einem Mann hatte, schien für Bachmann nichts Besonderes zu sein. So ungezwungen, wie er ihn danach gefragt hatte, schien es für ihn … ja, was?

Normal zu sein. In Ordnung.

Keine große Sache.

Jan bemühte sich, den Klumpen, der sich in seinem Hals gebildet hatte, herunterzuschlucken.

Plötzlich kam er sich mies vor.

Timo hatte von Anfang an mehr als eine Bettgeschichte in ihm gesehen, das wusste Jan genau. Und wenn er ehrlich gegenüber sich selbst war, empfand er ebenfalls mehr für den dunkelhaarigen Kindskopf mit den großen Rehaugen. Nichtsdestotrotz hatte er Timo abserviert.

So wie alle Typen vor ihm.

»Ich weiß nicht, was Timo für mich ist«, antwortete Jan.

Wenn ich es zulassen würde, dann wäre er wahrscheinlich mein Freund, dachte er, sprach es aber nicht aus. »Doch zu deiner anderen Frage: Ja, er ist Redakteur beim *Frankfurter Morgen*.«

Bachmann schaute von dem Foto in seiner Hand auf und blickte Jan direkt in die Augen. Offenbar war ihm das Gefühlschaos, das in Jan herrschte, nicht entgangen.

»Es war nicht leicht, bei den moralischen Hardlinern aufzuwachsen, was?«, fragte er.

Jan schüttelte den Kopf, dann wandte er sich der Dartscheibe zu und zog die Pfeile heraus. Er trat einen Schritt zurück, zielte und warf.

Vierzehn Punkte, meinte er zu sehen, doch sicher war er nicht, da das Bild vor seinen Augen verschwamm.

Verdammt, der Tag war wirklich lang gewesen.

»Was willst du von Timo?«, fragte er und fuhr sich rasch über die Augen, ohne seinen Blick von der Dartscheibe zu nehmen.

»Ole Zeibig hat möglicherweise eine Story für ihn, aber er will die Geschichte selber schreiben. Oder zumindest will er daran mitarbeiten. Der Junge möchte Journalist werden. Im Gegenzug für die Informationen, die er mir gegeben hat, habe ich ihm zugesagt, ihn mit einem Zeitungsredakteur zusammenzubringen. Ist dein Timo vertrauenswürdig?«

Dein Timo.

»Du meinst, ob er ihm die Story vor der Nase wegschnappt?« Jan schüttelte den Kopf. »Das würde er nicht tun. Für Timo lege ich meine Hand ins Feuer. Er ist ein guter Kerl und ein integrer Journalist. Ich kann ihn morgen anrufen.«

Bei dem Gedanken, mit Timo zu sprechen, beschleunigte sich sein Pulsschlag.

Der zweite Pfeil flog, verfehlte die Scheibe und blieb in der bereits von Fehlwürfen durchlöcherten Tapete stecken.

»Welche Informationen hat der Junge dir gegeben?«, fragte er gegen seinen Willen und drehte sich zu Bachmann.

Dieser reichte ihm den Ausdruck, den er in der Hand hielt. »Achte auf den Wagen.«

Jans Gesicht verwandelte sich in ein Fragezeichen. »Das ist der Scirocco von Kilian Sidorow, na und?«

»Nein, nicht *der* Wagen. Der Transporter daneben. Sieh dir den Firmenschriftzug an.«

Jan betrachtete den ramponierten Kleintransporter. Und stockte.

Das konnte tatsächlich die Verbindung sein, nach der sie suchten.

»Wir müssen der Spur nachgehen«, sagte Bachmann. »Kann ich mit deiner Hilfe rechnen?«

Kapitel 55

Ein leises Wimmern drang in Zoes Bewusstsein, doch sie versuchte, es auszublenden. Mit aller Macht schob sie das Geräusch von sich weg, denn sie wollte nicht wieder zu sich kommen. In der Hoffnung, vor der Welt – vor ihm – versteckt zu bleiben, wenn sie selbst nichts sah, hielt sie die Augen fest verschlossen.

Doch dann gesellte sich die unerträgliche Hitze zu ihren Empfindungen, gefolgt von Durst und Schmerz. Ihre Nase fühlte sich wie ein auf Melonengröße angeschwollener Klumpen an, durch den sie keine Luft bekam, in ihrem Kopf und Nacken hämmerte es. Vorsichtig öffnete sie die Augen einen Spaltbreit.

Erneut lag sie angekettet auf dem Steintisch, der rechte Arm in einen provisorischen Verband gewickelt. Ängstlich ließ sie ihren Blick durch den vom Neonlicht erhellten Raum schweifen.

Sie hatte keine Ahnung, wie lange sie bewusstlos gewesen war, doch es musste einige Zeit vergangen sein, denn inzwischen hatte das Monster das Durcheinander, das sie angerichtet hatte, aufgeräumt. Die Mutter saß zusammengesunken am Boden. Ihr lebloser Körper lehnte unter dem zugemauerten Fenster gegen die Wand. Neben ihr auf dem Boden lag die Perücke, die Haare zu einem unregelmäßigen Fächer ausgebreitet. Eine Spur aus getrocknetem Blut zog sich von ihrem geöffneten Mund über ihr Kinn bis auf ihr Nachthemd. Ihre Augen waren geschlossen, das Kinn ruhte auf ihrer Brust.

In einigem Abstand zu der toten Frau kniete ihr Sohn. Bis auf das Leinentuch um seine Hüften war er wieder nackt. Sein schweißnasser Körper schaukelte im Takt seiner Schluchzer hin und her.

Zoe versuchte, den Kopf anzuheben, und zu ihrem Erstaunen gelang es ihr. Den Riemen um die Stirn hatte er ihr dieses Mal nicht angelegt. Sofort ließ sie den Kopf wieder sinken, denn die Bewegung hatte bereits ausgereicht, um aus dem Hammer in ihrem Schädel eine Abrissbirne zu machen.

Erneut starrte sie die Leiche an.

Das Monster hatte seine eigene Mutter umgebracht.

Bald würde sie dran sein.

In einem Anflug von Panik schloss sie kurz die Augen, und als sie die Lider wieder hob, erschreckte sie sich fast zu Tode. Unvermittelt hob sich der Kopf der Frau. Ihre Augen weiteten sich, dann verzog sie den Mund zu einem humorlosen Grinsen.

Zoe entfuhr ein Aufschrei, als sie die blutigen Krater im Zahnfleisch der Frau sah, wo zuvor die Schneidezähne gewesen waren.

Das Wimmern erstarb, und der Mann folgte dem Blick seiner Mutter. In seinem Gesicht mischten sich Schweiß und Tränen. »Das ist alles deine Schuld«, stieß er an Zoe gewandt hervor. »Du bist nicht die Richtige. Ich wollte Mia, aber du hast dich mir aufgedrängt.«

Zoe verstand nicht, was er meinte. Sprach er von Mia Bachmann, Falks Tochter?

»Es stimmt, was Mutter sagt«, fuhr er mit seinen wirren Ausführungen fort. »Du bist eine Hure.«

Zoe entdeckte den Instrumententisch. Er stand etwas abseits unter einem Sicherungskasten. Wenn sie es fertigbrachte, den Irren zu sich zu locken, könnte seine Mutter es schaffen, hinter seinem Rücken eines der Messer vom Rollwagen zu nehmen, und es ihrem Sohn in den Rücken rammen. Dann wären sie beide frei.

»Ich bin keine Hure«, rief Zoe. Jessys Bild tauchte vor ihrem inneren Auge auf. »Aber selbst wenn ich eine wäre, gäbe es dir nicht das Recht, mich wie Freiwild zu behandeln.«

Der Mann richtete sich aus seiner knienden Haltung auf und kam auf die Beine.

Ja, gut so. Komm her zu mir.

»Du krankes Stück Scheiße«, provozierte sie ihn, wobei sie immer wieder Hilfe suchend zu der Frau am Boden blickte. Zoe versuchte, ihr mit den Augen zu verstehen zu geben, dass sie die Einzige war, die ihren Sohn aufhalten konnte.

»Bekommst du nur einen hoch, indem du Frauen quälst?«, rief Zoe.

Sein Gesicht verzerrte sich zu einer Fratze. Er machte einen weiteren Schritt auf sie zu, wodurch seine Mutter aus seinem Blickfeld geriet.

Jetzt!, gaben Zoes Augen der Frau am Boden zu verstehen.

Die Frau blinzelte, sie schien zu begreifen. Mühsam begann sie sich aufzurichten, worauf Zoe schnell weitersprach, um zu verhindern, dass der Irre sich zu seiner Mutter umdrehte.

»Also mich wundert es nicht, dass du keine abbekommst. Ohne diesen ganzen Zirkus bist du nichts als ein armes Würstchen. Ein Wicht, der zu feige ist, eine Frau anzusprechen.«

Hass spiegelte sich auf seinem Gesicht, die sehnigen Muskeln unter seiner Haut spannten sich an. »So darfst du nicht mit mir sprechen. Das erlaube ich nicht.«

Aus den Augenwinkeln erkannte Zoe, wie die Mutter den Instrumententisch erreichte. Ihre dürren Finger umklammerten den Griff des Rasiermessers.

Zoe nahm ihren ganzen Mut zusammen. Mit aller Kraft zog sie Luft durch die verstopfte Nase. Schmerz schoss wie ein glühender Pfeil bis gegen ihre Schädeldecke, doch sie hatte, was sie wollte. Als das Monster nah genug an sie herangetreten war, spuckte sie ihm einen Klumpen aus geronnenem Blut und Rotz entgegen.

Eigentlich hatte sie sein Gesicht treffen wollen, doch sie verfehlte es und traf stattdessen seinen Hals.

Er erstarrte. Dann tasteten seine Finger wie in Zeitlupe nach dem schleimigen Klumpen. Ungläubig betrachtete er seine Hand, sein Gesicht verzerrte sich zu einer Maske aus Wahnsinn.

Mit einem Satz war er bei ihr und rammte ihr die Faust auf die bereits gebrochene Nase.

Zoe heulte auf vor Schmerz, und für einen Augenblick schwanden ihr erneut die Sinne. Der Keller verschwamm vor ihren Augen, doch sie erkannte noch genug, um die Mutter hinter dem Mann auftauchen zu sehen. Das Messer hielt die Alte so resolut umklammert, dass ihre Knöchel sich deutlich unter der pergamentartigen Haut abzeichneten. Einen Schritt noch trat die Frau näher auf den Irren zu, dann hob sie das Rasiermesser an.

Neonlicht brach sich in der Klinge.

Stech ihn ab!, rief Zoe der Alten im Stillen zu, doch die Frau zögerte einen Moment.

Eine wertvolle Sekunde verstrich, in der das Monster offenbar den leichten Luftzug neben sich wahrnahm. Blitzschnell wandte der Mann sich seiner Mutter zu.

Jetzt schwebte das Messer auf Höhe seiner Brust, und ein überraschtes Keuchen kam über seine Lippen. Er wollte schützend die Arme hochreißen, doch es war zu spät.

Die Frau stieß einen animalischen Laut aus, während ihr zahnloser, blutiger Mund sich zu einem triumphierenden Grinsen verzog.

Das Messer sauste hinab.

»Neiiiiiin«, rief der Mann, während Zoe erleichtert ausatmete.

Es war vorbei.

Der Albtraum hatte ein Ende.

Doch dann, mitten in der Bewegung, drehte sich die Frau. Ihr Arm beschrieb eine Kurve. Einen Herzschlag später spürte Zoe, wie die Klinge des Rasiermessers ihren Bauch aufschlitzte.

Kapitel 56

»Das muss es sein«, sagte Falk, als ein altes Bauernhaus im Lichtkegel von Hartwicks Mini auftauchte. Das Haus lag, umgeben von einer mannshohen Hecke, am Waldrand.

»Na endlich«, meinte Hartwick, da sie bereits seit geraumer Zeit durch die dunkle hessische Einöde fuhren. Die letzte Siedlung am nördlichen Rand Eppsteins, einer Vierzehntausend-Seelen-Gemeinde im Main-Taunus-Kreis dreißig Kilometer von Frankfurt entfernt, lag schon lange hinter ihnen.

»Schalt die Scheinwerfer aus«, befahl Falk.

Hartwick drehte einen Knopf, worauf die Lampen erloschen. Sofort verringerte er die Geschwindigkeit und kroch den rissigen Wirtschaftsweg entlang, der kaum genug Platz für ein Auto bot. Im spärlichen Licht des Mondes, der über den angrenzenden Feldern stand, würde man Hindernisse erst in allerletzter Sekunde entdecken. Nicht auszudenken, wenn ein Reh oder Hirsch aus dem in Schwarz gehüllten Wald zu ihrer Linken ausbrechen und ihnen vors Auto laufen würde.

Hartwick parkte den Wagen im Schatten einer Hecke, sodass der Mini vom Haus aus nicht zu sehen war. Dann schaltete er die Innenraumbeleuchtung ab, damit sie sich nicht automatisch einschaltete, wenn er den Motor abstellte oder sie die Türen öffneten.

Leise stiegen sie aus und schlossen geräuschlos die Autotüren. Im Dunkel der Nacht klangen die Geräusche unnatürlich laut. Etwas raschelte im trockenen Laub unter einer Eiche, und der Ruf einer Eule hallte durch den Wald, während ihre Schritte auf dem Kies knirschten.

Falk warf Hartwick einen verstohlenen Blick zu. So langsam glaubte er, sich an seinen Sohn gewöhnen zu können. Der Kerl schien in Ordnung zu sein.

Schade, dass seine eigene Karriere beim LKA ein so abruptes Ende genommen hatte. An Hartwick als Partner hätte er sich ebenfalls gewöhnen können.

»Was machen wir jetzt?«, fragte Hartwick leise.

»*Wir* machen gar nichts«, flüsterte Falk zurück. »Ich gehe rein und sehe mich um. Du bleibst draußen.«

»Was? Nein, ich komme mit. Wir sind Partner, schon vergessen?«

Falk baute sich vor Hartwick auf und legte ihm die Hände auf die Schultern. Eindringlich blickte er ihn an. »Auf keinen Fall. Einer aus der Familie bleibt Bulle, okay? Wenn du mit mir in dieses Haus einbrichst, fliegst du ebenfalls, und das will ich nicht riskieren. Es reicht, dass du mir bei einer Halterabfrage geholfen hast. Du hältst hier die Stellung, und wenn ich in einer halben Stunde nicht zurück bin, rufst du Höldtke an und holst Verstärkung.«

Hartwick machte Anstalten, Einwände zu erheben, doch Falk ließ ihn nicht zu Wort kommen. »Hör mir zu, Jan.« Er schüttelte Hartwick sanft. »Hörst du mir zu?«

Hartwick nickte.

»Gut. Ich habe gerade meinen Vater verloren. Er war ein Mistkerl, aber er war mein Vater. Meine Tochter liegt im Krankenhaus, und ich will nicht auch noch einen Sohn verlieren, den ich noch gar nicht richtig kenne. Also tu mir bitte den Gefallen und warte auf mich.«

»Also gut. Eine halbe Stunde.« Hartwick schaute auf seine Uhr. Dann griff er zu seinem Holster und zog seine Dienstwaffe heraus.

»Das geht nicht«, wiegelte Falk ab.

»Entweder nimmst du sie, oder ich komme mit.«

Falk nahm die Waffe, drehte sich um und lief die Hainbuchenhecke bis zur Einfahrt entlang, dann drückte er sich um die Ecke und beobachtete das Haus. Es lag dunkel und still vor ihm.

Er ignorierte die Eingangstür, denn er hatte nicht vor, zu klingeln. Stattdessen umrundete er das Bauernhaus und näherte sich ihm von der Seite. Unter einer hohen Buche entdeckte er den Transporter, der auf dem Foto neben dem

Wagen von Kilian Sidorow gestanden hatte. Er entsicherte Hartwicks Pistole und schlich weiter auf das Haus zu.

Ein kurzes Rütteln an der Seitentür.

Verschlossen.

Ohne zu zögern, sicherte er die Waffe, nahm sie am Lauf und schlug mit dem Griff ein Fenster ein. Das Klirren von zerspringendem Glas durchschnitt die Nacht.

Instinktiv schaute Falk sich um und lauschte, doch nichts rührte sich, kein Licht ging an. Also schlug er noch ein paar spitze Glasscherben aus dem Rahmen, dann steckte er seinen Arm vorsichtig durch das Fenster und entriegelte es von innen.

Eine Minute später stand er in einer Art Waschküche. Weiße Fliesen bedeckten den Raum vom Boden bis zur Decke. Vor einer Waschmaschine türmte sich ein Berg Bettwäsche, der Falk beinahe so groß wie der in einem Krankenhaus vorkam. Die Luft war feuchtwarm und roch nach einer Mischung aus Waschpulver und Exkrementen.

Plötzlich stutzte Falk. Neben der Bettwäsche lag ein Haufen Handtücher, von denen die obersten rotbraune Flecken aufwiesen.

Falk berührte eines der Tücher mit dem kleinen Finger. Die Flecken waren noch nicht ganz trocken. Er hielt sich den Finger unter die Nase. Kupfergeruch schlug ihm entgegen.

Blut.

Mit der Waffe in der Hand trat er aus der Waschküche in den angrenzenden Flur. Rasch durchsuchte er das Erdgeschoss, doch weder in der Küche mit dem gusseisernen Herd noch im Esszimmer, wo Falk ein ernst dreinschauender Jesus beim letzten Abendmahl von einem Bild über dem Tisch anschaute, oder dem sich anschließenden Wohnzimmer konnte er jemanden entdecken.

Er trat zurück in den Eingangsbereich, der nur vom Mondlicht erhellt wurde, das durch eine Scheibe in der Tür fiel. Mehrere ausgestopfte Tiere – ein Uhu, ein Eichhörnchen auf einem Ast, ein Mäusebussard, der die Flügel spreizte – blickten ihn aus leblosen Augen an.

Eine Treppe führte nach oben. Daneben befand sich eine Tür, hinter der wahrscheinlich eine Kellertreppe lag.

Falk wollte sich gerade auf den Weg in die oberen Etagen machen, als er erneut stutzte. Von der Haustür bis zur Kellertür zog sich eine rote Spur über den Fliesenboden.

Falk ging in die Knie und strich mit dem Finger über die Schlieren. Noch mehr Blut.

Sofort änderte er sein Vorhaben und riss die Tür auf. Der Mondschein reichte aus, um die ersten vier oder fünf Stufen erkennen zu können, danach lag die Treppe im Dunkeln. Ohne Licht zu machen, ging Falk hinunter. Die Holzstufen knarrten unter seinem Gewicht. Schon nach ein paar Schritten konnte er nichts mehr sehen, sondern tastete sich nur noch langsam vor.

Am Ende der Treppe, als keine weitere Stufe folgte, geriet er aus dem Tritt. Er taumelte und ruderte mit den Armen durch die Luft, die mit einem Mal heiß und trocken war.

Plötzlich vernahm er einen erstickten Schrei.

Zoe!

Falk wollte nach seinem Handy greifen, um die Taschenlampe zu aktivieren, als er unter einer Tür einen Lichtschein erspähte. Eine Hand an der Waffe, tastete er sich mit der anderen durch die Dunkelheit, und je weiter er kam, desto stickiger wurde es.

»Sieh zu, dass du diese Hure wieder loswirst«, schrie eine kratzige Frauenstimme.

Dann: »Was haben Sie getan?«. Dieses Mal war es Zoes Stimme. Sie klang verzweifelt, panisch.

Endlich an der Tür angekommen, packte Falk die Klinke und stürmte, die Waffe mit beiden Händen im Anschlag, in den Raum.

Heiße, muffige Kellerluft schlug ihm entgegen. Sofort brach ihm der Schweiß aus. Eine Frau mit blutüberströmtem Gesicht stand mit einem Rasiermesser in der Hand neben einem Steintisch von den Ausmaßen eines Altars. Auf dem Tisch lag eine ebenfalls blutüberströmte Frau. Hätte Falk nicht das Tattoo an ihrem Arm gesehen, hätte er Zoe nicht erkannt. Ihr Schädel war glatt rasiert, die Nase schien gebrochen zu sein, dunkle Blutergüsse entstellten ihr Gesicht. Aus einer Wunde, die sich quer über ihre Bauchdecke zog, floss in pulsierenden Schüben Blut.

»Fallen lassen«, rief Falk und richtete die Waffe auf die kahlköpfige Frau im Nachthemd.

»Sie hat es auf meinen Sohn abgesehen«, kreischte die Alte.

Auf der Suche nach dem Mann blickte Falk sich eilig um, aber außer den beiden Frauen war niemand im Raum. An der Wand unter einem zugemauerten Fenster standen vier mit Lavasteinen bedeckte Öfen, die von dem Sicherungskasten in der Ecke mit Strom versorgt wurden. Schraubenzieher, ein Strommessgerät und anderer Kram lagen auf dem Kasten.

Als die Frau sich bewegte und Anstalten machte, Zoe mit dem Rasiermesser zu schneiden, drückte Falk ab. Der Schuss dröhnte in seinen Ohren.

Die Frau im Nachthemd wurde nach hinten geschleudert, bis die Öfen sie aufhielten. Sie ruderte mit den Armen, versuchte, sich irgendwo festzuhalten, doch sie schaffte es nicht. Es gab ein zischendes Geräusch, als ihre Haut und das darunterliegende Fettgewebe in der Glut der Lavasteine zu schmelzen begannen. Der süßliche Duft verbrannten Menschenfleischs durchströmte den Keller.

Die Frau kreischte vor Schmerzen. In ihrer Panik riss sie glühende Lavasteine mit sich zu Boden.

Falk achtete nicht weiter auf sie, sondern lief zu Zoe. Jeder Herzschlag pumpte Blut aus der Wunde an ihrem Bauch. Hektisch sah er sich nach etwas um, womit er die Blutung aufhalten konnte, doch er fand nichts. Also legte er die Waffe beiseite, zog sich sein Sweatshirt über den Kopf und presste es mit beiden Händen auf Zoes Bauch.

»Ich bin's. Falk. Halte durch«, sagte er.

Zoe entfuhr ein Schrei, doch Falk ließ nicht locker.

»Es ist vorbei, alles wird gut«, redete er beruhigend auf sie ein und hoffte, zu ihr durchzudringen.

»Falk?«, fragte sie, mit einer Stimme, die kaum mehr als ein Flüstern war. »Gut, dass du da bist. Ich muss dir etwas sagen.«

Der Geruch nach verbranntem Fleisch wurde unerträglich, aber zumindest das Kreischen der Alten ebbte ab. Sie war auf dem Boden vor den Hochleistungsöfen zusammengebrochen. Jede sichtbare Stelle ihres Körpers wurde von Blasen überzogen. Blut rann aus dem kleinen, kreisrunden Loch, das die Kugel aus Hartwicks Dienstpistole in ihrer Schulter hinterlassen hatte.

»Nicht jetzt. Das hat Zeit«, sagte er zu Zoe und presste den Stoff weiter auf ihren Bauch.

Zoe sprach trotzdem. »Jasari hat den Brief von deinem Vater.«

»Was für einen Brief?«

»Dein Vater hat einen Brief für dich und deinen Bruder hinterlassen. Ein Abschiedsbrief oder ein Testament oder so etwas. Ich habe ihn nicht gelesen, aber ich habe ihn Jasari überlassen. Es tut mir leid.« Zoes Stimme war kaum noch zu verstehen, trotzdem redete sie weiter. »Meine Schwester ist eines seiner Mädchen. Jasari hat geschworen, sie gehen zu lassen, wenn ich ihm Informationen beschaffe. Aber er hat sein Wort gebrochen. Jessy ist noch immer bei ihm.«

Falk lief der Schweiß in Strömen über den Körper. Seine Hände zitterten, und seine Knie fühlten sich an, als seien sie aus Wachs.

Sein Vater hatte ihm einen Brief hinterlassen? Da von dem alten Sack kein Erbe zu erwarten war – Falk zahlte seit zwei Jahren das Geld für das Heim aus eigener Tasche –, konnte nur eines in dem Brief stehen. Die Wahrheit darüber, was mit Falks Mutter geschehen war.

»Es tut mir leid«, flüsterte Zoe abermals.

»Mach dir keine Vorwürfe. Gegen einen Mann wie Jasari hast du keine Chance.«

Er musste Hilfe holen. Sofort.

Unbeholfen zog er sein Handy aus der Jeans, wobei er mit der anderen Hand das Sweatshirt weiter auf Zoes Bauch presste. Als er versuchte, einhändig das Display zu entsperren, rutschte ihm das Telefon aus der vom Blut rutschigen Hand und knallte auf den Boden.

»Scheiße«, fluchte er und wollte sich bücken, als er hinter sich ein Geräusch vernahm.

Ohne Zoes provisorischen Druckverband loszulassen, blickte er über die Schulter, und da stand der Mann, den er suchte. Der Mörder von Ashwa Jha und Antonia-Sophie Ballhaus.

Bis auf ein Tuch um seine Hüften war er nackt. Schweiß glänzte auf seinem Körper. Sehnige Muskeln traten deutlich unter seiner blassen Haut hervor und wollten nicht so recht zu seiner ansonsten eher schmalen Statur passen. Doch Falk wusste, wie der Mann zu seinen Muskeln gekommen war. Nicht durch das Stemmen von Gewichten in einem Sportstudio, sondern durch das Schleppen massiver Möbel. Mit eigenen Augen hatte Falk ihn einen Schrank, der größer und schwerer als er selbst gewesen war, aus dem Haus von Ashwa Jhas Eltern tragen sehen.

Der Möbelpacker hob eine Pistole, Falks Pistole, die er im Eifer des Gefechts achtlos weggelegt hatte, und richtete sie auf Falk.

Kapitel 57

»Der Mann vom LKA«, stellte Wolfram Ladner mit einem wahnsinnigen Lächeln im Gesicht fest.

Falk rührte sich nicht, sondern drückte weiter das Sweatshirt auf Zoes blutende Wunde und starrte den Mann an, der als Umzugshelfer bei den Jhas gearbeitet hatte.

Seit Falk das Foto, welches den Scirocco zeigte, auf dem Desktop von Kilian Sidorow gesehen hatte, hatte ihn das seltsame Gefühl beschlichen, etwas zu übersehen. Aber erst die Aufnahme aus einem anderen Blickwinkel, die Ole Zeibig ihm überlassen hatte, hatte ihm Klarheit verschafft. Der Transporter, der neben Kilians Auto am Waldrand gestanden hatte, gehörte zum Fuhrpark des von den Jhas beauftragen Umzugsunternehmens. Das war die Verbindung gewesen, nach der Falk gesucht hatte. Jemand aus der Umzugsfirma hatte Ashwa Jha bis zu der Feier im Wald verfolgt und sie anschließend getötet.

Anhand des Kennzeichens des Transporters hatte Hartwick die Privatadresse des Firmenchefs herausgefunden und ihn aus dem Bett geklingelt. Von ihm hatten sie erfahren, dass Wolfram Ladner den Kastenwagen fuhr und ihn auch für private Zwecke nutzte, da er eine Ausbildung zur Fachkraft für Möbel-, Küchen- und Umzugsservice machte und nicht wusste, wie er ohne Wagen von Eppstein nach Frankfurt und zur Berufsschule kommen sollte. Schließlich wohnte Ladner irgendwo in der Pampa, wie der Chef des Umzugsunternehmens es ausgedrückt hatte.

Der Firmenchef hatte Ladner als etwas zurückhaltend, aber zäh und zuverlässig beschrieben. Er sei nicht die hellste Leuchte, doch bisher habe er es immer geschafft, durch die Prüfungen zu kommen.

Bei der ersten Begegnung mit dem Möbelpacker hatte Falk ihn ebenfalls als einfältig wahrgenommen, doch jetzt kam Ladner ihm überhaupt nicht mehr zurückgeblieben vor.

»Ist sie tot?«, fragte Ladner, wobei er beiläufig zu der verbrannten Frau am Boden schaute.

Kurz überlegte Falk, sich auf ihn zu stürzen, doch Ladner stand zu weit weg, als dass Falk es gewagt hätte. Außerdem durfte er den provisorischen Druckverband nicht von Zoes Wunde nehmen, denn durch den Stoff seines Sweatshirts spürte er, wie ihr Atem immer schwächer wurde.

»Lange hätte Mutter ohnehin nicht mehr gemacht«, fuhr Ladner fort. »Sie war krank. Jetzt schmort sie endlich in der Hölle.« Er machte einen Schritt in den Raum, achtete aber darauf, genügend Abstand zwischen sich und dem Hauptkommissar zu haben.

Falk dachte an seinen Vater, der ebenfalls krank und nun gestorben war. Das Schicksal nahm manchmal einen seltsamen Verlauf.

»Seit Monaten kommt sie aus eigener Kraft nicht mehr aus dem Zimmer, kackt und pisst ständig ins Bett«, fuhr Ladner fort. »Doch ausgerechnet jetzt, wo ich mit meinen Behandlungen angefangen habe, schafft sie es bis in den Keller.« Er stieß ein humorloses Lachen aus. »Vorhin habe ich versucht, sie von ihrem Elend zu erlösen, wollte sie für alles büßen lassen, was sie mir angetan hat. Doch ich konnte es nicht. Genau wie sie mich nicht töten konnte, als sie die Chance dazu gehabt hatte.« Wieder dieses freudlose Lachen. »Stattdessen hat sie ihr den Bauch aufgeschlitzt.« Er nickte zu Zoe. »Das ist doch krank.«

Falk schenkte dem wirren Geschwafel kaum Beachtung. Angestrengt überlegte er, was er tun konnte.

Wie lange befand er sich bereits im Haus? Ihm kam es wie eine Ewigkeit vor, doch in Wirklichkeit konnten nicht mehr als zehn, vielleicht zwölf Minuten vergangen sein.

Blieben noch knapp zwanzig, bis Hartwick Verstärkung holen würde.

Er musste Wolfram Ladner am Reden halten, nur so hatten Zoe und er eine Chance, am Leben zu bleiben. »Nein, das ist nicht krank«, sagte Falk. »Das ist die Liebe einer Mutter.«

Der Gestank nach verkohltem Menschenfleisch wurde immer durchdringender. Falk kämpfte gegen den Würgereiz an und atmete durch den Mund. »Aber du bist auch ein guter Sohn. Du hast dich aufopfernd um deine Mutter gekümmert.«

Die Elektroöfen knackten und strahlten weiter ihre Hitze ab. Ein dünner Rauchfaden stieg von dem Nachthemd der Toten auf. Wenn sie noch länger so dicht an den Öfen lag, würde der Stoff in Flammen aufgehen.

»Sie hat mich nicht geliebt«, sagte Ladner, »denn wenn sie mich geliebt hätte, dann hätte sie mich nicht mit ihm alleine in den Keller gehen lassen.«

»Mit ihm?«, fragte Falk.

Zoes Atem ging immer flacher.

»Mit dem Mann, den sie mir als meinen neuen Vater vorgestellt hat.« Trotz der Hitze schien Ladner zu erschauern. »Er war der Küster im Ort. Ein gottesfürchtiger Mann, haben die Leute gesagt, und es ist wahr, gottesfürchtig war er. Er hat mich für meine Sünden büßen lassen.«

Halt ihn weiter am Reden. »Wie hat er das gemacht?«

Ladners Blick wurde unstet. »Ich musste mit ihm in den Keller gehen und meine Kleidung ablegen. Zusammen haben wir gebetet. Eine Stunde, zwei, manchmal drei oder vier. Es war so verdammt kalt, doch nach einiger Zeit hat sein kahler Schädel trotzdem vor Schweiß geglänzt. Dann wusste ich, was folgen würde. Er hat sein Gebiss herausgenommen und es auf den Sicherungskasten gelegt.« Ladner nickte zum Kasten an der Wand. »Anschließend ist er vor mir auf die Knie gefallen und hat seinen Mund ganz dicht vor mich gebracht und …« Seine Stimme brach.

Unwillkürlich huschte Falks Blick zum Sicherungskasten. Neben dem Strommessgerät und den

Schraubenziehern lagen herausgerissene Zähne. Mit Sicherheit die Zähne von Ashwa Jha und Antonia-Sophie Ballhaus. An einigen Wurzeln hingen noch Zahnfleischreste, andere waren halb abgebrochen.

Deshalb also hatte Ladner den Frauen die Zähne herausgebrochen und ihnen den Schädel kahl rasiert. Weil seine ersten sexuellen Erfahrungen durch den Missbrauch seines alten, glatzköpfigen Stiefvaters geprägt waren und die traumatischen Erlebnisse zu einer krankhaften Veränderung seiner Sexualität geführt hatten.

»Dann, eines Tages, bist du während der Arbeit Ashwa Jha begegnet«, sprach Falk weiter. »Und dir hat das Mädchen gefallen.«

Ladner sagte nichts, also fuhr Falk fort. »Natürlich hat sie dir gefallen. Du warst scharf auf sie. Eigentlich wolltest du warten, bis deine Mutter tot ist, aber der Druck war zu groß. Und die Alte konnte ohnehin kaum noch das Bett verlassen, warum also nicht eher anfangen? Habe ich recht?«

»Sei ruhig«, rief Ladner. »Du verstehst es nicht. Niemand tut das. Ashwa war die Einzige, die mich verstanden hat.«

»Natürlich hat sie das«, bestätigte ihn Falk in seinem Glauben. »Wahrscheinlich war sie die erste Frau außer deiner Mutter, die dir Beachtung geschenkt hat. Sie hat dir Wasser oder eine Cola gebracht, wenn du eine Pause von der Möbelschlepperei gemacht hast. Sie war nett zu dir. Vielleicht hat sie dir sogar ab und an ein Lächeln geschenkt.«

»Ja, Ashwa war nett zu mir.« Ladner begann, im Keller herumzulaufen, und Falk spürte, dass er auf dem richtigen Weg war. Ladner wurde unvorsichtig. Vielleicht würde sich doch noch eine Gelegenheit bieten, ihn zu überwältigen, bevor die Verstärkung eintraf.

Rasch sprach Falk weiter. »Du warst verrückt nach Ashwa. Wolltest immer in ihrer Nähe sein, nicht nur während der Arbeitszeit. Also hast du angefangen, ihr heimlich zu folgen. Ständig hast du sie beobachtet. Und dann kam der Abend im Stadtwald.«

»Hör auf, von Ashwa zu sprechen. Aus deinem Mund klingt alles dreckig. Das zwischen uns ist aber niemals dreckig gewesen.«

Falk ignorierte seinen Einwand. »Du bist ihr auf die Abschlussfeier in den Wald gefolgt. Dort hast du dich in den Büschen versteckt und beobachtet, wie sie in den Brunnen gestürzt ist. Das war deine Chance, dich als ihr Retter aufzuspielen. Du hast ihr herausgeholfen, sie hierhergebracht, und dann hast du deine kranken Spiele mit ihr gespielt. So war es doch, oder?«

»Das war kein Unfall«, rief Ladner aufrichtig empört. »Marc Noske hat Ashwa in den Brunnen gestoßen.«

Falk horchte auf, doch er versuchte, sich seine Überraschung nicht anmerken zu lassen. Mia hatte von einem Versehen gesprochen. Falls er diese Nacht überleben sollte, würde er sie darauf ansprechen.

Wie lange sprachen sie jetzt schon miteinander? Fünf Minuten? Dann blieb noch eine Viertelstunde, bis Hartwick einschritt.

»Und nachdem du einmal auf den Geschmack gekommen bist, konntest du nicht mehr aufhören«, sprach Falk weiter; etwas anderes konnte er im Moment nicht tun. »Also hast du dir die übrigen Mädchen geschnappt, die zusammen mit Ashwa auf der Party im Wald gewesen waren. Vielleicht hat Ashwa dir, während du ihr die Zähne aus dem Mund gebrochen hast, deren Namen und Adressen genannt?« Falk wartete keine Antwort ab. »Du hast dir Antonia-Sophie geholt und im Anschluss meine Tochter verschleppt. Doch dabei ist irgendetwas schiefgelaufen. Aus irgendeinem Grund konntest du sie nicht hierherbringen. Du musstest umdisponieren und hast sie in den Keller dieser Import-Export-Firma gebracht. Kanntest du die Firma, weil ihr einen Umzug für sie organisiert habt?«

Ladner runzelte die Stirn. »Was für eine Firma?«

»*Sabia international* in der Erntestraße am Bahnhof«, half Falk ihm auf die Sprünge.

Ladner schüttelte den Kopf. »Ich habe keine Ahnung, wovon du sprichst. Es stimmt, ich wollte Mia holen.« Ein

Lächeln legte sich auf sein Gesicht. »Deine Tochter ist schön; mit ihr hätte ich mir besonders viel Mühe gegeben. Aber ich konnte sie nicht finden. Also habe ich beschlossen, zunächst Celina zu behandeln. Den ganzen Tag habe ich sie am Mainufer beobachtet und bin ihr mit dem Fahrrad gefolgt. Vor der Oper hätte ich sie beinahe gehabt, aber sie ist mir entwischt. Das hätte ich dem einfältigen Ding gar nicht zugetraut. Trotzdem konnte ich sie, nachdem sie aus der Oper zurückgekommen ist, bis zu einer Kneipe verfolgen. Ich habe mich auf die Lauer gelegt, wollte sie holen. Aber dann ist Mia aufgetaucht. Ich konnte mein Glück kaum fassen und habe zugeschlagen. Doch ich habe die Falsche erwischt.« Er nickte zu Zoe, deren Herzschlag in einen unregelmäßigen Takt verfiel. »Auch wenn man es nach meiner Behandlung nicht mehr sieht – im Dunkeln hat sie eine gewisse Ähnlichkeit mit Mia.« Er fuhr sich mit der Zunge über die spröden, aufgerissenen Lippen. »Wo ist deine Tochter, Kommissar? Sie muss behandelt werden.«

Falks Gedanken rasten. Wenn es stimmte, was Ladner sagte, hatte er Mias Entführung nicht zu verantworten. Aber konnte er dem kranken Typen glauben?

»Mia ist in Sicherheit«, sagte Falk. »Also leg die Waffe weg, Junge. Es ist vorbei. In wenigen Minuten trifft Verstärkung ein.«

»Nichts ist vorbei«, entgegnete Ladner und zog den Schlitten von Hartwicks Waffe zurück. »Ich bin erst fertig, wenn ich Mia habe.«

Im nächsten Moment hallte ein Schuss durch den Keller.

Kapitel 58

Eine Hand legte sich auf Mias Mund. Vor Schreck riss sie die Augen auf, trotzdem sah sie nichts. Die Dunkelheit des Kellers hielt sie gefangen. Panik übermannte sie.

Jetzt ging es los. Er kam sie holen, um mit ihr Gott weiß was zu machen.

Nein, bitte nicht!, wollte sie schreien, doch sie bekam keinen Ton heraus.

»Hey, Mia, ganz ruhig. Ich bin's«, sagte eine Stimme.

Ihre Finger ballten sich zu Fäusten, griffen in etwas Weiches, und erst da dämmerte es ihr, dass sie nicht länger in dem Keller gefangen war, sondern sich in einem Krankenzimmer in der Universitätsklinik befand. Und mit dieser Erkenntnis schälten sich auch langsam die Konturen des vom Mondlicht nur spärlich beschienenen Zimmers aus der Dunkelheit. Der Haltegriff des Krankenhausbettes über ihrem Kopf. Der klobige Nachttisch, auf dem ein Strauß Blumen von ihrer Mutter und ein riesiger Stoffbär von ihrem Dad standen. Die Gardinen vor dem Fenster mit der tristen Aussicht auf den Parkplatz. Marc, der über sie gebeugt stand und auf sie herabblickte.

»Du musst still sein, damit der Bulle uns nicht hört«, sagte er im Flüsterton.

Sie nickte knapp, und Marc nahm die Hand von ihrem Mund.

»Wie bist du hier reingekommen?«, fragte sie.

»Ich habe mich durch die Notaufnahme reingeschlichen und in einer Abstellkammer versteckt, bis der Wachhund vor deiner Tür aufs Klo musste. Aber er wird jeden Moment zurückkommen, deshalb müssen wir leise sein.«

»Was willst du?«

»Ich muss mit dir reden.«

»Aber ich nicht mit dir. Warum gehst du nicht zu deinen scheiß Nazifreunden und quatscht mit denen?« Mia unterdrückte ein Schluchzen. »Das wäre alles nicht passiert, wenn du dich nicht in der verfluchten Spedition verkrochen hättest. Echt, du kannst so ein Arsch sein. Es ist alles deine Schuld.« Gegen ihren Willen stiegen ihr Tränen in die Augen, doch sie blinzelte sie weg.

Vorsichtig legte Marc seine Hand an ihre Wange und strich mit dem Daumen darüber. »Es tut mir leid. Hätte ich geahnt, dass du in Gefahr schwebst, hätte ich dich nie da hingebracht. Du hast recht, ich war ein Idiot. Du bist das Beste, was mir in meinem Leben passiert ist. Ich will dich nicht verlieren.«

Er blickte sie mit diesem Welpenblick an, gegen den sie machtlos war. Sie konnte dem Blödmann nie lange böse sein, doch jetzt wollte sie sich nicht wieder von ihm einwickeln lassen. Er hatte den Bogen überspannt.

»Ich war krank vor Sorge, als du verschwunden bist«, fuhr er fort. »Ich bin auch sofort zu deinen Eltern, aber ich konnte ja nicht ahnen, dass du entführt worden bist.« Marc setzte sich auf die Matratze, ohne Mias Wange loszulassen. Seine Stimme wurde sanft und liebevoll. »Ich dachte, du wärst nach unserem Streit einfach abgehauen.«

Nun liefen die Tränen ungehindert über Mias Gesicht. »Aber ich kann nicht mit einem Nazi …«, begann sie, doch sein Zeigefinger, den er ihr auf die Lippen legte, ließ sie verstummen.

»Ich bin kein Nazi, und ich war auch nie einer. Sonst hätte ich mich doch nicht für Syrien engagiert. Mir war nicht klar, dass die *NHO* ein Teil der *Neuen Bewegung* ist. Mit denen will ich nichts zu tun haben. Ich habe bei der *NHO* aufgehört.«

Mia drückte ihr Gesicht gegen Marcs große Hand. Es tat so gut, ihn zu spüren.

»Es war so schlimm«, sagte sie tonlos.

»Ich weiß, Babe. Aber jetzt bin ich ja da. Ich passe auf dich auf, okay?«

Sie schmiegte sich enger an ihn. »Okay. Aber hör endlich auf, mich Babe zu nennen.«

Er lachte. »Geht klar, Chick.«

Sie schenkte ihm ein Lächeln.

Marc streckte sein rechtes Bein aus, um in die Hosentasche greifen zu können, und holte ein durchsichtiges Tütchen daraus hervor. »Ich habe dir was mitgebracht«, sagte er. Lächelnd hielt er ihr das Tütchen vors Gesicht.

Mia brauchte einen Moment, bis sie den Inhalt erkennen konnte. Es waren vier Tabletten.

»Was ist das?« Skeptisch verzog sie den Mund.

»Nichts Besonderes«, sagte Marc. »Nur ein paar Trips.«

»Bist du bescheuert? Hast du Drogen dabei?«

»Keine Drogen, nur ein paar Glücksbringer.« Die Schublade ihres Nachttisches quietschte, als Marc sie aufzog und das Tütchen hineinfallen ließ. »Ich hab sie aus dem Internet. Das Zeug ist total harmlos, und du musst es ja nicht nehmen. Aber wenn dir alles zu viel wird und du für ein paar Stunden den Kopf freibekommen willst, dann sind diese kleinen Freunde genau das, was du brauchst.«

Er schloss die Schublade, beugte sich über Mia und legte seine vollen Lippen auf ihren Mund.

Mia erwiderte den Kuss und dachte an die Pillen, die sie im Keller hatte nehmen müssen. Nachdem sie die Dinger eingeworfen hatte, war es ihr tatsächlich bessergegangen.

Wahrscheinlich konnte es nicht schaden, wenn sie ein Notfallkit in Form einiger Glücksbringer im Nachttisch liegen hatte.

Nur für alle Fälle.

Kapitel 59

Ein einziges Mal in seiner Dienstzeit hatte Falk eine Kugel abbekommen, nur ein Streifschuss am Arm, doch die Erfahrung hatte ausgereicht, um zu wissen, dass man zunächst nichts spürte. Der Schmerz setzte erst mit einiger Verzögerung ein, dafür dann umso heftiger.

Er schaute an seinem freien, schweißnassen Oberkörper hinunter, konnte aber kein Einschussloch erkennen.

»Waffe runter, Polizei«, rief plötzlich eine Stimme hinter ihm.

Ladner und er blickten gleichzeitig zur Tür. Hartwick stand breitbeinig, eine Waffe mit beiden Händen umklammernd, im Türrahmen und hielt auf Ladner an.

Im Bruchteil einer Sekunde erkannte Falk, dass nicht Ladner, sondern Hartwick den Schuss abgefeuert hatte. Ganz nach Dienstvorschrift hatte er einen Warnschuss abgegeben, anstatt den Psychopathen direkt abzuknallen – was, wie sich jetzt herausstellen sollte, allerdings ein Fehler war. Denn Ladner wirbelte herum, warf sich zur Seite und drückte ab.

Als wäre Hartwick von einer unsichtbaren Faust getroffen worden, stürzte er nach hinten und schoss nun ebenfalls. Doch die Kugel verfehlte ihr Ziel und schlug in den Sicherungskasten ein. Funken stoben auf. Es zischte und knallte. Dann erlosch das Licht, und der Raum wurde in Finsternis getaucht.

»Jaaan!«, rief Falk und ließ das blutdurchtränkte Sweatshirt auf Zoes Bauch nun doch los.

Ladner schoss erneut, und hätte Falk nicht blitzschnell reagiert und sich fallen lassen, hätte die Kugel ihn getroffen. So aber hörte er nur den Einschlag in der Wand, während er über den Boden robbte.

»Du hast keine Chance«, rief Ladner und feuerte wieder, doch Falk ließ sich zur Seite rollen. Sein Kopf prallte gegen ein Bein des Steintisches. Sterne stoben vor seinen Augen auf.

Orientierungslos tastete er mit den Fingern die Umgebung ab und streifte etwas Glattes, Scharfes. Die Klinge des Rasiermessers glitt durch die Innenseite seiner Finger.

Instinktiv zog er die Hand zurück. Blut lief von seiner Handfläche über seinen Unterarm bis hinauf zu seinem Ellenbogen.

Wieder schoss Ladner. Er zielte dorthin, wo er Falk in der Dunkelheit vermutete. Zwar schlug die Kugel nicht einmal in seiner Nähe ein, doch das Mündungsfeuer genügte Falk, um sich neu zu orientieren.

»Vielleicht hätte ich *dich* behandeln sollen«, sagte Ladner. »Mit einer Spezialbehandlung.«

Falk schnappte sich das Rasiermesser und kroch auf Ladner zu. Wie eine Machete schwang er es vor sich her und durchschnitt die Luft.

Plötzlich traf er auf Widerstand.

Ladner schrie auf, als die Klinge durch Fleisch und Sehnen schnitt und am Knochen seines Unterschenkels entlang schabte.

Dann weitere Schüsse, drei an der Zahl. Danach gab die P30, die Ladner in den Händen hielt, nur noch ein Klicken von sich.

Falk handelte instinktiv. Er stemmte sich hoch und ließ sich gegen Ladner fallen. Der Körper des Mannes glühte unter ihm, während beide zu Boden gingen und eine Flamme die Finsternis erhellte.

Das Nachthemd von Ladners Mutter hatte Feuer gefangen.

»Weg von ihm«, hörte Falk jemanden rufen.

Es war Hartwick. Wieder stand er mit der Pistole in der Hand im Türrahmen. Ohne zu überlegen, winkelte Falk die Beine an und trat Ladner gegen die Brust.

Noch während Ladner hintenüberkippte, hallten abermals zwei Schüsse durch den Keller. Im Fallen bäumte sich Ladners Körper auf, dann rührte er sich nicht mehr.

Er war tot.

Kapitel 60

»Polizei! Ziehen Sie sich etwas an, und kommen Sie raus.« Die ganz in Schwarz gekleideten Beamten des Spezialeinsatzkommandos rissen die Zimmertüren des *Red Palace* auf. Meist trafen sie lediglich auf schlafende Frauen, nur vereinzelt hatte sich an diesem Freitagmorgen um zehn bereits ein Freier in das rund um die Uhr geöffnete Laufhaus in der Taunusstraße verirrt.

»Hey, was soll das?«, rief ein untersetzter Mittvierziger, der hinter einer jungen Frau auf dem Bett kniete und sie von hinten nahm. Erst als er in den Lauf der Maschinenpistole blickte, mit der ein vermummter Polizist auf ihn anlegte, erstarben seine pumpenden Bewegungen. Er gab einen erschrockenen Schrei von sich, sprang vom Bett und hielt sich seinen akkurat aufgefalteten Kleiderstapel vor die Lenden.

Der Beamte packte seine Schulter und stieß ihn unsanft auf den Flur, bevor er sich an die Frau wandte. »Sie auch. Ziehen Sie sich etwas an, und kommen Sie.«

»Ach, fick dich doch, Bulle«, fluchte die Brünette mit der ausladenden Oberweite. Trotzdem stand sie auf, warf sich einen Kimono über und begab sich zu den anderen Frauen auf den Flur.

Falk trat auf sie zu. »Sind Sie Jasmin Colditz?«, fragte er die Frau.

Sie blickte ihn feindselig an. »Ohne meinen Anwalt sage ich nichts.« Dann deutete sie auf seine verbundene Hand. »Was ist passiert? Hast du dich verletzt, als du dir einen runtergeholt hast?«

Zorn stieg in Falk auf. »Nun hör mal zu, ich kann auch …«, setzte er an, doch Hartwick hielt ihn zurück.

»Lass gut sein, das ist nicht Jasmin Colditz«, sagte Hartwick und kontrollierte noch einmal das Foto, das Zoe ihnen gegeben hatte. »Sie ist viel zu jung. Sollen die Kollegen von der Sitte sich mit ihr befassen.«

Hartwick nickte einer Kollegin von der Schutzpolizei zu, die sich der Frau annahm. »Ziehen Sie sich bitte noch etwas über; wir müssen Sie mit aufs Revier nehmen.«

»Warum denn? Ich habe nichts verbrochen«, zeterte die Frau.

»Machen Sie keine Schwierigkeiten. Wir brauchen auch Ihre Arbeitserlaubnis, Ihren Personalausweis und gegebenenfalls Ihre Aufenthaltsgenehmigung«, sagte die Polizistin, während sie die Frau sanft, aber bestimmt zurück in das Zimmer schob, aus dem sie gerade gekommen war.

»Wir sind auf diesem Stockwerk fertig«, rief ein Beamter vom SEK Falk und Hartwick zu. Er hatte das Visier an seinem Helm hochgeklappt, doch durch die Sturmhaube klang seine Stimme immer noch gedämpft.

»Danke, Kollege«, sagte Falk, auch wenn sie im Grunde keine Kollegen mehr waren.

Falk war weiter suspendiert. Koruhn hatte ihn nur an der Durchsuchung von Admir Jasaris Bordell teilnehmen lassen, weil Hartwick sich für ihn eingesetzt hatte. Außerdem schuldete der Bär Falk einen Gefallen, schließlich hatte Falk den Zahnbrecher überführt und die letzte Geisel – Zoe Colditz – lebend befreit.

Erst hatte es so ausgesehen, als seien die Rettungssanitäter, die Hartwick zusammen mit der Verstärkung angefordert hatte, zu spät gekommen, denn Zoe hatte nicht mehr geatmet. Doch die umgehend eingeleiteten Wiederbelebungsmaßnahmen hatten sie zurückholen können. Inzwischen war Zoe außer Lebensgefahr. Wäre Hartwick nur fünf Minuten später im Keller des Möbelpackers aufgetaucht, wäre Zoe verblutet.

»Warum bist du mir eigentlich ins Haus gefolgt?«, hatte Falk von Hartwick wissen wollen, nachdem alles vorbei gewesen war und es in dem Bauernhaus am Waldrand nur so vor Ermittlern und Beamten von der Spurensicherung gewimmelt hatte.

Hartwick und er hatten im Gras gesessen und sich an den Stamm einer Eiche gelehnt, während sie beobachteten, wie die Bestatter die Zinksärge mit den Leichen von Wolfram Ladner und seiner Mutter wegbrachten. Im warmen Licht der aufgehenden Sonne wirkte das heruntergekommene Bauernhaus beinahe idyllisch. Falks zerschnittene Fingerkuppen, die ein Arzt sich noch vor Ort angesehen, genäht und verbunden hatte, waren noch taub von der lokalen Betäubung.

»Ich habe es nicht mehr ausgehalten, untätig vor dem Haus zu warten«, antwortete Hartwick. »Halt mich nicht für durchgeknallt, aber ich hatte so ein ungutes Gefühl. Also habe ich Verstärkung gerufen, meine schusssichere Weste angelegt und bin rein.« Sein Gesicht sah noch immer blass aus, und seine Augen blickten leer über die Felder, auf denen der Morgentau in der aufgehenden Sonne glitzerte.

»Es ist nicht einfach, einen Menschen zu erschießen. Niemand weiß das besser als ich«, sagte Falk und legte Hartwick die Hand auf die Schulter. »Du hast richtig gehandelt. Ohne dich hätten Zoe und ich es nicht geschafft. Ich bin stolz auf dich.«

Hartwicks Adamsapfel zuckte. Er musste sich räuspern, bevor er etwas entgegnen konnte. »Danke.«

»Aber wo hast du die zweite Waffe eigentlich her?«

Hartwick verzog das Gesicht. »Das ist meine alte Dienstwaffe. Ich wollte sie schon die ganze Zeit abgeben, aber in den letzten Tagen war ziemlich viel los. Glaubst du, die Dienstaufsicht macht deswegen Ärger?«

Falk zuckte mit den Achseln. »Wahrscheinlich nicht. Die haben genug mit mir zu tun.«

Ein schmales Lächeln hatte sich auf Hartwicks Lippen gelegt, und Falk hatte eine seltsame Dankbarkeit gespürt, überlebt zu haben. Nicht um seinetwillen. Sondern, weil er seinen erwachsenen Sohn näher kennenlernen wollte.

Ein Tumult in der Etage über ihnen riss Falk aus seinen Gedanken.

»Lasst mich los, verdammte Bullenschweine«, rief jemand.

»Komm«, sagte Falk und zog Hartwick mit sich.

Oben angelangt, kauerte ein massiger Kerl in Sporthosen und Sneaker vor einer Wohnungstür. Sein T-Shirt war hochgerutscht und förderte selbst am Rücken einen beachtlichen Fettberg zutage. Zwei Männer vom SEK knieten auf dem Mann und bogen ihm die Arme nach hinten, damit ein Dritter ihm Handschellen anlegen konnte.

»Tarik«, begrüßte Falk den am Boden liegenden Bodyguard von Admir Jasari. »Verdammt, du wirst auch immer hässlicher. Ist dein Boss da?«

Einer der Beamten vom SEK blieb bei Tarik stehen, während die übrigen die Wohnung stürmten.

»Was tust du hier, Bachmann? Ich dachte, sie hätten dich rausgeworfen.« Tarik lachte humorlos.

»Niemand, der intellektuell auf der Stufe eines Toastbrots steht, sollte mit dem Denken anfangen, Tarik. Also versuch's erst gar nicht.« Falk blickte zu Hartwick und dem Mann vom Spezialeinsatzkommando. »Warum dreht ihr euch nicht mal kurz um, Freunde?«

Einen Moment zögerte der Beamte, dann tauchten kleine Fältchen um seine Augen auf. Der Mann grinste unter seiner Maske und wendete demonstrativ den Kopf ab. Hartwick warf Falk einen Blick zu, der besagte, er solle es nicht übertreiben, dann senkte er den Kopf und trat ein Stück beiseite.

Falk versetzte Tarik einen Tritt. Der Dicke brüllte auf.

Falk ging in die Knie und beugte sich tief über Admir Jasaris Mann fürs Grobe. »Das ist dafür, was du mit dem Punk gemacht hast, Arschloch. Am liebsten würde ich dich ebenfalls ins Krankenhaus befördern, aber ein weiches Klinikbett ist zu gut für dich. Du gehst jetzt erst einmal auf Staatskosten in einen langen Urlaub.«

»Du bist tot«, keuchte Tarik. »Du bist verdammt nochmal ein toter Mann! In ein paar Tagen bin ich wieder draußen, und dann mache ich dich alle. Das hätte ich gleich tun sollen, nachdem du Liran abgeknallt hast.«

»Ach, und warum hast du es nicht getan? Hattest du die Hosen voll, Pussy?«

Tarik grinste, wobei er sein unregelmäßiges Gebiss entblößte. Er senkte die Stimme, sodass nur Falk ihn hören konnte. »Der Chef hat andere Pläne. Du sollst miterleben, wie deine ganze Familie vor die Hunde geht. Erst danach bist du an der Reihe. Du hast verdammtes Glück gehabt, dass du deine süße Tochter befreien konntest, bevor ich mich um sie kümmern konnte. Ich hätte ihr gerne gezeigt, wo mein Hammer hängt. Obwohl, gehangen hätte er nicht, wenn du weißt, was ich meine.«

Falk ballte seine Finger, holte aus, doch jemand hielt seinen Arm fest.

»Es reicht«, sagte Hartwick.

Widerwillig stand Falk auf, nickte dem SEK-Mann zu und betrat zusammen mit Hartwick die Wohnung von Admir Jasari.

Kapitel 61

»Ich bitte Sie, Ihre Anschuldigungen sind lächerlich«, sagte Admir Jasari.

Falk hätte ihm sein selbstgefälliges Lächeln am liebsten mit einem Tritt aus dem Gesicht gewischt, doch genau wie bei der Durchsuchung des *Red Palace* war er auf dem Präsidium des LKA nur als stiller Beobachter geduldet. Er stand in dem an das Verhörzimmer angrenzenden Raum hinter einem Einwegspiegel und beobachtete die Vernehmung.

Koruhn persönlich führte das Verhör, und Admir Jasari saß ihm mit Handschellen gefesselt an einem kargen Tisch gegenüber. Vor ihm stand ein Plastikbecher mit Wasser, den er bisher nicht angerührt hatte. Unbeeindruckt lächelte er weiter sein Lächeln, das nicht einmal in die Nähe seiner Augen kam.

»Herr Jasari«, fuhr Koruhn fort. »Wir haben Kilian Sidorow und Johannes Hoffmeister festgenommen.«

»Diese Namen habe ich noch nie gehört.«

»Ach, nein?«, hakte Koruhn nach. »Da liegen mir andere Informationen vor. Wir haben Kilian Sidorows Geständnis. Er hat Mia Bachmann in Ihrem Auftrag entführt und verschleppt.«

»Das ist lächerlich«, sagte Jasari. »Wie ich bereits gesagt habe, ich kenne keinen Kilian Sidorow.«

»Wenn Sie Herrn Sidorow nicht kennen und er nicht nach Ihren Anweisungen gehandelt hat, warum wurde Mia Bachmann dann im Keller der Firma *Sabia international* gefunden? Einer Firma, die auf Ihren engsten Mitarbeiter Tarik Aliu beim Gewerbeamt angemeldet ist.«

Achselzucken. Schweigen.

»Und warum haben Sie der *New Help Organisation* eine Spende über einhunderttausend Euro zukommen lassen?

Einem nationalgesinnten Verein, in dessen Vorstand Kilian Sidorow sitzt?«

Erneutes Achselzucken.

»Ich bin ein großzügiger Mensch und wollte meinen Beitrag für eine bessere Welt leisten«, sagte Admir Jasari. »Wenn ich geahnt hätte, dass der Verein eine Tarnorganisation für Faschisten ist, hätte ich mich niemals mit ihm abgegeben.«

»Natürlich nicht, Sie sind ein echter Wohltäter«, entgegnete Koruhn sarkastisch. »Aber ich will Ihnen sagen, wozu Sie der *NHO* in Wirklichkeit das Geld überwiesen haben. Kilian Sidorow und Johannes Hoffmeister sollten von dem als Spende getarnten Geld in Aleppo Captagon beschaffen. Seit Kriegsbeginn ist das Zeug dort massenhaft und ausgesprochen billig zu erwerben. Sidorow und Hoffmeister sollten die Drogen auf ihrem Rückweg von der vermeidlichen Hilfslieferung nach Deutschland bringen.«

Langsam verrutschte Jasaris Lächeln. »Das können Sie nicht beweisen«, sagte er.

»Wenn Sie sich da mal nicht irren.« Koruhn beugte sich nach vorn und blätterte demonstrativ in der Akte, die vor ihm auf dem Tisch lag. Er setzte an, fortzufahren, doch jemand klopfte.

Im nächsten Moment wurde die Tür geöffnet, ein Streifenpolizist betrat den Raum. Er ging zu Koruhn und flüsterte ihm etwas ins Ohr. Der Bär nickte kurz, dann stand er auf.

»Fürs Protokoll«, sagte er laut. »Ich unterbreche das Verhör für einige Minuten.« Dann drückte er auf eine in den Tisch eingelassene Taste und verließ zusammen mit dem Streifenpolizisten das Vernehmungszimmer.

Falk starrte Jasari an, und dieser starrte zurück. Kurz hatte Falk das ungute Gefühl, der Kosovo-Albaner sähe ihn, doch das war nicht möglich. Jasari sah lediglich sein Spiegelbild.

»Bachmann, bist du da?«, fragte Jasari unvermittelt. »Natürlich bist du da. Also hör mir jetzt gut zu. Wenn du wissen willst, was deiner Mutter damals zugestoßen ist, dann hol mich hier raus.«

Kapitel 62

Juliane Klawitter nahm hastig ihre Tasche, klemmte sie sich unter den Arm und wollte gerade aus dem Büro stürmen, als die Tür geöffnet wurde und Falk erschien.

»Ich habe keine Zeit«, sagte sie. »Ich muss zur Gerichtsmedizin. Ashwa Jhas Mutter ist aus Indien angereist, um ihre Tochter mitzunehmen. Gott, ich hasse diese Termine. Die arme Frau sollte ihre Tochter nicht so sehen.« Juliane warf einen Blick in Falks Gesicht und hielt in der Bewegung inne. »Alles okay? Du siehst aus, als hättest du einen Geist gesehen.«

»Jasari erpresst mich«, antwortete Falk. »Dieser Scheißkerl will, dass ich ihm helfe.«

Juliane furchte die Stirn. »Er hat also tatsächlich den Brief von deinem Vater?«

Falk nickte.

Ein kurzer Blick auf die Uhr verriet Juliane, was sie ohnehin schon wusste. Sie würde zu spät kommen. Also konnte sie genauso gut auch noch ein paar Minuten erübrigen.

»Und was wirst du tun?«, fragte sie.

Falk fuhr sich durchs Haar. »Keine Ahnung. Ich will, dass Jasari in den Knast geht. Der Scheißkerl hat Mia entführt.«

»Gilt das als gesichert?«

Falk nickte. »Der Grenzschutz hat Hoffmeister und Sidorow festgenommen, als sie sich nach Polen absetzen wollten. Hoffmeister sagt kein Wort, aber Sidorow haben die Kollegen weichgekocht. Er hat gestanden, Mia in Jasaris Auftrag verschleppt zu haben.«

Juliane schaute noch einmal auf ihre Uhr. »Also hatte unser Serientäter wirklich nichts mit Mias Verschwinden zu tun?«

»Nein. Mia stand zwar auf Ladners Liste, die wir in seinem Keller gefunden haben, aber er konnte Mia nicht finden. Weil Jasari sie hatte.«

»Schon seltsam, diese Liste«, dachte Juliane laut nach.

»Wie meinst du das?«

»Na ja, Ladner hat Ashwa Jha kennengelernt, weil das Umzugsunternehmen, für das er gearbeitet hat, den Umzug der Jhas nach Indien organisiert hat. Dass er Ashwa ausgesucht hat, macht Sinn. Es passt ins typische Profil, falls man überhaupt von einem solchen sprechen kann. Kein Psychopath handelt streng nach Lehrbuch.«

Falk nickte stumm, also fuhr Juliane fort, ihre ungeordneten Gedanken auszusprechen. Um klarer zu sehen, half es ihr manchmal, ihre Überlegungen mit jemandem zu teilen: »Ladner hat Ashwa über einen längeren Zeitraum beobachtet. Er hat sich vorgestellt, wie es wäre, ihr den Schädel zu rasieren, ihr die Zähne herauszubrechen und sich an ihr zu vergehen. Dann bietet sich ihm die Gelegenheit, er schlägt zu und lebt zum ersten Mal in seinem Leben seine geheimsten Wünsche aus.«

»Worauf willst du hinaus?«

»Sein weiteres Vorgehen irritiert mich. Warum hat er sich ausschließlich auf Freundinnen von Ashwa konzentriert? Und warum hat er sie auf eine Liste gesetzt, die er dann gewissenhaft abgearbeitet hat?«

»Kein Täter handelt nach Lehrbuch; das hast du doch gerade selbst gesagt. Ladner ist Ashwa Jha am besagten Abend in den Wald gefolgt. Dort hat er die anderen jungen Frauen, Mia eingeschlossen, gesehen und fotografiert. Wir haben Fotos der Opfer bei ihm gefunden. Vielleicht hat er aus rein praktischen Gründen so gehandelt. Neue Opfer zu finden, kostet Zeit. Zeit, die er, nachdem er erst einmal auf den Geschmack gekommen war, nicht investieren wollte.«

Geistesabwesend versuchte Juliane, ihre Haare in Ordnung zu bringen. Sobald sie aus der Gerichtsmedizin zurück im Büro war, würde sie sich einen Termin beim Frisör machen. Das Projekt Langhaarfrisur war gestorben, begraben, erledigt. Sie hatte keinen Bock mehr.

»Aber das ist doch seltsam«, fuhr sie fort. »Bis auf das gemeinsame Abitur verbindet die Frauen nichts. Weder ihre Persönlichkeitsstruktur noch die äußeren Merkmale weisen Übereinstimmungen auf. Ashwa Jha war Inderin und überdurchschnittlich intelligent, lebte aber eher zurückgezogen. Antonia-Sophie Ballhaus dagegen war eine selbstbewusste, manchmal unterkühlte und berechnende junge Frau. Celina Maschke ist eher eine graue Maus, die zu Antonia-Sophie aufgesehen hat. Und deine Tochter ist wieder ein völlig anderer Typ. Sie ist offen, lebenslustig, stark, wirkt von der Statur aber eher zart und zerbrechlich.«

Falk runzelte die Stirn.

»Siehst du nicht, worauf ich hinaus will?« Juliane gestikulierte wild mit den Händen, eine Macke, die sie hasste. Es wirkte unbeholfen und wenig kompetent, trotzdem konnte sie sie nicht ablegen. »Seine Auswahl kommt mir einerseits beliebig vor, andererseits drängt sich mir der Eindruck auf, dass er ein Ziel verfolgt hat.«

Falk winkte ab. »Ich glaube, du verrennst dich da in etwas. Der Kerl war total durchgeknallt. Dem hat sein überhitzter Folterkeller schlicht das Gehirn verbrutzelt. Wahrscheinlich hatte Ladner einfach keine Präferenz für einen bestimmten Frauentyp, und ihm war, nachdem er einmal zu morden angefangen hatte, schlichtweg egal, wie seine Opfer aussahen. Schließlich ging ihm ohnehin erst einer ab, wenn er die Mädchen entstellt hatte.«

»Kann sein.« Juliane war nicht überzeugt. Etwas störte sie, aber sie wusste nicht, was. Doch sie hatte keine Zeit, darüber nachzugrübeln, sie musste in die Rechtsmedizin. Außerdem waren Wolfram Ladner und seine Mutter tot, Spekulationen würden zu nichts führen. Offene Fragen, auf die es niemals eine Antwort geben würde, gehörten zu ihrem Job. Das war gerade für sie, die ausgesprochen perfektionistisch war, frustrierend, aber nicht zu ändern.

»Also, was würdest du jetzt an meiner Stelle machen?«, kam Falk unvermittelt auf das ursprüngliche Thema zurück.

»Du meinst, ob ich Jasari helfen würde, damit er mir im Gegenzug den Brief aushändigt?«

»Genau.«

Juliane überlegte. Eine der ersten Regeln, die sie als Psychoanalytikerin gelernt hatte, war, dass die meisten Menschen die Antwort auf ihre Probleme selbst in sich trugen. Die Aufgabe eines Therapeuten bestand darin, den richtigen Rahmen zu schaffen, damit die Patienten diese Antwort fanden. Doch Falk war kein Patient. Er war ein Freund.

»Was würde sich für dich ändern, wenn du wüsstest, was dein Vater geschrieben hat?«, fragte sie.

Falk legte den Kopf schief. »Vielleicht würde ich dann besser schlafen. Oder nicht mehr so viel trinken. Ich hätte Gewissheit.«

»Und wie würde diese Gewissheit aussehen?«

»Keine Ahnung. Ich würde einfach wissen, was passiert ist, und dann könnte ich meine Mutter loslassen, so nennt ihr Psycho-Docs das doch. Ich könnte mit diesem Kapitel abschließen.«

Juliane schielte erneut auf ihre Armbanduhr. »Ich verstehe deinen Wunsch, die Sache hinter dir zu lassen. Aber an deiner Stelle würde ich mich nicht auf einen Deal mit dem Teufel einlassen«, sagte Juliane. »Du kannst Admir Jasari nicht vertrauen.«

Falk setzte zu einer Erwiderung an, doch in diesem Moment klingelte sein Handy.

Ich muss los, formte Juliane lautlos mit den Lippen und tippte auf ihre Uhr, als Falk das Gespräch annahm. Juliane schulterte ihre Tasche und ging zur Tür, doch dann drehte sie sich noch einmal um.

Die Akte zum Fall Ashwa Jha lag noch auf ihrem Schreibtisch, und Juliane hatte vor, sie mitzunehmen. Sie wollte vorbereitet sein, für den Fall, dass die Mutter mehr über die näheren Umstände zum Tod ihrer Tochter wissen wollte.

»Langsam, Becky, sonst verstehe ich dich nicht«, sprach Falk ins Handy.

Kurze Pause

»Beruhige dich. Mia kann nicht weg sein. Wahrscheinlich ist sie in der Cafeteria oder kurz spazieren gegangen.«

Pause.

»Ich bin gleich bei dir«, rief Falk aufgeregt. Ohne eine Verabschiedung beendete er den Anruf und stürmte an Juliane vorbei aus dem Büro.

Kapitel 63

»Sie werden schon erwartet, Frau Doktor«, rief Hikmet, der türkischstämmige Pförtner Juliane zu, als sie durch die Eingangshalle der Gerichtsmedizin hetzte. »Wann kommen Sie endlich zum Essen? Sie sehen schlecht aus, vollkommen abgemagert.«

Lügner.

»Sobald du Juliane zu mir sagst, werde ich euch besuchen«, antwortete sie.

»Abgemacht Dr. Juliane. Also morgen Abend. Sagen wir um sechs? Ich mache Börek, und Nermin legt die Füße hoch. Sie ist im Moment ziemlich anstrengend, also wundern Sie sich nicht über ihre Launen. Die Hormone spielen verrückt.«

Juliane stöhnte resigniert und winkte Hikmet zu.

»Bis morgen, Frau Doktor«, rief der junge Pförtner ihr nach.

Obwohl Juliane in die Katakomben der Rechtsmedizin hinabstieg und sie den kommenden Termin fürchtete, knurrte ihr Magen beim Gedanken an Hikmets Börek.

Als sie den grau gekachelten Flur im Keller betrat, sah sie die elegante Frau im hellen, teuer aussehenden Hosenanzug schon von Weitem. Ihre zu einem Pferdeschwanz zusammengebundenen schwarzen Haare glänzten im Neonlicht. Selbst die sterile, abweisende Umgebung der Pathologie konnte die Schönheit der Frau, deren Alter Juliane schlecht schätzen konnte, nicht trüben.

An der Seite der Frau, bei der es sich zweifelsohne um Ranjana Jha, die Mutter der toten Ashwa Jha, handeln musste, stand Dr. Di Carlo, die Gerichtsmedizinerin. Sofort kam Juliane sich neben den beiden eleganten Frauen wie das hässliche Entlein im Schwanenteich vor. Sie ertappte sich dabei, wie sie instinktiv ihre Haare in Form bringen wollte, hielt sich aber zurück. Es ging bei diesem Termin nicht um ihre Befindlichkeiten. Sie war nicht hier, um sich in ihren Selbstzweifeln zu suhlen, sondern um Frau Jha möglichst schonend auf den Zustand der Leiche ihrer Tochter vorzubereiten und ihr anschließend beizustehen, sollte sie sich wirklich dazu entschließen, Ashwa noch einmal sehen zu wollen.

»Entschuldigen Sie bitte meine Verspätung. Mir ist leider noch etwas dazwischengekommen«, sagte sie und eilte zu den beiden Frauen. Erst nickte sie Dr. Di Carlo zu, dann hielt sie Ranjana Jha die Hand entgegen. »Ich bin Juliane Klawitter vom LKA, wir haben telefoniert.«

Die hochgewachsene Frau ergriff Julianes Hand. »Ranjana Jha. Freut mich, Sie kennenzulernen, auch wenn ich mir andere Umstände für unser Zusammentreffen gewünscht hätte.«

»Kommen Sie direkt vom Flughafen?«, fragte Juliane und warf einen kurzen Blick auf den braun karierten Rollkoffer mit dem dezenten Louis-Vuitton-Logo. »Ich hoffe, Sie hatten einen angenehmen Flug?« Juliane versuchte, mit etwas unverfänglicher Konversation Vertrauen aufzubauen.

Ranjana Jha nickte. Sie wirkte gefasst, wie eine Frau, die es gelernt hatte, auch in schweren Zeiten stark zu bleiben, zumindest nach außen hin. Auf die Gefühle, die in ihrem Inneren tobten, deuteten lediglich die dunklen Schatten unter ihren großen, braunen Augen hin, die selbst ihr Make-up nicht verbergen konnte.

»Ja, der Flug war angenehm«, antwortete Ranjana Jha. »Normalerweise bin ich es gewohnt, auf Langstreckenflügen ein wenig Schlaf zu finden – ich habe meinen Mann oft auf seinen Geschäftsreisen begleitet –, doch heute bin ich nicht zur Ruhe gekommen.«

»Was macht Ihr Mann beruflich?«, fragte Juliane, um das Eis weiter zu brechen.

»Er arbeitet für eine Firma, die Computerprogramme für den Finanzsektor herstellt. Daher haben wir in den letzten Jahren in Frankfurt gelebt.« Ranjana Jha stockte und atmete tief durch. Für einen Moment bekam ihre

Selbstbeherrschung Risse, doch sie hatte sich schnell wieder im Griff. »Vor einem halben Jahr ist mein Mann zum CEO der Firma aufgestiegen und zurück nach Indien gegangen. Ich bin ihm vor einem Monat gefolgt. Ashwa musste nur noch eine Klausur schreiben, das mündliche Abitur hinter sich bringen, dann wollte auch sie nachkommen. Ich war dagegen, sie allein zu lassen, aber mein Mann …« Nun entfuhr Ranjana Jha doch ein leiser Schluchzer. »Mein Mann hat gemeint, Ashwa sei alt genug, um ein paar Tage allein zu bleiben. Ashwa ist – war – sehr folgsam, müssen Sie wissen. Ich musste mir nie Sorgen um sie machen. Sie hat gesagt, sie macht ihren Abschluss und überwacht dabei die letzten Umzugsvorbereitungen. Ich hätte sie niemals …« Sie brach ab und durchsuchte ihre Tasche, kurz darauf hielt sie ein Stofftaschentuch in der Hand.

Juliane und Dr. Di Carlo schauten sich unbehaglich an. Egal, wie gut man ausgebildet war und wie lange man den Job machte, Hinterbliebene zu den sterblichen Überresten ihrer Angehörigen zu bringen, wurde nie Routine.

»Sie dürfen sich keine Vorwürfe machen«, sagte Juliane.

»Aber ich habe das Umzugsunternehmen beauftragt«, platzte es aus Ranjana Jha heraus. »Ich war diejenige, die den Mörder meiner Tochter ins Haus gebracht hat. Und dann habe ich Aishwarya im Stich gelassen. Ich hätte bei ihr bleiben sollen.«

Juliane legte der Frau vorsichtig eine Hand auf den Arm. »Sie hätten Ihrer Tochter nicht helfen können.«

Ranjana Jha tupfte sich die Augen mit dem Taschentuch. »Entschuldigen Sie bitte, ich hätte nicht laut werden dürfen. Wenn Sie mich jetzt bitte zu Ashwa bringen würden.«

»Sind Sie sich sicher, dass Sie Ihre Tochter nicht lieber so in Erinnerung behalten möchten, wie Sie sie zuletzt gesehen haben?«, fragte die Gerichtsmedizinerin. »Sie in diesem Zustand anzuschauen, wird nicht einfach werden. Und da wir einen DNA-Abgleich gemacht haben, ist es nicht nötig, Ihre Tochter zu identifizieren.«

Ranjana Jha schüttelte den Kopf und spannte die Schultern an. »Ich werde meine Tochter mit zurück in ihre

Heimat nehmen, doch vorher will ich mit eigenen Augen sehen, was dieser Mann ihr angetan hat.«

Dr. Di Carlo seufzte. »Also gut. Wenn Sie mir dann bitte folgen würden.«

Ranjana Jha ließ ihren Rollkoffer im Gang stehen und folgte zusammen mit Juliane der Gerichtsmedizinerin in einen Raum am Ende des Flurs. Dr. Di Carlo trat ein und hielt die Tür auf.

»Bitte sehr«, sagte sie leise.

Juliane und Ranjana Jha betraten den kleinen, türkis gekachelten Raum, in dessen Mitte die Leiche von Ashwa Jha unter einem Tuch verborgen auf einem Edelstahltisch lag. Im Bemühen um eine pietätvolle Atmosphäre brannten am Kopf der Toten zwei Kerzen auf bodentiefen Haltern. Obwohl dieser Raum nicht für Obduktionen genutzt wurde und nur dazu diente, Angehörigen eine etwas intimere Umgebung zu bieten, fühlte Juliane sich hier noch unwohler als im Sektionssaal. Im Obduktionsraum herrschte stets eine angespannte Geschäftigkeit, die es Juliane ermöglichte, eine professionelle Distanz zu den Opfern aufzubauen. Doch in diesem kleinen Hinterzimmer wurde ihr erst richtig bewusst, dass die Toten bis vor kurzem einen ganz normalen Alltag gehabt hatten. Sie hatten gelacht, geweint, hatten Träume und Sehnsüchte gehabt. Und dann hatte man sie brutal aus dem Leben gerissen.

Wie schnell konnte alles vorbei sein. Es reichte, einem Psychopathen über den Weg zu laufen, der seine kranken Bedürfnisse nicht im Griff hatte, schon fand man sich im Keller der Pathologie wieder.

Juliane überlegte, wer hier stehen würde, falls sie einmal dort liegen sollte.

Ihre Mutter? Wohl kaum.

Ihr Vater? Vielleicht.

Aber war sie nicht längst in einem Alter, in dem ein Mann neben ihrer Leiche weinen sollte?

Reiß dich zusammen, dachte Juliane und konzentrierte sich auf Ranjana Jha.

Die Inderin stand reglos hinter dem Edelstahltisch und starrte auf die grüne Decke. Scharfe Bügelkanten zeichneten sich deutlich auf dem gestärkten Baumwollstoff ab. Ranjana Jha knetete das Stofftaschentuch, während die Gerichtsmedizinerin sie fragend ansah.

»Bitte! Ich wäre so weit«, flüsterte Ranjana Jha.

Dr. Di Carlo griff mit beiden Händen das Tuch an der Kopfseite, hob es an und schlug es knapp unter dem Kinn der Toten wieder ein. Die blutigen Schnitte am kahl rasierten Schädel der jungen Inderin wirkten unter dem hellen Neonlicht beinahe schwarz. Die Lippen des zahnlosen, eingefallenen Mundes waren blau verfärbt.

Ranjana Jha entfuhr ein Schluchzen, und sofort stand Juliane an ihrer Seite, bereit, sie zu stützen, sollte sie Hilfe brauchen.

Das Taschentuch fiel zu Boden, Ranjana Jha hielt sich an der Tischkante fest.

Sie stieß einen unterdrückten Schrei aus, dann hob sie ruckartig den Kopf.

»Was soll das?«, rief sie.

Dr. Di Carlo furchte die Stirn. »Wie bitte?«

»Was geht hier vor sich?«

»Ich weiß nicht, was Sie meinen«, gab die Gerichtsmedizinerin zurück. Hilfe suchend blickte sie Juliane an.

Da Juliane sich ebenfalls nicht erklären konnte, was mit Ranjana Jha los war, machte sie nur eine unbestimmte Geste und hoffte, dass Dr. Di Carlo sie zu deuten wusste.

Ranjana Jha nahm die Hände von der Tischkante, dann straffte sie die Schultern. Ihr Blick wurde hart.

»Das ist nicht meine Tochter.«

Kapitel 64

Marc glaubte nicht, dass jemand auf ihn achtete, als er sich am Bauzaun hochzog, die Beine darüber schwang und auf der anderen Seite wieder zu Boden ging. Die Baustelle, auf der allerhand Rohre, Eisenträger und Holzbalken lagen, schien verwaist zu sein. Genau, wie Mia geschrieben hatte.

Kurz orientierte er sich. Das Hafenbecken mit seinen gewaltigen Containerbrücken lag zu seiner Rechten, also musste er links entlang. Sicherheitshalber schaute er noch einmal auf sein Handy, wo er die Koordinaten, die Mia ihm zusammen mit der Nachricht geschickt hatte, auf seiner Karten-App geöffnet hatte. Er bewegte sich genau auf Mia zu.

Anfangs war ihm Mias Nachricht seltsam vorgenommen, doch allmählich glaubte er zu wissen, warum Mia so komisch drauf war. Ein schiefes Grinsen legte sich auf sein Gesicht. Wahrscheinlich hatte sie ein paar von den Pillen eingeworfen, die er ihr mitgebracht hatte. Mia wäre nicht das erste brave Mädchen, aus dem die kleinen Glücksbringer eine Schlampe machten.

Bin aus dem Krankenhaus weg, habe es nicht mehr ausgehalten. Ich kann aber nicht nach Hause, meine Mutter würde es nicht verstehen und ein Riesentheater machen. Und zu Dad kann ich auch nicht. Es war so viel los in den letzten Tagen. Können wir uns sehen? Ich vermisse dich. Beeil dich! Ich will dich.

Mia

Im Anschluss an ihre Nachricht hatte sie ihm einen Link mit den Koordinaten dieser alten, am Hafen liegenden Lagerhalle geschickt und noch einige Instruktionen hinzugefügt, worauf er ein paar Mal versucht hatte, sie zu erreichen. Aber Mia hatte ihr Handy ausgeschaltet. Vermutlich wollte sie nicht von ihren Eltern genervt werden.

Eilig überquerte er den Vorplatz, der zu einem Großteil aufgerissen worden war, und ging auf die Lagerhalle zu, vor der lediglich ein Bagger und Baustellenfahrzeuge standen.

Hier entsteht Frankfurts größtes Selfstorage-Lager am Hafen, verkündete ein Werbeschild neben dem Eingang, doch noch schienen sich die Bauarbeiten auf den Außenbereich zu beschränken.

Trotzdem beschlich Marc ein seltsames Gefühl, je mehr er sich der Halle näherte. Er holte seine E-Zigarette aus der Hosentasche und inhalierte den süßlichen Dampf. Sofort zog er ein weiteres Mal, worauf er sich ein wenig besser fühlte.

Vorsichtig ging er auf die Tür neben dem großen Rolltor zu und lauschte, aber es war nichts zu hören. Also trat er ins Innere, suchte nach einem Lichtschalter, fand jedoch keinen. Wohl oder übel würde er mit dem trüben Licht vorliebnehmen müssen, das durch die verdreckten Oberlichter einfiel.

Nervös zog er noch ein paar Mal an seiner E-Zigarette, dann hatten seine Augen sich an das Halbdunkel gewöhnt. Wie es aussah, wurde die Lagerhalle kaum genutzt. Nur ein rostiger Schiffscontainer stand in der Mitte.

»Mia?«, fragte er. Eigentlich hatte er es leise sagen wollen, doch seine Stimme hallte von den hohen Wänden wieder.

Erst war es weiter still, aber dann vernahm er ein gedämpftes Wimmern.

»Mia? Bist du hier?« Marc lief in die Richtung, aus der die erstickten Laute kamen. Er umrundete den Container, passierte einen Stützpfeiler und erstarrte.

Der Anblick, der sich ihm bot, war so grotesk, dass er für einen Moment nicht begriff, was er sah. Geknebelt und mit Händen und Füßen an einen Rollstuhl gefesselt, saß Mia keine zehn Meter vor ihm in einer Wohnzimmerkulisse, die wie aus einem Haus gerissen wirkte. Orientalische Teppiche lagen am Boden, eine

Stehlampe lehnte schief an einem Sofa, zwei Schrankwände begrenzten den angedeuteten Raum. Auf einem Couchtisch neben Mia stand eine Flasche Wein nebst zwei vollen Gläsern.

Plötzlich schaltete sich der alte Röhrenfernseher auf dem Sideboard ein. Roland Kaiser sang *Manchmal möchte ich schon mit dir*. Ohrenbetäubend laut dröhnte der alte Schlager durch die Halle.

Marc stürmte los in Mias Richtung, woraufhin sie die Augen aufriss und den Kopf schüttelte. Sie kämpfte gegen die Fesseln an und versuchte, sich zu befreien, doch sie schaffte es lediglich, den Rollstuhl gefährlich zur Seite kippen zu lassen.

»Ich bin gleich bei dir, dann …«, brüllte Marc. Der Rest des Satzes verlor sich in seinem Schrei, als unter ihm der Boden nachgab und er in einen Schacht stürzte, der von Teppichen verdeckt gewesen war.

Hart schlug Marc auf ölverschmierten Kacheln auf. Gleichzeitig verstummte Roland Kaiser, und Marilyn Mansons *The Beautiful People* donnerte durch die Halle.

Benommen blickte Marc sich um. Er lag am Grund einer Fahrzeuggrube, wie er sie aus Appelts Werkstatt kannte. Johannes stand oft in einer solchen Grube und reparierte die über ihm stehenden Autos. Gruben wie diese waren nicht tief, folgerte Marc, höchstens eins siebzig. Es war ein Leichtes, wieder herauszukommen.

Keuchend stemmte er sich auf allen vieren hoch und hoffte, sich nichts gebrochen zu haben, als er über sich eine Bewegung wahrnahm.

Reflexartig drehte er den Kopf, und was er jetzt sah, erschien ihm völlig surreal. Das konnte unmöglich wahr sein. Das ergab einfach keinen Sinn. Sie war doch tot.

Trotzdem stand Ashwa oben am Rand der Grube. Abfällig sah sie auf ihn hinab, wie er auf sie herabgeblickt hatte, nachdem er sie in den Brunnen gestoßen hatte. Sie verzog das Gesicht zu einem zufriedenen Lächeln, dann hob sie die Fernbedienung an, die sie in ihrer Hand hielt, drückte einen Knopf, und die Musik erstarb.

»Du lebst?« Mehr bekam Marc nicht heraus.

Ashwa sagte nichts, sie zog lediglich geräuschvoll ihre Nase hoch. Im nächsten Moment traf Marc ihr Rotz im Gesicht. Warmer zähflüssiger Schleim floss über seine Wange.

Das war zu viel. Marc sah rot. Mit einem wütenden Schrei sprang er auf, ballte die Hand zur Faust und reckte sie in die Höhe. »Ich mach dich fertig«, brüllte er, als Ashwa plötzlich ihre andere Hand hinter dem Rücken hervorholte und eine merkwürdig geformte Plastikwaffe in Anschlag brachte.

Verflucht, was tat sie da? Dachte sie ernsthaft, sie könnte ihm mit einer gottverdammten Spielzeugpistole Angst einjagen?

Marc wollte gerade höhnisch auflachen, doch er kam nicht dazu, denn Ashwa drückte ab, worauf zwei nadelspitze Projektile an dünnen Drähten aus der Waffe schossen. Sie durchschlugen Marcs T-Shirt und bohrten sich in seine Haut.

Er spürte, wie Panik in ihm aufkam, wenige Augenblicke später flossen fünfhunderttausend Volt durch seinen Körper. Seine Muskeln zuckten unkontrolliert, dann brach er zusammen.

Ashwas Lächeln verließ nicht ihr Gesicht, während sie erneut die Fernbedienung hob und einen Knopf drückte. *Feuer frei* von *Rammstein* schallte durch die Halle.

Kapitel 65

»Was soll das heißen, unser erstes Opfer ist nicht Ashwa Jha?« Koruhn saß hinter seinem Schreibtisch und funkelte Juliane und Hartwick an.

Juliane zuckte mit den Schultern. »Ashwas Mutter identifizierte die Leiche als die ihrer Nichte Parvati Jha. Laut Frau Jha befände sich besagte Nichte eigentlich zurzeit auf einer Reise durch Europa, im Herbst hätte die junge Frau dann in Amsterdam ihr Studium aufgenommen. Mehr hatte Frau Jha nicht sagen können, offenbar versteht sie sich nicht allzu gut mit dem Bruder ihres Mannes und dessen Familie.«

»Kann es sein, dass die Frau unter Schock steht? Vielleicht will sie den Tod ihres Kindes nicht wahrhaben und verliert sich in einer Fantasiewelt«, spekulierte Koruhn.

Juliane schüttelte vehement den Kopf und zog einige Papiere aus der Akte, die sie mitgebracht hatte. Sie legte das erste Blatt so vor sich auf den Schreibtisch, dass sowohl Koruhn als auch Hartwick es betrachten konnten.

»Dieses Foto zeigt die Tote«, sagte sie. »Es wurde kurz nach dem Auffinden der Leiche von der KTU gemacht.«

Dann legte sie eine zweite Aufnahme daneben. Zu sehen war dieselbe junge Frau, nur lächelte sie dieses Mal selbstbewusst in die Kamera.

»Das hier ist eine Vergrößerung des Bildes, das wir im Schülerausweis der Toten gefunden haben. Wenn wir die beiden Fotos miteinander vergleichen, steht für mich fest, dass es sich um dieselbe junge Frau handelt, oder was meint ihr?« Juliane schaute zu ihren Kollegen, beide nickten.

»Das ist eindeutig. Keine Zweifel«, bestätigte Hartwick.

Juliane packte ein weiteres Foto auf den Tisch. Dieselbe junge Frau saß, bekleidet mit einem bunten Sari, auf einer Bank, im Hintergrund die Londoner Tower Bridge. »Dieses Foto hat Ranjana Jhas Mann vor ein paar Wochen als Urlaubsgruß erhalten. Abgelichtet ist genau wie auf den anderen Aufnahmen Parvati Jha.«

Nun legte Juliane das letzte Bild hin. Eine junge Frau sah scheu in die Kamera.

»Und hier sehen wir Ashwa Jha.«

Hartwick und Koruhn verglichen die Aufnahmen miteinander, was Juliane schon vor einer halben Stunde getan hatte. Obwohl die beiden Frauen im gleichen Alter waren und sich ähnlich sahen, handelte es sich doch unzweifelhaft um zwei verschiedene Personen.

»Aber ich denke, Höldtke hat die DNA abgleichen lassen?«, fragte Koruhn. Eine Ader an seiner Schläfe begann anzuschwellen.

»Wir haben die DNA des Opfers mit einer Probe aus dem Haus der Jhas verglichen«, sagte Hartwick. »Das Ergebnis war eindeutig. In beiden Fällen handelte es sich um dieselbe DNA.«

Juliane verstand, warum er angespannt mit dem Fuß wippte, schließlich war er es gewesen, der die Haarbürste im Badezimmer von Ashwa Jha sichergestellt hatte.

Koruhn fing ebenfalls an, sichtlich nervös zu werden, und trommelte mit den Fingern auf die Schreibtischplatte. »Aber das Foto des Opfers ist doch nicht zufällig im Schülerausweis von Ashwa Jha gelandet«, sagte er.

Inzwischen war der Fall des Zahnbrechers an die Presse durchgesickert und sorgte für Schlagzeilen, doch der Umstand, dass der Täter bereits erschossen worden war, stellte die Polizei in einem guten Licht dar. Das würde sich ändern, wenn herauskam, dass sie die Identität des ersten Opfers nicht richtig ermittelt hatten.

»Ich will wissen, was hier gespielt wird«, fuhr Koruhn fort. »Wer hat ein Interesse daran, uns eine falsche Leiche unterzujubeln? Und wo ist Ashwa Jha?«

Julianes Handy läutete. Sie hatte vergessen, es auf lautlos zu stellen.

Sie beeilte sich, es aus ihrer Tasche zu fischen, und ging ran. Es war Falk. Und er klang furchtbar aufgeregt. »Mia ist nicht mehr im Krankenhaus«, rief er anstelle einer Begrüßung. »Eine andere Patientin hat gesehen, wie sie vornübergebeugt in einem Rollstuhl von einer Schwester weggebracht wurde. Aber niemand vom Personal weiß etwas darüber.«

Julianes Herzschlag beschleunigte sich. »Hast du eine Beschreibung der Pflegerin? Wie sah sie aus?«

»Keine Ahnung, wie sie aussah«, entgegnete Falk. »Das Mädchen hat nicht genau hingesehen. Sie meinte nur, die Krankenschwester wäre schwarzhaarig gewesen und hätte einen dunklen Teint gehabt. Sie vermutete, dass es eine Türkin war.«

»Könnte es auch eine Inderin gewesen sein?«, fragte Juliane.

»Weiß ich nicht«, rief Falk. Langsam begann er, unwirsch zu werden. »Ja, wahrscheinlich schon. Warum ist das so wichtig?«

»Was ist los?«, schaltete sich Hartwick ein. »Wer ist am Telefon?«

»Warte mal, Falk«, sagte Juliane, dann wandte sie sich an ihre Kollegen. »Ich glaube, ich weiß, wo Ashwa Jha sich aufhält. Sie ist immer noch in Frankfurt, und sie hat Mia Bachmann.«

Kapitel 66

»Warum tust du das?«, schrie Mia. Nach wie vor saß sie am Rand der Werkstattgrube in dem verdammten Rollstuhl und konnte sich noch immer nicht rühren. Ein Glück nur, dass sie nun wenigstens von ihrem Knebel befreit war.

Gemächlich schritt Ashwa durch die Lagerhalle und stellte sich neben den Röhrenfernseher. Das Sideboard, auf dem das monströse Relikt thronte, stand auf zwei mit Rollen versehenen Brettern, wie Umzugsunternehmen sie zum Transport schwerer Gegenstände nutzten. Ashwa schob das Sideboard mitsamt des Fernsehers an das andere Ende der Werkstattgrube, wobei sie darauf achtete, nicht über das Verlängerungskabel zu stolpern, das dem Gerät wie eine Silikonschlange folgte. Die Musik war verstummt. Der Bildschirm zeigte nichts als Rauschen.

Marc, der an einen Eisenstuhl gefesselt in der Grube saß, blickte über die Schulter und beobachtete jede Bewegung, die Ashwa machte. Er wirkte wie ein Tier, das in eine Falle geraten war. Im grellen Licht der Lampen, die sich am oberen Rand der Grube entlangzogen und deren eigentlicher Zweck darin bestand, die Unterseite der Fahrzeuge zu erleuchten, wirkte seine Gesichtsfarbe erschreckend blass.

»Warum ich das tue?«, echote Ashwa. Sie blieb neben dem Sideboard stehen, sodass Mia sowohl Marc als auch den über ihm stehenden Fernseher im Blick hatte. »Kannst du dir das nicht denken?« Ashwas Stimme hallte von den Wänden wider.

Nie zuvor hatte Mia ihre ehemalige Klassenkameradin so laut und bestimmt sprechen hören. Im Unterricht hatte Ashwa nie mehr als ein Flüstern herausgebracht.

Was war vorgefallen, nachdem Ashwa in den Brunnen gefallen war? Und wieso nahm die Polizei an, dass sie tot war, wenn sie lebte? Das alles ergab keinen Sinn.

»Nein, das kann ich mir nicht denken. Warum bist du nicht …«, Mia unterbrach sich selbst. »Ich meine, warum lebst du noch?«

»Es war Wolfs Idee, mich sterben zu lassen«, sagte Ashwa. »Jetzt ist *er* derjenige, der tot ist.«

»Wer ist Wolf?«, fragte Mia. Sie hatte keine Ahnung, welche Umstände dazu führten, dass man den Verstand verlor, doch Ashwa schien ihrer zweifelsohne abhandengekommen zu sein.

Mia überlegte, was sie tun konnte, aber ihr fiel nichts anderes ein, als sich mit Ashwa zu unterhalten. Vielleicht würde es ihr gelingen, die alte Ashwa unter dem Wahnsinn hervorzulocken.

»Wolf hat für die Umzugsfirma gearbeitet, die meine Mutter engagiert hat«, antwortete Ashwa. Sie bückte sich, hob einen Teppich auf und warf ihn beiseite. Darunter kam ein Schlauch zum Vorschein, der Mia an die verkleinerte Version eines Feuerwehrschlauchs erinnerte. Ashwa richtete ihn auf die Werkstattgrube und legte einen Hebel an der Spritze um. Sofort fiel mit einem lauten Platschen Wasser auf die Bodenkacheln.

Marc stieß einen Schrei des Entsetzens aus. Mia wusste, dass er einen Heidenrespekt, um nicht zu sagen Angst vor Wasser hatte. Als Junge wäre er um ein Haar im Walldorfer Badesee ertrunken. Seitdem machte er einen großen Bogen um Schwimmbäder und Baggerseen, das hatte er ihr einmal gesagt.

»Verdammt, hast du sie noch alle? Hör auf damit«, schrie er. Mit aller Kraft zerrte er an den Stricken. Der Stuhl rutschte über den Boden, aber die Fesseln gaben nicht nach.

Ashwa schien Marc gar nicht zu hören. »Wolf war als Einziger nett zu mir«, fuhr sie fort und legte den Schlauch so ab, dass sein Ende über dem Rand der Grube zu liegen kam. Wasser flutete hinein und breitete sich rasch aus.

Auf der Suche nach einer Fluchtmöglichkeit huschten Marcs Augen panisch von links nach rechts. Ein heiserer Schrei entfuhr ihm, als das Wasser seine Füße erreichte.

Mit den Augen folgte Mia dem Verlauf des Schlauchs bis zu dem roten Brandschutzkasten an der Wand. Sie versuchte abzuschätzen, wie lange es dauern würde, bis die Grube vollgelaufen war und Marc ertrinken würde. Bei der Wassermenge, die aus dem Schlauch lief, höchstens drei Stunden, vermutlich weniger, und sie konnte nichts dagegen tun, außer zu versuchen, Ashwas Vertrauen zu gewinnen.

»Hast du Wolf gemocht?«, fragte sie.

Ashwa legte den Kopf schief. »Wolf war nett, aber ich war nicht in ihn verliebt, wenn es das ist, was du meinst.«

»Komm schon, Ashwa«, schaltete sich Marc ein. Seine Stimme klang mit einmal Mal ganz anders. Sanft, liebevoll. Auf diese Weise sprach er sonst mit Mia, wenn er mit ihr allein war. »Das mit letzter Woche tut mir leid. Ich wollte dir nicht wehtun. Es sollte nur ein kleiner Scherz sein.«

»Ein Scherz?«, rief Ashwa, und ihre Stimme hallte bis zur Decke empor. »Du hast mich in einen drei Meter tiefen Brunnen geworfen. Was bitte soll daran witzig sein?«

»Es tut mir wirklich leid«, wiederholte Marc und rüttelte so lange am Stuhl, bis dieser sich um hundertachtzig Grad drehte und er in Ashwas Richtung sah. »Ich war blöd, ich weiß. Aber ich hätte dich doch wieder rausgeholt. Dann hätten wir uns gemeinsam darüber amüsiert, wären zurück in den Wald gegangen und hätten Spaß gehabt. Nur du und ich.«

Auch wenn Mia seine Augen nicht mehr sehen konnte, wusste sie, dass er Ashwa mit seinem Welpenblick anschaute. Sie verspürte einen Stich in der Magengegend.

»Du hast mich Paki-Fotze genannt«, sagte Ashwa, »und du hast mich bespuckt.«

Marc druckste herum. »Ja, aber doch nur, weil Duck und Ole dabei waren. Die beiden sind verkappte Nazis, da habe ich mich nicht getraut, ihnen die Stirn zu bieten. Deshalb habe ich auch bei der *NHO* mitgemacht. Weil

Duck und Ole und Johannes, der Chef des Vereins, mich überredet haben.«

Mia traute ihren Ohren nicht. Eines musste man Marc lassen. Er wusste, wie man Frauen um den Finger wickelte.

»Ashwa, Süße, wir haben uns in letzter Zeit doch gut verstanden«, säuselte Marc weiter. »Ich mag dich, und ich war echt völlig fertig, als ich gehört habe, dass du tot bist. Ehrlich.«

Ashwas Gesichtszüge wurden weich.

Obwohl Mia sich darüber im Klaren war, dass Marc nur alles daran setzte, sie beide heil aus dieser Sache herauszuholen, nagte die Eifersucht an ihr. Sie versuchte, sie wegzudrängen, doch es gelang ihr nicht. Außerdem hatte Marc etwas Seltsames gesagt. Ihr gegenüber hatte er behauptet, Ashwa sei in den Brunnen gefallen, nun aber klang es, als hätte er sie hineingestoßen. Und ob sie wollte oder nicht, sie musste Ashwa recht geben. Das ging weit über einen Scherz hinaus.

»Jetzt, wo du von den Toten auferstanden bist, können wir uns doch näher kennenlernen, Ashwa.« Mia hörte das Lächeln in Marcs Stimme. Das Lächeln, das seine Grübchen zum Vorschein kommen ließ.

Ashwa stieß ein Zischen aus. »Denkst du, ich bin bescheuert? Du bist mit der zusammen!« Sie wies auf Mia.

»Zwischen Mia und mir ist es so gut wie aus«, entgegnete Marc, ohne auch nur überlegen zu müssen. Inzwischen stand ihm das Wasser bis zu den Knöcheln. »Im Grunde hat Mia mir nie etwas bedeutet. Ich wollte nur warten, bis sie aus dem Krankenhaus entlassen ist, dann hätte ich mit ihr Schluss gemacht.«

Die Gleichgültigkeit in Marcs Stimme trieb Mia einen Schauder über den Körper, und plötzlich wünschte sie sich eine der Pillen, die im Krankenzimmer in ihrem Nachttisch lagen. Das würde diesen ganzen Albtraum erträglicher machen. So wie gestern Nacht, als sie eine genommen hatte, um den Kopf freizubekommen.

Ashwa strich sich die Haare hinter das Ohr. »Hältst du mich für so naiv?«, fragte sie Marc. »Denkst du, ich falle auf deine Lügen herein?«

»Das sind keine Lügen«, rief Marc mit solch aufrichtiger Entrüstung, dass Mia der Atem stockte. »Ich kann es beweisen.«

Ashwa hob eine Augenbraue. »Und wie sollte das gehen?«

»Mein Handy. Sieh dir meine Nachrichten an.«

Mias Gedanken rasten, während das Wasser weiter in die Werkstattgrube rauschte. Was hatte Marc vor?

»Hier, mein Handy! Es ist in meiner Hosentasche. Du musst es nur holen.«

Misstrauisch sah Ashwa auf Marc hinunter. Sie zögerte.

»Komm schon, nimm es«, bestärkte Marc sie. »Du hast mich gefesselt, und ich kann mich nicht rühren. Na los!«

Ashwa rang noch einen Augenblick mit sich, dann trat sie vor und nahm die sieben Stufen der Treppe, die sie auf das Bodenniveau der Grube hinabführte.

»Ja, genau«, ermutigte Marc sie abermals und deutete mit dem Kinn auf seine Hosentasche.

Nun wartete Ashwa durch das Wasser. Jeder ihrer Schritte machte ein platschendes Geräusch. Vor Marc blieb sie stehen, beugte sich zu ihm herunter und griff mit spitzen Fingern nach seinem Handy. Vorsichtig zog sie es aus der Tasche seiner Jeans, als ruckartig Marcs Kopf nach vorn schnellte.

Ashwa sprang zurück und wäre um ein Haar gestolpert. »Du hinterhältiger Bastard«, rief sie. Mit seinem Handy in der Hand stürmte sie auf ihn zu und trat ihm gegen die Brust, sodass sein Stuhl nach hinten kippte.

Das Wasser stand bereits so hoch, dass es Marcs Mund und Nase überspülte. Verzweifelt hob er seinen Kopf, bis er wieder Luft bekam. Dann versuchte er, sich mit dem Stuhl auf die Seite zu drehen, was ihm mehr Platz zum Atmen verschafft hätte, doch Ashwa stellte ihren Fuß auf seine Brust und nagelte ihn am Boden fest.

»Es tut mir leid«, röchelte Marc und spuckte Wasser. »Ich hab nicht nachgedacht, es ist einfach passiert.«

»Beweise, dass du sie nicht liebst«, fauchte Ashwa.

Marc zappelte. Lange würde er sich nicht mehr über Wasser halten können.

Wie erstarrt schaute Mia auf die Szene, die sich unter ihr abspielte. Sie wollte einschreiten, irgendetwas tun, doch sie war machtlos. Selbst der Schrei, den sie ausstoßen wollte, blieb ihr im Hals stecken.

»4566«, rief Marc. »Das ist der Code. Entsperr das Handy, und such nach den Sprachnachrichten von Johannes.«

Ashwa tat, was Marc ihr sagte.

»Johannes Hoffmeister«, keuchte Marc. »Du musst nach Johannes Hoffmeister suchen.«

Eilig wischte Ashwa mit den Fingern über das Display, den Fuß weiter auf Marcs Brust. Schließlich hellte sich ihr Gesicht auf. »Da ist er ja.« Erneut drückte sie einen Knopf, worauf eine Stimme zu hören war, die Mia als die des rothaarigen Mannes erkannte, der auf der Versammlung der *NHO* die Abschlussrede gehalten hatte.

»Hey, Marc, ich bin's. Tarik hat mich gerade angerufen. Stimmt es, dass du mit einer Mia Bachmann, der Tochter eines Kommissars vom LKA, in eine Klasse gehst? Tariks Boss hat mit dem Bullen noch eine Rechnung offen. Er will, dass du dich an die Kleine ranmachst. Ruf mich zurück, dann besprechen wir alles. Es ist wichtig, Mann. Lass mich nicht hängen.«

Ungläubig starrte Mia auf ihren sich windenden Freund. Sie hatte die Nachricht gehört, aber ihr Gehirn weigerte sich, den Inhalt zu verarbeiten, als Ashwa bereits eine weitere Sprachnachricht abspielte und wieder die Stimme von Johannes Hoffmeister erklang. Dieses Mal hörte er sich zornig an.

»Du hirnloser Vollidiot, willst du in letzter Minute alles versauen? Ich hab doch gesagt, die kleine Bachmann soll bei dir in der Spedition bleiben. Bist du eigentlich zu nichts zu gebrauchen? Du kannst Kilian den Arsch küssen, dass er sie

sich geschnappt hat, bevor sie uns entwischt ist, sonst säßen wir gewaltig in der Scheiße. Die Albaner verstehen keinen Spaß. Wegen deiner Unfähigkeit wäre uns die ganze Aktion beinahe um die Ohren geflogen! Ruf mich an! Sofort!«

Alle Farbe war aus Mias Gesicht gewichen.

»Warum?«, flüsterte sie.

Marc konnte ihr nicht antworten. Panisch reckte er den Kopf nach oben, doch das Wasser schwappte ihm immer wieder über Mund und Nase. Er hustete, spuckte und wand sich unter Ashwas Fuß, doch sie ließ nicht von ihm ab und startete eine weitere Sprachnachricht.

»Wenn du das abhörst, bin ich schon so gut wie in Polen. Du brauchst mich nicht zurückrufen, die Nummer wird nicht länger erreichbar sein. Handy und SIM-Karte werfe ich weg. Dies ist meine letzte Nachricht, wegen der alten Zeiten und so. Ich will dich warnen. Die Albaner drehen komplett durch. Falls du in der Stadt und am Leben bleiben willst, triffst du dich besser mit Tarik und holst ein paar Pillen von ihm. Die verabreichst du dann der Tochter des Kommissars. Tariks Boss will, dass sie auf das Zeug abgeht. Ich schick dir gleich noch Tariks Nummer, dann bin ich weg. Mach's gut, Noske.«

Das Blut rauschte in Mias Ohren, und das Geräusch mischte sich mit dem des Wassers, das die Grube flutete. Die *Glücksbringer*, die Marc ihr gebracht hatte, waren nicht so harmlos, wie er gesagt hatte. Wie hatte sie nur so blöd sein können, ihm zu glauben?

Marc zappelte. Dann, als er den Mund über das Wasser bekam, keuchte er: »Ich liebe dich, Ashwa.« Husten. Wasserspucken.

Triumphierend blickte Ashwa zu Mia hoch. Zwar nahm sie Marc die Liebesbekundungen nicht ab – das erkannte Mia an ihren Augen –, aber sie hatte, was sie wollte. Sie hatte Mia ihren Freund genommen.

Mia dachte nicht mehr nach, sie handelte instinktiv. Mit aller Kraft warf sie sich nach vorn, sodass der Rollstuhl trotz angezogener Bremsen einen Satz machte und sie kopfüber in die Werkstattgrube stürzte.

Kapitel 67

»Sie warten hier im Wagen«, sagte Falk zu Ranjana Jha, als sie Anstalten machte, Hartwick und Juliane zu folgen, die sich bereits auf dem Hafengelände umsahen.

»Aber wenn meine Tochter dort ist, will ich mit ihr sprechen«, entgegnete Ranjana Jha. Sie deutete auf die Lagerhalle, die auf der anderen Seite des Bauzauns lag.

»Wir wissen nicht, was uns drinnen erwartet«, sagte Falk und tastete nach dem Schlüssel, den Pál Kapler, der Inhaber des gleichnamigen Umzugsunternehmens, ihm überlassen hatte. »Wahrscheinlich ist gar niemand dort, und wir haben Sie vergebens herbemüht. Doch falls wir Ihre Tochter finden, holen wir Sie. Darauf gebe ich Ihnen mein Wort.«

Falk sprang aus dem Auto. Instinktiv suchte seine Hand nach der Waffe, doch sie griff ins Leere.

Wie lange es wohl dauern würde, bis er sich an sein Dasein als Zivilist gewöhnt hatte?, fragte er sich, während er zusammen mit Hartwick und Juliane auf das Tor zuging.

Die beiden hatten ihn an der Uniklinik abgeholt und ihn auf der Fahrt davon in Kenntnis gesetzt, dass Ashwa Jha keines der Opfer von Wolfram Ladner, sondern möglicherweise seine Komplizin war. Da Juliane außerdem vermutete, dass Ashwa sich für die zweite Entführung seiner Tochter innerhalb weniger Tage verantwortlich zeigte, hatten sie zusammen überlegt, wohin Ashwa gegangen sein konnte, um sich mit einer Geisel zu verstecken.

Zunächst hatte Falk an das alte Bauernhaus gedacht, in dem Wolfram Ladner am Rand von Eppstein mit seiner Mutter gehaust hatte. Doch solange die Ermittlungen nicht abgeschlossen waren, wurde der Tatort von der

Eppsteiner Polizei bewacht. Das Haus schied also aus, und da ihnen ansonsten nichts eingefallen war, hatten sie Ranjana Jha befragt. Sie hatten sie in der zwischenzeitlich komplett leergeräumten Villa angetroffen, die bis vor ein paar Monaten noch die Heimat ihrer bis dahin intakten Familie gewesen war. Doch Frau Jha hatte sich ebenfalls keinen Reim darauf machen können, wo Ashwa mit Mia steckte.

Außer sich vor Sorge war Falk durch das leere Herrenhaus getigert, bis ihm ein Gedanke gekommen war. Was hatte der stämmige Umzugshelfer neulich gefaselt? Die Möbel der Jhas seien in einen Container am Hafen gebracht worden. Ja, das hatte er gesagt, und es war doch durchaus möglich, dass Ashwa einmal dort gewesen war. Vielleicht mit Wolfram Ladner.

Die Spur schien nicht besonders vielversprechend zu sein, doch sie war die einzige, die sie hatten. Also hatten sie Pál Kapler befragt und in Erfahrung gebracht, dass der zu verschiffende Container am Hafen in einer Lagerhalle stand, die in Kürze abgerissen werden würde. Kapler hatte sich entgegenkommend gezeigt und ihnen die Schlüssel in die Hand gedrückt, damit sie sich dort umsehen konnten.

Jetzt stand Falk vor dem Tor, das in den Bauzaun eingelassen war. Fiebrig suchte er nach dem passenden Schlüssel für das Vorhängeschloss, welches eine um die Pfosten geschlungene Kette sicherte, als aus der Halle unvermittelt dröhnende Musik kam. Falk kannte den Song, *Join Me (in Death)* von *HIM*.

»Was ist da los?«, fragte Juliane, während sie nach ihrer Waffe griff.

»Das werden wir gleich sehen«, erwiderte Falk und öffnete das Schloss. Klirrend glitt die Kette zu Boden.

Hartwick hatte ebenfalls nach seiner Waffe gegriffen. Falk bemerkte, wie dessen Hände zitterten, trotzdem reckte Hartwick entschlossen das Kinn vor. Er würde sich nicht unterkriegen lassen, stellte Falk fest und spürte einen Anflug von väterlichem Stolz.

»Kommt mit«, sagte er und betrat das Hafengelände.

Zusammen liefen die drei über den Platz auf das Gebäude zu, bis sie vor der Tür neben dem rostigen Einfahrtstor hielten.

»Gebt mir Deckung«, sagte Falk.

»Du kannst da nicht reingehen. Nicht unbewaffnet«, versuchte Juliane ihn abzuhalten, doch Falk hatte die Tür schon aufgerissen und stürmte los.

»Da rüber«, sagte Falk, als Hartwick und Juliane ihm schließlich folgten, und deutete auf den dunkelblauen Schiffscontainer, dessen weißer Stern verblasst war. Rasch umrundete er den Container, als er mitten in der Bewegung erstarrte. Er brauchte einige Sekunden, bis er die Möbel, denen er sich gegenübersah, einsortieren konnte. Vor einigen Tagen hatten sie noch bei den Jhas im Wohnzimmer gestanden; hier in der heruntergekommen Halle wirkten sie bizarr. Kurz blieb Falks Blick an einem Schränkchen hängen, das am Rand einer Werkstattgrube stand und den alten Röhrenfernseher präsentierte, der ihm schon bei den Jhas ins Auge gefallen war und aus dessen Boxen nun der *HIM*-Song kam, der ihnen bereits draußen entgegengeschmettert war. Danach wanderten Falks Augen weiter durch die Halle und entdeckten Mia im knöcheltiefen Wasser der Werkstattgrube. An einen zur Seite gekippten Rollstuhl gefesselt, lag sie neben Marc, der Mühe hatte, seinen Kopf über dem Wasser zu halten, das in einem steten Strom aus einem Schlauch lief. Marc röchelte und hustete so laut, dass es selbst über die Musik hinweg zu hören war.

Gegen den Fernseher gelehnt, das Gesicht von Falk abgewandt, stand eine junge Frau mit langen schwarzen Haaren und nassen Hosen.

Das musste Ashwa sein. Wegen der Musik hatte sie ihn und seine Kollegen nicht bemerkt, doch das änderte sich, als er den Namen seiner Tochter rief.

»Papa, endlich!«, kam die Antwort aus der Grube.

Ashwa sah über ihre Schulter. Ihre Augen weiteten sich.

»Polizei«, rief Hartwick. »Ashwa Jha, wir verhaften Sie wegen des dringenden Tatverdachts der Entführung und der Beihilfe zu Mord. Nehmen Sie die Hände hoch, und drehen Sie sich langsam zu uns um.«

Juliane und Hartwick legten auf Ashwa an, doch das Mädchen machte keine Anstalten, Hartwicks Befehlen Folge zu leisten. In ihren Augen loderte etwas, das Falk in den Augen seines Vaters gesehen hatte, nachdem seine Mutter verschwunden war.

Wahnsinn.

Ashwa trat hinter den Fernseher. »Keinen Schritt weiter, oder ich stoße ihn ins Wasser. Dann werden beide sterben.« Sie stemmte sich gegen die Anrichte, auf der das wuchtige Röhrengerät stand. Langsam rollte das Möbelstück bis an den Rand der Grube.

»Nein«, rief Falk und breitete demonstrativ die Arme aus, um Hartwick und Juliane zu bedeuten, zurückzubleiben. »Ganz ruhig, Ashwa. Niemand tut dir etwas.«

Die Musik verstummte, und die Stille, die darauf einsetzte, dröhnte in Falks Ohren. Nur Marcs Würgen war noch zu vernehmen. Der Junge stand kurz davor, im nur wenige Zentimeter tiefen Wasser zu ertrinken. Vielleicht hätte er die Möglichkeit gehabt, sich aus eigener Kraft mit dem Stuhl auf die Seite zu drehen, doch Mias Rollstuhl, der dicht neben Marc lag, machte das unmöglich. Der Junge war zwischen der Wand und Mia eingeklemmt.

»Haben *Sie* Wolf erschossen?«, fragte Ashwa und fixierte ihn mit Augen, in denen weiter Irrsinn flackerte. Nicht einen Millimeter entfernte sie sich vom Fernseher.

»Wolf? Meinst du Wolfram Ladner?«, stellte Falk die Gegenfrage, um Zeit zu gewinnen. »Ihr habt euch angefreundet, als du die Arbeiten des Umzugsunternehmens überwacht hast.«

»Wir waren mehr als Freunde«, sagte Ashwa. »Wir waren Seelenverwandte. Wir haben das Gleiche durchgemacht, waren unser ganzes Leben lang Außenseiter. Egal, was ich Wolf erzählt habe, er hat es verstanden. Und jetzt ist er tot.«

Falk warf Juliane einen winzigen Blick zu, der besagte: *Red du weiter.*

Juliane nickte knapp. »Ich würde gerne genauer wissen, was Wolf und dich verbunden hat«, sagte sie. Vorsichtig legte sie die Waffe auf den Boden, und Hartwick tat es ihr gleich. Er hob die Hände.

Als Ashwa ihre Aufmerksamkeit auf Hartwick und die Psychologin lenkte, machte Falk einen Schritt nach vorn.

Sofort ruckte Ashwas Kopf zu ihm herum. »Bleiben Sie stehen.«

Eine Rolle von einem der Transportbretter, auf denen das Sideboard stand, rutschte über den Rand. Der Fernseher wankte, und Falk rechnete damit, ihn jeden Moment ins Wasser fallen zu sehen, doch schließlich blieb er auf der schwankenden Anrichte stehen.

»Schon gut, schon gut«, keuchte Falk und hielt die Hände ausgestreckt in Brusthöhe.

»Es ist alles in Ordnung«, redete Juliane ebenfalls beruhigend auf Ashwa ein. »Niemand will dir etwas tun. Was war zwischen Wolf und dir? Seid ihr gemeinsam auf diese Party im Wald gegangen?«

Ashwa schüttelte den Kopf. »Nein, ich habe mich mit Marc getroffen.«

Juliane schaltete schnell. »Hast du da bereits gewusst, dass er mit Mia zusammen ist?«

Erneutes Kopfschütteln.

»Aber du hast es an diesem Abend herausgefunden?«

Tränen traten in Ashwas Augen. »Marc hat gesagt, er kennt eine einsame Lichtung, die er mir zeigen will. Und ich Idiotin bin auf den Quatsch hereingefallen. Anstatt auf eine Lichtung hat er mich zu dem Brunnen geführt, der nicht zu sehen gewesen war. Marc hatte die Öffnung unter Ästen und vertrocknetem Laub versteckt.« Ashwa warf Marc einen hasserfüllten Blick zu, was Falk nutzte, um noch einen Schritt näher zu kommen. Dieses Mal bemerkte Ashwa nichts.

»Was ist dann passiert?«, hakte Juliane nach.

»Er hat es so arrangiert, dass ich hineingefallen bin. Kurz darauf sind Duck, Ole, Celina und Antonia-Sophie gekommen und haben mich verspottet.«

»War Mia auch dabei?«, fragte Juliane.

Ashwa schüttelte mit dem Kopf. »Nein, sie ist erst später, als sie Marc gesucht hat, aufgetaucht. Ich war so bescheuert. Erst in diesem Augenblick habe ich kapiert, dass die zwei ein Paar sind.« Jetzt flossen die Tränen. »Marc hat so getan, als würde er mich mögen. Er hat mir geschrieben, mir Bilder geschickt und mich gefragt, ob ich mit ihm auf die Abiparty gehe. Und ich dumme Kuh habe ja gesagt. Dabei wollte er mir nur wehtun. So wie er mir all die Jahre vorher wehgetan hat.«

Unaufhörlich flutete Wasser die Grube. Marc röchelte und keuchte.

»Wie konntest du dem Brunnen entkommen?«, fragte Juliane. »War es Wolf, der dir geholfen hat? Ist er dir in den Wald gefolgt?«

Ashwa nickte, und in Julianes Gesicht war deutlich zu erkennen, dass sie nun begriff, warum Wolfram Ladner sich die ehemaligen Klassenkameradinnen von Ashwa Jha als Opfer ausgesucht hatte.

»Hat Wolf dir vorgeschlagen, diejenigen zu bestrafen, die dir das angetan haben?«, fragte Juliane vorsichtig.

Energisch schüttelte Ashwa den Kopf, was Falk nutzte, um noch einen winzigen Schritt auf Mia und die Werkstattgrube zuzumachen.

»Es war meine Idee«, sagte Ashwa. »Sie sollten dafür bezahlen, dass sie mich wie den letzten Dreck behandelt haben. Die *Paki-Schlampe* mochte in den Brunnen gefallen sein, doch nachdem Wolf mich herausgeholt hat, war ich eine andere. Wolfram hat das verstanden. Wir haben lange geredet.«

»Du hast Wolf deine Geheimnisse anvertraut, und er dir seine«, mutmaßte Juliane. »Wolf hat dir gestanden, dass er sich einen Keller eingerichtet hat, um Frauen *behandeln* zu können?« Juliane zog das Wort angewidert in die Länge, was Ashwa jedoch nicht zu bemerken schien.

Sie nickte erneut. »Eigentlich wollte Wolf erst nach dem Tod der Mutter seine Arbeit aufnehmen und mit den Behandlungen beginnen, doch ich habe ihn davon überzeugen können, sofort anzufangen. Schließlich konnte die Alte das Bett nicht mehr verlassen, und ich konnte nicht länger warten. Wenn meine Familie mich nicht für tot gehalten hätte, dann hätte ich ihr nach Indien folgen müssen.«

»Das begreife ich, aber warum musste deine Cousine sterben? Sie hatte doch mit der ganzen Sache nichts zu tun.«

»Sie hat einfach Pech gehabt«, sagte Ashwa. Ihre Augen blickten kalt. »Wir verstehen uns nicht besonders mit der Familie meines Onkels. Trotzdem stand Parvati vor ein paar Tagen, mitten in den Umzugsvorbereitungen, vor unserer Tür und wollte bei mir übernachten. Sie sei für eine Weile zum Partymachen in der Stadt, ehe sie in Amsterdam ihr Studium begänne. Demonstrativ hat sie mich gemustert und gemeint, ich müsse sie nicht begleiten, sie käme auch allein klar. Was sie eigentlich gedacht hat, war: *Mit dir kann man sich nicht sehen lassen.*«

Juliane nickte verständnisvoll. »Und als du mit Wolf im Transporter der Umzugsfirma gesessen hast, ist bei euch der Plan herangereift, deine Cousine zu beseitigen und so deinen Tod vorzutäuschen?«

»Wolf hat sie behandelt«, sagte Ashwa. Das irre Funkeln kehrte in ihre Augen zurück. »Er war gut darin, Menschen zu behandeln. Er hat Parvati angeboten, ihr die Stadt zu zeigen, und sie ist mit ihm mitgegangen. Also hat er ihr Frankfurt auf eine ganz besondere Weise nahegebracht.«

Falk wagte einen weiteren Schritt nach vorn. Langsam, aber sicher schien Marc die Kraft zu verlassen, sein Kopf sank immer wieder unter Wasser.

»Dann hast du Parvatis Haarbürste in dein Badezimmer gelegt und deinen Schülerausweis mit ihrem Bild versehen«, folgerte Juliane.

Ashwas Gesicht verzerrte sich zu einer Fratze. »Alle sollten denken, ich sei tot. Und Mia sollte für meinen Tod bezahlen; das Miststück hat mir Marc weggenommen. Also hat Wolf Mias Armband, das wir zufällig im Wald gefunden haben, bei der Leiche deponiert. Trotzdem ist nichts passiert; Mia ist von niemandem behelligt worden. Was für eine gottverdammte Ungerechtigkeit! Wäre mein

Armband bei einer Leiche aufgetaucht, hätte die Polizei nicht gezögert, die *Paki-Schlampe* einzulochen.«

Ashwas Mund verzog sich zu einem Schlitz. Sie schien jeden Augenblick die Kontrolle zu verlieren, also fuhr Juliane fort. »Nachdem Wolf sich um deine Cousine gekümmert hat, hat er sich Antonia-Sophie vorgenommen.«

»Eigentlich hätte er mit Mia weitermachen sollen, aber sie war nicht aufzufinden. Nur auf der Veranstaltung der Nazigruppe hätte ich sie fast erwischt, allerdings hat mir der Polizist dazwischengefunkt.« Sie deutete auf Hartwick.

»*Du* hast mich niedergeschlagen?«, fragte er perplex.

Ashwa zuckte mit den Schultern. »Das war einfach, aber danach bin ich nicht mehr an Mia herangekommen, weil es dort nur so gewimmelt hat vor Polizisten.«

»Warst du es auch, die bei Mias Mutter eingebrochen ist?«, fragte Juliane.

»Das waren Wolf und ich gemeinsam«, sagte Ashwa, und Falk meinte, einen gewissen Stolz in ihrer Stimme zu hören. »Ich habe ihm geholfen. Genau wie ich ihm geholfen habe, diese andere Frau, die Wolf für Mia gehalten hat, zurück in den Keller zu schleifen. Um ein Haar wäre sie ihm entwischt.«

»Und warum habt ihr euch nicht Marc geschnappt?«, fragte Falk. »Wieso mussten die Mädchen sterben? Er war es doch, der dich in den Brunnen geworfen hat.«

Ashwas Blick wanderte ins Leere. »Er wäre auch noch an die Reihe gekommen«, sagte sie ausweichend.

»Wolfram Ladner wollte sich zunächst um die Frauen kümmern, habe ich recht?«, hakte Juliane nach. »Er fand Gefallen daran, sie seiner Behandlung zu unterziehen.«

»Aishwarya, Gott sei dank, du lebst«, hallte plötzlich eine Stimme durch die Lagerhalle.

Falk warf einen überraschten Blick über die Schulter. Ranjana Jha schritt auf ihre Tochter zu. Auf ihrem Gesicht lag Erleichterung, dann ein Ausdruck der Verwunderung.

Ashwa schreckte auf.

Das war Falks Chance. Er spurtete los, doch Ashwa merkte die Bewegung.

»Nein«, kreischte sie und ließ sich mit aller Kraft gegen den Fernseher fallen. Gemeinsam mit dem wuchtigen Gerät und der Anrichte stürzte sie über die Kante. Laut platschend fiel der Fernseher ins Wasser, kurz darauf gab es einen Knall, als die Röhre implodierte.

Mia schrie auf, und eine lange Sekunde verging, dann rannte Falk auf den Rand der Werkstattgrube zu. Er rechnete damit, die Muskeln seine Tochter vom elektrischen Strom, der durch ihren Körper floss, krampfartig zucken zu sehen, doch Mia blickte zu ihm hoch. Die Augen leer, aber lebendig.

Ashwa verdeckte den Fernseher mit ihrem Körper. Glassplitter schwammen auf der Wasseroberfläche.

Irritiert schaute Falk zu Hartwick. Er lag mit dem Bauch auf dem Boden; Jeans und T-Shirt dreckig vom Schmutz der Halle. In der Hand hielt er das Ende des Verlängerungskabels. Als der Fernseher vornübergekippt war, hatte er sich offensichtlich mit einem Hechtsprung darauf gestürzt und so die Stromzufuhr gekappt.

Hartwick grinste.

Und Falk grinste zurück, denn Hartwick entwickelte sich zum Retter der Familie.

Guter Einstand, Sohn.

Marc versuchte weiter, den Kopf zu heben, doch es gelang ihm nicht mehr.

Im nächsten Augenblick stand Falk in der Werkstattgrube, riss den Stuhl hoch, an den Marc gefesselt war, und setzte den Jungen aufrecht hin. Marc keuchte, spuckte, hustete. Aber er lebte.

Rasch wandte Falk sich Mia zu. Er wuchtete den Rollstuhl hoch und schloss sie in die Arme.

Kapitel 68

Zoe betrachtete ihr Gesicht in dem Handspiegel, den die Schwester ihr dagelassen hatte. Sacht berührte sie den Verband auf ihrer Nase und zuckte zusammen. Der Bruch tat noch immer höllisch weh.

Ferret saß breitbeinig, die Füße vorgestreckt, auf einem der Besucherstühle und ließ die unangezündete Zigarette von seinem rechten in den linken Mundwinkel wandern, die Gipshand hatte er in den Schoß gelegt. Mit der gesunden Hand deutete er auf seinen eigenen Nasenverband. »Man könnte meinen, wir hätten in einer dieser Schönheitskliniken eingecheckt, wo die reichen Tussis sich die Nasen machen lassen. Vielleicht habe ich eine Michael-Jackson-Nase, wenn ich hier rauskomme.«

Zoe kratzte sich den Kopf und zog anschließend die schwarze Perücke zurecht, die zwar einen höllischen Juckreiz verursachte, ihr aber ein verruchtes Aussehen gab. Im Grunde übten Perücken einen gewissen Reiz auf Zoe aus, konnte man doch im Handumdrehen zu einer vollkommen anderen Person werden, wenn man die schwarze Mähne beispielsweise gegen den blonden Bob tauschte.

»Wenigstens hast du noch deine echten Haare, *Michael*«, scherzte sie und betrachtete Ferrets türkisfarbenen Haarschopf. »Weißt du schon, wann du rauskommst?«

»Morgen«, antwortete Ferret. Seine Schultern sackten herab, und die Zigarette in seinem Mund bewegte sich schneller.

Zoe seufzte, beugte sich zur Seite und kramte in dem Nachttisch neben dem Bett. Als sie ihren Schlüsselbund fand, warf sie ihn Ferret zu.

Mit der gesunden Hand fing er ihn aus der Luft. Eine Augenbraue wanderte fragend in die Höhe.

»Jemand muss sich dringend um meinen Ficus kümmern«, sagte Zoe. »Nachdem ich den Brutkasten dieses Irren überlebt habe, weiß ich inzwischen ziemlich genau, wie meine Topfpflanze sich fühlt.«

Ferrets Mund verzog sich zu einem schiefen Grinsen. »Danke, Süße. Du hast was gut bei mir. Ich belagere dich auch nur so lange, bis ich was Eigenes gefunden habe.«

Zoe winkte ab. Etwas Schweres legte sich auf ihre Brust, und ihre Augen wurden feucht.

Herrgott, seit wann hatte sie so nah am Wasser gebaut?

»Bleib, so lang du willst«, sagte sie. »Mi Sofa es su Sofa, oder so ähnlich.«

Noch immer fühlte sie sich wie durch den Fleischwolf gedreht. Es hatte nicht viel gefehlt, und sie wäre an der Schnittwunde knapp unterhalb ihres Nabels verblutet. Hätte Falk nicht seinen improvisierten Druckverband auf ihren Bauch gepresst, könnte sie die Radieschen jetzt von unten betrachten, wie ihre Großmutter zu sagen gepflegt hatte.

In den vergangenen Tagen hatte Zoe viel an Falk gedacht. Sie hatte erwartet, ihn zu sehen, doch er hatte sich nicht blicken lassen. Inständig hatte sie gehofft, er würde ihr die Sache mit dem Brief verzeihen, doch inzwischen glaubte sie nicht mehr daran.

Als es klopfte, wünschte sich Zoe trotzdem, dass es Falk war.

»Ist offen«, rief Ferret. »Wer immer da ist, ich hoffe, er hat Pralinen dabei. Am besten Weinbrandpralinen.«

»Idiot«, sagte Zoe leise, bevor langsam die Tür aufging.

Es war nicht Falk, natürlich nicht, wie hatte sie das nur glauben können? Es war ein Geist.

»Kann ich reinkommen?«, fragte Jessy vorsichtig. Seit Zoe sie das letzte Mal bei Jasari gesehen hatte, schien sie noch mehr an Gewicht verloren zu haben. Wieder trug sie dieses elegante Kleid, das jedoch nicht ihre Kurven, sondern ihre hervorstehenden Knochen betonte. Jessy wirkte beinahe durchsichtig.

»Klar, komm rein«, antwortete Zoe mit kratziger Stimme.

»Hey ho, wer bist du denn? Haste mal 'nen Euro, auch in der Klinik sind die Kippen teuro«, flötete Ferret, doch ein Blick von Zoe brachte ihn zum Verstummen. Rasch ließ er den Schlüssel in der Tasche seiner Sporthose verschwinden und sprang auf. »Ich geh dann mal eine rauchen. Man sieht sich.«

Mit einem breiten Lächeln schob Ferret sich an Jessy vorbei, doch sie erwiderte sein Grinsen nicht. Die Handtasche, die Jessy geschultert trug, wirkte an ihr groß wie eine Reisetasche. Wie eine alte Frau hielt sie die Hände fest ineinander verknotet vor den Bauch, ihre stumpfen Augen huschten unentwegt durchs Zimmer.

»Jetzt komm schon endlich rein«, sagte Zoe. »Setz dich.«

Zum ersten Mal, seit Jessy die Tür geöffnet hatte, schaute sie Zoe richtig an. Jessy ging zu dem Stuhl, auf dem Ferret gesessen hatte, doch sie blieb stehen.

»Admir ist weg«, sagte sie so leise, dass Zoe sie kaum verstand. »Er sitzt im Knast.«

Wo er hoffentlich verreckt, dachte Zoe, sprach es aber nicht aus. »Okay«, sagte sie stattdessen, und es klang wie eine Frage.

»Der Bulle war noch einmal im *Red Palace*«, fuhr Jessy fort. »Er hat mir gesagt, was passiert ist.«

»Falk Bachmann?«

Jessy nickte.

Zoe spürte unter dem Mullverband, der ihren Bauch bedeckte, ein gutes, warmes Gefühl.

»Dieser Irre hat dich ganz schön zugerichtet«, wechselte Jessy das Thema. »Das tut mir leid. Ich bin auch schon an ein paar ziemlich abgefuckte Typen geraten, aber noch nie an einen, der so durchgeknallt war.«

Nun nahm Jessy doch Platz, aber sie setzte sich nur auf die äußerste Kante des Stuhls. Ihre Tasche drapierte sie auf ihrem Schoß, mit den Händen malträtierte sie das Leder. Eine Weile sagte keine der beiden Frauen etwas, bis Zoe die Stille nicht mehr aushielt.

»Warum bist du hergekommen, Jessy? Was willst du?«

»Ich will mich verabschieden.« Ihr unsteter Blick huschte wieder durch das Zimmer. »Die Russen haben das *Red Palace* übernommen, aber ich bleibe nicht mehr dort. Andrej und ich gehen nach Berlin.«

Zoe ließ sich schwer in die Kissen ihres aufgestellten Kopfteils fallen.

Wer zum Teufel war Andrej?

Sie hatte nicht den blassesten Schimmer, und wenn sie ehrlich zu sich selbst war, interessierte es sie auch nicht. In Jessys Leben gab es immer einen Andrej oder einen Jasari oder sonst einen Kerl, der sie wie den letzten Dreck behandelte.

Offenbar las Jessy ihr die Gedanken vom Gesicht ab. Ihre Miene verhärtete sich. »Nein, Zoe, dieses Mal ist es anders.«

»Natürlich ist es das«, sagte Zoe, doch es klang mehr wie ein Stöhnen. Ihr fehlte die Kraft, sich mit Jessy zu streiten. »Lässt du mir deine Nummer da? Damit ich dich anrufen kann?«

Jessy schüttelte den Kopf. »Mein altes Handy ist kaputt, aber Andrej besorgt mir ein neues. Ich schicke dir eine Nachricht, wenn ich es habe.«

Klar, dachte Zoe, doch dieses Mal sparte sie sich den sarkastischen Einwurf.

War es das jetzt? Verendete der klägliche Rest an Verbundenheit zu ihrer kleinen Schwester in einem Krankenzimmer, das seine besten Tage hinter sich hatte?

Jessy sprang vom Stuhl. »Pass auf dich auf«, sagte sie.

»Du auch«, antwortete Zoe matt.

Jessy tat einen Schritt auf Zoes Bett zu, und einen Moment machte sie den Eindruck, Zoe in den Arm nehmen zu wollen. Doch schließlich wandte sie sich ab und ging zur Tür. Sie ergriff die Klinke, verharrte dann aber in der Bewegung.

»Ach, warte«, sagte sie mehr zu sich als zu Zoe. »Wo habe ich nur meinen Kopf? Ich habe noch was für dich.« Sie öffnete den Verschluss ihrer riesigen Designertasche und zog etwas daraus hervor. Unsicher kam sie zurück an

Zoes Bett und legte einen aufgerissenen und ziemlich zerknickten Brief auf die Decke.

Falk & Lars Bachmann, stand in einer wohlgeformten, altmodischen Handschrift auf dem Umschlag.

»Den habe ich aus Jasaris Safe geklaut«, sagte Jessy. »Vielleicht siehst du den Kommissar noch mal, dann kannst du ihm das Schreiben geben. Er war nett zu mir. Sag ihm, dass ich es nicht gelesen habe.«

Zoe streckte die Finger nach dem rauen Papier aus, und nun beugte Jessy sich doch noch vor und schlang ihre dünnen Arme um sie.

Die Wunde an Zoes Bauch spannte gefährlich, und durch ihre gebrochene Nase zuckte Schmerz, als Jessy ihre Wange gegen ihre drückte, doch das war ihr egal. Fest schloss Zoe ihre kleine Schwester in die Arme, Tränen rannen ihr über das Gesicht.

Wie gerne hätte sie Jessy für immer gehalten, sie gezwungen, einen Entzug zu machen, doch sie wusste, dass sie sie gehen lassen musste.

Niemand konnte einem Menschen helfen, der sich nicht helfen lassen wollte.

Wenn du so weit bist, bin ich für dich da, sagte sie stumm und hoffte, Jessy würde es hören, bevor es zu spät war.

Kapitel 69

»Dieses verdammte Ding.« Jan mühte sich mit der Krawatte ab, einem alten Stück, das noch aus den Zeiten stammte, als seine Eltern darauf gedrängt hatten, ihn regelmäßig in den Gottesdiensten zu sehen, die sein Ziehvater geleitet hatte. Obwohl er damals oft Krawatten hatte tragen müssen, hatte er sie niemals richtig binden können. Meist hatte das seine Mutter übernommen.

»Gib mal her«, sagte Timo. Er sprang aus dem Bett, stellte sich vor Jan und nahm ihm die Krawatte ab. Dann legte er sie sich um den Hals, was ziemlich heiß aussah, wie Jan feststellen musste. Beinahe wie bei den Chippendales, auch wenn in der Stripper-Truppe eher eine Fliege zum muskelbepackten Oberkörper getragen wurde.

Mit geübten Bewegungen band Timo den Knoten. Jan versteifte sich unwillkürlich, als Timo näher auf ihn zutrat und ihm den locker gebundenen Schlips über den Kopf zog. Für Jan fühlte es sich immer noch nicht richtig an, einen Mann so nah an sich heranzulassen. Sex war okay, aber diese beiläufige Intimität bereitete ihm Schwierigkeiten.

Timo blieben Jans widerstreitende Gefühle nicht verborgen. Er lächelte, wich aber nicht zurück. Vorsichtig zog er den Knoten enger, bis die Krawatte saß, dann brachte er Platz zwischen Jan und sich und setzte sich auf die Bettkante.

Jan atmete auf. Gleichzeitig spürte er ein schlechtes Gewissen. »Sorry, ich wollte nicht …«, begann er, aber Timo winkte ab.

»Ich weiß doch, auf was ich mich einlasse«, sagte er. »Du brauchst Zeit, und das ist okay für mich. Ich nehme das, was du mir geben kannst.«

»Ich bin so ein Feigling.« Jan fuhr sich mit den Händen durch das Haar, was seine für die Beerdigung sorgfältig gestylte Frisur durcheinanderbrachte.

Timo lachte. »Du bist kein Feigling. Das Coming-out ist nicht einfach. Ich habe mich damals auch für meine Gefühle gehasst. Wie oft habe ich mir gewünscht, *normal* zu sein.« Mit den Fingern zeichnete er Anführungszeichen in die Luft. »Aber es wird besser, je weniger man sich versteckt, und je mehr Routine man bekommt. Und du bist gerade dabei, eine Menge Erfahrungen zu sammeln.«

Ein schiefes Lächeln legte sich auf Jans Gesicht. In den letzten Tagen hatte er tatsächlich ziemlich viele neue Erfahrungen gemacht. Er hatte Dinge getan, die auf den ersten Blick banal schienen, ihm aber eine Menge abverlangt hatten. Alltäglichkeiten wie mit Timo essen zu gehen, zusammen einzukaufen, verliebt über die Zeil zu schlendern. Außerdem hatten sie abwechselnd bei ihm und in Timos Wohnung übernachtet.

»Sorry, dass ich nicht mit auf die Beerdigung kann, aber die Redaktionssitzung ist wichtig«, entschuldigte Timo sich.

»Schon in Ordnung. Juliane nimmt mich mit. Von dem abgesehen, kannte ich Falks Vater nicht. Für mich wird es also nicht so schwer werden.« Jan schaute in den kleinen Spiegel neben dem Schrank und strich sich die Haare wieder glatt. »Wie macht Ole sich überhaupt?«

Jan hatte Ole Zeibig mit Timo bekanntgemacht, worauf dieser sich Oles Recherchen über die *NHO* angesehen hatte. Zwar war aus der Drogengeschichte nichts geworden – der Hilfstransport hatte seine Reise nach Syrien nie angetreten, weil die Polizei die Sachen im Zuge der Ermittlungen beschlagnahmt hatte –, doch der *Frankfurter Morgen* hatte einen ausführlichen Bericht über die *NHO* als verlängerten Arm der *Neuen Bewegung* gebracht. Ole hatte beim Verfassen des Artikels assistiert, und Timo hatte dem Jungen Talent bescheinigt.

»Aus Ole wird einmal ein hervorragender Journalist«, sagte Timo. »Wenn er sich weiter so gut macht, wird

Kummer ihm ein Volontariat anbieten. Ich nehme Ole heute mit auf deine Pressekonferenz.«

»Es ist nicht *meine* Pressekonferenz«, sagte Jan. »Ich bin ja nicht einmal in Wiesbaden, wenn Koruhn euch Presseheinis über den aktuellen Ermittlungsstand im Zahnbrecherfall informiert.«

Timo grinste. »Jetzt nennst du den Mörder auch schon den Zahnbrecher. *Der Zahnbrecher und seine teuflische Freundin.*« Timo deutete eine Zeitungsschlagzeile an.

»Hör bloß auf«, sagte Jan. »Ashwa Jha ist nicht teuflisch, sie ist nur ein Mädchen, auf deren Gefühlen man jahrelang herumgetrampelt hat und die das Pech hatte, zur falschen Zeit einem Psychopathen zu begegnen. Die Dinge sind einfach aus dem Ruder gelaufen. Sie hat sich in Frankfurt nie richtig zugehörig gefühlt, trotzdem wollte sie auch nicht zurück nach Indien. Ich weiß, wie es ist, wenn man sich ausgegrenzt fühlt. Der schwule Sohn eines Pastors zu sein, ist alles andere als leicht.« Jan zeigte mit dem Finger auf Timo. »Wenn du irgendetwas davon schreibst, verklage ich dich.«

Timo verschloss seinen Mund mit einem imaginären Reißverschluss. »Ich will mit dir zusammen sein, nicht dich aushorchen. Wo habt ihr Ashwa eigentlich hingebracht?«

»Sie ist in der geschlossenen Abteilung einer Nervenheilanstalt untergebracht. Ihre Mutter ist bei ihr, doch Ende der Woche wird Frau Jha zurück nach Indien fliegen. Ich hoffe, sie können Ashwa in der Klinik helfen. Das Mädchen hat es nicht leicht gehabt.«

»Trotzdem hat sie ihre Cousine getötet«, gab Timo zu bedenken.

»Ermordet hat Ladner sie, Ashwa trifft eine Mitschuld. Doch inwieweit sie schuldfähig ist, wird sich erst noch zeigen müssen. Außerdem ist sie noch so jung, dass sie mit Sicherheit nach Jugendstrafrecht verurteilt wird.«

»Und dein Vater?«

Unwillkürlich dachte Jan an Michael, doch dann begriff er, dass Timo nicht von seinem Ziehvater, sondern von Bachmann sprach.

»Er ist vorerst weiter suspendiert«, sagte Jan. »Vielleicht ist es aber auch gar nicht schlecht, wenn Falk sich eine Weile auf sich selbst und Mia konzentriert. Mia ist völlig fertig, nachdem sie zusätzlich zu dem, was sie sowieso schon durchgemacht hat, erfahren musste, dass ihre erste große Liebe sie nur verarscht hat. Admir Jasari hat Marc auf Mia angesetzt, um Falk damit zu schaden.«

»An der Verbindung zwischen der *Neuen Rechten* und den Kosovo-Albanern bin ich dran«, sagte Timo. »Die Story hat das Potential, es auf die Titelseite zu schaffen. Könnt ihr Marc Noske etwas nachweisen?«

Jan zuckte mit den Schultern. »Bis auf die Weitergabe von verschreibungspflichtigen Medikamenten hat er sich nichts zu Schulden kommen lassen. Zumindest nichts, was gegen ein Gesetz verstößt. Er hat Mia im Auftrag von Admir Jasari überwacht und ihr Oxytocin gegeben. Doch Marc hat Mia nicht gezwungen, es zu nehmen, er hat es ihr nur überlassen. Wahrscheinlich kommt er mit ein paar Sozialstunden davon. Außerdem hat er anfangs nicht gewusst, dass Kilian Sidorow für Mias erste Entführung verantwortlich war. Marc hat sich wirklich Sorgen um Mia gemacht, als sie plötzlich verschwunden war, sonst hätte er nicht ihre Mutter informiert. Vielleicht hat er doch etwas für Mia empfunden.«

»Wenn die genauen Umstände geklärt sind, könnte ich über den Fall ein Buch schreiben«, überlegte Timo. »True Crime ist zurzeit total angesagt.«

Jan schaute auf die Uhr. Juliane Klawitter würde jeden Moment eintreffen, und er hatte mit ihr vereinbart, unten auf sie zu warten, damit sie keinen Parkplatz suchen brauchte. »Ich muss los«, sagte er.

Timo sprang aus dem Bett und baute sich vor ihm auf. Automatisch trat Jan einen Schritt zurück, wobei er gegen die Schlafzimmertür stieß.

Langsam legte Timo seine Lippen auf Jans.

Jan versteifte sich, doch als Timo ihm sanft mit dem Finger über die Wange strich, entspannte er sich.

»War doch gar nicht schlimm, oder?«, fragte Timo.

Jan grinste. »Aber nur, weil du dir schon die Zähne geputzt hast, Langschläfer.«

Kapitel 70

Falk strebte mit dem Zug schwarz gekleideter Menschen, die seinen Vater auf dessen letzter Reise begleitet hatten, Richtung Ausgang. Jan und Juliane waren die einzigen ehemaligen Kollegen, denen Falk von der Beerdigung erzählt hatte. Der Rest der Leute setzte sich aus alten Bekannten und Familienangehörigen zusammen.

Links neben Falk lief sein Bruder Lars. Becky und Mia gingen zu seiner Rechten. Niemand sprach ein Wort, das Knirschen des Kieses unter ihren Füßen und das Singen der Vögel waren die einzigen Geräusche, die sie begleiteten.

Die Familie an seiner Seite zu wissen, gab Falk ein tröstliches Gefühl, auch wenn er wusste, dass dieses Gefühl trog. Die Erlebnisse der letzten Zeit hatten einen Keil zwischen Mia, Becky und ihn getrieben. Und Lars war bereits seit Jahren kaum mehr als eine Randerscheinung in Falks Leben. Zu Weihnachten schrieben sie sich Karten, am Geburtstag telefonierten sie, das war alles.

Falk schaute zum Himmel. Die Wolken, die sich seit dem Vormittag zusammengezogen hatten, waren dichter geworden. Nicht mehr lange, und das herbeigewünschte Gewitter würde über die Stadt hereinbrechen und die Schwüle vertreiben.

Lars hatte angekündigt, nicht mehr mit in das Café zu gehen, in dem Falk einen Tisch und zwei Bleche mit Streuselkuchen reserviert hatte. Sein Bruder würde sich gleich wieder hinter das Steuer seines Hunderttausend-Euro-Mercedes klemmen und zurück nach München rasen. Ganz offensichtlich konnte Lars es nicht erwarten, dieses Kapitel seines Lebens hinter sich zu lassen. Falk meinte sogar zu spüren, dass sein Bruder die

Brücken nach Frankfurt mit dem heutigen Tag vollständig abbrach.

Und auch Becky und Mia würden nicht mehr lange in der Stadt sein. Becky hatte bei *Main Live* gekündigt und eine Stelle bei einem Privatradiosender in Braunschweig angenommen. Ende des Monats würde sie zusammen mit Mia nach Niedersachsen ziehen, weg aus Frankfurt, weg von den schrecklichen Ereignissen, weg von Falk.

Schweigend strebten sie im Schatten der großen Eichen auf den Friedhofsausgang zu. Jetzt, wo der offizielle Teil vorüber und der Alte unter der Erde lag, hatten die Männer ihre Sakkos ausgezogen, die Hemdsärmel hochgerollt und die Krawatten gelockert. Der Seelsorger, irgendein Grabredner, den das Beerdigungsinstitut organisiert hatte und der zehn Minuten belangloses Zeug heruntergebetet hatte, das als Nachruf auf jeden der Anwesenden gepasst hätte, lief mit großen Schritten vorweg.

Nach einigen Metern kam ihnen eine Frau im Rollstuhl entgegen, die von einem jungen Kerl mit türkisfarbenen Haaren geschoben wurde. Falk brauchte einen Moment, bis er in dem Punk Ferret und in der Frau mit Blondhaarperücke und Nasenverband Zoe erkannte. »Geht schon mal vor ins Café, ich komme gleich nach«, sagte er zu Becky.

Seine Exfrau bedachte Zoe mit einem fragenden Blick, doch dann nickte sie und ging mit den anderen weiter zum Ausgang.

»Tut mir leid, dass ich zu spät bin«, sagte Zoe anstelle einer Begrüßung. »Aber Ferret hat eine Ewigkeit gebraucht, um das Ding in den Kofferraum zu wuchten.« Sie tätschelte den Rollstuhl.

»Äh, hallo?«, schaltete Ferret sich ein. »Der Kofferraum deines Punto hat ungefähr die Größe einer Zigarettenschachtel. Es grenzt an ein Wunder, dass ich das Teil überhaupt reinbekommen habe, Miss Neunmalklug.«

Falk blickte Zoe eindringlich an. Trotz des Verbandes, der falschen Haare und der Ringe unter ihren Augen sah sie großartig aus.

»Du hast nichts verpasst. Die Rede war zum Kotzen«, sagte Falk. »*Fröhlich kannst du wandern gen Himmel*, bla bla bla, *die Liebe in unseren Herzen bleibt für immer*, bla bla bla, *dein aufopferndes, entbehrungsreiches Leben*, ich lach mich tot.«

Ferret zog eine Zigarette aus der Packung und zündete sie an. »Wollt ihr auch?«

Zoe und Falk schüttelten den Kopf.

»Auch gut. Dann vertrete ich mir die Beine. Ruf mich, wenn der Bulle dir an die Wäsche will.«

»Zieh Leine, Ferret«, sagte Zoe, wobei ihre Augen amüsiert funkelten.

Es versetzte Falk einen Stich, sie so vertraut mit dem jungen Punk zu sehen.

»Woher wusstest du von der Beerdigung?«, fragte Falk.

Zoe machte eine unbestimmte Geste. »Ich habe Silvia, meine ehemalige Kollegin in der Seniorenresidenz, angerufen und mich nach dem Termin erkundigt. Komm, lass uns ein paar Schritte gehen«, forderte Zoe ihn auf.

Falk trat hinter den Rollstuhl und schob Zoe den Weg entlang, den er gerade erst gekommen war. Bis vor wenigen Augenblicken hatte er nicht schnell genug den Friedhof verlassen können, doch nun wollte er nicht zu den anderen aufschließen, sondern mit Zoe allein sein.

»Ich wäre längst in der Klinik vorbeigekommen, aber ich wusste nicht …«, begann Falk und stockte.

»Schon okay«, meinte Zoe.

»Wie geht es dir?«

»Die Wunde am Bauch verheilt gut, aber ich muss mich noch schonen, sonst bricht sie wieder auf. Deshalb bin ich mit dem Ungetüm da.« Zoe lachte. »Die Haare wachsen, und die Nase haben die Ärzte auch gut hinbekommen. Ein TV-Sender hat mir eine Stange Geld geboten, wenn ich ihnen ein Exklusivinterview gebe und berichte, was ich in dem Höllenkeller erlebt habe.«

»Und? Nimmst du das Geld?«

Sie hob die Schultern. »Ich weiß noch nicht. Eigentlich lege ich keinen Wert darauf, als Opfer durchs Fernsehen zu tingeln, andererseits habe ich keinen Job mehr, und Frankfurt ist teuer.«

»Warum fängst du nicht wieder in der Seniorenresidenz an?«

Zoe blickte über die Schulter und warf Falk einen spöttischen Blick zu. »Du meinst, jetzt, wo dein Vater nicht mehr dort ist.«

»War nur so ein Gedanke«, brummte Falk. »Tut mir übrigens leid, dass ich dich gedrängt habe, alles hinzuwerfen. Ich war nicht ganz bei mir. Aber falls es dich tröstet, wahrscheinlich muss ich mich auch bald um einen neuen Job kümmern.«

»Na, dann haben wir ja was gemeinsam«, kicherte sie, wurde aber gleich darauf wieder ernst. »Danke, dass du bei Jessy warst.«

»Ich habe versucht, sie aus dem *Red Palace* zu holen, doch sie wollte nicht. Inzwischen wurde das Laufhaus von den Russen übernommen, wenn Peters von der Sitte richtig informiert ist.«

»Ist er«, bestätigte Zoe. »Jessy hat es mir gesagt. Sie bleibt nicht in Frankfurt, sondern geht mit irgendeinem neuen Kerl nach Berlin. Andere Stadt, gleicher Dreck.«

»Gehst du auch weg?«

Zoe schüttelte den Kopf. »Ich denke, ich gebe Frankfurt noch eine Chance.«

»Das ist gut«, sagte Falk. Ihm fiel auf, dass er zum ersten Mal, seit die Scheiße angefangen hatte, kein Verlangen nach einem Drink hatte. Er fühlte sich gut. Irgendwie befreit. Außerdem genoss er es, in Zoes Nähe zu sein. »Vielleicht sollten wir noch einmal etwas essen gehen? Was hältst du davon? Ich meine, wenn es dir wieder besser geht.«

»Das ist eine verdammt gute Idee. Aber dieses Mal suche ich das Restaurant aus.«

Er hörte das Lächeln in ihrer Stimme, was seine Mundwinkel dazu veranlasste, sich ebenfalls zu heben.

Zoe griff nach etwas, das neben ihr auf dem Sitz lag, und hielt es hoch.

Falk erkannte einen Briefumschlag.

»Das soll ich dir von Jessy geben. Sie hat es bei Jasari gefunden.« Das letzte Wort zog sie übertrieben in die Länge.

Vorsichtig, als nähme er eine Briefbombe entgegen, griff er nach dem Umschlag.

Falk & Lars Bachmann, hatte ihr Vater mit seiner Sonntagsschrift draufgeschrieben. Falks Herz schlug schneller.

»Danke«, sagte er, und seine Stimme klang belegt. Falk wusste nicht, was er fühlen sollte. Nachdem er Jasari gesagt hatte, er solle im Knast verrotten, hatte er sich damit abgefunden, dass sein Vater die Wahrheit über seine Mutter mit ins Grab genommen hatte. Nun aber hatte der Brief doch noch seinen Weg zu ihm gefunden.

»Er war schon offen, aber wir haben ihn nicht angerührt«, fügte Zoe hinzu. »Wenn du ihn jetzt lesen willst, kann ich auch ohne dich weitergehen. Oder besser gesagt, rollen.«

Inzwischen war das Grab seines Vaters in Sichtweite gekommen. Kleine mit Kunstrasen abgedeckte Erdhügel türmten sich links und rechts neben dem Loch auf, in das die Träger den Sarg gelassen hatten.

Jemand stand am Fuß des Grabes, den Kopf gesenkt, eine Blume in der Hand.

Irritiert musterte Falk die ältere Frau in dem eleganten schwarzen Hosenanzug und dem großen Sonnenhut. Er war sich ziemlich sicher, dass sie nicht an der schmucklosen Zeremonie teilgenommen hatte, denn sie strahlte etwas Erhabenes aus, das ihm mit Sicherheit aufgefallen wäre.

Als hätte die Frau seinen Blick gespürt, schaute sie auf und drehte sich in seine Richtung.

Falk hielt den Atem an.

Obwohl sie älter geworden war – sechsundzwanzig Jahre waren eine Zeitspanne, die Menschen veränderte –, erkannte Falk sie sofort wieder.

Vor dem offenen Grab stand seine Mutter.

Kapitel 71

Der Brief

Meine Söhne.

Wenn ihr diese Zeilen lest, bin ich hinüber, und die Würmer fressen den kläglichen Rest, den der Krebs von mir übrig gelassen hat.

Mir ist klar, dass wir nicht das beste Verhältnis hatten, aber das lässt sich nicht mehr ändern. Ich weiß, als Vater war ich nicht perfekt, wahrscheinlich war ich nicht einmal Mittelmaß, aber ich habe versucht, es so gut zu machen, wie ich konnte. Besonders, nachdem eure Mutter es vorgezogen hat, zu verschwinden.

Oh, Falk, ich sehe deinen skeptischen Gesichtsausdruck lebhaft vor mir, während du den Brief liest.

»Sie ist nicht verschwunden«, steht darin geschrieben.

Du glaubst, die Antwort zu kennen, richtig?

Du gibst mir die Schuld. Du meinst, ich hätte sie erschlagen oder etwas in der Art. Vielleicht denkst du auch, ich hätte sie mit einem Küchenmesser abgestochen, etwa mit dem großen Tranchiermesser.

Du hast deinen Verdacht mir gegenüber nie laut ausgesprochen, aber an der Art, wie du mich angesehen hast, habe ich es gemerkt.

Scheiß drauf, ich bin nicht nachtragend, außerdem bin ich sowieso tot.

Ihr wollt die Wahrheit wissen? Ihr wollt wissen, was mit eurer ach so heiligen Mutter passiert ist, deren Schicksal es gewesen war, mit mir – dem Monster – verheiratet zu sein?

Trommelwirbel, Tusch: Hier kommt sie, und ich bin mir sicher, sie wird euch nicht gefallen.

Eure Mutter hat uns verlassen, weil sie einen Neuen, einen Besseren gefunden hat.

So einfach ist das.

In dem Hotel, in dem sie gearbeitet hat, ist sie einem Mann begegnet, der ihr das Leben bieten konnte, von dem sie immer geträumt hat. Ein Leben, in dem Geld keine Rolle spielt. Ein Leben, bei dem einem die Sonne aus dem Arsch scheint. Ein Leben wie das einer Prinzessin.

Das alles hat sie bekommen.

Es gab nur ein Problem. Dieser Mann wollte keine Kinder, erst recht keine, die nicht seine eigenen waren. Also hat eure Mutter ihre Sachen gepackt und ist ohne euch gegangen.

Wenn ich mir vorstelle, wie ihr den Brief lest, dann sehe ich als Erstes Falks argwöhnischen Blick vor meinem geistigen Auge.

»Das ist nicht wahr. Selbst vom Grab aus lügt der Alte uns an, dabei hat er seine eigene Frau umgebracht, ihre Leiche verschwinden lassen und danach die Spuren in der Küche mit Bleiche entfernt.«

Das ist es doch, was du am liebsten sagen würdest.

Glaub, was du willst, und piss von mir aus auf mein Grab, das ist mir scheißegal. An dem Abend, als deine Mutter weg ist, hat sie mit allen möglichen Sachen nach mir geworfen. Die Küche hat ausgesehen wie ein Schlachtfeld, und ich musste sie sauber machen, es war ja sonst keiner mehr da, der das hätte übernehmen können.

Wie auch immer, glaubt mir oder lasst es.

Wir sehen uns in der Hölle.

Kapitel 72

Acht Wochen später

Die Sohlen von Falks Schuhen quietschten mit jedem Schritt, den er auf dem Linoleumboden machte, und das Geräusch hallte in dem verwaisten Gang des Seniorenheims wider. Die Alten, die es noch schafften, aus eigener Kraft das Bett zu verlassen, saßen im Aufenthaltsraum beim Mittagessen. Die übrigen lagen in ihren Betten und warteten darauf, von einer Pflegerin oder einem Pfleger versorgt zu werden.

Aus einem der Zimmer drangen monotone Schreie.

»Ahhh! … Ahhh! … Ahhh! …«

Falk kannte die Schreie, er hatte sie oft gehört, wenn er seinen Vater besucht hatte. Die meisten Bewohner des Altenheims litten stumm, doch einige brüllten ihr Leid heraus.

Er beschleunigte seine Schritte. Der Geruch nach Desinfektionsmittel und Kohlrouladen ließ Übelkeit in ihm aufsteigen. Zielstrebig steuerte er auf das Dienstzimmer zu, wobei er es vermied, durch die Nase zu atmen.

Als er Zoe entdeckte, die hinter der Anmeldung über eine Akte gebeugt saß und etwas notierte, hellte sich seine Stimmung auf.

»Hey«, sagte sie, nachdem sie ihn bemerkt und aufgeblickt hatte. Heute trug sie die Kurzhaarperücke, die sie jünger wirken ließ.

»Hey«, echote er.

Sie klappte die Akte zu und strahlte ihn an. Dann nahm sie seine Hand, zog ihn um die Theke herum und hinter sich her in das kleine Dienstzimmer. Mit dem Fuß schloss sie die Tür, und im nächsten Moment schlang sie die Arme um ihn. Ihre Lippen legten sich auf seine.

»Wie ist es gelaufen?«, fragte sie, nachdem sie ihn wieder losgelassen hatte.

Falk atmete schwer.

Noch immer war ihm nicht klar, was eine Frau wie Zoe von ihm wollte, doch in den letzten Wochen hatte er sich bemüht, diese Frage, die im Grunde von nichts anderem als Selbstzweifeln herrührte, in den Hintergrund zu drängen. Er ließ sich einfach ein auf das, was zwischen ihnen lief, und versuchte, es nicht weiter zu hinterfragen.

»Ganz gut, glaube ich. Es ist noch nichts entschieden, aber vielleicht kann ich meinen Job doch behalten«, antwortete er.

Am Vormittag hatte er die dritte Anhörung vor dem Disziplinarausschuss hinter sich gebracht, und seiner Meinung nach hätte es kaum besser laufen können, was nicht zuletzt an Koruhn gelegen hatte. Nach den Erfolgen im Zahnbrecherfall hatte sein Chef sich wieder beruhigt und Falk den Rücken gestärkt.

Zoe strahlte. »Das ist ja großartig. Das müssen wir feiern.« Sie reckte die Hände in die Höhe, um Falk erneut zu umarmen, als sie mitten in der Bewegung innehielt und das Gesicht verzog.

»Alles okay?«, fragte Falk und trat besorgt auf sie zu.

Zoe griff sich an den Bauch. »Geht schon«, sagte sie. Die Wunde, die Ladner ihr zugefügt hatte, war gut verheilt. Trotzdem musste Zoe noch immer aufpassen, weswegen es Falk gar nicht gefiel, dass sie bereits so früh wieder zu arbeiten angefangen hatte. Aber wenigstens übernahm sie keine Nachtschicht mehr, und überdies hatte sie ihm versprochen, nichts Schweres zu heben, sondern sich auf die leichten Aufgaben zu beschränken. Außerdem war Falk froh, dass sie ihren alten Job im Seniorenheim, in dem sein Vater gestorben war, zurückbekommen hatte. Damit hatte sich sein schlechtes Gewissen ihr gegenüber zumindest ein bisschen beruhigt.

»Kommst du mit raus?«, fragte Zoe und klopfte auf das Päckchen Zigaretten in ihrer Kitteltasche.

Falk nickte und folgte ihr auf den kleinen Balkon. Die Hitze, die Frankfurt noch vor wenigen Wochen fest im Griff gehabt hatte, war verschwunden und hatte den ersten Vorboten des Herbsts Platz gemacht. Ein unangenehmer Wind pfiff um die Häuser und durch die Bäume des angrenzenden Parks.

Falk ließ seinen Blick bis zu den tristen Bauten des Unfallklinikums schweifen. Es war noch gar nicht lange her, als er zum ersten Mal mit Zoe auf diesem Balkon gestanden hatte, doch wenn er daran dachte, was in der Zwischenzeit alles passiert war, kam es ihm wie eine Ewigkeit vor.

Seine Tochter lebte jetzt zusammen mit seiner Exfrau in Braunschweig, dafür hatte er einen neuen Sohn bekommen. Hartwick und er trafen sich regelmäßig, meist bei dem Spanier in der Nähe von Hartwicks Wohnung. Sein Vater war gestorben, seine Mutter von den Toten auferstanden.

»Was ist eigentlich mit deiner Mutter?«, fragte Zoe, als könnte sie seine Gedanken lesen. »Hast du inzwischen versucht, sie zu finden und mit ihr zu sprechen?« Sie zündete sich eine Zigarette an, ohne Falk eine anzubieten. Seit ein paar Wochen hatte er weder geraucht noch getrunken, und Zoe wollte, dass es so blieb.

Falk schüttelte den Kopf. »Wenn sie Kontakt will, wird sie wissen, wo sie mich findet. Schließlich hat sie auch den Weg auf den Friedhof gefunden.« Er hatte es beiläufig sagen wollen, trotzdem klang es bitter.

»Was glaubst du, warum ist sie damals weg?«

Bislang hatte Falk nur Zoe den Brief seines Vaters zu lesen gegeben, und ebenfalls nur ihr hatte er gesagt, dass seine Mutter am Grab aufgetaucht war. Falk hatte sich vorgenommen, seinem Bruder Bescheid zu geben. Irgendwann würde er ihn anrufen.

Eventuell.

»Keine Ahnung«, sagte Falk. »Möglich, dass es stimmt, was mein Vater geschrieben hat. Vielleicht hat sie einfach einen anderen Kerl getroffen, der keine Kinder wollte. Doch die Wahrheit hat immer zwei Seiten. Vielleicht erfahre ich eines Tages die Sicht meiner Mutter, vielleicht auch nicht.«

Zum ersten Mal seit Wochen dachte Falk an einen Drink. Dieses Thema wühlte mehr in ihm auf, als er sich eingestehen wollte.

Plötzlich lag Zoes Hand auf seiner und drückte sie. Sanft schlossen sich ihre Finger um seine.

Der Drang nach einem Schnaps ließ nach.

Unter ihm im Park warf ein Mann einen Stock, worauf dessen Hund, ein Golden Retriever, wie ein Irrer hinterherjagte. Wie dieser Hund war Falk jahrelang der Wahrheit nach dem Verbleib seiner Mutter hinterhergerannt und hatte dadurch alles kaputt gemacht, nicht zuletzt sich selbst.

Es war Zeit, damit aufzuhören und nach vorn zu sehen.

Schweigend rauchte Zoe ihre Zigarette zu Ende, ohne Falk loszulassen, und drückte sie schließlich in dem kleinen Aschenbecher auf der Brüstung aus.

»Weißt du eigentlich, warum ich mich in dich verliebt habe, Falk Bachmann?«, fragte sie.

Er zog eine Augenbraue hoch.

»Weil du der erste Mann bist, der in meinem Auto mitgefahren ist, ohne meine Musik abzustellen.«

Ein Grinsen legte sich auf Falks Gesicht. Er zog Zoe an sich. »Na, dann sollten wir schleunigst von hier verschwinden, in deinen Wagen steigen und den Krach, den du Musik nennst, bis zum Anschlag aufdrehen.«

Nachwort

Wieso ein Thriller?

Weil die Geschichte erzählt werden wollte und ich gern meiner inneren Stimme folge; auch oder gerade weil es immer warnende Gegenstimmen gibt. Es ist doch so: Irgendwer, der an unsere Vernunft appelliert, meldet sich immer zu Wort, sobald wir unsere Träume leben und Großes in Angriff nehmen. Eltern, Partner, Freunde, Nachbarn, sie alle glauben, es gut mit uns zu meinen, wenn sie uns den Ratschlag geben, besser doch auf Nummer sicher zu gehen.

»Willst du dir das wirklich antun? Hast du dir das gründlich überlegt?«, fragen sie und versuchen, uns zu überreden, die gewohnten Pfade ja nicht zu verlassen. »Das gelingt dir nicht, das liegt dir nicht! Und überhaupt: Warte doch erst mal ab. Es läuft dir nicht davon. Wieso ein Risiko eingehen, das sich nicht abschätzen lässt?«

Wir allen kennen diese Stimmen, die unzählige Argumente dafür finden, warum wir vorsichtig statt mutig, vernünftig statt verrückt sein sollen.

Keine Frage, oft sind sie uns wohlgesinnt, die skeptischen Stimmen. Trotzdem untergraben sie unsere Träume und rauben uns die Lebendigkeit, mit der wir auf die Welt gekommen sind. Zunehmend vergessen wir, wer wir sind und wofür wir brennen, was uns atmen, lächeln, nachts gut schlafen, statt von Psychopathen, dunklen Kellern, Roland-Kaiser-Songs und Vätern träumen lässt, deren wahres Krebsgeschwür die Unfähigkeit zu lieben ist.

Kreativität, Fantasie, Leidenschaft, all das lebt von Freiheit. Und ich hoffe, dass es immer Menschen gibt, die spüren und verstehen, wie kostbar diese Freiheit ist.

Lang leben die Pioniere, Rebellen, Abtrünnigen, jene, die den Mut haben, vorwärtszugehen, heißt es sinngemäß in einem Lied der Band *X Ambassadors*, und ich kann dem nur zustimmen. Lasst uns doch einfach mal so tun, als hätten wir nur dies eine Leben.

Seht ihr das Paradoxon in dem Satz? Nun, dann entscheidet euch dafür, euch treu zu sein, egal, was andere von euch erwarten.

Das ist nicht immer einfach, aber selbst die leichten Wege sind nur am Anfang asphaltiert; auch sie können, folgt man ihrer Spur, irgendwann in einem steilen, unüberwindbaren Bergpfad enden. Warum also nicht gleich dem inneren Kompass folgen?

Meiner zeigte dieses Mal in Richtung Thriller. Und doch unterscheidet sich der Roman, wie ich finde, nicht grundlegend von denen, die ich üblicherweise als Tommy statt Thomas Herzsprung schreibe. Gut, der Fokus ist ein anderer, dennoch erzählt auch »Der Behandler« vor allem die Geschichte derer, denen nicht die Sonne aus dem Arsch scheint, um es mit den Worten von Falks Vater zu formulieren.

Ich mag diese gebrochenen, gefallenen oder zumindest nicht gefälligen Figuren einfach. Denn kämpfen wir nicht alle gegen irgendetwas an? So ist nun mal das Leben.

Ashwa Jha beispielsweise ist fiktiv, Gott sei Dank ist sie das. Dies ist kein Sachbuch, sondern ein Thriller, aber wie in jeder ausgedachten Geschichte gibt es wahre Anteile: Ein Viertel der Kinder und Jugendlichen fühlt sich im schulischen Umfeld nicht sicher. Mehr als die Hälfte ist von Mobbing betroffen.

Nach wie vor problematisch ist das Coming-out von schwulen und bisexuellen Männern. Im Vergleich zu Heterosexuellen weisen sie, daran hat sich in den letzten Jahren nur wenig geändert, ein signifikant höheres Risiko für Depression und Suizidalität auf. Diskriminierung und Gewalt aufgrund der sexuellen Ausrichtung ist trotz aller Bemühungen der queeren Community allgegenwärtig.

Ebenso wenig wegzuleugnen ist die Neue Rechte. Nach außen bekennen sich die selbsternannten Intellektuellen zwar zur Demokratie, die Inhalte interpretieren sie aber für ihre Zwecke neu. Basierend auf der Annahme einer ethnischen und politischen Homogenität des Volkes propagieren sie eine Einheit von Regierenden und zu Regierenden, was in letzter Konsequenz die Opposition und den Pluralismus verneint.

Ich vermeide es, moralisch belehrend zu schreiben, eines möchte ich aber zu bedenken geben: Ja, das Leben, das wir führen, wird immer komplexer. Durch neue Technologien hat unser Alltag, der wie eh und je auch von sozialen, gesellschaftlichen und politischen Prozessen geprägt ist, deutlich an Geschwindigkeit gewonnen. Ständig müssen wir Zusammenhänge neu begreifen, uns neu auf Dinge einlassen, mit denen wir nicht gerechnet haben und die uns vielleicht verunsichern. Manchmal mag das alles kompliziert erscheinen, aber wir sollten Menschen und Gruppierungen skeptisch gegenüberstehen, die einfache, schnelle Lösungen für komplexe Sachverhalte in die Welt schreien.

»Die Wahrheit hat immer zwei Seiten«, sagt Falk zu Zoe, während er über die Geschichte seiner Eltern spricht. Und das ist in der Tat eine der wenigen Wahrheiten, die ich als richtig erachte. Es gibt mehr als Schwarz und Weiß, richtig und falsch, Opfer und Täter. Mehrdeutigkeit zu akzeptieren, ist nicht immer einfach, aber zwingend nötig für das Wir, das Miteinander.

Womit ich wieder beim Anfang bin. Wieso ein Thriller? »Alles verändert sich, und manchmal verändert etwas alles. Das kann hart sein und uns jeden Halt nehmen. Wer lebt, der fällt auch. So ist es nun mal, und wir können daran verzweifeln oder mutig sein und wieder aufstehen«, sagt Juliane Klawitter. Im Fall von Mia ist sie sich sicher, dass sie wieder auf die Beine kommt.

»Aber was ist mit dir?
Stehst du wieder auf?«

So, das war's. Schluss, fertig, aus, es ist alles gesagt. Doch bevor ich euch mit der Playlist zum Buch entlasse, folgt ausnahmsweise eine Danksagung.

Keine Sorge, ich fasse mich kurz, ihr müsst den Energydrink zum Wachbleiben nicht aus dem Kühlschrank holen, nur eines möchte ich noch loswerden. Die Zusammenarbeit mit Jimmy Herz, meinem Co-Autor und Ehemann, war, sagen wir mal, spannend. Hatten wir einen Schreibtag ohne gegenseitige Mordversuche überlebt, übten wir uns am nächsten Morgen direkt wieder im Messerwerfen und Hals-Umdrehen.

Es soll ja durchaus Autorenpaare geben, die beim gemeinsamen Schreiben auf der sonnenverwöhnten Terrasse Händchen haltend Liebesbekundungen austauschen; glaubt mir, wir gehören nicht dazu.

Was sich liebt, das neckt sich, sagt man, und wenn das stimmt, dann reicht unsere Liebe nun bis zum Jahr 2525, ach, was sage ich, bis zum Sankt Nimmerleinstag.

Was ich damit zum Ausdruck bringen will: Wir hatten eine tolle, aufregende Zeit, die uns einiges abverlangt hat, uns aber auch gemeinsam wachsen ließ.

Danke, Jimmy. Mit dir an der Seite kommt mir das Leben wie ein wundervolles Abenteuer vor, eines, von dem ich nicht genug bekommen kann.

Und ein riesengroßes Danke ebenfalls an euch. Danke, dass ihr auch diesen nicht alltäglichen Weg mit mir gegangen seid. Ich könnte mir keine besseren Leserinnen und Leser wünschen.

Ihr seid der Hammer, ey, wisst ihr was?

Ich liebe euch.

Euer Tommy Herzsprung

PS: Zum Glück ist es heute einfach, in Kontakt zu kommen und zu bleiben. Es würde mich freuen, von euch zu hören und zu lesen. Also hoffentlich bis bald.

www.facebook.com/tommy.herzsprung
www.instagram.com/tommy_herzsprung/

Playlist

Ich hab genauso Angst wie du
– Marcella Rockefeller & Peter Plate
Und wir tanzten – ASP
The Funeral – Band of Horses
Als ich fortging – Karussell
Sieben – Subway To Sally
Lady in Black – Uriah Heep
Mutter – Rammstein
Run – Snow Patrol
Lost – Crippled Black Phoenix
Castle of Glass – Linkin Park
Famous Blue Raincoat – Leonard Cohen
Where The Streets Have No Name – U2
Keep The Streets Empty – Fever Ray
Nothing Else Matters – Metallica
Shadowside – a-ha
You And Your Sister – This Mortal Coil
Shine On – The House of Love
To Be Gone – Anna Ternheim
Down in the Past – Mando Diao
Délivrance – Alcest
Hallowed Be Thy Name – Cradle Of Filth
The Beautiful People – Marilyn Manson
Die Flut – Witt & Peter Heppner
Join Me (in Death) – HIM
Manchmal möchte ich schon mit dir
– Roland Kaiser
Abendlied (Der Mond ist aufgegangen) – City
Fahr mit im Kli-Kla-Klawitterbus
– Christian Bruhn

Made in the USA
Monee, IL
17 March 2021

63014601R10229